W0401545

De dag van de doden

Van Nicci French verscheen eveneens
bij Ambo|Anthos *uitgevers*

Het geheugenspel
Het veilige huis
Bezeten van mij
Onderhuids
De rode kamer
De bewoonde wereld
Verlies
De mensen die weggingen
De verborgen glimlach
Vang me als ik val
Verloren
Tot het voorbij is
Wat te doen als iemand sterft
Medeplichtig

In de Frieda Klein-reeks:
Blauwe maandag
Dinsdag is voorbij
Wachten op woensdag
Donderdagskinderen
Denken aan vrijdag
Als het zaterdag wordt
Zondagochtend breekt aan

Nicci French

De dag van de doden

Vertaald uit het Engels door
Linda Broeder en Els van Son

Ambo|Anthos
Amsterdam

MIX
Papier van
verantwoorde herkomst
FSC® C014496

ISBN 978 90 263 3959 2 (paperback)
ISBN 978 90 263 3960 8 (gebonden)

Oorspronkelijke titel *The Day of the Dead*
Oorspronkelijke uitgever Michael Joseph
Omslagontwerp Marry van Baar
Omslagillustratie © Evdokia Georgieva / Arcangel Images
Kaart binnenwerk © Maps Illustrated, 2017
Foto auteur © Mark Kohn

Verspreiding voor België:
Veen Bosch & Keuning uitgevers nv, Antwerpen

Voor Edgar, Anna, Hadley en Molly

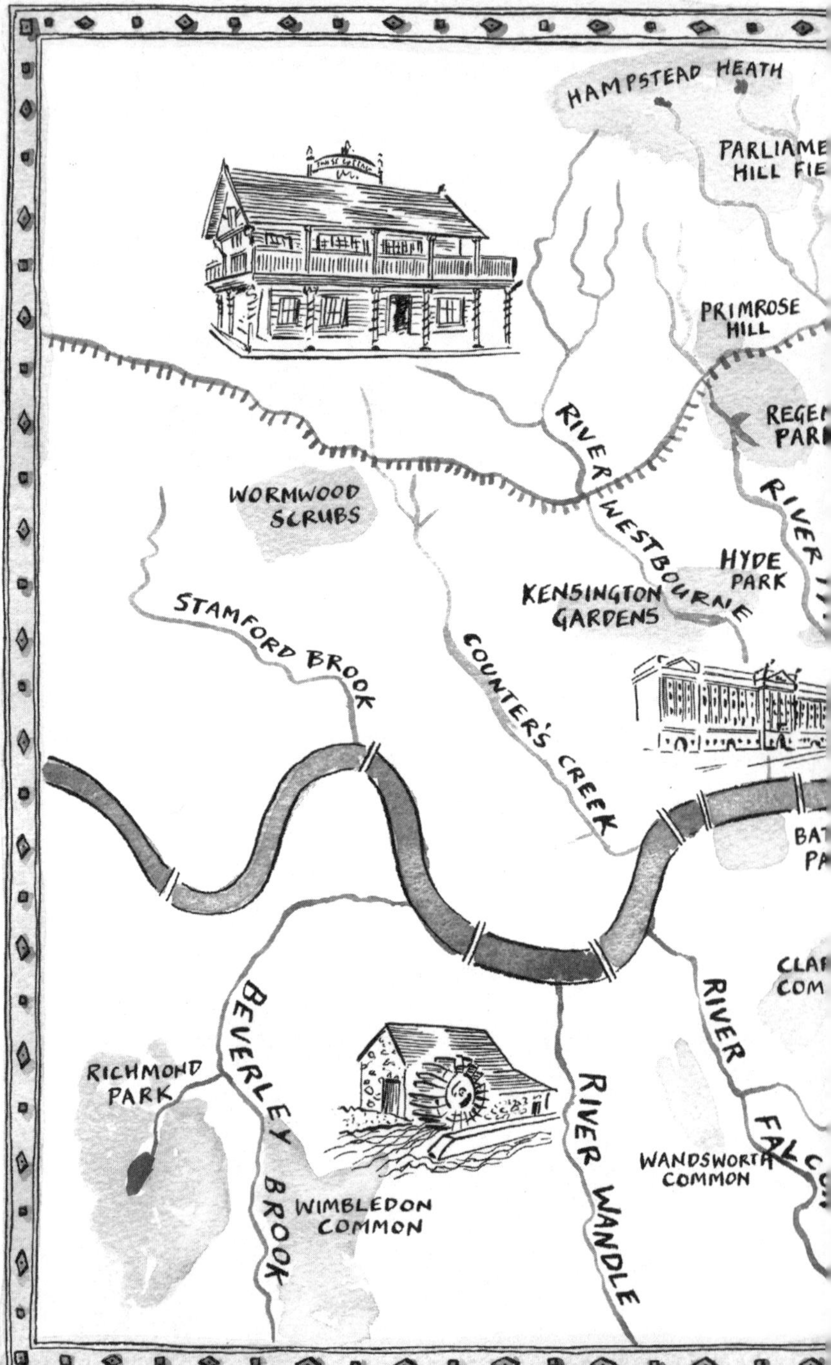
HAMPSTEAD HEATH
PARLIAME
HILL FIE
PRIMROSE HILL
REGE
PAR
RIVER WESTBOURNE
RIVER
WORMWOOD SCRUBS
HYDE PARK
KENSINGTON GARDENS
STAMFORD BROOK
COUNTER'S CREEK
BAT
PA
CLA
COM
RIVER
FAL
BEVERLEY BROOK
RICHMOND PARK
RIVER WANDLE
WANDSWORTH COMMON
WIMBLEDON COMMON

North
RIVER LEA
CANAL
REGENTS
VICTORIA PARK
FLEET
WALBROOK
RIVER NECKINGER
EARL'S SLUICE
SEA
RIVER EFFRA
RIVER PECK
RUSKIN PARK
PECKHAM RYE
DULWICH PARK
BROCKWELL PARK
LONDON'S LOST RIVERS
0
1
2
3
4
Miles

I

Het was maandagochtend, onbewolkt en warm, te warm voor zo laat in de herfst. Charlotte Beck stond op het punt de enige, echt dramatische gebeurtenis in haar hele leven mee te maken. Ze was er niet klaar voor. Ze voelde zich nergens klaar voor.

Zoals elke doordeweekse dag liep ze met haar chaotische clubje omhoog over Heath Street met voor zich de buggy met Lulu van tien maanden erin, links Oscar van tweeënhalf op zijn houten loopscooter en om haar rechterpols de lus van een hondenriem met Suki eraan, een zwarte labradorpuppy. Alles leek in een mist gehuld. Maar het was geen echte mist. Het was een mist van vermoeidheid die al zes maanden over Charlottes wereld hing. Lulu sliep niet 's nachts. Ze huilde en krijste en niets hielp, niets van alles wat Charlotte probeerde, niets van alles wat de deskundigen adviseerden.

Lulu sliep overdag. Ze sliep nu, met een speen in haar mond, tevreden onder haar dekentje in de buggy. Charlotte boog zich regelmatig naar voren om te checken of alles goed met haar was. Ze zag er vredig en engelachtig uit. Het was bijna niet te geloven dat dit kleintje, met haar schattige gezichtje, lange wimpers en roze wangetjes, een volwassen vrouw totaal kon uitputten. Charlotte was zo moe dat het pijn deed. Haar ogen schrijnden, haar huid voelde te strak, haar gewrichten deden zeer. Dit kon toch geen artritis zijn? Ze was pas eenendertig! Kon gebrek aan slaap je botten beschadigen? Zo voelde het wel.

Onder het lopen, terwijl ze met haar kleine karavaan de heuvel op ploeterde, piekerde ze over alles wat er mis kon gaan. Suki was nog niet goed afgericht. Charlotte was van plan geweest haar te leren zitten, een pootje te geven en gewoon in het algemeen te doen wat haar werd opgedragen, maar er nog niet aan toegekomen. Ze had geen tijd, er waren zoveel andere dingen die ze moest doen. Dus kon Suki wel plotseling op een andere hond afrennen, of er juist voor wegrennen en hen allemaal mee het verkeer in sleuren. Natuurlijk was het nog een pup, maar ze was toch al sterker dan haar baasje. En Oscar op zijn loopscooter was een permanent gevaar voor zichzelf en voor anderen. Voor de honderdste keer bedacht ze dat ze een helm voor hem moest kopen. Want wat als hij ervan afdonderde en op zijn hoofd terechtkwam? En sowieso: wat was ze nou voor een moeder... Moedeloos zag ze de krantenkoppen al voor zich: GEZIN DOOR HOND VERKEER IN GESLEURD of: PEUTER OVERLEDEN NA VAL VAN SCOOTER. MOEDER GEARRESTEERD.

Deze ochtend gaven alle dingen die ze voorbijliepen haar het gevoel dat ze faalde; het leek één lange reeks negatieve kritiek. Koffiebars vol jonge moeders die gezellig met elkaar zaten te kletsen – alsof het moederschap gelijkstond aan een simpele, prettige manier van leven. Het zweet brak haar al uit bij de gedachte om met Oscar, Lulu en Suki zo'n zaak binnen te gaan. Ze voelde migraine opkomen.

Oscar bracht zijn scooter met een bonk tot stilstand tegen een etalageruit. Ze stonden voor een kinderwinkel die Mamma Mia heette.

'Is dat een robot?' vroeg hij, wijzend naar een zilverkleurige mini-etalagepop met dode ogen, die een jackje droeg van 87 pond 50.

'Nee,' antwoordde Charlotte. 'Het is een...' Ze aarzelde. Hoe moest ze het uitleggen? 'Het is een soort pop om kleren aan te trekken.' Achter de poppen zag ze een vrouw in een gewatteerd jack met twee kinderen; een jongetje dat ongeveer even oud leek als Oscar en een meisje van een paar jaar ouder. Het meisje had een blonde paardenstaart. Charlotte had het gevoel dat ze naar een reclame keek over een gelukkig gezinnetje met genoeg geld en voorbeeldig gezeglijk kroost.

Ze sukkelden verder. Op de heuvel lag Hampstead Heath, een park met een meertje – Whitestone Pond. Daar waren ze naar op weg. Als ze eenmaal boven waren, had Charlotte altijd het gevoel dat ze een andere, betere wereld in stapte, ver verwijderd van de chaos waar ze vandaan kwamen – het drukke verkeer en de benzinedampen van de enorme terreinwagens waarin moeders hun kinderen vervoerden naar een van de talloze peuterschooltjes waar Hampstead mee was bezaaid.

Bij de tandartspraktijk bleven Charlotte en haar clubje weer staan. Wanneer moesten kinderen eigenlijk voor het eerst naar de tandarts? Ze keek op het glazen bord aan de pui. NET ZO'N STRALENDE GLIMLACH ALS DE STERREN. Nou, dat was wel iets voor haar! JE TANDEN TIEN JAAR JONGER! Nóg beter. Tien jaar geleden zat ze op de universiteit. Was het echt al zó lang geleden? Hele nachten uitgaan op vrijdag en zaterdag, de volgende dag heel laat opstaan. Niemand om te voeden. Niemand om je druk over te maken, behalve jezelf en af en toe een huisgenoot die de melk had opgemaakt. Ze ving een glimp van zichzelf op in de ruit. Wat zou de eenentwintigjarige Charlotte Beck van de eenendertigjarige Charlotte Beck gevonden hebben, met haar ongewassen haar, eeuwige moeheid en – zag ze plotseling – een vlek op haar blouse? Ze trok de rits van haar jack verder dicht om die te verbergen.

En verder gingen ze weer, de heuvel op.

'Waar gaan we naartoe?' vroeg Oscar.

'Waar we altijd naartoe gaan. Naar het meer. Misschien kopen we op een dag wel een boot.'

'Wat voor boot?'

'Een klein zeilbootje.' Zodra ze het zei, besefte ze dat dat een heel slecht idee was.

En toen gebeurde het.

Een zilverkleurige flits. Een auto die langs haar heen schoot. De heuvel af.

Te hard. Haar blik vloog naar Oscar, de buggy en Suki. Achter haar klonk gegil, een schrapend geluid, een harde klap en daarna brekend glas. Ze keek om.

Ze snapte niet goed wat ze zag omdat alles plotseling helemaal anders was. Niemand bewoog en de wereld was doodstil geworden; er jankte alleen een alarm ergens, een brand- of inbraakalarm. De zilverkleurige auto die langs haar heen was gesuisd, had zich, onwerkelijk als in een droom, in een etalage geboord. Hij was er bijna helemaal in verdwenen. Een wit busje dat de heuvel op kwam rijden was midden op de weg gestopt. De chauffeur stond op straat maar deed niets, hij keek alleen maar toe.

Charlotte had het gevoel alsof het gewone leven was opengebarsten en ze door die barst was gestapt. Alles was anders en nog steeds even onwerkelijk. Langzaam begon ze de heuvel af te lopen, maar toen bleef ze staan. Ze had Suki bij zich; de lus van de hondenriem zat om haar pols. Maar de kinderen, ze was de kinderen vergeten. Ze keerde zich om en pakte de handvatten van de buggy vast. Lulu sliep nog steeds. Oscar staarde met wijd open mond naar de verongelukte auto, als een stripfiguurtje in opperste verbazing.

'Kom,' zei Charlotte tegen hem en ze pakte onhandig zijn rechterhandje in de hare – de kant waar ook de lus van Suki's riem om haar pols zat – terwijl ze met haar linkerhand de buggy de helling weer af duwde. Toen ze dichterbij kwam, zag ze dat iedereen nog steeds roerloos naar het ongeluk stond te staren. Twee vrouwen die uit het koffiebarretje waren gekomen. Een man. Nee. Een vrouw, corrigeerde Charlotte zichzelf in gedachten. De postbode; ze had zo'n gek rood karretje bij zich en een pakketje in haar hand. Toen zag ze twee personen op de grond liggen. *Waarom bekommert niemand zich om hen? Waarom is er niemand bij?* Ze keek om zich heen, op zoek naar agenten in uniform die de leiding namen, het gebied afzetten met politielint en zeiden dat iedereen daarachter moest blijven. Maar er was niemand. Alleen gewone mensen die niet wisten wat ze moesten doen.

Er stonden twee jonge vrouwen naast haar. Een had een leren tas over haar schouder.

'Heb je een telefoon bij je?'

De vrouw keek haar niet-begrijpend aan en Charlotte herhaalde haar vraag.

De andere vrouw hield een mobieltje naar haar op.

'Ambulance,' zei Charlotte. 'Bel 999! Vlug!'

Ze richtte haar blik op de andere vrouw en gebaarde naar de kinderen. 'Let even op,' zei ze. 'Eén minuut. Ik ben zo terug.'

Charlotte haalde de lus van Suki's hondenriem van haar pols en gaf die aan Oscar. 'Hou Suki even vast. Kun je dat?'

Hij knikte ernstig.

Charlotte draaide zich om en liep in de richting van het ongeluk. Er lag een vrouw, languit, half op de stoep en half op de weg, met één been in een vreemde hoek onder zich. Het zag er niet goed uit. Charlotte knielde naast haar neer en keek de vrouw in de ogen. Haar hoofd was leeg. *Wat moet je ook alweer doen? Mag je iemand nou wel verleggen of juist niet?*

'Hoe gaat het?' vroeg ze.

'Mijn been,' zei de vrouw.

Ze kan in elk geval praten. 'En verder?'

'Mijn man! Waar is mijn man?'

'Er komt gauw een ziekenwagen,' zei Charlotte, in de hoop dat dat waar was. Ze kwam overeind en liep naar de andere persoon die op de grond lag. Een oude man op zijn rug. Hij staarde omhoog naar de hemel, zonder met zijn ogen te knipperen en zonder iets te zien. Het was de eerste keer dat Charlotte een dode zag.

Ze zette een paar passen naar de auto toe. Er zat iemand in. Slap en in elkaar gezakt. *Een man of een vrouw?* Ze stapte naar binnen door de vernielde etalageruit. Het glas knerpte onder haar schoenen. Dit is Mamma Mia, de kinderwinkel, besefte ze. Op het moment dat ze het portier wilde opentrekken, hoorde ze gesnik. Het kwam uit de winkel.

Ze liep verder naar binnen en zag iemand half onder de voorwielen van de auto liggen. Toen ze zich over de gewonde heen boog, verroerde die zich kreunend en voelde Charlotte iets warms op zich spetteren. Het was een vrouw, zag ze, en er spoot bloed uit haar schouder of een plek er vlakbij. Het kwam er steeds in een guts uit, alsof iemand het naar buiten blies, ademhaalde en weer een guts naar buiten blies. De vrouw keek naar haar op, recht in haar ogen. Charlotte was het liefst meteen weggerend. *Dit moet iemand anders maar afhandelen.*

Ze herinnerde zich vaag wat ze moest doen. *Dichtdrukken.* Dat was het. Maar waar?

Ze duwde met haar vingers op de wond, maar het bloed bubbelde er gewoon tussendoor. *Niet zo dus.* Ze verschoof haar hand naar een plek vlak onder de wond en duwde nog een keer. Hard. Het bloeden hield op – alsof ze op een tuinslang was gaan staan. Ze drukte nog harder. De vrouw hapte naar adem.

'Ga ik dood?' vroeg ze met knipperende ogen.

'Er is een ambulance onderweg.'

'Joey,' zei de vrouw. 'En Cas.'

Plotseling besefte Charlotte dat dit de vrouw was die ze door de etalageruit had gezien. *Waar zijn haar kinderen?*

'Daar is alles goed mee,' antwoordde ze snel om de gewonde vrouw gerust te stellen.

Charlotte keek om zich heen, bang voor wat ze te zien zou krijgen. Daar zaten ze, de twee kinderen, ineengedoken op de vloer, in shock, met glazige ogen. Charlotte wilde iets voor ze doen, maar ze was te bang dat haar hand zou verschuiven.

Opeens gebeurde er van alles om haar heen. Uniformen, jonge mannen en vrouwen die ze maar vaag kon onderscheiden. Iemand vuurde vragen op haar af, maar ze kon niet nadenken. Toen werd ze weggetrokken en verdween de verongelukte vrouw onder een horde hulpverleners. Charlotte deed een paar stappen naar achteren, het glas knerpte weer onder haar schoenen. Ze wierp een blik op de twee kinderen en maakte een hulpeloos gebaar.

Lulu en Oscar! Opeens dacht ze aan haar eigen kinderen. Ze baande zich haastig en behoedzaam een weg de geruïneerde winkel uit. Het stikte van de uniformen, ze waren opeens overal en ze merkte dat ze haar nieuwsgierig bekeken. Toen ze naar buiten stapte, scheen de zon en hoorde ze omstanders verschrikt naar adem happen. Eerst begreep ze niet waarom, maar toen ze omlaag keek zag ze dat haar kleren doorweekt waren van het bloed.

2

Darren Symons was iets langer dan twee maanden agent. Het ergste ongeluk waar hij tot dan toe naartoe had gemoeten, was dat van een jonge motorrijder die door een cementwagen van de weg was gereden. Maar hij was niet dood; hij had slechts een gebroken been.

Dit hier was van een heel andere orde. Hij keek bijna met ontzag om zich heen naar het bloedbad. Het leek een koortsdroom: blauwe zwaailichten, de zilverkleurige auto half in een winkel, de schittering van glassplinters op de stoep, het lichaam dat nog steeds in de verkreukelde auto zat opgesloten. Het leek onwerkelijk, net zo onwerkelijk als de pop in de etalage die te midden van alle ravage kalmpjes rechtovereind stond. Hij zag dat er een lichaam op een brancard werd getild. Twee kleine kinderen die door een agente naar een wachtende auto werden gebracht. Hij zag bloed op de stoeptegels. Hij hoorde iemand huilen, hard en schril.

'Agent Symons! Darren!' Hij knipperde met zijn ogen en keerde zich naar zijn chef, die om zich heen gebaarde. 'Getuigen. Zorg dat je hun naam noteert. Opschieten, voordat ze weg zijn.'

Hij knikte en haalde zijn notitieblokje tevoorschijn. Zijn pen trilde terwijl hij de datum noteerde: 3 oktober 2016. Hij keek op zijn horloge en schreef de tijd erbij: 09.11 uur. Er stond al een meute nieuwsgierigen achter de politieafzetting en er kwamen meer mensen de heuvel op lopen, alsof ze op weg waren naar een concert. Hoe wisten ze hier zo snel van? Hij keek omhoog en zag gezichten achter de ramen van de huizen.

Er zat een vrouw op het trottoir, onder het bloed. Ze had een hondenriem met een puppy eraan in haar hand; elke keer als het beestje trok, bewoog haar lichaam ongewild mee – als een slappe pop. Waarom bekommerde niemand zich om haar? Hij liep voorzichtig naar haar toe, alsof ze een bom was die kon ontploffen. Ze keek op. Haar gezicht was krijtwit en ze leek in shock, maar verder ongedeerd. In de buggy naast haar lag een baby, nota bene diep in slaap ondanks alle drukte eromheen, met een speen in haar mond en trillende oogleden van het dromen. Een jongetje in een gestreept broekje sprong opgewonden de stoeprand op en af.

'Bent u gewond?' vroeg Symons.

Achter hem klonk het jankende geluid van een snijbrander, ze moesten bezig zijn het lichaam uit de auto te zagen.

'Ik? Nee. Ik ben alleen...' Haar stem stierf weg. 'Ik ben alleen misselijk.'

'Dat is bloed,' schreeuwde het jongetje. 'Rood bloed.'

Hij bleef springen, hijgend, met een van inspanning vertrokken gezicht en glinsterende ogen.

'Kan ik u een paar vragen stellen?' vroeg agent Symons. 'Over wat u hebt gezien?'

'Wat ik heb gezien?'

'U zit onder het bloed.'

Ze keek omlaag, beduusd. 'Dat is haar bloed. Gaat ze dood? Waar zijn haar kinderen?'

'Wie?'

'De vrouw in de winkel. Ik probeerde...'

'Daar weet ik niets van,' zei hij. 'Maar kunt u mij vertellen wat u hebt gezien?'

'Hij ging boem-boem!' schreeuwde het jongetje. 'Wij gaan naar het meer. En we gaan een zeilboot kopen.'

'Laten we beginnen met uw naam.'

'Charlotte Beck,' zei de vrouw. Ze begon te huilen, haar magere lichaam schokte en de tranen stroomden over haar wangen.

Hij hurkte naast haar neer en legde zijn hand op haar schouder.
Het jongetje hield op met springen en ging naast zijn moeder zitten. 'Niet huilen, mammie,' zei hij. 'We wassen het wel.'

'Ik was in het magazijn,' zei de eigenaresse van Mamma Mia. Haar stem brak. Ze raakte haar gezicht en haar lichaam steeds aan met haar hand, alsof ze wilde checken of alles nog heel was. 'Ik zocht naar...' Ze stopte. 'Het doet er niet toe waar ik naar zocht, natuurlijk.'
'Dus u hebt niets gezien?' vroeg agent Symons.
'Ik dacht dat het een aardbeving was. Of een bom. Ik dacht dat ik doodging.' Ze staarde hem aan. 'Ik ben onder de tafel gekropen,' zei ze. 'Ik heb niet geprobeerd te helpen, ik heb me verstopt.'
'Dat is alleen maar logisch,' zei hij.

'Er zat iemand bij hem in de auto.'
'Echt?'
'Een man. Met een hoed op, geloof ik. Het gebeurde allemaal zo snel, maar ik denk dat ik hem zag. Is hij verdwenen? Dat is vreemd, toch?'

'Er was iets vreemds aan.'
Symons nam de man op. Stevig gebouwd, kort haar, jeans en een dik groen jack. 'Natuurlijk was het vreemd,' zei hij. 'Een auto die een winkel binnenrijdt. Veel vreemder krijg je het niet.'
'Dat bedoel ik niet. Het leek of de auto niet werd bestuurd. Het was meer of hij de heuvel af rolde. Vanzelf.'
'Af rolde? Hoe bedoelt u?'
'Ik vertel gewoon wat ik heb gezien.'
'Kunt u mij uw naam en telefoonnummer geven?'
'McGill,' zei de man. 'Dave McGill.' En hij gaf zijn telefoonnummer.

Symons probeerde zich te concentreren. De zon scheen zo fel en er was zoveel herrie – het alarm dat nog steeds afging, het janken van de zaag, het aanhoudende getoeter van auto's die vaststonden onder aan de heuvel, en in de verte het geloei van sirenes. Hij tuurde naar de vrouw tegenover hem. Ze heette Sally Kraus, trilde over haar hele lichaam en hield haar glimmende tas als een schild voor haar borst.

'Hij was kaal,' zei ze. 'Hij zat voorover gezakt. Waarschijnlijk een hartaanval. Dat heeft mijn oom ook gehad. Acute hartaanval. Tegen een boom geknald. Ze zeiden dat hij er waarschijnlijk niets van had gemerkt.'

Symons wierp een blik op zijn aantekeningen. Iedereen had iets anders gezien. Hij slaakte een zucht.

'Mijn naam is Adrian Greville en ik heb alles gezien,' zei de man met een snor zo dun als een potloodstreep. 'Hij kwam recht op me af en miste me op zo'n stukje na.' Hij gaf met zijn duim en wijsvinger aan hoeveel. 'Hij reed in op een oud echtpaar. Ik zag de man door de lucht vliegen. Ik zag zijn gezicht. Hij keek me recht aan. Ik zweer het. De arme donder.'

'Hebt u de bestuurder gezien?'

'Zeker! Hij omklemde het stuur. En hij glimlachte. Het was geen ongeluk. Het was opzet.'

Een aantal getuigen leek niet weg te willen. Er bleven kleine groepjes pratende mensen hangen. Een van de achterblijvers, de man in het groene jack, de man die iets vreemds had opgemerkt aan het ongeluk en gezegd had dat het leek of de auto vanzelf van de heuvel af rolde, zat op het trottoir naast de met bloed doordrenkte Charlotte Beck. Haar zoontje zat erbij, sabbelend op een lolly die een agent hem had gegeven, en de baby sliep in de buggy. Charlotte keek verdwaasd naar de man op. 'Ik moet naar huis,' zei ze.

'Ik heb gezien wat u deed.'

'Ik deed gewoon wat iedereen zou doen.'

'Behalve dan dat niemand het ook daadwerkelijk dééd. U zou er een medaille voor moeten krijgen.'

Hij stond op en stak zijn hand uit om haar overeind te helpen.

'Zo,' zei hij. 'Ik heet Dave. Ik loop wel met u mee naar huis. Laat mij de buggy maar duwen.'

In de puinhoop van wat eens Mamma Mia was geweest haalde een groepje technisch rechercheurs in witte overalls het lichaam van een man uit de auto. Hij was van middelbare leeftijd, had kortgeknipt haar en een moedervlek op zijn rechterwang. Hij droeg een grijze broek, een grijs-wit geruit overhemd, sportschoenen en had een horloge met een metalen band om. Zijn huid was grauw en zijn ogen waren opengesperd en hadden een verbijsterde uitdrukking.

Ze legden hem op de brancard. Zijn arm bungelde omlaag en werd door een van de ambulancemedewerkers over zijn borst gelegd.

'Niet veel bloed,' merkte ze op.

Terwijl het lijk werd weggedragen, boog een van de rechercheurs zich voorover. Hij raapte voorzichtig iets tussen de glasscherven en de metaalsplinters vandaan.

'Hebbes!' zei hij en hij hield een portefeuille omhoog.

Brigadier June McFarlane doorzocht de portefeuille en negeerde het geld en de bankpasjes. Ze haalde er een rijbewijs uit. De vervaagde foto was duidelijk van de man die uit de auto was gezaagd

'Geoffrey Udo Kernan,' las ze hardop. 'Motherwell Road 10, RM10 9BB.' Ze keek om naar Symons. 'Weet je waar dat is? Is dat buiten Londen?'

'Romford, denk ik. Het ligt er maar aan wat u bedoelt met buiten Londen. Wilt u dat ik er iemand naartoe stuur?'

McFarlane schudde haar hoofd. 'We gaan zelf. Nu.'

Symons keek twijfelachtig. 'Het is een heel eind.'

'Doet er niet toe. Er zijn hier doden gevallen. We moeten er zelf naartoe.'

Het was halfdrie 's middags. De zon stond al laag aan de hemel. De straat was nog steeds afgesloten, de afzetting werd bewaakt door agenten en er stonden politieauto's en -busjes kriskras over de weg geparkeerd. Maar het publiek was verdwenen, de auto was weggesleept en het glas opgeruimd. Het forensisch team was hard aan het werk, nam foto's, mat slipsporen, verzamelde stukken metaal en catalogiseerde alles volgens de voorgeschreven procedure. Mamma Mia was nog slechts een gapend gat.

Intussen stonden McFarlane en Symons vast op de ring. Ze hadden het adres gecheckt op de navigatie. Symons had het niet helemaal bij het juiste eind gehad: Kernans huis lag meer richting Barking dan richting Romford, maar dat betekende niet dat het dichterbij was.

'Het is de verkeerde tijd van de dag om op de weg te zitten,' merkte Symons op.

'Wanneer is de goede tijd dan?' vroeg McFarlane. 'Om drie uur 's ochtends, waarschijnlijk.'

Ze hadden Kernans naam gecheckt in het politieregister. Niets. Symons begon over de plaats delict te kletsen, over wat er kon zijn gebeurd, maar McFarlane legde hem het zwijgen op.

'Laten we gewoon afwachten,' zei ze en de rest van de rit praatten ze over andere dingen. Het kostte hun bijna een uur om bij de afslag naar de ringweg rond Barking te komen en vervolgens Motherwell Road te vinden – een straat met naoorlogse rijtjeshuizen. Ze parkeerden de auto en bleven even zitten.

'Het is altijd een vreemd moment,' zei McFarlane, 'als je op het punt staat ergens aan te bellen en iemands leven te ruïneren.'

'Misschien woonde hij alleen,' zei Symons. 'Of is er niemand thuis.'

'Dat komen we niet te weten zolang we hier blijven zitten,' zei McFarlane en ze stapten allebei uit. Op de oprit liepen ze langs een grijze Peugeot stationwagen.

'Zo te zien is er iemand thuis,' merkte McFarlane op en ze drukte op de bel die ze ver in het huis hoorden overgaan. Er klonken voetstappen en vervolgens wat gerommel voordat de deur openging. De vrouw droeg een wijde spijkerbroek, een witte blouse en een turkooiskleurig vest met, merkte June McFarlane op, een klein gaatje in een van de mouwen. Motten. Maar wat het meest opviel was haar gezicht, bleek en ongerust, waardoor haar donkere haar bijna zwart leek.

'Kent u Geoffrey Kernan?' vroeg McFarlane, en Symons voelde zijn maag samentrekken door wat er nu ging komen.

'Dat is mijn man,' zei ze.

'Mogen we binnenkomen?'

In het begin zaten ze ongemakkelijk in de woonkamer tegenover een huilende mevrouw Kernan. McFarlane boog zich naar haar toe en gaf haar een papieren zakdoekje aan dat ze voor de gelegenheid paraat had. Symons liep naar de keuken, vond een pot oploskoffie en maakte voor alle drie een mok. In die voor mevrouw Kernan deed hij meerdere lepels suiker. McFarlane ging naast de vrouw zitten en zorgde dat ze het opdronk.

'Ik kan het niet geloven,' zei mevrouw Kernan. 'Ik kan het niet geloven. Ik denk maar steeds dat ik zo wakker word.'

'Het spijt me heel erg voor u,' zei McFarlane.

'Ik dacht al dat er iets was gebeurd. Maar niet dít.'

'Hoe bedoelt u? Waarom dacht u dat er iets was gebeurd?'

'Ik heb hem als vermist opgegeven.'

McFarlane keek Symons enigszins verward aan. 'Ik dacht dat je zei...' begon ze.

'Ik heb het gecheckt,' zei hij. 'Er stond niks.'

Ze keerde zich naar mevrouw Kernan. 'Wanneer hebt u dat gedaan?'

'Drie dagen geleden. Ik ben naar het politiebureau gegaan en heb daar verteld dat hij werd vermist.'

'Hebt u aangifte gedaan?'

'Ze waren niet geïnteresseerd. Ze zeiden dat hij waarschijnlijk gewoon opeens weg was gegaan. Dat mensen dat vaker doen.'

'Dus u hebt geen aangifte gedaan?'

'Ze hebben me gewoon weggestuurd. Ze waren niet geïnteresseerd. Ze zeiden: "Kom over een paar dagen maar terug, als hij dan nóg niet thuis is." En nu... nu...' Ze barstte weer in snikken uit.

'Mevrouw Kernan, hebt u...'

‘Ik wist dat hij nooit zoiets zou doen.’

‘Wat?’

‘Ik was op bezoek bij mijn zus en toen ik terugkwam was hij weg. Ik dacht dat hij een eindje wandelen was, of een vriend of zo was tegengekomen. Maar het werd later en later en hij nam zijn telefoon niet op en toen belden ze van zijn werk om te vragen waarom hij niets van zich had laten horen en toen ben ik naar de politie gegaan.’

‘Hebt u kinderen?’

De vrouw sloeg haar armen in een beschermend gebaar om haar bovenlijf. ‘Ned. Hij zit op de universiteit. Ik moet het hem vertellen. Hij zit er nog maar net, in zijn eerste jaar. Ik heb hem niet verteld dat Geoff werd vermist, ik wilde hem niet ongerust maken. En nu...’ Ze depte haar gezicht met het zakdoekje. Haar ogen waren rood.

‘Had hij een goed contact met zijn vader?’

‘Ze ruzieden veel. Maar dat was omdat ze zoveel op elkaar leken.’

‘Wat voor werk deed uw man?’

‘Hij zit in de verkoop.’

‘Wat verkoopt hij?’

‘Sanitaire producten. Voor bedrijven. Hij zit veel op de weg.’ Ze knipperde met haar ogen. ‘Zat. Dat is voor het eerst dat ik het zo zeg.’

‘Ja,’ reageerde McFarlane. ‘Dat moet heel moeilijk zijn. Is dat uw auto buiten?’

‘Nee, zijn auto. Van de zaak.’

‘Heeft hij nog een auto? Een Nissan? Zilvergrijs metallic?’

‘Nee, we hebben er maar één.’

‘Het ongeluk is gebeurd op Heath Street. Hebt u enig idee of uw man daar iets zakelijks of persoonlijks te doen had?’

‘Hij reed constant overal heen voor zijn werk, het hele land door. Ik weet niets bijzonders over Hampstead.’

‘Misschien had hij daar een zakelijk contact. Of een vriend of vriendin.’

‘Vriendin? Hoe bedoelt u?’

'Het kan zijn dat hij een afspraak had met iemand.'
'Niet dat ik weet. Wat is er precies gebeurd?'
McFarlane deed verslag van het ongeluk.
'Zijn er doden gevallen? Ik bedoel, buiten Geoff.' Ze ademde diep en haperend in na het uitspreken van zijn naam.
'Er is één man ter plekke overleden. En er zijn gewonden, enkele ernstig.'
Mevrouw Kernan haalde een zakdoekje uit haar zak en snoot haar neus.
'Mevrouw Kernan, ik weet dat dit afschuwelijk voor u moet zijn. Maar ik moet u een paar vragen stellen.'
'Wat voor soort vragen?'
'Waren er problemen tussen u en uw echtgenoot?'
'Hoe bedoelt u?'
'Huwelijksproblemen.'
'Nee. Nee, geen.'
'Uw man moet veel weg zijn geweest. Was dat moeilijk?'
'Soms. Maar daar zijn we doorheen gekomen.'
'Hoe ging het op zijn werk?'
'Goed. Z'n gangetje. Te veel uren, te weinig geld.'
'Was er de laatste tijd nog iets voorgevallen?'
Mevrouw Kernan schudde haar hoofd. Haar gezicht was vervuld geweest van verdriet, maar dat veranderde opeens in wantrouwen. 'Wat bedoelt u?'
'Ik bedoel niks.'
'Denkt u dat hij zichzelf iets heeft aangedaan?'
De telefoon ging en mevrouw Kernan stond op om op te nemen. McFarlane nam de mokken mee naar de keuken en waste ze af. Toen ze uit het raam keek, zag ze een roodborstje op een in de grond gestoken schop zitten. Daarachter was de tuin een soort mini-bouwterrein, met stapels grote terrastegels achterin.
'Dat was Geoffs idee,' hoorde ze een stem achter zich. Mevrouw Kernan kwam de keuken binnen. 'Hij zei dat het leuk zou zijn om barbecues te organiseren.'
'Hebt u iemand die hierheen kan komen om u gezelschap te houden?'

'Ik kan mijn zus vragen.'

'Goed.'

Terug in de auto staarden ze een tijdje zwijgend voor zich uit.

'Volgens mij hield ze iets achter,' merkte Symons op. 'Ze hadden problemen, denk ik.'

'Iedereen heeft problemen,' zei McFarlane.

'Maar het is overduidelijk, toch?'

'O ja? Leg maar uit dan.'

'Geoffrey Kernan, gestrest door zijn werk, ongelukkig in zijn huwelijk, stort uiteindelijk in. Hij loopt weg uit zijn leven, dwaalt een paar dagen rond om te bedenken wat hij moet doen. Dan stapt hij in een auto en maakt er een eind aan. Simpel.'

'In een auto. Niet zijn eigen auto.'

'Het is niet verplicht je eigen auto te gebruiken.'

'En in Hampstead, anderhalf uur rijden van zijn huis.'

'Hij zocht een heuvel.'

'Waarom zou hij een heuvel zoeken? Hij zat in een auto, niet in een winkelwagentje!' De twee agenten keken elkaar aan. 'Nou,' vervolgde ze, 'morgen wordt het allemaal duidelijk. Trek intussen de auto waarin hij zat maar na.'

Dokter Jane Franklin, forensisch patholoog, keek neer op het lijk van Geoffrey Kernan en vervolgens naar een groep studenten, allemaal met groene mondkapjes en schorten voor.

'Hebben jullie het rapport gelezen?'

Er ging gemompel op.

'Nou?'

'Auto-ongeluk.'

'En?'

'Mogelijke hartaanval.'

'Nog iets?'

'Of een beroerte. Of zelfmoord.'

'Het probleem met politierapporten,' zei dokter Franklin, 'is dat ze je op het verkeerde been kunnen zetten. Vergeet wat je hebt gelezen. Wat zie je hier?' Ze gebaarde met een scalpel naar het verminkte gezicht. 'Jij.' Ze wees een verblekende student aan.

'Eh... fractuur van de...'

'Stop,' onderbrak dokter Franklin hem op scherpe toon. 'Laat me de vraag herformuleren. Wat zien jullie níét?'

Er werd wat gemompeld, maar niemand zei iets verstaanbaars.

'Heeft iemand van jullie ooit een hoofdwond gehad? Je neus flink gestoten? Wat krijg je dan?'

'Bloed!' opperde een van de studenten aarzelend.

'Bloed! Ja! Heel veel bloed! Maar bij deze verwondingen is nauwelijks bloed te zien. Dus dat betekent?'

'Dat het hart niet klopte.'

'Met andere woorden?'

'Hij was al dood.'

'Precies!'

'Maar hoe kan een dode een auto besturen?'

'Wij zijn pathologen,' antwoordde dokter Franklin. 'Wij kijken niet naar de rapporten. We kijken naar het lijk.'

'Ik ben nagegaan op wiens naam de auto staat,' zei Symons. 'Hij is van ene Alexander Christos, uit Didcot.'

'Is hij bevriend met de Kernans?'

'Het is nogal ingewikkeld. Ik heb de lokale politie gesproken en zij hebben contact met Christos opgenomen...'

'Vertel me de eenvoudige versie maar,' onderbrak ze hem.

'De auto moet gestolen zijn.'

'Gestolen?'

'Christos is met vakantie. Hij zit op de Canarische Eilanden. Voor zover hij weet, staat de auto voor zijn huis geparkeerd.'

McFarlane fronste geërgerd haar wenkbrauwen. 'Wat is hier aan de hand? Een pleepapierverkoper gaat helemaal naar Didcot, jat een auto en rijdt ermee naar Hampstead om zelfmoord te plegen?'

Er werd op de deur geklopt en een jonge politieman stak zijn hoofd om het hoekje. 'Er is gebeld voor u. Het is dokter Franklin. Ze wil u spreken.'

Dokter Franklin stond McFarlane voor de deur van de autopsieruimte op te wachten. 'Hebt u er geen moeite mee het lijk te zien?'

'Ik ben bij het ongeluk geroepen.'

'Kan zijn. Maar sommige mensen vinden het lastig als ze opengesneden zijn. Ik wil u iets laten zien.' Ze nam McFarlane mee naar een van de snijtafels en trok het laken weg. 'Kijk.' Ze wees met de punt van haar scalpel naar een incisie in het midden van de nek van de dode. 'Ziet u dat?'

'Het tongbeen,' vulde de assistent aan met een blik op het dunne hoefijzervormige botje. 'Gebroken.'

'En? Hij heeft een auto-ongeluk gehad! Er moet van alles zijn gebroken. Ik weet wat het betekent als het tongbeen gebroken is. Het is een aanwijzing voor verwurging. Maar niet met honderd procent zekerheid.'

'Ja, maar in dit geval is het zeker.'

'Hoezo?'

'Het tongbeen breekt bij wurging in ongeveer een derde van de gevallen. Maar als het tongbeen gebroken is, betekent het in alle gevallen dat er sprake is van wurging.'

'Maar hij is omgekomen bij een auto-ongeluk.'

'Dat is nog iets wat ik u wilde vertellen. Hij was dood.'

'Dat zei u net,' zei McFarlane. 'Door verwurging.'

'Nee, ik bedoel dat hij al dood wás. Daarom hebben de ernstige verwondingen van het hoofd, hier en hier' – ze wees op de ingedeukte schedel, het verbrijzelde jukbeen – 'niet gebloed.'

'Dus Kernan is niet ter plekke overleden.'

'Nee.'

'Hebt u een tijdstip van overlijden?'

'Weet u waar ik een hekel aan heb?'

'Aan een heleboel dingen, waarschijnlijk.'

'Ja. Maar ik heb echt een bloedhekel aan mensen die te veel politieseries kijken op de tv en van mij verwachten dat ik zeg dat het slachtoffer twee dagen geleden om twee minuten over halfdrie 's nachts is overleden.'

'Ik kom maar weinig aan tv-kijken toe. En ik zit bij de politie, dus weet ik dat dat fictie is.'

'Mooi. Dus: weet ú waar Kernan is gestorven?' vroeg dokter Franklin.

'Nog niet.'

'Weet u waar het lijk is bewaard?'

'Nee.'

'Bij welke omgevingstemperatuur? Welke vochtigheidsgraad?'

'Ik begrijp wat u wilt zeggen. Maar kan het twee of drie dagen eerder zijn geweest?'

Dokter Franklin fronste haar voorhoofd. 'Ja,' zei ze uiteindelijk. 'Het kan twee of drie dagen eerder zijn geweest. Langer kan ook. Veel langer. Of korter. Maar het kan niet korter zijn dan een paar uur voor het ongeluk.'

'Dat begrijp ik,' zei McFarlane, die er niks van begreep.

'Als dit een tv-serie was, ging de patholoog nu op pad om zélf getuigen te ondervragen en de zaak in haar eentje op te lossen.'

'Was dat maar waar.'

Darren Symons snoot zijn neus, veegde over zijn ogen en stak een keeltablet in zijn mond. De dag duurde te lang. Het afgrijzen en de opwinding van die ochtend waren weggesijpeld en het enige wat hij nu wilde was naar huis gaan, een pizza bestellen, tv-kijken en naar bed.

'Ik heb één vraag,' zei hij.

'Eentje maar?' vroeg McFarlane.

'Een lange, dat wel. Hoe kan een vertegenwoordiger uit Barking een paar dagen vermist zijn, vermoord worden en eindigen in een onbestuurde auto op Heath Street? Of misschien bedoel ik waarom.'

'Het goede nieuws is dat we dat niet hoeven uit te zoeken. Het is een moordonderzoek, ver boven onze salarisschaal. Er zal zich nu iemand anders over Geoffrey Kernan moeten ontfermen.'

3

Simon Tearle, universitair gastdocent criminologie op het Guildhall College van de universiteit van Londen, schonk twee mokken koffie in uit zijn cafetière. Aan de ene voegde hij een theelepel honing toe en aan de andere een scheut halfvolle melk. Hij nam beide mokken mee naar zijn bureau. Als hij zijn studenten vertelde dat zijn deur altijd openstond voor hen, hoopte hij altijd dat ze dat niet al te letterlijk zouden opvatten. Maar Lola Hayes had dat wel gedaan. Hij gaf haar de koffie met melk aan. Dit was de dag waarop hij een paar minuten voor zichzelf had, waarin hij kon doen wat hij wilde. Internetten, de kruiswoordpuzzel oplossen, voor het raam staan en over Russell Square uitkijken. Achter Lola's hoofd kon hij er een verleidelijke glimp van zien: de gouden bladeren van de platanen.

Tearle nam een slokje van zijn koffie en bekeek zijn studente. Lola Hayes had een rond gezicht, een lichte huid met sproeten en grote groene ogen. Haar bruine haar was zacht. Alles aan haar leek zacht, zonder scherpe randjes. Ze bestudeerde zijn werkkamer met een gretige interesse, alsof ze zijn keuze aan wat er aan de wanden hing en op zijn bureau stond fascinerend vond.

'En?'

'Wat?'

'Je komt hier om me te spreken. Is er iets bijzonders aan de hand?'

'Ik heb werkelijk geen idee.'

'Waarover? Over waarom je hier bent?'

'Over mijn scriptie. Ik heb geen idee waarover ik moet schrijven.'

Scriptie. Het woord alleen al deed Tearle huiveren. Aan het einde van het eerste semester van het tweede jaar moest iedere student een scriptie van tienduizend woorden schrijven over een onderwerp dat relevant was voor de criminologie. Tienduizend woorden. Tearle had vijftien studenten. Vijftien keer tienduizend was honderdvijftigduizend woorden. En Tearle moest ze allemaal lezen, van commentaar voorzien en met een cijfer beoordelen.

'Welke onderwerpen hebben je medestudenten gekozen?'

Lola trok een peinzend gezicht. 'Ellie doet het over de geschiedenis van seksueel misbruik.'

'Dat is interessant.'

'Ja, maar het is zo'n uitgebreid onderwerp. En Ellie doet dat al, dus. En Rob doet iets over DNA.'

'Ook interessant. En belangrijk.'

'Ja, maar ik ben slecht in wetenschap. Daarom heb ik criminologie gekozen.'

'Criminologie ís een wetenschap. Vandaar de "ologie".'

'Ik bedoel het scheikundige gedeelte, daar begrijp ik niks van.'

Tearle zweeg even. 'Lola, denk je dat criminologie de juiste studie is voor je?'

Gealarmeerd sperde ze haar ogen open. 'Absoluut,' zei ze. 'Ik vind het hartstikke leuk.'

Tearle had gehoopt op 'inspirerend' of 'stimulerend' in plaats van 'hartstikke leuk'. Hij tikte iets in op zijn toetsenbord en bekeek Lola's cijfers. Zijn wenkbrauwen schoten verrast omhoog. 'Goed, Lola. Heb je interesse in iets historisch?'

'Ik doe liever iets hedendaags.'

'Iets filosofisch?'

'Niet zo heel erg.'

'Iets over een bepaalde persoon?'

Lola's gezichtsuitdrukking veranderde op slag. Eindelijk leek ze alert, betrokken. 'Precies! Ik schrijf veel liever over mensen dan over ideeën of wetenschap.'

Tearle opperde een aantal namen: een voorzitter van een onderzoekscommissie, een minister van Binnenlandse Zaken, een commandant van de politie, een campagne voerende politicus. Niet een daarvan leek veel interesse op te wekken. Waarom deed hij dit? Studenten waren zogenaamd volwassen. Kon ze niet zelf iets zoeken? Maar hij moest wel iets verzinnen, al was het maar om haar zijn werkkamer uit te krijgen. Toen viel hem iets in. Hij liep naar zijn dossierkast, trok een la open en keek de reeks mappen door tot hij vond wat hij zocht: een map krantenknipsels. Hij liep terug naar zijn bureau, gooide de map erop en begon erin te bladeren: rechtbankverslagen, interviews met slachtoffers van een misdrijf, overzichten van aantallen moorden, misdrijven, verkrachtingen, enzovoort, maar niets leek echt geschikt. Toen viel zijn oog op een krantenartikel.

'Je wilt een persoon?' vroeg hij. 'Hier heb ik iemand. Heb je ooit gehoord van Frieda Klein?'

'Nee.'

Tearle ademde diep in. Voor de zoveelste keer vroeg hij zich af of zijn studenten überhaupt wel iets wisten buiten alles wat hij ze voorkauwde. 'Frieda Klein is psychotherapeute. Ongeveer tien jaar geleden had ze het vermoeden dat een van haar patiënten betrokken was bij de ontvoering van Matthew Faraday. Herinner je je die?'

'Toen was ik nog een kind.'

'Hoe dan ook, daarna is ze een paar keer een soort informele, onofficiële adviseur van de politie geweest, bijvoorbeeld bij het onderzoek naar Lawrence Dawes en de moord op Robert Poole. Het werd allemaal nogal gecompliceerd. Je hebt misschien gelezen dat ze gearresteerd werd. Meerdere malen, dacht ik.'

'Nee, dat heb ik niet gelezen.'

'Lola. Je studeert criminologie. Je hoort dit soort dingen te weten.'

'Het is nooit behandeld in de colleges.'

'Ze was ook betrokken bij het onderzoek naar Hannah Docherty. Daar moet je toch over hebben gehoord.'

'Het klinkt bekend, ja,' zei Lola weinig overtuigend.

'En, meer recent, nog bij die copycat-zaken in Silverton.'

'Mjah…'

'Nou, dit is je kans om meer over haar te weten te komen. Analyseer haar. Ontrafel haar. Deconstrueer haar.'

'Wat moet ik zeggen dan?'

'Dat is aan jou. Stel gewoon vragen. Waarom zou de politie de hulp van een psychotherapeute inschakelen? Is misdaadonderzoek in wezen een vorm van therapie? Is dit een voorbeeld van een tekortkoming in het werk van de politie?'

'Hoe moet ik beginnen?'

'Je begint door te beginnen,' zei Tearle. Hij klonk bozer dan hij wilde. Hij hield zich in. 'Ga naar de bibliotheek, zoek haar op, lees de wetenschappelijke artikelen die ze heeft geschreven of die over haar geschreven zijn, zoek krantenknipsels. Ze heeft de afgelopen jaren genoeg sporen achtergelaten.'

'Goed,' zei Lola. 'Mag ik deze krant houden?'

'Prima.' Lola stond op om te vertrekken, toen Tearle iets te binnen schoot. 'Er zit hier iemand op de universiteit die haar kent. Of in ieder geval van haar weet. Professor Hal Bradshaw van de faculteit psychologie.'

'Die ken ik,' zei Lola. 'Van tv.'

'De psychologenwereld is maar klein. Ik neem aan dat hun paden elkaar wel een paar keer hebben gekruist.'

Vijf minuten later klopte Lola drie etages lager op een deur met HAL BRADSHAW erop.

'Binnen,' hoorde ze.

Ze opende de deur en liep naar binnen. Na de werkkamer van Simon Tearle leek dit een totaal andere wereld. Tearles kamer stond vol boeken en er lagen overal papieren en kranten. Deze kamer had geen boeken, geen meubels – behalve een bureau en twee stoelen. Op het bureau stond een laptop, er lagen een notitieblok en een pen naast. De man achter het bureau keek naar haar op. Lola was zo afgeleid door zijn bril – het montuur zat achter de glazen in plaats van eromheen – en zijn das met gele, oranje en blauwe stippen, dat ze de persoon die ze droeg in eerste instantie nauwelijks registreerde.

'Ja?' zei hij.

De woorden buitelden in één lange woordenstroom uit Lola's mond: 'Sorry, dit is totaal niet hoe het hoort, zomaar bij u binnen komen vallen, maar mijn supervisor is professor Simon Tearle en ik was net bij hem en ik denk dat ik mijn scriptie ga schrijven over een vrouw die Frieda Klein heet en hij zei dat u haar kent dus ik vroeg me af of ik u even kort over haar kon spreken.'

Bradshaw fronste zijn voorhoofd, maar gebaarde dat Lola op een stoel tegenover hem moest gaan zitten. Nu kon ze hem beter opnemen. Hij was tot in de puntjes verzorgd, had een glad gezicht en onberispelijk kortgeknipt haar. Hij zag er hier op zijn werk exact hetzelfde uit als onder de felle studiolampen op de televisie.

'Frieda Klein,' zei hij langzaam, alsof hij de klanken van de naam over zijn tong liet rollen.

'Kent u haar?'

'Ja.'

Er viel een stilte.

'Ik hoopte dat u me iets over haar kunt vertellen. Me de juiste richting op kunt sturen.'

'Je studeert criminologie, toch?'

'Ja.'

'Dus ik neem aan dat je weet dat politieonderzoeken fantasten, charlatans en geestelijk gestoorden aantrekken?'

'Hebt u het over Frieda Klein?'

'Ik bedoel alleen dat je het onderwerp van een amateur die zich bemoeit met politiezaken met een zekere objectiviteit moet benaderen.'

'Ik dacht dat ze juist had geholpen bij het oplossen van een aantal zaken?'

Bradshaw glimlachte treurig. 'Het beste advies dat ik je kan geven is dat je Frieda Kleins eigen beoordeling van wat ze doet niet op voorhand moet geloven. Als je je research naar behoren uitvoert, kan het goed zijn dat je tot de conclusie komt dat Klein iemand is die een spoor van vernieling heeft achtergelaten.'

'Dat klinkt alsof u haar absoluut niet mag.'

Bradshaw schudde zijn hoofd. 'Ik ben wetenschapper. Ik analyseer data. Als mensen naar aanleiding daarvan tot de conclusie komen dat ze een fraudeur, een bemoeial en een bedreiging is, is dat hun zaak. En dat geldt ook voor jou.'

4

'Waar komt deze vandaan? Toe maar, waag eens een gokje.'

Dan Quarry pakte zijn net ingeschonken glas whisky op, snoof eraan en nam een slokje. Hij dronk al een paar maanden niet meer. Een belofte aan zijn vrouw. Maar dit was een bijzondere gelegenheid. En iets drinken met zijn chef hoorde bij het werk. Het was verplicht. Hij rook opnieuw aan de whisky en proefde nog een keer. Dit was de vierde – of de vijfde? Ze smaakten onderhand allemaal hetzelfde.

'Schotland?' zei hij.

Hoofdinspecteur Bill Dugdale keek teleurgesteld. 'Schotland? Als deze uit Schotland kwam had ik je de vraag niet gesteld. Dit is Japans! Lekker spul. Zacht. Heeft klasse.'

'Ik wist niet dat ze in Japan whisky stoken.'

'Je hebt nog veel te leren, Quarry. Over politiewerk en over whisky.' Dugdale hief zijn glas. 'Op de nor!'

Quarry leegde zijn glas. De uitspraak was die middag om iets over drie binnengekomen: schuldig aan alle tenlasteleggingen. Ze waren meteen naar de pub vertrokken, zowel de rechercheurs als de uniformen. Na een paar uur gezelligheid, elkaar joviaal op de rug slaan en sarcastische grappen over de falende verdediging, had Dugdale geknikt naar zijn kersverse ondergeschikte en was hij meegetroond naar een privéclub in een zijstraatje van Tottenham Court Road. Dugdale noemde dit een whiskyproeverij, alsof het een wetenschappelijk experiment was.

'Als ik een mooi resultaat behaal,' had Dugdale gezegd, 'ga ik altijd een stuk of zes whisky's proeven die ik nooit eerder heb gedronken.'

Een stuk of zes, dacht Quarry. Dat betekende dat hem er nog één, misschien twee, te wachten stonden. Hij bekeek zijn nieuwe chef. Een groot hoofd, kortgeknipt haar, een rond gezicht met bolle, rode wangen en lichtgrijze ogen. Maar Quarry's vorige chef in Camberwell had hem verteld dat hij moest uitkijken voor Dugdale. Diens vorige ondergeschikte was heel plotseling geloosd. Niemand kon Quarry precies vertellen waarom, maar het maakte hem nerveus. Zo nu en dan had hij al een glimp te zien gekregen van wat er gebeurde als Dugdale iets niet beviel.

'En? Wat is je favoriet tot nu toe?' vroeg Dugdale.

Quarry probeerde zich te herinneren wat hij had geproefd. Die ene karamelachtige – misselijkmakend zoet. Die andere die rook naar het spul dat je op wondjes dept om te ontsmetten. Die ene waarvan Dugdale vertelde dat die recht uit het vat kwam: 'Daar kun je beter een paar druppels water bij doen, jongen.'

Quarry's eerlijke antwoord zou zijn: geen één. Hij hield niet van whisky. Hij hield niet van dit deel van rechercheur zijn, het drinken, het plagen, de camaraderie, het doen alsof alles oké en leuk was terwijl dat niet zo was. Hij keek om zich heen. Ze zaten in een kleine bar, waar een vrijmetselaarsachtige sfeer hing: drinkende mannen in pakken, met de koppen bij elkaar gestoken druk in gesprek, bezig met deals, met contacten leggen, met netwerken. Wat zouden ze van hem denken? Hij wierp een blik in de spiegel achter de bar en herkende zichzelf nauwelijks: bleek, ongeschoren, niet helemaal op z'n gemak. Wat Quarry echt wilde was een sigaret roken, buiten, in zijn eentje. En een kans om na te denken. Maar hij moest een keuze maken. De Japanse smaakte het minst naar whisky, bijna net alsof het helemaal geen whisky wás.

'Deze,' zei hij. 'Hij is...' hij zocht naar een goed woord, '... bescheiden.'

'Bescheiden,' zei Dugdale met een harde lach. 'Dat is een goeie! Bescheiden! Prima keus, dat wel. Ik denk dat je de volgende dan ook wel zult waarderen.'

Maar voordat hij die kon bestellen, ging zijn telefoon. Dugdale keek geërgerd, maar binnen een paar seconden veranderde zijn gezicht totaal. Opeens stond het hard. Hij stelde een paar korte vragen, maar luisterde voornamelijk. Toen hij de telefoon weer in zijn zak had gestopt staarde hij een tijdje in gedachten verzonken voor zich uit, alsof hij was vergeten dat Quarry naast hem zat. Toen keek hij op.

'We bewaren de bourbon voor een andere keer,' zei hij.

'Jammer.'

Dugdale keek hem met samengeknepen ogen aan.

Quarry voelde een nerveus steekje in zijn maag. Had hij sarcastisch geklonken?

'Die auto in Hampstead, die stuurloos Heath Street af kwam rijden. Waar één man bij is omgekomen en de bestuurder dood was. Heb je daarover gelezen?'

'Nee,' zei Quarry.

Dugdale keek afkeurend, alsof hij vond dat Quarry dat wel had moeten weten, alsof dat bij zijn werk hoorde. 'Die is vanaf nu ons probleem.'

Om tien uur de volgende ochtend zat Quarry aan de andere kant van Dugdales bureau met een dossier en een laptop vervaarlijk balancerend op zijn schoot. Dugdale pakte een pakje melk van het dienblad en schonk wat in zijn koffie.

'Jij geen koffie, Dan?' vroeg hij.

Quarry schudde zijn hoofd. 'Ik heb er al te veel op.' Hij was al vanaf vóór zevenen op het bureau en had allerlei materiaal over de zaak doorgenomen.

Dugdale grinnikte. 'Je ziet eruit alsof je gisteravond wat te veel hebt gedronken.'

Quarry dacht even aan mogelijke antwoorden, maar hield ze allemaal voor zich.

'Ik stel een team samen,' zei Dugdale. 'Maar voordat we dat bij elkaar roepen, moeten we helder hebben waar we staan.'

'Daarom ben ik ook vroeg begonnen.'

'En, waar staan we?'

'Ik heb alle ondervragingen met de getuigen gelezen,' begon hij.

'Tijdverspilling,' reageerde Dugdale. 'Ze hebben allemaal iets anders gezien. Iemand zei zelfs dat er twee mensen in de auto zaten. En iemand anders zag dat hij het stuur omklemde en lachte.' Hij nam een flinke slok koffie. 'Soms vraag ik me af waarom we nog moeite doen om met ooggetuigen te praten.'

'De auto is gestolen in Didcot,' ging Quarry verder. 'De eigenaar is op vakantie. Daarom is de diefstal niet gemeld.'

Dugdale fronste. 'Weet je zeker dat hij op vakantie is? Heeft iemand dat gecheckt?'

Quarry keek naar zijn aantekeningen. 'Dat is gecheckt. Hij zit op de Canarische Eilanden.'

'Geluksvogel.'

'Niet echt,' merkte Quarry op. 'Zijn auto is gestolen.'

'Vergeet al die onzin,' zei Dugdale. 'We beginnen met wat echt belangrijk is. Een auto die stuurloos een straat in Londen af rijdt. De enige inzittende is een man die al dood is. Vermoord. Zat hij eigenlijk wel achter het stuur?'

Het bleef even stil.

'Dat zal ik nagaan,' zei Quarry.

'De omstanders die de auto door de winkelruit hebben zien denderen, doen er niet toe. We weten wat er is gebeurd. Belangrijker is wat er boven op die heuvel gebeurd is. Dát zijn de getuigen die we nodig hebben.'

'Voor zover ik weet, heeft de politie alleen omstanders op de plek des onheils ondervraagd.'

'Wij zijn van de politie, wij kunnen getuigen opsporen. Wie degene is die deze auto van ik weet niet waar naar de top van Heath Street heeft gereden. Hij of zij moet het voertuig hebben verlaten en ervoor hebben gezorgd dat het verder de heuvel af reed. Dat is iets wat iemand zou opvallen.'

'Als het inderdaad iemand is opgevallen, is dat in ieder geval niet bij ons bekend.'

'Dus is het aan ons om die getuigen te vinden. En misschien staat er wel iets op een van de beveiligingscamera's.'

'We weten niet exact waar het is gebeurd.'

'Ga er dan heen en zoek het uit!' Dugdale wreef over zijn gezicht. 'Je vermoordt een man, zet hem in een auto, laat die een heuvel af rollen en op een groepje mensen inrijden. Wat heeft dat te betekenen?'

Het bleef lang stil.

'Wilt u daar antwoord op?' vroeg Quarry.

'Wat ik wil zijn beelden. Of een getuige. Maar daar kun je later achteraan. Eerst moeten we naar de weduwe en haar vertellen dat haar man is vermoord.'

5

Iets meer dan een uur later stonden de twee rechercheurs in Barking op de stoep voor Sarah Kernans huis. Dugdale drukte op de bel en deed een stap naar achteren. De deur werd geopend door een ongeschoren jongen. Hij was in pyjama en zijn haar stond rechtovereind. Dugdale bekeek hem peinzend.

'Jij moet Ned Kernan zijn,' zei Quarry. 'De zoon, is het niet?'

'Wie bent u?'

Dugdale hield zijn legitimatie omhoog. 'We moeten jou en je moeder spreken.'

Toen ze de keuken binnenkwamen, zat Sarah Kernan aan de tafel, ook nog in haar nachtgoed, een gestreepte badstoffen badjas over een blauw katoenen nachtjapon met vrolijke slippers aan haar voeten. Aan het aanrecht stond een andere vrouw met haar rug naar hen toe.

'Mam, de politie is er weer.'

Sarah Kernans hand vloog naar de hals van haar badjas. 'Ik wist niet dat u kwam. Ik ben nog niet aangekleed.'

'Dat is geen punt,' zei Dugdale. 'Er is iets wat we u moeten vertellen.' Hij knikte naar Ned. 'Je kunt beter even gaan zitten.'

'Mijn echtgenoot is dood,' zei Sarah Kernan met hoge, onvaste stem. 'Wat moet u me nog meer vertellen?'

'Wil je dat ik wegga?' vroeg de andere vrouw.

'Nee! Blijf!' Sarah Kernan stak haar hand uit en omklemde de arm van de andere vrouw. 'Dit is Peggy, mijn zus.'

'Ja, dat is te zien,' zei Dugdale.

'Jullie zijn niet degenen die ik eerder heb gesproken.'

'Wij hebben het onderzoek overgenomen en zijn hier om u te vertellen waarom: uw echtgenoot is vermoord.'

Met intense blik keek hij van haar gezicht naar dat van haar zoon om hun reactie te peilen. Hij wist dat Quarry achter hem, staand bij de deur, hetzelfde deed. Onderweg had hij hem verteld dat het eerste ogenblik na het horen van zo'n bericht uiterst belangrijk is en dat Quarry er alert op moest zijn. Daarna waren ze nooit meer zo weinig op hun hoede. Maar het enige wat hij nu zag was ontzetting. Sarah Kernan uitte een zachte kreet, als een pijnlijk getroffen dier. Haar zoon leek volkomen verbijsterd. De zus, met ogen als schoteltjes, sloeg haar hand voor haar mond.

'Dat kan niet waar zijn...' fluisterde Sarah Kernan uiteindelijk.

'Wie heeft het gedaan?' onderbrak Ned Kernan haar. Zijn stem klonk schor. Dugdale zag dat hij zijn uiterste best deed om de man in huis te zijn, terwijl hij de ogen van een kind had waarin angst stond te lezen.

'We zijn pas net aan het onderzoek begonnen,' antwoordde Dugdale. Kon hij maar iets positievers zeggen, iets beloven.

'Dus hij heeft me niet verlaten. Ik wist dat hij dat nooit zou doen.'

'Het enige wat we tot nu toe weten,' zei Dugdale, 'is dat hij drie dagen voordat zijn lichaam in een auto in Hampstead is aangetroffen, al werd vermist.'

Ze knikte.

'30 september,' zei Quarry.

'Dat zal wel,' reageerde Sarah Kernan. 'Peggy, was het de dertigste?'

Peggy knikte. 'Ja. Dat klopt. Wilt u thee?' voegde ze eraan toe.

'Nee, dank u,' zei Dugdale.

'Graag met melk, zonder suiker,' zei Quarry. Hij trok een stoel bij en ging naast Ned zitten. 'Dit is een schok voor iedereen.'

'U wilde hem als vermist opgeven,' vervolgde Dugdale, 'maar kreeg te horen dat het waarschijnlijk geen zaak voor de politie was. Klopt dat?'

'Ik had erop moeten aandringen. Ik wist dat het niet klopte.'

'Zo moet u het niet zien,' zei Dugdale. 'U kon het niet weten.'

'We hadden woorden gehad,' bekende Sarah Kernan. 'Het was zo moeilijk om opeens met z'n tweeën te zijn na het vertrek van Ned.'

'Mam,' zei de jongen met een ongelukkig gezicht, 'alsjeblieft, niet doen.'

'En nu is het te laat om het goed te maken.' Ze sloeg haar handen voor haar gezicht.

'We moeten zien uit te vinden wat er met uw man is gebeurd en om dat te doen moeten we u een aantal vragen stellen,' zei Dugdale op vriendelijke toon. 'Kunt u dat aan?'

Ze haalde haar handen weg en knikte.

Quarry luisterde terwijl Dugdale de informatie, langzaam en geduldig, uit haar trok. Haar echtgenoot was, zoals ze al wisten, vertegenwoordiger in sanitaire producten – toiletpapier, zeep, papieren handdoekjes – en zat heel veel op de weg. Zij werkte in een tuincentrum, hoewel ze weinig verstand van planten had. Daarvoor was ze secretaresse geweest bij een architectenbureau, maar dat was een paar jaar geleden failliet gegaan. Ze waren zevenentwintig jaar getrouwd en Geoffrey Kernans moeder leefde nog. Hij had een oudere broer met wie hij weinig contact had. Sarah Kernan vertelde dat hij zich de laatste tijd zorgen had gemaakt om zijn baan en harder dan ooit had gewerkt.

'Iedereen heeft het moeilijk,' zei ze. 'Ik heb zelf ook een paar keer zonder werk gezeten.'

Ze zei dat hij geen vijanden had (dat zeggen ze allemaal, dacht Dan Quarry, terwijl hij haar verschrikte gezicht en het vlekkerig rode van haar zoon bekeek) en ze kon geen enkele reden bedenken waarom iemand hem zou vermoorden.

'Hij is gewoon Geoffrey,' zei ze. 'Of Udo,' vervolgde ze met een snotterig lachje.

'Udo?'

'Zijn tweede naam. Hij zei altijd dat hij naast een saaie Engelse Geoffreykant nog een andere kant had, een geheime kant, die van de mysterieuze Duitse Udo. Dat was een familiegrapje.'

'Ik snap het. Maar welke kant dan ook, u kunt geen enkele reden bedenken waarom iemand hem zou vermoorden?'

'Nee. Hij kon weleens kwaad worden, geïrriteerd. Maar dat heeft iedereen, toch?'

Dugdale vroeg naar de laatste twee weken, wie haar echtgenoot had gezien, wat hij had gedaan, alles wat haar maar te binnen schoot.

Ze rimpelde haar voorhoofd en staarde peinzend naar haar afkoelende mok thee. 'We zijn bij Peggy geweest,' zei ze. 'En afgelopen zaterdag ging hij naar de pub, maar niet lang. Hij was überhaupt niet veel thuis omdat hij hard werkte.'

'Waar was hij aan het werk?'

'Dat weet ik niet precies. Maar het was hier in de buurt, Essex en Londen bedoel ik. Soms gaat hij helemaal naar Derby, Sheffield en een paar weken terug moest hij naar Cardiff. Maar niet vorige week. En als hij niet aan het werk was, was hij in zijn vrije tijd meestal in de tuin bezig, planten uitgraven en zo. We laten een terras aanleggen dus moest alles verplant worden.'

Ze keken allemaal naar buiten, naar de overhoopgehaalde tuin vol kuilen.

'De man die het aanlegt komt alleen als hij zin heeft. Dus het vordert maar langzaam. Tot Geoffs ergernis.'

'Waar werd hij nog meer kwaad om?'

'Om mij, soms,' zei Ned. Hij probeerde te lachen, maar zijn stem werkte niet mee en het kwam eruit als een vreemd gepiep. 'Hij vond dat ik te veel dronk. En dat ik niet hard genoeg studeerde. Hij snapte niet waarom ik zo nodig naar de universiteit moest. Daar bouwde ik alleen maar schulden mee op, zei hij. Hij vond dat ik een vak moest leren, ergens in de leer moest gaan.'

Dan Quarry gaf hem een schouderklopje. 'Vaders en zonen,' zei hij op vriendelijke toon. 'Ga jezelf geen verwijten maken.'

Dugdale stond op – verrassend soepel voor zo'n gezette man als hij. 'Goed, mevrouw Kernan,' zei hij, 'er zijn een aantal dingen die ik van u nodig heb om me een beeld van de laatste paar weken te kunnen vormen. Als u geen agenda hebt, zou u dan een overzicht voor me kunnen maken van alles wat u zich maar kunt herinneren. Namen van iedereen die hij heeft gezien, alles wat hij deed, plekken waar hij is geweest.'

Ze knikte.

'En verder wil ik al zijn correspondentie, zijn bankafschriften, rekeningen en dat soort dingen.'

'Waarom?' wilde Ned weten.

'Dat is routine,' zei Dugdale. 'Ik neem aan dat hij een computer heeft?'

'Een laptop.'

'Die heb ik ook nodig.'

Sarah Kernan staarde hem ontzet aan. Er zaten vlekken op haar badjas, zag hij.

'De auto buiten, is dat de auto waarin hij altijd reed?'

'Ja. We hebben maar één auto.'

'Dan zal ik die ook moeten bekijken. Als u de sleuteltjes voor me hebt?'

Zonder een woord te zeggen stond ze op, liep naar een haakje bij de tuindeur en pakte er een sleutelbos af.

'We zullen ons best doen u verder niet te storen,' zei hij terwijl hij de bos aanpakte, 'maar dit is een moordonderzoek.'

Hij knikte naar Quarry.

En uur later verlieten Dugdale en Quarry het huis met dozen vol brieven, bonnetjes, rekeningen en bankafschriften. Ze hadden de laptop bij zich en een klein notitieblokje waarin Geoffrey Kernan volgens zijn vrouw zijn wachtwoorden had genoteerd. Ze namen ook het navigatiesysteem uit zijn auto mee plus een logboek waarin hij al zijn bestemmingen had bijgehouden, met het aantal kilometers er keurig naast genoteerd.

Toen ze weer in hun auto zaten, checkte Quarry zijn telefoon. Zes gemiste oproepen. Allemaal van zijn vrouw. Binnenkort zijn ex-vrouw. Hij belde later wel. Als hij alleen was.

'Alles in orde?' vroeg Dugdale.

'Prima,' antwoordde Quarry terwijl hij de auto startte.

Een paar minuten zwegen ze allebei. Ze dachten allebei na, over verschillende dingen.

'Jij kunt al zijn spullen doorkijken,' zei Dugdale.
'Wat?' vroeg Quarry. Hij was met zijn hoofd bij het telefoontje naar zijn vrouw dat hij later moest plegen.
'Die spullen in de dozen die we hebben meegenomen. Ik wil dat jij daardoorheen gaat.'
'Moet ik naar iets in het bijzonder zoeken?'
'Een gewone man die zonder reden verdwijnt. Kijk uit naar iets wat daar niet bij past.'
'Ze hadden ruzie,' merkte Quarry op.
'Iedereen maakt ruzie,' zei Dugdale. 'Zelfs getrouwde stellen. Misschien juist getrouwde stellen.'
Quarry reageerde niet.
'Nog meer ideeën?' vroeg Dugdale. 'Wat weten we?'
'Niks,' zei Quarry.
'Echt?' Dugdale trok zijn wenkbrauwen op.
'De moordenaar wil opgemerkt worden?' zei Quarry aarzelend.
'Dat is mogelijk.' Dugdale knikte hem toe. 'De meeste moordenaars proberen het lijk te verbergen. Begraven het.'
'Dus ik ga door zijn papieren.'
'Ja. En nog iets,' zei Dugdale. Hij hield de navigatie omhoog. 'Ga langs bij de recent ingevoerde bestemmingen. Neem een kijkje op de plekken waar Geoffrey Kernan de laatste dagen voor zijn dood is geweest.'
'Zijn vrouw zei dat hij het hele land door reed.' Quarry lachte. 'Straks zit ik nog in Schotland.'
'Maar ze zei ook dat hij de laatste week in de buurt van Londen had gewerkt.'
'Goed. Hoe ver moet ik terug?'
'Laten we eerst kijken hoe het vordert.'
'Wat gaat u doen?' vroeg Quarry.
'Als eerste ga ik kijken wat er op zijn computer staat.'

Terug op het bureau excuseerde Quarry zich en liep naar buiten, de parkeerplaats op. Hij had een sigaret nodig. Hij stak er eentje op en nam een paar flinke trekken. Toen haalde hij zijn telefoon uit zijn zak en zette die aan. Er klonken een paar piepjes en het scherm vulde zich met tekstberichten en nog meer meldingen van gemiste oproepen. Hij wilde het toestel net weer uitschakelen, toen het overging. Maggies naam verscheen op het scherm, alsof ze wist dat hij ernaar stond te kijken.

'Fuck,' zei hij, maar hij nam toch op. 'Ik ben bezig.'

'Dit duurt niet lang.' Haar stem klonk afgemeten. Heel even herinnerde hij zich hoe ze vroeger klonk, alsof ze op het punt stond te gaan lachen, alsof ze samen een geheim grapje deelden. Toen noemde ze hem Danny, de enige buiten zijn moeder die dat deed.

'Ja?'

'Je weet waarom ik bel.'

'Ik maak het snel over.'

'Daar heb ik niks aan. Ik heb het nú nodig. Dat is de afspraak.'

'Ik zei dat ik het overmaak.'

'Ik kan niet van mijn vader blijven lenen.'

'Maggie, ik heb je uitgelegd...'

'Dit gaat over je dochter! Niet over alle dingen die je hebt gedaan, de dingen die je mij hebt aangedaan. Dit gaat om Lucy!'

'Eind van de week.' Hij had het wel willen schreeuwen, maar hield zich in. 'Eind van de week maak ik het over. Beloofd.'

'Ik bel mijn advocaat. Dat wil ik niet, maar ik ga het wel doen. En Dan?'

'Wat nou weer?'

'Ik wil het niet, je bent haar vader, maar anders mag je haar niet meer zien. Als je niet eens iets overhebt voor haar levensonderhoud, verdien je het niet haar nog te zien.'

Toen ze had opgehangen, voelde hij zich volkomen leeg. Trillend op zijn benen zocht hij steun bij een politieauto. Hij had het liefst een flinke ram op het raampje gegeven om te zien of hij het met zijn vuist aan gruzelementen kon slaan. De pijn en het bloed zouden alles dempen. Hij schudde nog een sigaret uit het pakje, stak die op en zoog de nicotine diep zijn longen in.

Dugdale trok zijn handschoenen aan, klapte de laptop open en zette die aan. Het scherm lichtte op, de iconen sprongen tevoorschijn. Hij typte het wachtwoord dat Sarah Kernan hem had gegeven in en opende de e-mails. Geoffrey Kernan had niet veel gemaild. Dugdale zag wat online bestellingen, niets interessants: lampen, verf, inktcartridges. Er waren een paar e-mails van zijn zoon, maar die gingen over praktische zaken. De map 'verzonden items' was op het eerste gezicht net zo weinig inspirerend.

Dugdale klikte op de browser en opende de zoekgeschiedenis. Hij fronste zijn voorhoofd, klikte nog een keer, leunde achterover in zijn stoel en krabde op zijn hoofd. Niets, helemaal niets, de geschiedenis was gewist. Hij staarde naar de laptop alsof die hem een antwoord kon geven, klapte hem dicht, stond op en pakte hem met gehandschoende handen voorzichtig op. Wat had Geoffrey Kernan willen verbergen?

6

Lola zat in de bibliotheek. Haar oogleden voelden zwaar. Ze was er al bijna drie uur. Eerst was het wel interessant geweest, toen ze de krantenknipsels over Frieda Klein doornam. Veel ervan waren geschreven door ene Liz Barron, een misdaadverslaggever die Frieda Klein-expert leek te zijn. Frieda Klein, schreef ze, 'is een vrouw die aangetrokken wordt door geweld, duisternis en dood'. Lola bekeek alle foto's van Frieda Klein die door de jaren heen waren genomen en dacht dat Liz Barron best weleens gelijk kon hebben. Frieda glimlachte op geen enkele ervan. Ze had donker haar en donkere ogen die je zelfs vanuit de krant doordringend aankeken.

Lola had een tijdschema gemaakt van alle zaken waarbij Frieda Klein betrokken was geweest. Het begon in 2010 en ging tot vandaag de dag door. Uiteindelijk was het nogal ingewikkeld geworden en dus stond haar schema vol omcirkelingen en pijltjes. Het begon met de zaak van het jongetje dat was ontvoerd door Dean Reeve, waar professor Tearle het over had gehad. Natuurlijk had Lola van Reeve gehoord, iedereen kende zijn naam, hoewel ze de details maar vagelijk kende: hij was meer een soort mythisch monster dat je de koude rillingen bezorgde. Dan was er de zaak van een dode man die naakt op de bank was gevonden bij ene Michelle Doyce thuis, die duidelijk knettergek was en geprobeerd had hem eten te geven terwijl hij lag weg te rotten. Dan was er de zaak waarbij een vrouw dood was aangetroffen in haar eigen huis en een zaak van vermiste meisjes waardoor Lola zich bibberig en triest voelde. Daarna nog een meisje, het jaar daarop, dat verkracht en vermoord was. Dan was er Hannah Docherty, opgesloten in een psychiatrische inrichting. En als laatste was er de zaak Daniël Blackstock en de hele mediahype eromheen, toen eindelijk bekend werd dat het waar was wat Frieda Klein altijd had volgehouden en dat Dean Reeve nog leefde. Lola zat gebogen over haar papieren en kauwde op haar pen. Reeve had zijn tweelingbroer vermoord en was van de radar verdwenen, maar had Frieda Klein al die jaren gevolgd, gestalkt, als een obsessieve vijand of een enge ex. Alleen het idee al gaf Lola een unheimisch gevoel.

Ze probeerde haar overzicht te vereenvoudigen door de gebeurtenissen een kleur te geven. Ze maakte de doden oranje, de arrestaties blauw en alles wat met Reeve te maken had groen. Dat resulteerde in een hopeloze wirwar aan kleuren, kriskraslijnen en overal vraag- en uitroeptekens. Dit was niet wat professor Tearle bedoelde. 'Deconstrueer haar,' had hij gezegd. 'Ontrafel haar.' Lola herinnerde zich half dat hij ook de vraag had gesteld of misdaadonderzoek in wezen een soort therapie was. Wat bedoelde hij daar eigenlijk mee?

Toen begon het lastiger te worden. Waarom moesten mensen toch zo ingewikkeld schrijven? Het was alsof ze wat ze wilden zeggen in prikkeldraad verpakten. Ze was begonnen aan een paper die door Frieda Klein was geschreven – over het concept 'persoonlijkheid' –, maar op de eerste pagina al hopeloos vastgelopen in een uiteenzetting over voornaamwoorden, hoewel ze een quote van George Eliot wel mooi had gevonden: 'Het is nooit te laat om de persoon te worden die je had kunnen zijn.' Ze had hem overgeschreven en een paar maal omcirkeld. Hal Bradshaw bleek ook het een en ander over Frieda Klein te hebben geschreven. Als je Liz Barron beschouwde als de expert met betrekking tot Frieda's buitenkant, haar openbare leven, dan was professor Bradshaw de expert wat haar innerlijk betrof. Lola noteerde een aantal termen die hij gebruikte: narcisme, dramatisering, zelfbegoocheling. Bradshaw betoogde dat Frieda Klein hunkerde naar bekendheid vanwege haar eigen leegte.

Lola haalde een Mars uit haar tas. Die at ze langzaam op terwijl ze tuurde naar de woorden voor zich in een proefschrift van een postdoctoraalstudent met als titel: 'Dokter Frieda Klein en versplinterde autonomie'. Ze nam nog een hapje. *Shit!* Op de een of andere manier zat er nu een veeg chocola op het proefschrift. *Versplinterde autonomie*. Dat klonk niet best.

Ze keek om zich heen naar de andere bibliotheekbezoekers die stug doorwerkten en stuk voor stuk gebogen zaten over hun tablet of papieren. Wat was het warm hier! Ze trapte haar sneakers uit en wiebelde met haar tenen. Toen deed ze haar ogen even dicht, heel even maar. Het gezicht van professor Bradshaw zweefde voor haar, met die rare bril, en haar hoofd viel opzij.

'Lola!' Een luid gefluister. Ze schrok wakker en zag haar vriend Denzil grijnzend voor haar staan.

'Ik zat gewoon na te denken,' zei ze.

'Je snurkte!'

'Hard?'

'Ga mee iets drinken.'

Lola kwam enthousiast overeind, trok haar sneakers aan en pakte haar jas. 'Goed plan!'

'Het is allemaal zo'n gelul,' zei ze na een slok uit haar tweede glas wijn. 'Ze heeft zulke afschuwelijke dingen meegemaakt. Ze is verkracht. Haar ex is vermoord. Ze is gestalkt door een psychopaat. Kun je je dat voorstellen? En het enige waar die academische papers het over hebben is eh... confabulatie of zoiets. Ik zou wel willen weten hoe zíj zich voelt, hoe het is om Frieda Klein te zijn en verstrikt te zitten in al die gewelddadige dingen.'

'Tja... Hoe ga je het nou aanpakken met je scriptie?'

'Ik zal iets in elkaar moeten flansen. Tienduizend woorden is niet zóveel.' Ze fronste haar wenkbrauwen. 'Ik heb helemaal niks gelezen wat me op het juiste spoor zet.'

'Leeft ze nog?'

'Ja.'

'En woont ze in Londen?'

'Ik geloof van wel.'

'Nou dan!'

'Hoezo, "nou dan"?'

'Ga bij haar langs!'

'Mag dat wel?'

'Waarom niet? Dan kun je haar het werk voor je laten doen.'

Lola dacht even na. Op bezoek bij Frieda Klein. Met haar praten. Plotseling leek dat veel gemakkelijker dan over haar lezen.

Beste Frieda Klein, Ik hoop dat u me niet kwalijk neemt dat ik u op deze manier benader. Mijn naam is Lola Hayes en ik ben student criminologie...

Maar de e-mail die Lola verstuurde naar het adres dat ze in het register van erkende psychologen had gevonden, kwam meteen terug. 'Uw bericht kan niet worden afgeleverd bij de volgende ontvanger.' In het register werd geen telefoonnummer vermeld en Frieda stond natuurlijk ook niet in het telefoonboek.

Lola staarde naar de foto's van Frieda Klein, met haar doordringende ogen en altijd zonder glimlach. Haar blik ging naar haar blok met aantekeningen – nauwelijks te ontcijferen krabbels. Ze wist uit de krantenknipsels dat Frieda een huis had in Saffron Mews, vlak bij Tottenham Court Road. Volgens Google was dat maar acht minuten lopen.

Ze trok haar jas aan. Haar moeder zei altijd dat je dingen nooit moest uitstellen...

Het kleine huis in Saffron Mews beviel Lola wel. Het was smal, had een blauwe voordeur en stond tussen twee gebouwen ingeklemd: links garageboxen en rechts sociale huurwoningen. Ze deed een paar stappen naar achteren en keek omhoog. Het huisje had één etage en een zolderverdieping met een dakraam. Al met al zag het er gezellig uit, vond ze, en even voelde ze een heimweeachtige steek in haar binnenste. Ze was opgegroeid in Herefordshire, als enig kind van ouders die allebei al in de veertig waren toen ze werd geboren en die zodra hun dochter was gaan studeren hun huis hadden verkocht en naar Spanje waren verhuisd. Nu woonden ze vlak bij Málaga. De laatste keer dat ze er was geweest, was ze zo erg verbrand dat ze blaren in haar knielholten had. Na het brexitreferendum van de afgelopen zomer dachten haar ouders erover om terug te komen, maar tot het zover was, bleef ze het gevoel hebben dat ze geen thuis meer had.

Er brandde geen licht en de luiken van het raam op de begane grond waren dicht. Dat kon betekenen dat er iemand thuis was, of juist niet. Ze liep naar de voordeur en klopte aan, wachtte, en klopte nog een keer. Toen het duidelijk was dat er niemand kwam opendoen, bukte ze zich om door de brievenbus naar binnen te kijken. Ze zag een houten vloer, een keurig stapeltje post op een richel en een jas aan de kapstok. Recht voor haar liep een steile trap naar boven.

Ze drukte haar gezicht tegen een smal streepje raam tussen de luiken en tuurde met samengeknepen ogen een kleine kamer in met wanden vol boeken. Vlak onder het raam stond een schaaktafeltje met her en der stukken erop. Lola had nooit leren schaken, maar ze zag dat het spel nog in volle gang was. Aan de andere kant stonden twee fauteuils bij een kleine haard. De houtblokken lagen erin opgestapeld, klaar om aangestoken te worden. Op een klein tafeltje stond een potplant met oranje bloemen met een boek met een effen groene kaft ernaast. De kamer was keurig opgeruimd en brandschoon.

Lola ging rechtop staan en draaide zich om. Er was niemand thuis. Ze zou Frieda Klein op een andere manier moeten zien te vinden.

Dan Quarry bleef tot laat op het bureau en werkte zich door de berg papieren heen. Hij had een hekel aan deze kant van het politiewerk, maar op dit ogenblik was het een welkome afleiding. Anders zou hij nu met een diepvriesmaaltijd en een paar blikjes bier thuis voor de televisie hangen. Hij had de bankafschriften geordend en in een mapje gedaan, iets waar Geoffrey Kernan blijkbaar te lui voor was geweest, en bekeek ze nu een voor een. Tot nu toe was hem nog niets opgevallen. Hij wierp een blik op de klok aan de muur en gaf zichzelf nog een halfuur. Dan ging hij in de kantine een broodje halen en daarna nog even door. Dit kostte een hoop tijd.

Bill Dugdale pakte de gratis Londense krant aan die naar hem werd uitgestoken terwijl hij het metrostation binnenging en sloeg die open toen hij in de trein zat. De chaos in Hampstead nam de hele voorpagina in beslag, voornamelijk foto's. De moord op Geoffrey Kernan stond op pagina drie, met een foto van hem erbij die jaren geleden moest zijn gemaakt. Er stond ook een foto van Dugdale zelf in die een paar uur geleden op de persconferentie was genomen. Zijn overhemd hing half uit zijn broek en hij zag er dik en morsig uit.

Hij draaide de krant om zodat hij alleen de koppen van de sportpagina achterop kon zien. Twee dagen bezig en nog nauwelijks resultaat.

7

De rit met de metro naar Swiss Cottage was ingewikkeld. Toen ze het station uit was, moest Lola de route steeds checken op haar telefoon. Maar dit was in ieder geval beter dan in de bibliotheek zitten. Uiteindelijk stond ze voor een industrieel gebouw dat uit de toon viel in deze dure woonwijk. Op de koperen plaat naast de deur stond: THE WAREHOUSE. Ze keek omhoog. Ja, het leek op een oud pakhuis, hoewel het was opgeleukt met felgekleurde raamkozijnen en een kleurige abstracte tegelfries net onder het dak langs de voorgevel. Ze duwde de glazen deur open en stapte een kleine ontvangstruimte binnen, met veel licht hout, kleurige kussens en een comfortabele bank. Er zat een meisje van ongeveer haar eigen leeftijd achter een balie naar haar telefoon te staren. Ze keek op.

'Ik zou Frieda Klein graag spreken,' zei Lola.

'Heb je een afspraak?'

'Niet echt. Ik bedoel nee.'

'Ga maar even zitten.'

Lola zonk neer op de zachte crèmekleurige bank en besefte dat ze niet had nagedacht over wat ze tegen Frieda Klein zou zeggen als ze haar ontmoette. Misschien konden ze gewoon even kletsen en zou ze dan proberen haar een paar tips voor haar scriptie te ontfutselen.

Er kwam een vrouw de trap af. Haar hakken tikten op de harde vloer. Ze praatte even met het meisje achter de balie en keek toen om naar Lola. De vrouw had donker haar en donkere ogen, aan haar vingers schitterden vele ringen en ze had een witte blouse aan met daaronder een verrassend extravagante lange rok met blauwe, rode en amberkleurige strepen. Ze kwam naar Lola toe en ging naast haar zitten.

'U ziet er heel anders uit dan op de foto's,' zei Lola.

'Welke foto's?'

'Die in de kranten. Maar ik ben blij dat u even tijd voor me hebt.'

De vrouw keek haar ietwat verbouwereerd aan en toen ontspande haar gezicht in een glimlach. 'Je dacht dat ik Frieda Klein was?'

Ze had een buitenlands accent. Spaans? Was Frieda Klein Spaans? Daar had niets van in de kranten gestaan.

'Dat bént u toch?' vroeg ze aarzelend.

'Ik ben een collega van haar.' Het bleef stil. De vrouw leek te wachten totdat Lola iets zei, maar Lola kon niks bedenken, dus ging de vrouw verder. Op geruststellende toon zei ze: 'Als je een afspraak wilt met dokter Klein, is het het handigst als je een verwijzing van je huisarts hebt.'

Weer een stilte.

'Ik ben niet echt een patiënt,' zei Lola.

'Waarom ben je dan hier?'

'Ik ben studente.'

'Voor trainingen en stages vul je het aanmeldingsformulier in op de website. Zomaar langskomen werkt niet.'

'Zo'n student ben ik niet. Ik wil Frieda Klein alleen even spreken.'

'Dat willen heel veel mensen.'

'Ik ben bezig met een scriptie. Ik wilde haar wat vragen stellen.'

'Waar gaat die scriptie over?'

'Over Frieda Klein.'

'Wat studeer je dan?' Plotseling klonk ze een stuk minder vriendelijk.

'Criminologie. Ik heb van mijn supervisor te horen gekregen

dat ze een interessant onderwerp zou kunnen zijn.'

De vrouw stond op. 'Nee,' zei ze.

'Wat bedoelt u?'

'Dokter Klein is er niet.'

'Weet u wanneer ze er wel is?'

'Ze is weg.'

'O? Op vakantie?'

'Dat is jouw zaak niet,' zei de vrouw inmiddels flink geïrriteerd.

'Hebt u haar nummer? Of haar e-mailadres?'

'Dokter Klein hecht aan haar privacy.'

'Dat kan wel zijn, maar ik heb een heleboel over haar in de kranten gelezen, dus als ze één ding niet heeft, is het privacy.'

'Je kunt nu beter gaan,' zei de vrouw, intussen echt boos.

Er kwam een jonge man bij hen staan. Hij was lang en mager en droeg een wijde zijdeachtige broek, een trui die Lola zelf wel zou willen hebben en zware laarzen. Zijn lichtbruine haar was bijeengebonden in een staartje en hij had verschillende piercings.

'Kan ik iets doen?'

'Nee, ze gaat net weg.' De vrouw keek Lola nog een keer woedend aan en keerde zich toen om.

'Echt vriendelijk is ze niet,' liet Lola zich ontvallen tegen de jonge man.

'Ze beschouwt het als haar taak om iedereen te beschermen.'

'Ben je hier patiënt?'

'Ik werk hier.'

'O, ben je therapeut? Zo zie je er niet uit.'

'Hoe ziet een therapeut er dan uit?'

'Eh... Ik weet niet. Ouder. En ernstiger, met een baard en een bril en...' Ze bekeek hem twijfelend. '... anders gekleed.'

Hij schoot in de lach. 'Bedoel je dat we allemaal op Freud moeten lijken?'

'Hoe heet je?'

'Jonah Martin. En jij?'

'Lola Hayes. Ken je Frieda Klein?'

'Ik vrees van niet. Ik ben hier pas vorige week begonnen. Maar op een bepaalde manier ken ik haar natuurlijk wel. Zij is verweven met deze plek.'

'Weet je hoe ik haar kan bereiken?'

Hij schudde zijn hoofd. 'Nee. En als ik het wist zou ik je dat waarschijnlijk niet vertellen.'

Een minuut later stond Lola buiten op het trottoir zonder te weten hoe ze Frieda kon bereiken. Tien minuten later, toen ze terugliep naar het metrostation, ging haar telefoon. Het was Hal Bradshaw.

'O!' riep ze verschrikt uit. 'Heb ik iets fout gedaan?'

'Helemaal niet.' Hij lachte gemaakt. 'Ik bel gewoon naar aanleiding van ons gesprek over Frieda Klein.'

'Echt? Nou, dat is heel vriendelijk van u.'

'Hoe gaat het?'

'Niet best. Ik kom net van The Warehouse in Swiss Cottage. Ze schijnt ergens heen te zijn en ik kan geen contact met haar opnemen.'

'Echt niet? Dat is vreemd. Maar in dat geval heb ik wel een ander idee. Frieda Klein is opgeleid door Reuben McGill. Vroeger was hij beroemd... of berucht eigenlijk. Het is maar hoe je het bekijkt. Hij is altijd een van Frieda Kleins beste vrienden geweest en woont in Primrose Hill. Dat is te lopen vanaf daar.'

'Wat? Nu?'

'Ja, nu! Hij kent haar geheimen het beste van iedereen. Ga bij hem langs en bel me dan terug om me te laten weten hoe dat is verlopen.'

Hij gaf haar het adres. Lola voelde zich niet prettig bij zijn plannen en dat gevoel had ze nog steeds toen ze twintig minuten later aanbelde bij Reuben McGill. Achter de voordeur hoorde ze geschuifel en toen werd die geopend door een slonzige figuur van ergens in de zestig. Hij was ongeschoren en liep op blote voeten, had warrige grijze krullen en kringen onder zijn ogen en droeg een geruit overhemd. Lola vertelde dat ze voor Reuben McGill kwam.

'Dat ben ik.'

Terwijl Lola uitlegde waarvoor ze kwam, werd zijn gezichtsuitdrukking steeds wantrouwiger. Toen ze klaar was, vroeg hij grommend: 'Hoe kom je aan dit adres?'

Om de een of andere rare reden had Lola plotseling zin om hem iets op de mouw te spelden. Maar ze kon niks bedenken, dus hield ze het bij de waarheid. 'Dat heeft professor Bradshaw me gegeven.'

Ze had verwacht dat hij neutraal of misschien geïrriteerd zou reageren. Niet dat hij in een hese schaterlach zou uitbarsten.

'Hal Bradshaw,' zei hij, alsof de naam op zich al heel grappig was. Toen ging zijn lach over in een benauwde hoest. Hij gebaarde dat ze binnen moest komen. Een beetje beschroomd volgde ze hem naar de woonkamer. Het was er nogal rommelig, met overal boeken, jassen en flessen. In de fauteuil lag een lapjeskat te slapen.

'Josef!' riep Reuben met zijn ogen nog steeds op haar gericht. 'Kom eens, dit moet je zien!'

Lola hoorde iemand de trap af komen, waarna er een man met donker haar en gevoelvolle ogen de kamer in kwam. Hij droeg een T-shirt, een spijkerbroek met verfvlekken en ruige laarzen die meer geschikt waren voor buiten.

'Ze is studente,' zei McGill. 'En ze wil een scriptie over Frieda schrijven.'

'Vreemd.'

'En ze is hierheen gestuurd door Hal Bradshaw.'

Dat leek Josef ook al grappig te vinden: er verscheen een glimlach op zijn gezicht. Wat is er zo leuk aan Bradshaw? vroeg Lola zich enigszins verward af.

'Wil je iets drinken?' vroeg McGill.

'Thee bedoelt u?'

'Ik dacht aan iets sterkers.'

'Daarvoor is het nog een beetje vroeg.'

'Voor studenten is het nooit te vroeg, dacht ik.'

'Soms wel.'

'Dus je bent bevriend met Hal Bradshaw?'

'Nee, niet bevriend. Ik heb hem maar één keer gesproken. Mijn supervisor zei dat professor Bradshaw Frieda Klein kent. Dus ben ik naar hem toe gegaan en toen verwees hij me naar u.'

McGill begon weer te glimlachen.

'Is daar iets grappigs aan?' vroeg Lola.

'Heb je *Road Runner* weleens gezien?' vroeg McGill.

'Ik geloof van niet,' zei Lola.

McGill keek Josef aan. 'Jij?'

'Road Runner?' vroeg Josef peinzend. 'Is een auto?'

'Dit is hopeloos,' zei McGill. 'Het is een tekenfilm. Die zouden jullie eens moeten kijken, allebei.' Hij schudde zijn hoofd verdrietig. 'Nou, Road Runner is een soort vogel. En er is een coyote die Road Runner probeert te vangen met allerlei slimme trucjes. Maar het lukt hem nooit. Als je het kende,' zei hij met zijn ogen op Lola gericht, 'en Bradshaw ook kende op de manier waarop wij hem kennen, zou je meteen snappen dat Bradshaw net Wile E. Coyote is en Frieda Road Runner.' Hij zweeg even. 'Je moet het maar eens kijken. Het is heel grappig. Je kunt het vast op YouTube vinden.'

Het bleef weer even stil.

'Ik ben er niet op uit om dokter Klein te vangen, ik wil alleen een scriptie over haar schrijven,' zei Lola. 'Over alles wat ze heeft gedaan.'

McGill en Josef keken elkaar aan.

'Het punt is,' zei McGill, 'dat ze weg is.'

'Ik weet dat ze weg is,' zei Lola. 'Ik ben bij haar huis geweest. En ik kom net van The Warehouse waar een of andere vrouw me als een crimineel behandelde.'

'Tja!' zei McGill opgewekt. 'Paz is een heks.'

'Wat is het probleem? Waarom kan ik haar niet gewoon bellen? Als ze weg is, kan ik haar toch e-mailen of zoiets? Ik wil haar gewoon een paar vragen stellen.'

'Niet makkelijk,' zei Josef hoofdschuddend.

'Kunnen jullie me dan tenminste vertellen waarom jullie me niks willen vertellen?'

'Dan zouden we je toch iets vertellen,' zei McGill. 'Luister, Layla –'

'Lola.'

'Wij zijn zo vriendelijk geweest met je te praten. Ik denk dat het gemakkelijker zou zijn als je een ander onderwerp zoekt voor je scriptie.'

'Maar nu ben ik juist super geïnteresseerd geraakt door jullie.'

Toen ze de voordeur uit ging, botste ze bijna tegen een jonge vrouw op die naar binnen wilde. Ze had rechtopstaand zwart stekeltjeshaar en zwaar met kohl omrande ogen, en droeg stoere laarzen en een leren jack. Lola vond haar een beetje angstaanjagend, maar het meisje glimlachte naar haar en plotseling leek haar gezicht onder al die make-up lief en kwetsbaar.

'Hai,' begroette het meisje haar.

'Hé Chloë,' riep Josef vanuit de gang.

Dus dit was Frieda's nichtje. Lola had over haar gelezen in de krant. Ze draaide zich om, maar op dat moment viel de voordeur dicht.

Lola zat tegenover Liz Barron in het kantoor van de krant in Canary Wharf. Het lag op de zeventiende etage. Het uitzicht was prachtig: aan de overkant van de Theems lag het Millennium Dome als een witte stekelige schildpad te baden in de heldere middagzon. Ze maakte haar blik er met moeite van los en richtte haar aandacht op de opgewekte, glimlachende vrouw tegenover haar. Ze had glanzend haar, glimmende lippen en was een en al vriendelijkheid. Lola kreeg er gewoon een ongemakkelijk gevoel van.

'Ik heb de krantenartikelen over Frieda Klein doorgenomen,' begon Lola. 'U lijkt meer over haar te hebben geschreven dan wie ook.'

'Ja, en dat was geen makkelijke klus, kan ik je vertellen,' reageerde ze. 'De meeste mensen houden van aandacht. Ze willen graag in de krant of op de televisie. Maar Frieda niet. Er hing iets mysterieus om haar heen. Ik heb haar geïnterviewd, aangespoord meer te vertellen, maar ze hield niet van de spotlights.'

'Waarom deed ze dat interview dan?'

Barron schudde haar hoofd. Haar haren dansten met haar mee. 'Misschien moet je psycholoog zijn om die vraag te kunnen beantwoorden, maar ik heb mijn best gedaan dat te doen. Ik heb altijd gedacht dat ze een duistere kant had, iets waardoor haar grootste angsten ook een bepaalde verleiding voor haar hadden. Daar heb ik over geschreven. Een lang artikel over vrouwen die aangetrokken worden door geweld, duisternis en dood.'

'Ja, dat heb ik gelezen.'

'Het leverde een geweldige respons op!'

Lola knikte zonder interesse. Zij voelde zich helemaal niet aangetrokken tot geweld, duisternis en dood.

'Ik vraag me af hoe het haar zal vergaan,' merkte Liz Barron peinzend op.

'Hoe bedoelt u?'

'Ze is betrokken geraakt bij het onderzoek naar Hannah Docherty. Dat is niet goed afgelopen. En pas geleden die zaak met Daniël Blackstock. Ik kende hem. Het gebeurde recht onder mijn neus. Wat ik probeer te zeggen is dat ik denk dat ze er slecht aan toe is.' Ze keek Lola nadenkend aan. 'En jij schrijft een scriptie over haar. Wat vond je van Frieda?'

'Ik heb haar niet kunnen traceren.'

'Hè? Hoezo? Heb je haar adres niet?'

'Daar is niemand thuis. Er ligt een stapel post. En ik ben naar haar werk geweest. Daar zeiden ze dat ze weg was, niet bereikt kan worden en ze niet weten wanneer ze terugkomt.'

'Echt?' Liz Barrons ogen lichtten op. Ze pakte een pen en noteerde iets op het notitieblok voor haar. Toen keek ze op. 'Wat ben je nog meer te weten gekomen?'

Toen hun gesprek ten einde was, liep Liz Barron met Lola mee naar de lift. Ze drukte op de knop. En nog een keer. Met een innemende glimlach naar Lola zei ze: 'Als je iets interessants te weten komt, moet je het laten weten. Goed?'

'Ik denk niet dat dat gaat gebeuren.'

De lift was er nog steeds niet. Liz Barron drukte nog een keer op de knop. 'Ik maak mezelf altijd wijs dat de lift eerder komt als je een paar keer achter elkaar op de knop drukt.'

Eindelijk stopte de lift op hun etage. Lola stapte in. Toen de deuren dichtgingen, stak Barron haar hand ertussen om ze te blokkeren.

'Ja?' vroeg Lola.

'Ik wilde alleen nog even zeggen dat mensen die betrokken raken bij Frieda Klein...'

'Ja?'

'Ik weet niet... Kijk uit, dat is alles. En hou me op de hoogte.'

Ze trok haar hand terug en de deuren gingen dicht.

8

Larry Phelps was bijna twee meter lang en heel spichtig. Hij deed Dugdale altijd denken aan een boom die te snel naar het licht was opgeschoten. Zelfs als hij zat, was hij lang, met dunne polsen, stakerige botten en een hoog voorhoofd. Hij duwde zijn bril hoger op zijn benige neus en leunde naar voren.

'We zitten met een probleem,' zei Dugdale. 'We hebben de computer van een moordslachtoffer en zijn geïnteresseerd in zijn zoekgeschiedenis. Maar die lijkt gewist. Is er een manier om die terug te krijgen?' Hij wees naar de laptop op zijn bureau.

Phelps klapte hem open.

'Is dat iets wat jij voor elkaar kunt krijgen? Je mag hem meenemen als je wilt. Ik weet dat het misschien tijd kost, maar we zouden hem zo snel mogelijk terug willen. Hoe eerder, hoe beter.'

Phelps keek op. 'Hebt u een kop koffie voor me?' vroeg hij. 'Melk en twee klontjes suiker.'

'Natuurlijk.'

'Ik bedoel... Nu?'

Dugdale klemde zijn kaken op elkaar en liep een beetje rood aan. Zijn ondergeschikten zouden dat een alarmerend teken vinden, maar Phelps tuurde alweer naar het scherm en typte iets in. Bij de politie waren er twee groepen: mensen die om koffie vroegen en mensen die koffie haalden, en Dugdale hoorde bij de eerste groep. Maar hij slikte zijn woorden in, liep de kamer uit en door het kantoor naar het koffieapparaat. Daar drukte hij op de knop ‘koffie met melk’ en op de knop ‘koffie zwart’ voor zichzelf. Hij griste twee zakjes suiker mee en liep terug naar zijn kamer. Daar zat Phelps met zijn armen over elkaar naar het plafond te staren.

‘Is er een probleem?’ vroeg Dugdale.

‘Ik heb de volledige zoekgeschiedenis.’

‘Ik dacht dat hij die had gewist.’

Phelps pakte de koffie aan en schoof zijn stoel weg van het bureau. ‘Je zoekgeschiedenis verbergen door die te wissen is net zoiets als...’ Hij nam een slok koffie. ‘Als mijn dochtertje van drie die bij het verstoppertje spelen haar handen voor haar ogen houdt en dan denkt dat ik haar niet kan vinden. Er staat een lijst met URL’s op het scherm.’

Dugdale deed een stap naar voren.

‘Ho! Stop!’

‘Wat is er?’ vroeg Dugdale geschrokken.

‘Als u de informatie op die computer voor eeuwig kwijt wilt raken, moet u er koffie overheen morsen.’

‘Oké, oké.’ Dugdale zette zijn koffie helemaal aan de andere kant van het bureau neer. ‘Heb je iets interessants gezien?’

‘Ik dacht dat u op zoek was naar porno. Kinderporno, dierenporno, wat dan ook.’

‘En? Iets gevonden?’

Phelps haalde zijn schouders op. ‘Her en der wat. Niets ongewoons. Maar bekijk zijn laatste zoekopdrachten maar eens.’ Larry Phelps ontvouwde zijn lange lijf en stond op. ‘Ik ga weer.’

Toen hij weg was, liet Dugdale zich op zijn bureaustoel zakken en bekeek het scherm. Er stond een lijst met webadressen op: het weer, sport, online winkels. Maar Phelps had het over zoekopdrachten gehad. Wat bedoelde hij daarmee? Dugdale klikte de meest recente aan. Toen begreep hij het meteen. Hardop las hij voor: ‘Hoofdinspecteur Malcolm Karlsson.’

Hij bleef bewegingsloos zitten. Wat had dat te betekenen? Waarom zocht een vertegenwoordiger naar informatie over een politierechercheur?

Dugdale kende Karlsson oppervlakkig. Ze kwamen elkaar regelmatig tegen bij officiële gelegenheden. En ze hadden ooit tegelijkertijd dezelfde trainingscursus gevolgd. De man was anders dan anderen, hij had iets afstandelijks, vond Dugdale. Hij was geen teamspeler, geen vent die joviaal op je schouder sloeg, niet 'een van de jongens'. Maar hij was slim. Hij had de afgelopen jaren een aantal onderzoeken geleid die veel aandacht van de pers trokken: de ontvoering van het jongetje door Dean Reeve, bijvoorbeeld, of die vreemde zaak waarbij er een dode man halfvergaan op de bank was aangetroffen in het huis van een geestelijk gestoorde vrouw. En hij werkte samen met Frieda Klein, natuurlijk. Er werd beweerd dat hij verliefd op haar was, hoewel niemand dat ooit in zijn gezicht had durven zeggen. Dugdale streek met zijn vinger langs de binnenkant van zijn boord. Maar waarom was Kernan in hem geïnteresseerd? Hij fronste zijn voorhoofd en staarde even voor zich uit. Toen stond hij op en liep naar de deur. Quarry zat aan de telefoon en was in een mompelend gesprek verwikkeld. Duidelijk over een privékwestie. Dugdale bleef in de deuropening staan tot Quarry hem opmerkte. In verlegenheid gebracht hing hij gauw op.

'Alles in orde, Dan?'

'Prima,' antwoordde Dan abrupt.

Dugdale vertelde hem over de zoekgeschiedenis. 'Neem contact op met Karlsson, zoek uit of hij ooit iets met Kernan te maken heeft gehad. Ik zal mevrouw Kernan bellen en haar vragen naar Karlsson. Hoe heette ze ook alweer?'

'Sarah,' zei Quarry.

'Goed,' reageerde Dugdale. 'Ik ben verschrikkelijk met namen.'

Toen Sarah Kernan de telefoon opnam, informeerde Dugdale plichtmatig naar haar welzijn, of ze sliep, en hoe de begeleiding was die ze kreeg, voordat hij over de echte reden van zijn telefoontje begon.

'We hebben de computer van uw echtgenoot bekeken en daaruit blijkt dat hij heeft gezocht naar iemand bij de politie, ene hoofdinspecteur Malcolm Karlsson. Wij vroegen ons af of u ons daar misschien meer over zou kunnen vertellen.'

'Die naam zegt me niks.'

'Heeft uw man in de afgelopen tijd te maken gehad met de politie?'

'Daar heb ik niets over gehoord. Denkt u dat hij in de problemen zat?'

'Daar is ons niets van bekend. Kan het zijn dat hij getuige van iets is geweest?'

'Ik weet het niet. Maar hij vertelde me niet altijd alles.'

'Uw echtgenoot moet Karlssons naam hebben gekend, anders had hij online niet op die naam gezocht. En hij moet er ook een reden voor hebben gehad.'

'Het enige wat ik u kan vertellen is dat ik die naam nooit eerder heb gehoord. Misschien was hij een klant?'

Dugdale dacht niet dat de kans groot was dat een hoofdinspecteur zich bezighield met de inkoop van toiletpapier. 'Kan er iets zijn geweest wat hij aan Karlsson had willen vertellen?'

'Ik weet het niet, ik heb geen idee wat. En zou hij dan niet gewoon naar het politiebureau hebben gebeld? Of naar het alarmnummer?'

Er viel Dugdale iets in. 'Nam uw man zijn laptop mee naar zijn afspraken?'

'Sorry, maar ik weet niet zoveel over het werk van mijn man... mijn overleden man...'

Dugdale hoorde een onderdrukte snik. 'Het spijt me, dit moet heel moeilijk voor u zijn. Als u liever hebt dat ik een andere keer bel...'

Hij hoorde kuchen en snuiven. Opeens wenste hij dat hij een vrouwelijke politiemedewerker had gevraagd mevrouw Kernan te bellen. Vrouwen waren beter in dit soort dingen. Empathisch. Geduldig. Tolerant.

'Nee, ik wil helpen.'

'Deelde hij zijn laptop met iemand?'

'Ik heb mijn eigen computer. En Ned zat op de universiteit tot dit allemaal gebeurde.'

Ze snoot haar neus.

'Maar iedereen kon die laptop gebruiken, hij stond open en bloot in huis,' hield hij vol.

'Hij stond altijd in zijn kamertje. Daar komt nooit iemand.'

'Deed hij de deur op slot?'

'Nee. Maar er komt nooit iemand langs. Een vriendin van me soms, op de thee. En mijn zus.'

Dugdale wist wanneer hij niet verder kwam, wanneer er niets meer te vragen viel. Hij vroeg of ze hem wilde bellen als haar iets te binnen schoot, maar vermoedde dat dat niet zou gebeuren. Hij verbrak de verbinding en trommelde peinzend met zijn vingers op zijn bureau. Hij had het gevoel dat er iets niet klopte, maar wat?

Terwijl Dugdale het telefoongesprek met Sarah Kernan voerde, liep Quarry over Lincoln's Inn Fields. Hij had te horen gekregen dat Karlsson een afspraak had in een pub die de Admiral Hood heette. Het was vroeg in de avond en de bar werd bevolkt door ontsnapte kantoormuizen. Een grote kale man in een grijs pak zat in zijn eentje met een biertje voor zich aan een tafeltje de avondkrant te lezen.

'Bent u Malcolm Karlsson?' vroeg Quarry.

De man keek geïrriteerd op.

'Ik zit hier,' hoorde Quarry een stem achter zich.

Quarry keerde zich om. Er gebaarde een man met kort, donker haar en een alerte, licht ironische blik naar hem. Ondanks zijn pak en stropdas zag hij er niet uit als een rechercheur. Eerder als een leraar of iets dergelijks. Er zaten twee vrouwen bij hem. De ene was jong, had bruin, strak naar achteren gebonden haar, een stuurs gezicht en keek wantrouwend, bijna vijandig, naar hem op. Ze droeg een donkere, ruimvallende broek en een bruine trui. De andere vrouw was duurder gekleed, haar ronde gezicht werd omlijst door krullen, om haar pols zat een hele reeks armbanden en ze had oorbellen in, haar lippen glansden van de lipgloss en ze was gehuld in een wolk van parfum die Quarry daar waar hij stond al kon ruiken. Ze vormden een ongemakkelijk groepje met z'n drieën; duidelijk geen vrienden, maar ook geen zakenconnecties. Quarry voelde meteen een spanning tussen hen.

'Dit is mijn collega, Yvette Long,' zei Karlsson. 'En dit is Liz Barron, journaliste. Heeft dit bezoek met werk te maken?'

'Ja.'

Karlsson richtte zich tot Liz Barron. 'Kunt u ons even alleen laten?'

Barron trok een gezicht, bijna pruilend, stond op en liep door het café naar buiten.

'Er zijn niet veel misdaadverslaggevers meer,' merkte Karlsson op, 'maar Liz Barron is een van hen. Ze heeft er een neus voor. En,' voegde hij eraan toe, 'ze lijkt altijd te weten waar ze ons kan vinden.'

'Dat waardeert u niet echt, zo te horen.'

'Tja, wat zeggen ze ook weer over nieuws? "Dat is iets wat iemand niet gedrukt wil zien." Waar wilde je me over spreken?'

'Hebt u gehoord over het auto-ongeluk in Hampstead?'

Eerst leek Karlsson niet te weten waar hij het over had, maar toen Quarry wat meer details gaf, knikte hij. 'Ik heb er iets over gelezen.'

'Dat is nu een moordonderzoek.'

'En?'

'Hebt u er bezwaar tegen als ik eerst even iets te drinken voor mezelf haal?' vroeg Quarry.

'Ik ga wel,' zei Long abrupt en ze liep naar de bar om een gin, een flesje tonic en een zakje chips voor Quarry te halen.

Toen ze terugkwam, dronk Quarry de helft van zijn gin in één keer op. 'Het slachtoffer is een vertegenwoordiger, ene Geoffrey Kernan. Kent u die?'

Zowel Karlsson als Long keek verbaasd.

'Wat bedoel je?' vroeg Karlsson.

'Er zitten een aantal vreemde kanten aan de zaak. Hij zat in z'n eentje in de auto, toen die op een aantal mensen inreed. Maar toen was hij al dood en de auto was gestolen. En een paar dagen eerder had hij op zijn laptop gezocht naar u.'

'Dat kan een andere Malcolm Karlsson zijn geweest.'

Quarry haalde een stuk papier uit zijn zak, vouwde dat open en legde het op de tafel neer. Karlsson zette zijn leesbril op en bekeek het.

'Dat is de lijst van wat hij heeft gevonden. Grofweg een overzicht van wat u de laatste twee jaar hebt gedaan.'

'Hoe was zijn naam ook weer, zei je?'

'Kernan. Geoffrey Kernan.'

Karlsson wierp een blik op Yvette Long. 'Zegt die naam jou iets?'

Ze schudde haar hoofd. 'Ik zal het checken op het bureau,' zei ze. 'Eens rondvragen. Maar mij klinkt-ie niet bekend in de oren.'

Quarry haalde een foto uit zijn zak en gaf die aan Karlsson.

Long en Karlsson bestudeerden hem.

'Helaas. Ik zou je graag helpen, maar ik kan niets bedenken,' zei Karlsson.

Quarry gaf Karlsson zijn visitekaartje. 'Voor het geval dat,' zei hij, en hij stond op.

'Als je Liz Barron ziet,' zei Karlsson, 'stuur haar dan maar terug naar binnen, zodat we haar beleefd kunnen vertellen dat we haar niets te vertellen hebben.'

Quarry liep de bar uit en zag dat Liz Barron op het trottoir een sigaret stond te roken. Hij knikte naar haar. 'Ze verwachten u weer binnen,' zei hij.

Ze leek geen haast te hebben om haar sigaret uit te maken. 'Wat zeiden ze over mij?' vroeg ze. 'Niet veel goeds, wed ik.'

'We hadden andere dingen te bespreken.'

'Nog iets interessants?'

'Gewoon, een lopend onderzoek.'

'Van hem of van jou?'

Quarry fronste zijn wenkbrauwen. 'Ik kan u verwijzen naar de persvoorlichter als u wilt.'

Barron opende haar handtas en haalde er een kaartje uit. Quarry kon een glimlach niet onderdrukken.

'Is er iets amusants?' vroeg Barron.

'We geven elkaar allemaal kaartjes,' zei Quarry. 'Ik heb net het mijne aan hoofdinspecteur Karlsson gegeven.'

'Dus leren we elkaar allemaal kennen.'

Hij keek naar haar visitekaartje. 'Waarom geeft u me dit?'

'Ik ben altijd geïnteresseerd in...' Ze zweeg. 'Eh... interessante dingen. Bovendien ben ik uiterst discreet en regel ik mijn zaakjes op professionele wijze.'

'Professionele wijze?'

'Ik ben altijd bereid te betalen voor iemands tijd.' Ze zweeg weer afwachtend, maar Quarry reageerde niet. 'Om de kosten te dekken.'

'Ik vermoedde al dat u dat bedoelde.'

'We moeten eens een keer een drankje drinken samen. We kunnen vast wel iets voor elkaar betekenen.'

Voordat hij kon reageren, gooide ze haar brandende peuk op de grond en liep naar binnen. Hij hoorde een berichtje binnenkomen op zijn telefoon. Dat zou Maggie wel weer zijn.

9

Quarry stapte in zijn auto en sloot Geoffrey Kernans navigatiesysteem aan. Het duurde even voordat het apparaat opgestart was en toen klonk er een assertieve vrouwenstem: 'Keer zo snel mogelijk om.' Hij lachte grimmig. Weer een afkeurende vrouw die hem vertelde wat hij moest doen. Maar hij volgde gehoorzaam haar instructies op en belandde achtereenvolgens ten noorden van Londen bij een enorme badkamershowroom in de buitenwijken van Maldon, een lagere school in Ingatestone, een Travelodge vlak bij luchthaven Stansted, twee pubs, het tuincentrum waar Kernans echtgenote werkte, een nieuw complex dat nog in aanbouw was, een meubelzaak en een opticien. Bijna iedereen herkende Geoffrey Kernan van de foto en wist dat hij was vermoord en ze vertelden allemaal dat hij bij hen was geweest in de week voor zijn verdwijning. Soms was het nodig dat Quarry op meerdere plekken aanbelde, zijn legitimatie toonde en de foto liet zien voordat hij het juiste adres had gevonden: een vrouw bij wie een nieuwe badkamer werd geïnstalleerd, of een echtpaar dat hem een bijna-nieuwe magnetron had verkocht via eBay.

Een aantal adressen was veel verder weg, bijna in Coventry, Bristol of Norwich. Kernan had een hoop kilometers gemaakt. Quarry maakte een aantekening dat hij dat moest checken bij zijn werkgever. Er was een huis in West Ham, vlak bij een voetbalveld, waar niemand opendeed. Hij noteerde dat hij later terug moest gaan. Er was een park in Beckton; waarschijnlijk had

Kernan er een ommetje gemaakt. Had hij een hond? Quarry wist bijna zeker van niet. De meest recente bestemming was het dichtst bij Kernans huis. Op de ring werd hij een afslag naar een industrieterrein op gestuurd. Het schermpje van de navigatie gaf aan dat hij vlak bij een rivier was, maar daar viel geen spoor van te bekennen. Hij reed langs bouwterreinen, een busremise, een houthandel, een autosloperij met hoge stapels autowrakken. Er stond een caravan waar je koffie kon krijgen, er was een opslag voor zware werktuigen en een enorm afvalverwerkingsbedrijf. De bazige stem kondigde aan dat de bestemming was bereikt. Hij zette de auto in de berm naast de weg. Tot zijn verbazing stonden er drie rijtjeshuizen. Een ervan was dichtgetimmerd. Het leek een vergeten overblijfsel – waarschijnlijk hadden deze woningen als enige de bombardementen overleefd die het hele terrein in vuur en vlam hadden gezet.

Toen Quarry uitstapte, werd hij overvallen door de herrie van vrachtwagens en graafmachines. Er hing een stank van rottend afval die hij bijna lijfelijk kon voelen. Het was niet één smerige geur, maar een stank die uit vele lagen was opgebouwd: industrieel en organisch, zuur en zoet, bitter en scherp.

Hij liep naar het vreemde restant dat nog overeind stond van een blok rijtjeshuizen. De eerste woning stond duidelijk leeg, dus liep hij naar de middelste. Er was geen bel, dus bonkte hij een paar keer met zijn vuist op de voordeur, die even later werd geopend door een man die nauwelijks wakker leek. Hij droeg een bestofte spijkerbroek vol vlekken en een groezelig T-shirt. Zijn armen zaten onder de tatoeages en hij had piercings in zijn oren, neus en lippen. Quarry hield zijn legitimatie op. 'Kent u ene Geoffrey Kernan?'

'Nee.'

'Dat zegt u wel heel snel. Denkt u alstublieft goed na. Geoffrey Kernan. Geoff, misschien.'

'Nooit van gehoord.'

Hij pakte de foto uit zijn zak en liet die zien. 'Dit is Kernan.'

De man schudde zijn hoofd.

'Wonen hier nog meer mensen?'

'Een paar. Als ze moeten werken, slapen ze hier.'
'Kan ik die spreken?'
'Ze zijn er niet.'
'Enig idee wanneer ze terugkomen?'
'Nee. Misschien over een uurtje, of zo.'

Quarry liep naar de caravan en bestelde een kop thee. De vrouw achter de toonbank had donker haar, een bleek gezicht en een Oost-Europees accent – Quarry vermoedde dat ze Tsjechisch was. Ze maakten een praatje, maar toen Quarry vroeg naar de bewoners van het huis aan de overkant, wie dat waren en wat ze deden, had ze niets te zeggen. Hij was eraan gewend dat mensen plotseling stilvielen. Meestal waren ze bang dat hij van de gemeente of de immigratiedienst was. Even overwoog hij te zeggen dat het hem niet interesseerde of ze hier legaal waren of niet, maar hij nam niet de moeite. Ze zou hem toch niet geloven.

Toen zijn thee op was, wandelde hij doelloos een beetje rond. Hij vond een pad dat naar de rivier leidde en keek naar Thamesmead aan de overkant en de enorme stormvloedkering in de bocht rechts van hem. Hij woonde al zijn hele leven in Londen, maar hier was hij nog nooit geweest. Het was allemaal nieuw voor hem. Uiteindelijk liep hij weer terug naar het huis. Er bleken twee mannen net terug te zijn van hun werk, allebei in gele fluorescerende jacks. Wantrouwend en onwillig bekeken ze de foto van Kernan. Ze beweerden allebei dat ze hem niet kenden. Quarry wist niet of ze hem echt nog nooit hadden gezien, hem wel kenden maar logen, of sowieso altijd onwetend en onschuldig zeiden te zijn om niet in de problemen te komen.

Terug in de auto nam hij met een ontevreden gevoel over de dag zijn aantekeningen door. Soms was niets vinden net zo nuttig als wél iets vinden. Maar niet in dit geval.

10

Twaalf jaar geleden was Neil Morrell advocaat geweest, met een kleine praktijk, een pensioen en een verloofde die in de City werkte, een huis in Camden en een drugsverslaving. Nu was hij niet langer advocaat, had hij geen pensioen, geen verloofde, geen huis – en geen drugsverslaving. Hij dronk niet eens koffie. Tegenwoordig werkte hij vier dagen per week als parkwachter op Hampstead Heath en was hij de andere drie yogaleraar. Morrell droeg zijn lange zilvergrijze haar in een staartje, had een volle baard en een tatoeage van een boom op zijn linkerbovenarm. 'Bomen hebben mijn leven gered,' zei hij altijd. Soms praatte hij tegen ze of bleef even staan bij de oude eik die lang geleden door de bliksem was gekliefd maar dat had overleefd, of bij de wilgen beneden bij het meer om geruststellende klopjes op hun stam te geven terwijl hij met half dichtgeknepen ogen omhoogkeek op zoek naar dode takken of bladeren die tekenen van meeldauw vertoonden.

Hij kende de Heath als zijn broekzak. Toen het hele terrein overhoop werd gehaald door die afgrijselijke graafmachines en er damwanden werden aangebracht om te voorkomen dat het park en de lager gelegen woonwijken zouden overstromen, had hem dat bijna fysiek pijn gedaan. Hij hield van de Heath, in alle jaargetijden, maar vooral in de herfst: de zachte, rijke kleuren, de geur van ontbinding, het ritselen van de bladeren als hij er langzaam doorheen liep.

Vanochtend miezerde het; er hing een druilerig waas over het landschap. Het was niet druk, hij zag alleen een aantal hardlopers en iemand die de hond uitliet. Neil Morrell deed zijn dagelijkse ronde en liep de heuvel op naar Whitestone Pond. Hij was er een paar dagen niet geweest. Onderweg naar boven bleef hij even staan. Hij rook iets. Een brandgeur. Waarschijnlijk iemand die een vuurtje stookte in een tuin in de buurt. En inderdaad, toen hij tussen de bomen uit kwam, zag hij een dikke rookpluim omhoog kronkelen.

Terwijl hij verder de helling op liep, kwam de enorme krater in het zicht waar ooit een meer was geweest en de grond nog steeds drassig was, zelfs in de droogste zomers. De gemeente had het terrein dit jaar aangewezen als de plek waar het vreugdevuur van 5 november, Guy Fawkes Night, moest plaatsvinden. Neil vond het belachelijk dat een vreugdevuur op zo'n drassige plek moest worden gehouden: het publiek zou de boel tot een modderpoel vertrappen, waarna het maanden zou duren voordat alles weer een beetje was hersteld. Er werd al wekenlang hout verzameld, dat was opgestapeld tot een wigwam van takken die al een behoorlijk formaat had. Maar nu had iemand er blijkbaar, een maand te vroeg, de fik in gestoken.

'Gajes,' mopperde Neil. Het zou wel een streek van een stel pubers zijn, die het leuk vonden om het voor iedereen te verpesten.

Aan één kant likten er vlammen omhoog die al begonnen op te laaien. Ondanks de miezerregen vatte het hout snel vlam; hij hoorde het vuur al knetteren. Neil slaakte een zucht, pakte zijn telefoon om de brand te rapporteren en daalde in de krater af om te zien of hij iets kon doen.

Toen hij dichterbij kwam, zag hij dat ze zelfs al een Guy-stropop hadden gemaakt met een dik lichtblauw uniformachtig pak aan. Hij leunde tegen het takkenbouwsel en de vlammen krulden eromheen zodat het silhouet al vervaagde, hoewel de pop nog niet echt brandde. Hij schrok van een gierend geluid: er schoot een vuurpijl uit het vuur omhoog die een regen van glinsterende vonken achterliet. Nog een. Toch liep hij verder, zijn schoenen zonken weg in de natte grond. De Guy gleed weg omdat de tak waar hij tegenaan leunde nu echt door de vlammen werd verpulverd.

Hij liep verder. En toen begon hij plotseling te rennen, uitglijdend over het natte gras, terwijl zijn adem in zijn keel stokte. De pop had een gezicht dat smolt in de hitte, de wijd opengesperde ogen staarden hem recht aan.

Tien minuten later wemelde het in de krater van de politieagenten en het ambulancepersoneel, was het vuur gedoofd en het lijk eruit gehaald. Een van de agenten was Darren Symons. Hij was nog steeds verkouden en had een lelijke, benauwde hoest ontwikkeld. Met waterige ogen bekeek hij de situatie. Een rokende houtstapel, een lijk met samengebonden armen en benen dat door een parkwachter naar het gras was gesleept. De dode was gekleed in een soort canvas dat geblakerd was maar geen vlam had gevat en had verschroeide plukken haar op een kale schedel. Symons kon niet zien of het een man of een vrouw betrof. Hij herinnerde zich de geschiedenislessen op school over ketters die op de brandstapel waren gezet. Het had hem altijd de meest afschuwelijke manier geleken om te sterven, erger nog dan verdrinken.

Op de weg boven hem, achter het politiekordon dat daar was gestationeerd, stond wat publiek omlaag te staren naar de plaats delict. Het was zijn taak politielint aan te brengen terwijl de motregen overging in een echte regenbui en de grond veranderde in een modderpoel. Een paar meter verderop stond de parkwachter die het lijk had gevonden. Hij praatte tegen een van Symons' collega's maar keek haar niet aan. In plaats daarvan staarde hij strak naar het bos aan de horizon. Hij knipperde vaak en snel met zijn ogen, die een bijzondere kleur grijs hadden. Zijn handen zaten in het verband omdat hij die had verbrand terwijl hij het lijk uit het vuur sleepte en daardoor had hij iets weg van een oude bokser. Achter de parkwachter zag Symons hoofdinspecteur Dugdale met rechercheur Quarry de helling af komen. Dugdale maakte geen haast, hij keek goed om zich heen en nam alles in zich op.

Toen hij beneden was, ontplofte er een laatste vuurpijl die blijkbaar in het vuur had liggen smeulen in een kleurige vonkenregen.

Dugdale keek om zich heen en zei: 'Iedereen heeft hier gewoon over mijn plaats delict gebanjerd.'

'Ze dachten dat het maar een brandje was, chef,' reageerde Symons.

'Kan me niet schelen wat ze dachten. Maar wel wat jij uitvoert. Dus zorg dat de boel hier wordt afgezet met politielint. En snel!'

Dugdale liep naar het lijk en boog zich er zonder een spier te vertrekken overheen. De ogen van de dode waren open. Ze leken naar iets achter hem te staren.

'Kan het ook een ongeluk zijn?' vroeg Quarry. Dugdale keek naar hem om en wierp hem een stekende blik toe, maar desondanks praatte Quarry door: 'Zwaar onder invloed, vuurtje maken, erin vallen en dood! Heb ik weleens gelezen.'

'De armen en benen van het slachtoffer zijn vastgebonden. We zijn hier op vijf minuten lopen van de plek waar het Kernan-ongeluk is gebeurd. Maar als jij wilt aantonen dat dit geen moord is, doe je best! Dan zijn wíj er tenminste vanaf!'

Simon Tearle zat met zijn koptelefoon op te luisteren naar een cantate van Bach, toen de deur openging en er iemand om het hoekje keek.

'Ja?' zei hij.

'Ik heb geklopt,' zei de jonge vrouw. 'Maar dat hebt u waarschijnlijk niet gehoord.'

Hij zette de koptelefoon af.

'Polly, is het niet?'

'Lola,' zei ze. 'Lola Hayes. Ik ben een paar dagen geleden hier geweest.' Ze wachtte tot hij het zich herinnerde en voegde er toen aan toe: 'Over mijn scriptie. U opperde Frieda Klein als onderwerp.'

'Ja?'

'Het lukt niet zo best.'

Hij slaakte een zucht. 'Kom binnen. Wat is het probleem?'

Ze ging zitten. Lola droeg een boterbloemgele rok en een rode jas en haar grote groene ogen stonden vol vertrouwen. Wat zag dit kind er jong uit voor haar leeftijd, schoot het door zijn hoofd.

'U zei dat ik haar moest deconstrueren,' zei Lola. 'Ontrafelen.'

'O ja?'

'Dus heb ik geprobeerd om haar te spreken te krijgen. Plus een paar mensen die haar kennen.'

'Dat is waarschijnlijk niet noodzakelijk. Je doet geen cursus journalistiek.'

'Maar niemand kon me iets wijzer maken. Ik ben geen steek verder en dus maar weer teruggekomen.'

'De scriptie moet over twee weken worden ingeleverd.'

'Ja. Wat moet ik nu doen?'

'Een plan maken.'

'Ja, dat is makkelijk gezegd...'

Hij hoorde de cantate nog uit de koptelefoon op zijn bureau komen en probeerde zijn ongeduld te verbergen. 'Wat ben je tot nu toe te weten gekomen?'

'Dat ze betrokken is geweest bij een heleboel enge dingen, dat haar geliefde is vermoord en zij gewond is geraakt, dat ze van wandelen houdt, een voorliefde heeft voor het volgen van verborgen rivieren. Dat ze...'

'Stop maar.' Simon Tearle stak zijn hand op.

Lola zweeg.

'Psychogeografie.'

'Wat?'

'Het effect dat de geografische omgeving op de emoties en het gedrag van iemand heeft. Bekijk een of twee belangrijke zaken waar Frieda Klein zich mee heeft beziggehouden door de lens van haar stedelijke omgeving.'

'Echt?' Lola rimpelde twijfelend haar voorhoofd.

'Ga eropuit! Ontdek! Volg Frieda's voetsporen. Kom via haar omzwervingen tot de kern!'

Hij zette zijn koptelefoon weer op, leunde naar achteren en sloot zijn ogen. Hij hoorde de deur dichtvallen.

Dugdale zat achter zijn bureau met de eerste uitslagen van de autopsie voor zich. Hij had weinig slaap gehad, maar hij had net een douche genomen en een schoon overhemd aangetrokken – dat hielp altijd. Hij wierp een blik op Quarry. Die zag er moe uit. Meer dan moe: uitgeput. Die ochtend hadden er in verschillende kranten onheilspellende stukken over 'De Hampstead-moorden' gestaan.

'Is het dezelfde moordenaar?' vroeg Quarry.

Dugdale tuurde omlaag naar zijn ontbijt: een broodje ham met tomaat en slappe sliertjes sla. 'Laten we dat eens nagaan, oké?'

Quarry keek hem niet-begrijpend aan.

'Wat zijn de overeenkomsten?'

'Is dat iets wat u zich afvraagt of is het een vraag aan mij?' vroeg Quarry.

'Een vraag aan jou.'

'Locatie.' Quarry voelde zijn mobiel trillen in zijn zak. Maggie natuurlijk weer, dacht hij. Hij deed zijn best zich te concentreren.

'Dat hadden we al vastgesteld. En verder?'

Het was een tijdje stil. Toen voegde Quarry er aarzelend aan toe: 'Beide zaken zijn ongewoon.'

'Dat is waar. Het brengt ons niet ver, maar het is waar.'

'Allebei gepland.'

Dugdale knikte weinig enthousiast.

'Buiten die overeenkomsten zijn ze volkomen verschillend. Er zit een week tussen. Geoffrey Kernan woonde in Barking, Lee Samuels in Royal Oak. Kernan was zevenenveertig, Samuels tweeëndertig. Kernan verkocht toiletbenodigdheden, Samuels was een werkloze techneut. Voor zover ik kan zien hadden ze niets gemeen. Geen gedeelde interesses, geen gemeenschappelijke vrienden.'

'Je mist iets,' zei Dugdale. Hij schoof een papier naar Quarry. 'Kijk naar de woorden die ik heb gemarkeerd.'

'Modacrylvezels,' las Quarry. 'Geen idee wat dat zijn.'

'Die zijn op Samuels' huid gevonden. Op zijn bovenlichaam,

benen en zelfs zijn gezicht. Ik heb het forensisch lab gebeld. Het is materiaal dat wordt gebruikt voor werkkleding, voeringen van jassen, tapijten.'

'Ik heb nog steeds geen idee.'

'Kijk naar de andere woorden die ik heb gemarkeerd.'

'Brandwerend.'

'Ja, hij was in brandwerend materiaal gekleed.'

'Zodat hij geen vlam zou vatten?'

'Precies. Maar waarom?' Hij wachtte een tijdje en vervolgde: 'Waarom legt iemand een lijk in het vuur? Om het te laten verdwijnen, de bewijzen uit te wissen. Toch?'

Quarry knikte.

'Maar Samuels droeg brandwerende kleding terwijl hij in een vuur is neergezet. Dus het was niet de bedoeling dat hij zou verbranden. Waarom?'

'Omdat hij gevonden moest worden?' opperde Quarry.

Dugdale gaf geïrriteerd een klap op zijn bureau. 'We weten intussen dat hij minstens een week geleden is vermoord. We weten ook dat zijn vriendin hem op 29 september als vermist wilde opgeven, maar niet erg serieus werd genomen. Dus?' Hij keek Quarry met opgetrokken wenkbrauwen aan.

'Dus degene die hem heeft gedood wachtte voordat hij het lijk ergens neerlegde,' zei Quarry.

'Precies.'

Het bleef lang stil.

'Mag ik iets zeggen? Het betekent misschien niks.'

'Je mag hier alles zeggen.'

Quarry aarzelde. Hij was er niet zeker van of zijn chef dat echt meende. 'Normaliter steek je een lijk in brand om het te laten verdwijnen. Maar wij vermoeden dat de moordenaar dit doet om het te etaleren.' Dugdale reageerde niet, dus praatte Quarry door: 'Maar hij etaleert het niet alleen, hij doet ook moeite het te beschermen met brandwerend materiaal. Anders was het waarschijnlijk lastig geweest het slachtoffer te identificeren. Dus misschien was het juist belangrijk dat we dat konden doen. Misschien is dat juist het punt.'

Dugdale fronste en speelde peinzend met zijn pen.

'Net zoals bij Kernan,' zei Quarry.

'Net zoals bij Kernan.' Dugdale knikte goedkeurend.

'Dus het is inderdaad dezelfde moordenaar!' Quarry voelde een steek van opwinding. Dit kon groot zijn, dit kon zijn carrière een enorme boost geven!

'Het is een mogelijkheid,' beaamde Dugdale na een hele tijd. 'Het is zeker een mogelijkheid.'

'Dit wordt groot, denkt u niet?' vroeg Quarry. Er flitste nog een gedachte door zijn hoofd. Iets wat hij moest doen. Maar deze keer vertelde hij dat niet aan zijn chef.

'Ik ga u alleen dingen vertellen die u ook van andere politiemensen zou kunnen horen.'

'Natuurlijk. Dat spreekt vanzelf.' Liz Barron wierp Dan Quarry haar aller-innemendste glimlach toe.

'Ik ga niets doen wat nadelig is voor het onderzoek.'

'Dat zou ik ook zeker niet verwachten. Ik zie het zo: we maken het elkaar alleen een beetje gemakkelijker. Alleen winnaars en geen verliezers, oké?'

'Oké.'

'Je kunt me advies geven, de juiste kant op sturen, zorgen dat ik de concurrentie een stap voor ben.' Ze gaf een paar klapjes op Quarry's schouder. 'Kijk niet zo benauwd...'

'Als het ooit uitkomt...'

'Dit hoort bij mijn werk. Het komt niet uit.' Ze leunde naar achteren. 'En als dank voor je hulp vergoeden we je onkosten natuurlijk.'

Ongewild kneep Quarry zijn ogen even dicht. Het geld was de reden waarom hij dit deed, hij móést wel, maar dat hoefde niet hardop uitgesproken te worden.

Ze knikte hem toe, waarbij haar glanzende haren om haar gezicht dansten, stak haar hand in haar tas en haalde er een notitieblok uit. 'Volgens mij begrijpen we elkaar, Dan. Oké, er is iets waar ik meer over zou willen weten. Misschien kun jij me helpen.'

11

Lola versliep zich. Maar voordat ze aan de dag begon, móést ze ontbijten – het was haar favoriete maaltijd van de dag. Ze hing een theezakje in een mok, goot er kokend water overheen, waste een vuile pan van gisteravond af die nog in de gootsteen stond en maakte voor zichzelf een gepocheerd ei op een geroosterde, dik beboterde muffin.

Daarna rommelde ze onder in haar kast en vond het paar oude wandelschoenen dat ze van haar huisgenoot Jess had gehad omdat die haar te klein waren geworden na een plotselinge groeispurt van haar voeten. Lola wist eigenlijk niet of ze ze zelf weleens had gedragen, maar ze vond dat ze zich moest kleden op de taak die voor haar lag. Het was bewolkt, zag ze. Misschien was er regen op komst.

Ze had zich basaal voorbereid en 'psychogeografie' gegoogeld, om er zeker van te zijn dat ze het niet verkeerd had begrepen. Het ging, ontdekte ze, om speelsheid, zomaar wat ronddwalen in een stedelijke omgeving, afwijken van je normale routes, jezelf openstellen voor toeval, doelloosheid. Het klonk perfect, helemaal niet als werk. Ze had zelfs overwogen een paar vrienden mee te vragen. Dan zouden ze er een uitje van maken, ergens gaan koffiedrinken, een broodje eten, en eindigden ze met een drankje in een café. Maar toen was ze een artikel tegengekomen waarin stond dat je deze nieuwe manier van intuïtief rondzwerven in je eentje moest doen. Dat leek logisch. Als ze met vrienden als Ellie of Ben ging, zouden ze de hele dag met elkaar kletsen zonder in de gaten te hebben waar ze liepen.

De vraag was nu: waar moest ze beginnen? Lola bladerde door haar aantekeningen over Frieda en zag dat de rivier de Lea en het Regent's Canal in Oost-Londen verschillende malen voorkwamen. Op haar telefoon bekeek ze de kaart, het leek een goed beginpunt. Ze zocht een pen en een notitieblokje die in haar jaszak pasten en ging van start.

Eerst nam ze de bus naar Clapton Pond, waarna ze door het park liep tot ze – het leek wel tovenarij – op een rivier stuitte. Ze had hem nooit eerder gezien en er zelfs nooit van gehoord.

Alles wat Lola om zich heen zag, was nieuw en verrassend. Van rechts kwam een boot met – ze telde ze – acht roeiers en een stuurman aan varen, net als bij de beroemde regatta op de Theems tussen de universiteiten van Oxford en Cambridge. Achter zich hoorde ze iemand schreeuwen en toen ze omkeek, zag ze dat er een man op de fiets over het jaagpad met de boot meereed en instructies schreeuwde. Ze deed snel een paar stappen naar achteren zodat ze hem niet in de weg stond. Aan de westkant van de rivier rezen glimmende nieuwe appartementencomplexen op en aan de andere kant zag ze bomen, struiken en grasland zo ver ze kon kijken. Op slechts een paar meter van haar vandaan dreven twee zwanen met vier sjofele grijze jongen op het water die pikten naar iets onder het wateroppervlak. Hoe noemde je die kleintjes? Zwanenkuikens? Of zwanenjongen? Lola bekeek de kaart op haar telefoon nog eens en scrolde verschillende kanten op. Ze zag dat de rivier haar door Tottenham en Enfield zou leiden als ze links afsloeg, langs meren en reservoirs, en dan langzaamaan en kronkelend Londen uit. Dan kon ze beter naar rechts, terug de stad in.

Eerst kwam ze langs een rij woonboten. Op een ervan stapelde een vrouw met hennarode dreadlocks haardhout op het dek. Lola begon een praatje. Ze vroeg hoe de vrouw het warm hield op de boot, hoe ze waste en kookte en of de boot niet lekte.

De vrouw lachte voornamelijk om haar vragen. 'Je ontwikkelt een nieuw ritme en dan red je het allemaal wel,' zei de vrouw. Ze vertelde hoe ze op zomeravonden stoelen op het pad zette, met vrienden barbecuede en zat te drinken tot de zon opkwam boven de moerassen.

Lola vertelde dat ze de voetsporen volgde van een vrouwelijke psychotherapeut die meewerkte aan politieonderzoeken en dat een van die misdaden was gebeurd op de plek waar ze waren.

De vrouw fronste haar voorhoofd. 'Dat herinner ik me, geloof ik,' zei ze. 'Het ging om een jongen en een meisje die hier op een van de boten woonden. Ik weet niet meer precies hoe het zat, het is een verhaal geworden dat de mensen hier nog regelmatig vertellen en waarschijnlijk steeds spannender maken.'

Voor ze verder liep, maakte Lola een foto van de vrouw met op de achtergrond een muur aan de andere kant van de rivier, waar een enorme muurschildering op stond van een soort duivel met een wijd opengesperde mond en scherpe tanden.

Lola knikte vriendelijk naar iedereen die ze onderweg tegenkwam: mensen die hun hond uitlieten, wandelaars, fietsers en hardlopers. Ze maakte een praatje met een man in een gele fluorescerende jas die een karretje duwde en vuilnis opraapte. Bijna twee kilometer lang leek het wel of ze op het platteland was, maar toen ging ze een tunnel in die waarschijnlijk onder een weg door liep – ze voelde het gedreun van vrachtwagens boven zich. Toen ze eruit kwam, stond ze aan het begin van het Olympic Park. Daar liet ze de Lea achter zich en volgde een kanaal dat langs Victoria Park liep. Aan de overkant stonden rijtjeshuizen met tuinen die grensden aan het water. Lola benijdde hen bijna: je woonde er als op een boot, maar wel met een goed bed en een warme douche.

Het kanaaltje kwam aan het einde van Victoria Park uit in het Regent's Canal. Lola sloeg rechts af en bleef langs het park lopen. Even verderop zag ze een vrouw staan hannesen met vijf hondenriemen – met allerlei soorten honden eraan – die met elkaar verknoopt waren. Lola nam de riemen een voor een van haar over en hielp haar zo de boel te ontwarren.

'Nee, het zijn niet mijn eigen honden,' antwoordde ze op Lola's vraag. Het was haar werk om ze elke dag uit te laten, vertelde ze.

'Is dat een echte baan?' vroeg Lola.

De vrouw leek een beetje beledigd en werd toen door de honden meegesleurd het park in.

Het jaagpad naast het water liep voornamelijk langs woonboten, maar op een gegeven moment kwam ze bij een lege plek waar drie mannen op slechts een paar stappen van elkaar zaten te vissen. Lola ging tussen de eerste twee in staan. Links van haar zat een oude man met wit haar, een wollen muts en een groot jack. Hij was zo enorm dik dat Lola niet begreep hoe zijn campingstoeltje zijn gewicht in godsnaam kon dragen. Rechts van haar zat een man die in alle opzichten zijn tegenpool was: mager, gebruind en met kortgeknipt haar. Hij droeg zwarte werkschoenen, een zwarte jeans en een geruit overhemd. Terwijl de dikke man in zichzelf – of tegen het water – mompelde, tuurde de magere man strak naar zijn dobber.

'Wat voor vis vangen jullie zoal?' vroeg Lola.

De dikke man snoof.

'Wat zeelt,' zei hij. 'Wat brasem. Ik heb ooit een karper van tien pond gevangen.'

'Eten jullie ze op?'

'Of we ze opeten?' De man begon te lachen, een harde lach die heel diep uit zijn buik leek te komen. 'Wat zeg jij ervan, maat?' Hij keek naar zijn metgezel die zijn schouders ophaalde. 'Ik heb gehoord dat er een Koreaans tentje in Bermondsey zit waar ze alles wat je maar meeneemt voor je klaarmaken.'

Lola wist niet goed hoe ze daarop moest reageren. Was het een racistische opmerking of niet? Zoals ze meestal deed als ze niet goed wist wat ze moest doen, reageerde ze met een lichtelijk warrig verhaal over zichzelf en vertelde ze, net zoals ze tegen de vrouw op de boot had gedaan, dat ze de voetsporen van een therapeute volgde die ook weleens meewerkte aan politieonderzoeken. Beide mannen keerden nieuwsgierig hun hoofd naar haar toe.

'Hoe heet ze?' vroeg de magere man.

'Waarschijnlijk hebt u nooit van haar gehoord,' zei Lola.

'Moordonderzoeken?' vroeg de dikke man.

'Ja, een paar, ja.'

'Ik heb rare dingen aan mijn haak gehad,' zei de dikke man. 'Palingen soms. Daar hield ik wel van. Maar ook een keer een stuk hout met spijkers en prikkeldraad aan één kant.'

'Een paaltje van een omheining?' vroeg Lola.

'Nee, meer iets om iemand een klap mee te geven.' De man lachte weer diep en schor.

'Wat voor werk doen jullie?' vroeg Lola. 'Dat jullie de tijd hebben om hier overdag te vissen?'

'Wij komen hier juist om dat soort vragen te ontlopen,' zei de magere man.

'O, sorry,' zei Lola. 'Mag ik een foto van jullie maken?' Ze zwaaide met haar telefoon.

'Nou kind, ik voel me gevleid,' zei de dikke man. 'Zorg je wel dat je m'n goeie kant neemt?'

'Wil je er zelf bij?' vroeg de magere.

Ze gaf hem haar telefoon, knielde naast de dikke man neer en legde haar hand op zijn flinke schouder.

'Wil je het pad of het water op de achtergrond?'

'Dat laat ik aan u over.'

De magere man bestudeerde Lola's telefoon.

'Zal ik laten zien hoe hij werkt?' vroeg Lola.

'Het lukt me wel.'

Hij nam de foto en nog een tweede voor de zekerheid en gaf de Lola haar telefoon terug. Toen nam ze een foto van de twee mannen.

'En niet onze ziel stelen, hè?' zei de magere man.

'Ik zou niet durven.'

Een stuk verderop praatte Lola een tijdje met een groep jongeren van haar eigen leeftijd die op een woonboot een spontane jamsessie hielden. Daarna maakte ze een praatje met kinderen met ballonnen die allemaal als verschillende dieren waren geschminkt. En ze sprak een man die over het kanaal peddelde op iets wat eruitzag als een gigantisch surfboard. Hij vertelde dat hij op weg was naar Limehouse. Ze stopte bij een café met tafeltjes op het jaagpad en bestelde koffie met melk en een stuk worteltaart erbij. De jongen die het bracht kwam uit Peru en de vrouw achter de kassa uit Zweden. Ze wilde aan hen vragen of ze bang waren het land uit gezet te worden maar vreesde dat dat een gevoelig onderwerp voor hen was. Ik zou maar een slechte journaliste zijn, dacht ze. Ze vond het veel te lastig om met onbekenden te praten.

Toen ze Islington naderde, werd het drukker op het pad. De huizen waren mooier en de kantoren luxueuzer. Bij de Angel, waar het pad eindigde en de tunnel onder de heuvel verdween, keek ze op haar telefoon. Ze had meer dan tachtig foto's gemaakt. Toen ze de steile kanaaloever op klauterde, vroeg ze zich af of haar wandeling haar op de een of andere manier dichter bij Frieda Klein had gebracht. Ze betwijfelde het. Ze had nauwelijks aan haar gedacht.

Toen ze thuiskwam, zat Jess met een handdoek om haar hoofd aan de keukentafel. Haar gezicht was roze en fris van het badderen. Straks ging ze naar een feest in Mile End.

'Volgend jaar moeten we iets in Oost-Londen zoeken,' zei ze terwijl ze een kop thee voor Lola inschonk. 'We zijn de helft van de tijd onderweg daarheen en de andere helft onderweg naar huis.'

'Ik kom er net vandaan,' zei Lola.

'Hoe is het gegaan?'

Lola haalde haar telefoon tevoorschijn, swipete door de foto's die ze had genomen en vertelde erover.

'Er zitten nogal wat engerds daar bij het kanaal, hè?'

'Nou, dat valt wel mee,' zei Lola. 'Ze waren aardig. Als je gewoon met mensen praat, is iedereen eigenlijk hetzelfde.'

'Nee, dat is niet waar,' reageerde Jess. 'En bovendien: volgens mij wílde je dat het eng was? Je scriptie gaat toch over ontvoeringen en moorden?'

'Ik weet niet goed waar mijn scriptie over gaat. Ik probeerde gewoon in Frieda Kleins hoofd te gaan zitten, te wandelen waar zij wandelde, de mensen te zien die zij zag, te voelen wat zij voelde.'

'En is dat gelukt?'

'Ik weet het niet. Ik weet eigenlijk niet genoeg over haar. Misschien als ik specifiekere informatie had. De plekken vind die echt belangrijk zijn voor haar.'

'Ben je al naar haar huis geweest?'

'Ja. Ik heb door het raam naar binnen gekeken.'

'En? Ben je daar wijzer van geworden?'

'Het was in een klein straatje met kinderkopjes vlak bij Tottenham Court en Euston Road. Een soort stille oase midden in de stad.'

'En haar werk?'

'Ik kwam niet verder dan de receptie. Dus daar ben ik niks wijzer geworden.'

'Weet je waar ze is geboren?'

'Ergens buiten Londen. Maar daar ga ik echt niet aan beginnen.'

Ze namen een paar slokjes thee.

'Graven,' zei Jess.

'Wat?'

'Dat is zowat het enige emotionele wat ik doe met mijn familie. Met z'n allen naar oma's graf in Loughborough. Mijn oom ligt er ook. Die is omgekomen bij een auto-ongeluk. We gaan elk jaar op de verjaardag van mijn oma. Of bijna elk jaar. Ik ben dit jaar niet geweest. Het viel in de tentamenperiode.'

'Ik kan niet naar Frieda Kleins graf, want ze leeft nog. Of tenminste, dat neem ik aan. Niemand lijkt te weten waar ze uithangt. Of misschien weten ze het wel, maar vertellen ze het niet.'

'Niet háár graf! Maar iedereen heeft iemand die hij mist. Zijn er mensen overleden die een band met haar hadden?'

'Mijn god! Je moet eens lezen wat ik heb gelezen!' reageerde Lola. 'Er zijn zóveel bekenden van haar overleden dat het lijkt of ze een oorlog heeft meegemaakt.'

'Dus er moet iemand zijn,' concludeerde Jess. 'Iemand om wie ze veel gaf, iemand die speciaal voor haar was.'

Lola dacht even na. 'Misschien…'

In het huis van Olivia Klein in Islington liep het feestje op z'n eind. Er waren nog maar een paar mensen over te midden van de lege flessen en glazen die overal stonden. Olivia tilde een fles op, schudde ermee om te zien of er nog wat in zat en goot het laatste restje mousserende wijn in haar glas. Ze droeg een rode jurk en hoge zwarte hakken die afschuwelijk veel pijn begonnen te doen.

'Vijftig,' zei ze op bittere toon. 'Ik ben vijftig!'

'Hoe voelt dat?' vroeg een jonge man met kastanjebruin haar en een bloemenoverhemd naast haar.

'Ik zal je zeggen hoe het voelt, Jack. Afgrijselijk. Als een gruwelijk slechte grap.'

Jack nam haar op. Hij had altijd het gevoel dat Olivia op het punt stond in te storten, zoals haar haarpieken om haar gezicht hingen omdat ze losgeraakt waren uit de talloze speldjes, haar fladderige kleding, haar meestal uitgelopen make-up en haar wisselende stemmingen die van euforie naar wanhoop schoten. Hij probeerde iets troostends te bedenken wat hij kon zeggen, toen Chloë naar hen toe kwam.

'Ik heb pasta opstaan,' zei ze, en ze pakte Olivia bij haar arm. 'En Josef heeft een pittige saus gemaakt. Je moet iets eten, denk ik.'

'Een schandelijke belediging. Afgrijselijk,' herhaalde Olivia. Met een boze blik keek ze van haar dochter naar Jack en weer terug. 'Het lijkt gisteren dat ik jouw leeftijd had en het leven voor me open lag.' Tot zijn schrik zag Jack tranen opwellen in haar ogen. 'Waarom zijn jullie twee toch uit elkaar gegaan,' vervolgde ze met onvaste stem.

'Mam. Hou op. Kom iets eten.'

'Jullie waren zo schattig samen,' vervolgde ze sniffend. 'Ook al vond Frieda het maar niks dat de student van wie zij de supervisor was iets had met haar geliefde nichtje. En dat is nóg zowat.'

'Wat?'

'Ik dacht dat ze zou komen.'

'Frieda?'

'Ja, waarom is ze er niet?'

'Je weet waarom.'

'Ik dacht dat ze een uitzondering zou maken. Ik ben verdomme víjftig geworden!'

'Pasta,' zei Chloë aanmoedigend. Ze pakte het glas uit Olivia's hand, zette het op de schoorsteenmantel en trok haar mee naar de keuken.

'Waar zit ze?'

'Dat weet ik niet. Dat weet niemand.'

'Ik wed dat Josef het wel weet.'

'Ik weet niet,' zei Josef vanachter het fornuis, waar hij in een pan met pikante tomatensaus roerde.

'Nou, ik wou dat ze hier was. Zonder haar is het niet hetzelfde.'

12

Tot Lola's verbazing vroeg de vrouw in het hokje bij de ingang vier pond entree. 'Ik heb nog nooit betaald om binnen te mogen op een begraafplaats,' zei ze. 'Stel dat ik het graf van een familielid kom bezoeken?'

'Is dat zo?'

'Nee, maar stel dat.'

'Dan hoef je niets te betalen.'

De vrouw was al vrij oud. Ze had prachtige blauwe ogen in een gezicht vol rimpels en groeven en zilvergrijs haar. Lola vermoedde dat er een dierbare van haar op deze begraafplaats lag en dat ze daarom hier werkte. Ze wilde het eigenlijk vragen, maar er stonden mensen achter haar te wachten, dus betaalde ze, pakte een plattegrond van de vrouw aan en ging naar binnen.

Ze was blij dat ze de website van Highgate Cemetery had opgezocht, want anders had ze niet geweten waar ze moest beginnen. Ze stond aan het begin van een lange, brede laan met aan beide kanten grafzerken op groene heuvels, onder bomen en in dicht struikgewas. Het lijkt wel een stad, dacht ze met een lichte huivering. Ze wist dat Alexander Holland, 'Sandy' voor zijn vrienden, en ooit de geliefde van Frieda Klein, naast een hek aan de oostkant van de begraafplaats begraven lag en ze bekeek de plattegrond om te zien hoe ze daar moest komen.

Het was een mistige, waterkoude dag, met natte bladeren onder haar voeten en grijsachtig doods licht. Er waren maar weinig mensen, hoewel ze een man van middelbare leeftijd zag die bezig was een graf zorgvuldig van onkruid te ontdoen. Het kostte Lola nogal wat tijd om bij Sandy's graf te komen omdat ze steeds werd afgeleid: dan door een gebroken engel, dan door een inscriptie. Sommige stenen waren nieuw, maar de meeste oud; grafstenen waarvan de letters waren vervaagd of die bijna verdwenen onder klimop en andere begroeiing – overgenomen door de natuur. Er lagen hier duizenden mensen begraven, van stokoud tot piepjong. Lola vroeg zich af waarom ze hier nooit eerder was geweest; je kon dagenlang ronddwalen tussen de braamstruiken en de stenen die halfvergaan oprezen uit de overwoekerde graven. Ze passeerde een stel dat hand in hand liep en vroeg zich af of het toeristen waren of dat ze misschien een kind hadden verloren dat hier begraven lag. Ze knikte hun toe en zei goedemorgen, in de hoop dat ze zouden blijven staan om een praatje te maken, maar ze liepen zonder hun pas in te houden voorbij.

Uiteindelijk vond ze Sandy's graf, een simpele steen tussen twee grotere gedenktekens. De inscriptie bestond alleen uit zijn naam en de geboorte- en sterfdatum. Er stonden twee kleine cyclamen op waar iemand een prachtige ronde steen tussen had gelegd. Ze nam meerdere foto's, zoomde in, ging op haar hurken zitten om een beter beeld te krijgen.

Lola bleef een paar minuten bij het graf. Toen vroeg ze zich af wat ze nu zou gaan doen. Hoe moest ze hier een scriptie van maken? Ze keek om zich heen. Vlakbij zat een vrouw op een bankje te lezen. Ze had kort zilvergrijs haar en droeg een bril met een schildpadmontuur. Ze zag er intellectueel en streng uit.

Lola liep naar haar toe. 'Hallo.'

'Ja?' De vrouw keek op van haar boek.

'Kunt u me vertellen waar Karl Marx begraven ligt? Ik kan hier niet weggaan zonder zijn graf te hebben gezien.'

De vrouw wees omhoog naar de heuvel achter Lola.

'Het is de eerste keer dat ik hier ben,' zei Lola. 'Maar het is hier prachtig. Ik snap niet waarom ik nooit eerder ben geweest. Het is een beetje luguber, maar niet eng, toch? Komt u hier vaak?'

'Nee.' De vrouw deed haar boek dicht, stopte het in haar tas en stond op.

'Ik ben hier terechtgekomen door een idee van mijn scriptiebegeleider. O, kijk, een winterkoninkje. Daar, in die struik! Ik ben gek op winterkoninkjes. En merels. Hoewel ik het altijd een beetje zielig vind voor het vrouwtje dat ze bruin is. Die kant op?'

Ze liep de heuvel op in de richting die de vrouw haar had gewezen. En ja, daar stond de enorme buste van Karl Marx. Hij keek ernstig op haar neer. Lola vond het onverwacht grappig. Ze nam een foto met haar telefoon en toen nog een van het uitzicht vanaf de heuvel met het schemerige licht over de graven. Ze liet haar telefoon terug in haar zak glijden en fronste haar voorhoofd omdat er als een koude messteek plotseling een gedachte door haar hoofd flitste. Haastig draaide ze om en zette het op een lopen richting de ingang. De brede middenlaan was verlaten. Ze stoof het hek uit en speurde de straat naar beide kanten af. In de verte liep iemand haastig weg. Lola spurtte erheen.

'Sorry,' begon ze hijgend.

De vrouw met het zilverkleurige haar die op de bank had zitten lezen keerde zich om. 'Kan ik iets voor je doen?'

'Eh... Ja! Ja, graag!'

De vrouw wachtte af.

'U bent Frieda Klein,' gooide Lola eruit. Opeens twijfelde ze. 'Toch?'

'Nee.' Uit het gezicht van de vrouw viel niets af te leiden.

'Weet u het zeker?'

'Vrij zeker, ja,' antwoordde de vrouw droogjes. 'Ik ben Ursula Edmunds.'

'Ik ben op zoek naar een vrouw die Frieda Klein heet en het zou me heel erg hebben geholpen als u haar was geweest. Ik schrijf een scriptie over haar, ziet u, maar daar zit weinig schot in.'

'Veel succes,' zei de vrouw en ze liep weg.

Lola aarzelde even verward, maar haastte zich toen achter haar aan.

'U bent het,' zei ze. 'Ik weet het zeker.'

De vrouw keerde zich weer naar haar om, haar ogen achter de

brillenglazen hadden een kille blik. 'Welke kant ga je op?'

'Deze kant,' antwoordde Lola gretig.

'Goed. Dan ga ik de andere kant op.'

'O, dan loop ik met u mee. Ik hoef nergens heen.'

'Dat was niet wat ik bedoelde.'

'Nu weet ik helemaal zeker dat u Frieda Klein bent. Professor Bradshaw zei al dat u heel onbenaderbaar was.'

'Hoe heet je?'

'Lola Hayes.'

'Luister, Lola.'

Lola knikte heftig.

'Wegwezen!'

'O.'

'Nu! Wegwezen! Heb je me verstaan?'

'Ja, natuurlijk versta ik u. Dat kan toch niet anders. Waarom hebt u uw haar geverfd?'

'Je lijkt niet te horen wat ik zeg!'

'Dat zei mijn vader ook altijd. Mist u hem heel erg?'

'Wie?'

'Sandy? Mist u Sandy erg? Zat u daarom bij zijn graf te lezen? Het is afgrijselijk wat er met hem is gebeurd. Ik geloof dat ik het daarom zo moeilijk vind, die scriptie. Mijn begeleider zegt dat ik u moet deconstrueren, wat dat ook mag zijn, maar in plaats daarvan blijf ik me maar voorstellen hoe vreselijk de laatste jaren voor u moeten zijn geweest. En hoe eng, omdat Dean Reeve leeft en nog steeds ergens rondloopt.'

'Hou op!' De vrouw keek Lola recht aan. Haar gezicht was bleek en haar ogen spuwden vuur.

'U bent het! U bent Frieda! Toch?'

'Waarom doe je dit?'

'Ik wist het!' zei Lola en in een impuls sloeg ze haar armen om de vrouw heen die tegenover haar stond. 'Ach jee! Wat moet u verdrietig zijn! Na alles wat u hebt meegemaakt. En zo alleen.'

Maar Frieda Klein duwde Lola van zich af. Ze keek haar doordringend aan en Lola had het vreemde gevoel dat ze dwars door haar heen keek, recht in haar hart.

'Besef je wel wat je doet?' vroeg Frieda zacht. 'In mijn leven betrokken raken is heel gevaarlijk!'

'Het is alleen maar voor een scriptie.'

'Je hebt met mensen gepraat die ik ken, je bent op zoek naar mij.'

'En nu heb ik u gevonden.'

'Maar dat zal niet nog een keer gebeuren. En je mag nooit aan iemand vertellen dat je me nu wél hebt gevonden!'

'Ik snap het niet.'

'Je hoeft het niet te snappen. Ga! Vergeet dat je me hebt gezien. En blijf niet steeds proberen dingen over me te weten te komen.'

'Gaan we dan eerst een kop koffie drinken?'

Voor het eerst verloor Frieda's gezicht zijn versteende expressie. Lola dacht zelfs te zien dat ze een glimlachje onderdrukte.

'Je bent een doorzetter, hè? Goed, kom maar mee dan.'

Wat lijkt ze jong, dacht Frieda toen ze met een kop koffie tegenover elkaar zaten, dit meisje met haar zachte, ronde gezicht en die sproetjes op haar neus. 'Zeg maar gewoon "je" tegen me,' begon ze.

'Goed,' reageerde Lola opgewekt.

'Dus je hebt Hal Bradshaw gesproken?' vroeg Frieda.

'Ja.' Lola wierp haar een vertwijfelde blik toe. 'Ik geloof niet dat hij je graag mag.'

'Nee, dat geloof ik ook niet.'

'En ik heb die journaliste, Liz Barron, ook gesproken.'

'Je hebt het er maar druk mee!'

'En je vrienden, Josef en Reuben.'

Frieda kromp bijna onmerkbaar ineen. 'Die ook?'

'Ja. Ik ben naar Reubens huis gegaan. Maar ze hebben me helemaal niets verteld.'

'O.'

'En je nichtje heb ik ook gezien.'

Frieda wendde haar blik af en staarde door het raam. 'Ging het goed met haar, denk je?'

'Ik geloof van wel. Heb je haar al lang niet gezien, dan? Waarom niet?' Ze leunde naar voren en fluisterde luid: 'Is die pruik een vermomming? Ben je ondergedoken of zo?'

Frieda ging rechtop zitten en keek het meisje fronsend aan. 'Waarom was je op de begraafplaats?'

Lola vertelde haar over Simon Tearle. 'Ik volg jouw voetsporen.'

'Dat moet je niet doen.'

'Ik vind het best leuk.'

'Ik meen het serieus. Je moet ermee ophouden.'

'Ik ben in delen van Londen geweest waarvan ik niet eens wist dat ze bestonden. De begraafplaats. En de Lea, die ben ik ook gevolgd. Daardoor heb ik bedacht dat ik best op een woonboot zou willen wonen – behalve in de winter misschien. Er lag er eentje met een hele tuin op het dak. Kijk, ik heb er een foto van!' Lola haalde haar telefoon tevoorschijn en scrolde door haar foto's. 'Hier,' zei ze. 'Fantastisch toch?'

Frieda wierp een blik op de foto. 'Geef eens.' Ze pakte de telefoon. 'Mag ik?' vroeg ze.

'Ja hoor!'

Ze swipete door de foto's. En toen zag ze hem! Ze bleef een paar seconden doodstil zitten. Hij keek haar aan, magerder en met korter haar dan ze zich hem herinnerde, maar met dezelfde glimlach. Een man die op de oever zat te vissen, een paar meter van de plek waar hij zijn tweelingbroer had vermoord. Een man als een geestverschijning, een man die haar achtervolgde, die haar schaduw was.

'Wat heb je gedaan?' vroeg ze aan Lola.

'Ik?'

'Ja! Jij!'

'Ik weet niet wat je bedoelt. Ik heb alleen...'

'Dit is Dean Reeve!'

Het was stil. Lola's mond viel open en haar ogen werden groot.

'Dat meen je niet,' stamelde ze uiteindelijk.

'Je loopt gevaar.'

Lola lachte nerveus. 'Maar hij zit jóú achterna!' Ze keek Frieda aan. 'En trouwens, hij weet toch niet wie ik ben. Is hij het echt? Weet je het zeker?'

'Ja.'

Vol ongeloof sloeg Lola haar hand voor haar mond. 'Ik heb met hem gepraat. O, ik voel me opeens duizelig! Van de schok, denk ik...'

'Wat heb je tegen hem gezegd?'

Lola maakte een hulpeloos gebaar. 'Dat weet ik niet precies. Niets belangrijks. Hij maakte geen indruk op me. Ik wandelde daar gewoon en kletste wat met de mensen die ik tegenkwam. Dat noemen ze psychogeografie. Dat betekent...'

'Ik weet wat dat betekent,' zei Frieda op zo'n scherpe toon dat Lola verbouwereerd zweeg. Frieda pakte een suikerzakje op en draaide het om en om tussen haar vingers. 'Misschien ben je ermee weggekomen,' mompelde ze alsof ze het tegen zichzelf had. Ze sloeg haar ogen op en keek Lola recht aan. 'Dus je praatte met de mensen die je tegenkwam?'

'Eventjes.'

'Heb je mijn naam genoemd?'

'Nee. Dat zou toch niemand iets zeggen, dacht ik.'

'Wat heb je verteld over wat je aan het doen was?'

'Niet veel. Gewoon een paar vage dingen.'

'Lola,' zei Frieda op iets vriendelijker toon. 'Ik probeer je niet ergens op te betrappen, maar dit is heel serieus. We moeten weten waar we staan. Vooral waar jíj staat. Je moet me precies vertellen hoe het is gegaan.'

'Goed,' zei Lola. 'Ik heb alleen maar gezegd – tegen een paar mensen, lang niet iedereen – dat ik de voetsporen volgde van een vrouw, een psycholoog of een psychotherapeut, zei ik geloof ik... ja, dat zei ik... die misdaden onderzocht en in haar eentje door Londen wandelde. Dat is alles.'

Frieda pakte Lola's telefoon en scrolde door de foto's. Ze stopte. 'Deze,' zei ze en ze gaf de telefoon terug aan Lola. Lola keek. Het was de foto van haarzelf en de dikke visser.

'Wat is daarmee?'

'Jij staat erop. Wie heeft die genomen?'

'Hij.'

'Dean Reeve?'

'Ja, Dean Reeve heeft die foto genomen.'

'Hoelang heeft hij je telefoon in zijn handen gehad?'

'Ik weet niet. Niet lang. Hij maakte gewoon een foto. Ik bedoel, hij had even moeite met hoe het moest. Dat heeft iedereen bij de telefoon van een ander.'

'Wat kan hij te weten komen via je telefoon?'

'Niet veel.'

'Je nummer? Je naam misschien?'

Lola kauwde peinzend op een haarlok. 'Misschien,' zei ze. 'Mijn contactenlijst staat er natuurlijk in. Maar zoveel tijd heeft hij niet gehad. Luister. Het spijt me als ik de boel in de war schop. Als je denkt dat het een probleem is, ga ik wel terug naar mijn supervisor om een nieuw onderwerp te vragen en zal ik doen alsof dit allemaal niet is gebeurd.'

Frieda schudde haar hoofd. 'Begrijp je het dan niet?' zei ze. 'Je hebt toch over me gelezen? De mensen die Dean Reeves pad kruisen, worden vermoord. Eigenlijk zou ik nu het liefst opstaan en weglopen en het verder aan jou overlaten.'

'Mij best,' zei Lola. 'Doe dat dan! Het spijt me dat ik me met je heb bemoeid. Ik vind wel een ander onderwerp voor mijn scriptie.'

'Een ander onderwerp? Daar gaat het niet om. Dat is niet meer van belang. Besef je niet dat je je oude leven kwijt bent?'

'Wát?'

'Dat moet je accepteren.'

'Ik heb geen idee wat dat betekent.'

'Het betekent dat je niet naar huis kunt. Dat je nergens heen kunt waar je normaal gesproken heen ging.'

Lola trok wit weg en ademde gejaagd. 'Dat is belachelijk.'

Frieda legde haar hand op die van Lola. 'Kijk me aan. Probeer kalm te blijven. Maar je moet naar me luisteren.'

Lola pakte haar telefoon op en staarde naar de foto van Dean Reeve. Frieda zag dat ze zich afvroeg of dit allemaal echt waar was. Kon ze dit meisje vertrouwen? Ze wachtte haar reactie af.

'Ik kan niet zomaar weglopen uit mijn leven,' sputterde Lola tegen. 'Ik zal gemist worden. Mensen zullen de politie bellen.'

'Het zal niet lang meer duren,' zei Frieda. 'Het einde nadert. Hoe dan ook.'

'Het einde?' vroeg Lola met een verschrikte blik. 'Welk einde?'

'Van zijn reis.'

'En wat moet ik dan doen terwijl hij het einde van zijn reis, wat dat ook mag zijn, nadert?' vroeg Lola. 'Over straat zwerven totdat iemand hem te pakken heeft?'

'Ergens logeren. Op een plek waar je nooit eerder bent geweest.'

'Waar? En hoe betaal ik dat? Ik heb ongeveer dertig pond op mijn rekening staan. Kan ik niet gewoon naar de politie stappen? Ik kan ze deze foto van Dean Reeve toch laten zien en zeggen dat jij denkt dat ik gevaar loop en...' Lola wist duidelijk niet hoe ze haar zin moest afmaken.

'Ja,' zei Frieda. 'En dan?'

'Het is de politie,' zei Lola. 'Dus die beschermt me en gaat op jacht naar die Reeve en dan arresteren ze hem.'

'Het lukt de politie al jarenlang niet om hem te vinden,' zei Frieda. 'En als hij iemand wil vermoorden, vermoordt hij die.'

'Kan ik dan met jou mee?' vroeg Lola.

Frieda knipperde met haar ogen. 'Met míj mee?'

'Ja!' Lola keek haar opgetogen aan.

'Geen sprake van.'

'Waarom niet?'

'Om te beginnen gaat het hem om mij. Ik wou dat het niet zo was, maar zo is het nu eenmaal. Hoe verder je van mij vandaan bent, hoe beter.'

'Waar kan ik me beter verschuilen dan bij iemand die zich verschuilt? Ik weet niet hoe dit allemaal moet. Jij wel. Als ik het zelf moet doen, doe ik zeker iets doms. Dat is altijd zo. En het is maar voor een paar dagen. Dat zei je net zelf. Bij jou ben ik veilig.'

Frieda trommelde met haar vingers op de tafel.

'Wat?' zei Lola. 'Zeg iets!'

'Ik weet het niet.'

'Kom op, het wordt leuk!'

'Leuk.'

'Je zegt het alsof het een vies woord is.'

Frieda glimlachte flauwtjes. 'Je hebt geen idee waar je in terechtkomt,' zei ze.

'Maar jij gaat me beschermen?'

Frieda keek Lola recht aan. Weer die doordringende ogen. 'Je doet wat ik zeg.'

'Ja!'

'Je liegt niet tegen me.'

'Natuurlijk niet.'

'Er zijn meerdere manieren van liegen. Het zal op een andere manier gebeuren dan je verwacht. Het zal lijken of je er goed aan doet, maar dat is niet zo.'

'Wat? Ik begrijp je niet.'

'Dat hoeft ook niet,' reageerde Frieda. 'Daarom hebben we regels. Daarom beloof jij me dingen.'

'Oké, ik beloof het. Maar ga jij me beschermen? Een tijdje?'

'We zullen het proberen.'

13

Ze liepen met z'n tweeën het café uit en Frieda zei tegen Lola dat ze moest wachten terwijl zij in een krantenzaak verdween. Toen ze eruit kwam, gaf ze Lola een ov-kaart.

'Niets doen wat getraceerd kan worden,' zei ze.

'Gaat dat niet een beetje ver?'

'Laten we dat nou voorlopig maar doen,' zei Frieda. 'Een beetje ver gaan.'

'Moet dit echt?'

'Dat weet ik niet. Jij wel?'

'Ik heb helemaal niets bij me. Alles ligt thuis. Mijn laptop, mijn paspoort, mijn kleren. Die liggen allemaal in mijn appartement. Alles.'

Frieda knikte. 'Goed,' zei ze. 'We gaan erlangs. Vijf minuten. Neem niet meer dan één tas mee. Waar woon je?'

'Ik deel een appartement in een zijstraat van Holloway Road.'

'Mooi. Dat kunnen we lopen.'

'Kunnen we geen Uber nemen?'

Frieda trok een afkeurend gezicht.

'O, oké. Ik vergat dat jij altijd loopt.'

Frieda zweeg terwijl ze Junction Road overstaken en Tufnell Park doorkruisten. Ze liep zo snel dat Lola het bijna op een drafje moest zetten om haar bij te kunnen houden.

'Het rare is,' zei Lola, 'dat ik waarschijnlijk nooit zal weten of dit wel nodig was.'

'Ik denk dat je daar wel achter zult komen,' zei Frieda.

Na een wandeling van twintig minuten stonden ze voor een groot donker gebouw dat bijna in de schaduw van de Holloway-gevangenis lag. Frieda keek om zich heen. Ze zag niemand. Niet dat dat iets betekende.

'We wonen op de eerste verdieping,' zei Lola.

'We?'

'Jess, mijn huisgenoot. En mijn allerbeste vriendin.'

'Verzin een smoes waarom je weggaat.'

'Wil je mee naar boven om haar te zien?'

'Natuurlijk niet.'

'Ik weet zeker dat je haar zal mogen.'

'Ik blijf hier,' zei Frieda. 'Vijf minuten! Niet langer!'

Het was bijna tien minuten later toen Lola de deur uit kwam met een grote canvas tas over haar schouder. Frieda zette er meteen de pas in richting Holloway Road.

'Ik heb Jess gesproken,' zei Lola. 'Ik heb gezegd dat ik wegging om aan mijn scriptie te werken en niet zeker wist wanneer ik terugkwam, maar dat het op z'n minst een paar dagen zou duren en misschien langer.'

'En dat was geen probleem?'

'Voor Jess is nooit iets een probleem.'

Op Holloway Road namen ze een bus. Bij Camden Town stapten ze over op een andere bus. Eerst kende Lola de stukken stad nog waar ze doorheen reden: Chalk Farm, Swiss Cottage, maar toen stapten ze weer over en konden de drukke wegen, stille woonwijken en supermarkten wel overal zijn. Het leek of ze een andere wereld was binnengegaan, een ander leven – en ze wilde haar oude terug. Dat moest aan haar gezicht te zien zijn, want Frieda keek haar bezorgd aan en glimlachte voor de allereerste keer naar haar. Ze legde haar hand op Lola's arm. 'Vertrouw me nou maar,' zei ze.

Even voelde Lola een fysieke golf van opluchting door zich heen gaan, maar die ebde meteen weer weg. *Vertrouwen*. Makkelijk gezegd. Maar hoe wist je nou wie je kon vertrouwen? Ze had spijt dat ze de krantenknipsels en andere dingen over Frieda niet met meer aandacht had gelezen. Ze herinnerde zich er genoeg van om te weten dat er mensen die Frieda's pad hadden gekruist vermoord waren. Maar hadden ze haar vertrouwd of juist niet?

Frieda's stem haalde haar uit haar drukke gedachten. 'Hier gaan we eruit.'

Ze waren in een woonwijk en bleven staan voor een pakhuis dat was verbouwd tot appartementencomplex. Frieda liep naar een blauwe voordeur, haalde haar sleutel tevoorschijn en draaide de deur van het slot. Het appartement had een houten vloer, kale witte muren en rook naar verf. Het had niets van de gezelligheid van een thuis. In de woonkamer annex keuken stonden alleen een houten tafel, een stoel en een bank. Aan één kant waren twee grote ramen en Lola liep erheen om naar buiten te kijken.

'Wauw!' zei ze. Onder zich zag ze het vuilgrijze water van een kanaal, met een jaagpad langs de andere oever. Er liepen een vrouw achter een buggy en een oude man met een hond: het alledaagse leven dat ze nu vanachter glas bekeek. 'Je houdt van kanalen,' zei ze. 'Jullie allebei; Dean ook.'

Frieda liet Lola het spartaans ingerichte appartement zien. Er was één slaapkamer, maar de bank in de woonkamer kon worden uitgeklapt tot een bedbank en er was een extra set beddengoed. Frieda liep naar haar computer en keek op het scherm.

Lola zag dat haar gezicht vertrok. Toen vulde ze de ketel met water en gebaarde dat Lola moest gaan zitten.

'Basisregels,' begon ze. 'Regel één. Geen communicatie. Met niemand!'

'Wat? Ook geen Facebook?'

'Nee. Op een later tijdstip moet je naar een café gaan en posten op Facebook dat je een tijdje van de radar verdwijnt omdat je aan je scriptie moet werken, zodat niemand zich ongerust maakt of naar je op zoek gaat. En daarna is het afgelopen.'

'Serieus?'

'Je gebruikt geen pasjes. Je mailt niemand. Je mag online gaan en dingen lezen, dingen voor je scriptie, of een film kijken. Maar er mag geen enkele output zijn van jouw kant. Mag ik je mobieltje?'

'Waarom?' vroeg Lola, maar desondanks gaf ze Frieda het toestel.

Frieda deed het raam open en voordat Lola besefte wat er gebeurde, liet ze de telefoon in het kanaal vallen.

'Mijn telefoon!' riep Lola uit. 'Hij is net nieuw! Wat doe je in vredesnaam?'

'Ik koop morgen een prepaid voor je. En als dit voorbij is, krijg je een nieuwe.'

'Nu weet ik niet eens hoe laat het is! Ik heb geen horloge. Of ik heb het in ieder geval niet bij me. Toen ik achttien werd, heb ik een heel mooi van mijn oma gekregen. Maar dat ligt thuis.'

'Je kunt mij vragen hoe laat het is.'

'Daar gaat het niet om. En bovendien, dit lijkt me allemaal vreselijk overdreven. Eerlijk, denk je nou echt dat dit allemaal nodig is?'

'Ik wou dat het niet zo was. Maar blijkbaar heb je nu al dingen opgepookt.'

'Hoezo?'

'Als je met iemand als Liz Barron praat, wat verwacht je dan dat ze daarmee doet?'

'De journaliste?'

Frieda trok haar laptop naar zich toe en las hardop van het scherm voor: '"De ongerustheid groeit wat betreft de veiligheid van de getroebleerde therapeute, Frieda Klein (40), die niet meer gezien is sinds haar controversiële rol in de zaak-Daniël Blackstock. Goede vrienden hebben hun bezorgdheid geuit..." Enzovoort, enzovoort. Barron heeft precies hetzelfde gedaan als jij en heeft mijn vrienden en collega's lastiggevallen, maar ze heeft meer uit hen losgekregen dan jij. Of misschien heeft ze het wel gewoon verzonnen. Ik kan me niet voorstellen dat Paz tegen Liz Barron haar ongerustheid uitspreekt.' Frieda scrolde door het artikel. 'Jij wordt er ook in genoemd. Maar niet bij naam. "Dokter Kleins verdwijning kwam aan het licht toen een studente die een studie maakte van Klein en de zaak-Dean Reeve geen spoor van haar kon vinden, niet op haar werk, noch bij haar thuis."'

'Dat is helemaal niet waar!' protesteerde Lola heftig.

'Dat doet er niet toe. Het punt is dat Dean Reeve het zal lezen. Hij houdt er niet van als mensen denken dat ze ergens beter in zijn dan hij.'

Lola keek haar aan met de angstige ogen van een kind.

'Ik heb gezien wat hij met ze doet,' zei Frieda terwijl ze naar de ketel liep waarin het water intussen kookte.

'Niet zeggen.'

'Waarom niet?' zei Frieda. 'Wil je nu dat ik "sorry" zeg en "ik wil je niet bang maken"? Want ik wil je zéker bang maken!'

'Oké, dat is gelukt. Ik ben bang. En ik heb honger.'

'Aan die honger kan ik wel iets doen. Maar hou die angst vast!'

Toen ze hadden gegeten, ging Frieda achter de computer zitten. Lola trok haar flanellen pyjama aan en plofte neer op de bedbank. Het was stil en alles voelde heel kalm. Ze keek naar Frieda en Frieda leek haar blik te voelen. Zwijgend staarden ze elkaar een tijdje aan.

'Mag ik je iets vragen?' vroeg Frieda.

Lola haalde haar schouders op.

'Het is moeilijk om weg te lopen uit je leven,' zei Frieda. 'Ik kan het weten, want ik heb het ook gedaan. Zelfs meer dan één keer. Je doet jezelf er verdriet mee en je doet er anderen verdriet mee. Maar je hebt het gedaan, het is je gelukt.'

'Wat bedoel je?'

Frieda glimlachte flauwtjes. 'Je lijkt me niet iemand die zich gemakkelijk losmaakt. Hoe zit het met je familie? Hoe zullen zij reageren?'

'Ik heb alleen mijn ouders en die zijn naar Spanje verhuisd. Ze hebben een huis in Málaga. Ik spreek ze haast nooit. Nou ja, ik spreek ze wel, ik bel ze, maar ze lijken niet bij te houden wanneer we elkaar voor het laatst hebben gesproken, of het een dag of een week geleden was. Ik geloof niet dat ze me zullen missen. Soms denk ik...' Ze zweeg en tuurde hevig knipperend met haar ogen naar de vloer.

Frieda nam haar peinzend op. Toen vroeg ze: 'En vrienden en vriendinnen? Worden die ongerust, denk je? Kan het dat zij je misschien als vermist opgeven?'

Lola voelde haar hart plotseling bonken. Ze begon te praten maar haar keel zat dicht. 'Ik weet het niet,' zei ze. 'Vorig jaar heb ik een heftige tijd gehad. Misschien te heftig. Ja, ik heb vrienden, neem ik aan. Ik heb altijd wel vrienden. Veel vrienden. Maar ik heb me een beetje teruggetrokken. Ik bedoel, ik ga nog steeds uit en heb plezier en word dronken en lach en dans en alles. Vrolijke Lola. Maar de afgelopen maanden is het een beetje een act. Ik praat niet meer met ze zoals vroeger. Snap je. Over dingen die echt belangrijk zijn. Het is allemaal gewoon...' ze wapperde even met haar hand, '... prietpraat. Mijn vader noemde me altijd een ratel. Mensen vinden het gezellig als ik er ben, maar misschien valt het hun niet echt op als ik er níét ben.'

'Bedoel je dat je ouders en je vrienden niet echt naar je omkijken?' vroeg Frieda zacht.

Lola bloosde. 'Als ik het vraag, doen ze dat wel – of mijn vrienden in ieder geval. Maar ik had... ik had behoefte aan een beetje ruimte, tijd. Ik denk dat niemand echt naar me op zoek zal gaan als ik op Facebook zet dat ik weg ben om aan mijn scriptie te werken. Ik bedoel, ze weten dat die niet echt lekker loopt. Dus een week of twee is er niks aan de hand, denk ik.' Het was lang stil, Frieda's donkere ogen bleven op haar rusten. Ze forceerde een lachje. 'Je denkt nu waarschijnlijk dat ik beter als patiënt of hoe je dat ook noemt tegenover je had kunnen zitten, dan als... nou ja, wat dit ook is.'

'Dit gaat voorbij,' zei Frieda. 'Het is een ernstige situatie, heel ernstig. Maar het gaat voorbij. En dan kun je weer terug naar je gewone leven en de dingen aanpakken. Misschien kan ik je daar wel bij helpen.'

'Ja, vast wel,' zei Lola. Ze stond op en rommelde in de tas die ze had meegebracht. Er kwamen allerlei kleren en toiletartikelen uit voordat ze vond wat ze zocht: een mondharmonica die ze aan haar lippen zette. Ze blies hard. Dat werkte: Frieda keek verschrikt op.

'Wat doe je?'

'Ik speel op mijn mondharmonica,' antwoordde Lola vrolijk. 'Of beter gezegd: ik maak er geluid op. Ik kan er nog niet op spelen. Maar dat komt wel.'

'Jóúw harmonica?'

'Die heb ik op mijn verjaardag van iemand gekregen, maar ik ben er nog niet aan toegekomen om erop te spelen. Dit leek me een goed moment om het te leren.'

'O?'

'Zo moeilijk kan het niet zijn.' Lola bekeek het zilverkleurige instrument vertwijfeld. 'Ik heb geen gebruiksaanwijzing, maar die is vast wel op YouTube te vinden.'

Ze zette het instrument weer aan haar mond en blies nog een keer. Ditmaal kwam er een hoog, metalig gepiep uit. Frieda kneep haar ogen dicht.

14

Liz Barron zat in een café met een gin-tonic voor zich, haar derde die avond. Of was het de vierde? Na de eerste had ze zich scherp en helder gevoeld, opmerkelijk alert. Ze had al een tintelend gevoel van opwinding vanaf het moment dat ze die studente had gesproken; dat ze iets op het spoor was waarvan niemand enig vermoeden had. Maar daarna had ze een tweede en een derde genomen en misschien een vierde – als dit haar vierde was. Om te ontspannen, kalmer te worden. Dat deed ze de laatste tijd meer. Zelfmedicatie.

Ze viste het schijfje citroen uit haar glas en liet dat in haar mond glijden. Frieda Klein was al jaren een onderwerp van haar. Ze had haar geïnterviewd, voor haar deur gestaan, haar leven uitgepluisd, met haar vrienden en vijanden gesproken. En nu was Frieda Klein verdwenen en kon niemand haar vertellen waarom. Malcolm Karlsson was totaal geen hulp geweest en zijn zuur kijkende collega al helemaal niet.

Maar wat nog interessanter was dat ze had geprobeerd Lola Hayes te vinden en van zowel haar vrienden als haar begeleider op de universiteit had gehoord dat Lola kortgeleden ergens naartoe was gegaan om in alle rust haar scriptie te schrijven. Niemand leek te weten waar ze was. Daar kwam Quarry misschien van pas. Ze tilde haar glas op en merkte dat het leeg was.

'Wil je er nog eentje?'

Ze keek op en probeerde zich te focussen – ze zag een beetje wazig. Een man met een gezicht alsof hij veel tijd buiten doorbracht leek naar haar te lachen; ze kneep haar ogen tot spleetjes.

'Ach, waarom ook niet,' reageerde ze.

Hij liep naar de bar om te bestellen en ze bekeek hem van achteren. Hij was mager, en hoewel hij niet erg groot was, zag hij er sterk uit. Dikke, gespierde armen.

'Alsjeblieft.' Hij zette haar drankje voor haar neer, samen met een glas bier voor zichzelf.

'Dank je. Ik ben Liz.'

'Graham,' zei hij. 'Ik durfde je bijna niet te benaderen.'

'Nee? Zo eng ben ik toch niet?' vroeg ze met een lach.

'Je leek heel diep in gedachten verzonken.'

'Dat klopt.'

Ze nam een flinke slok van haar drankje en voelde de vloeistof scherp en soepel door haar keel glijden. Haar botten waren week en haar gedachten zwommen door haar hoofd.

'Ga je me ook vertellen waar je dan aan dacht?'

'Dat weet ik niet.' Ze keek hem aan en nam nog een slok. Het café was nu bijna verlaten. 'Dat hangt ervan af.'

'Waar hangt dat van af, Liz?'

'Hoe snel ik dit opdrink.'

Ze lachten allebei. Hij tilde zijn glas op, maar nam geen slok.

'Ik wil niet aandringen,' zei hij. 'Misschien is het persoonlijk. Misschien dacht je aan een man.'

'Mis!' Ze leunde naar voren. 'Ik dacht absoluut niet aan een man. Ik dacht aan een vróúw!' Ze nam nog een slokje. Haar glas was alweer bijna leeg. 'En ook niet op een persoonlijke manier,' voegde ze eraan toe.

'Hoe dan?' vroeg de man. Zijn stem klonk zacht, bijna teder. 'Vertel eens.'

'Ik heb niet echt iets te vertellen. Nog niet. Ik ben journalist en ik heb sterk het gevoel dat ik iets op het spoor ben. Of beter gezegd: iemand.'

'Die vrouw?'

'Ja. Heb je weleens het gevoel dat er iets is wat je wilt, net buiten je gezichtsveld en net buiten je bereik, maar dat je dat, als je het voorzichtig en slim speelt, te pakken kunt krijgen?'

De man knikte. 'Jazeker!' zei hij. 'Ik hou van vissen. Dan zit ik aan het water en wacht. Ik kan de hele dag wachten. Totdat de lijn beweegt. Zelfs het kleinste rukje voel ik. Ik ben een heel geduldige man, Liz.'

Liz' telefoon, die met het scherm omlaag op het tafeltje lag, begon te trillen. Ze keek. Het was een berichtje van Dan Quarry en ze glimlachte tevreden.

'Goed nieuws?' vroeg de man.

'Ik heb ook zitten vissen,' zei ze. 'En dit is het rukje aan de lijn.'

Hij grinnikte en keek haar aandachtig aan.

'Ik moet gaan,' zei ze na een blik op haar horloge. 'Dan haal ik de laatste metro nog.'

Ze stond op, verrassend stevig op haar benen.

Hij stond ook op. 'Ik loop wel met je mee naar het station,' zei hij. 'Het is donker buiten. Donker en koud.'

15

Bij het begin van de dagelijkse briefing blikte Dugdale de ruimte rond. 'We beginnen met de stand van zaken wat betreft Lee Samuels.' Hij keerde zich naar de jonge rechercheur die net bij het team was gevoegd. 'Malik. Zeg het maar.'

Malik wierp een blik op zijn aantekeningen en kuchte zacht. 'Ik heb zijn vriendin gesproken en zij vertelde dat hij de laatste tijd nogal gedeprimeerd was. Hij had geen werk en dronk wat te veel. Dan werd hij vaak woedend op haar.'

Even flikkerde er interesse in Dugdale op. 'Hoe erg?'

Malik schudde zijn hoofd. 'Erg genoeg om hem te vermoorden, naar Hampstead Heath te brengen en op een vuurstapel te leggen? Nou nee, daar leek ze me het type niet voor. Te klein, om te beginnen.'

'Je weet het nooit. Maar ga verder.'

'Zijn ouders wonen in Derby. Ze weten niet veel over zijn leven sinds hij naar Londen is verhuisd. Op 26 september is hij het laatst gesignaleerd, toen hij met vrienden een biertje dronk in een café in Royal Oak. Hij is al op de 29ste als vermist opgegeven, dus moet hij vermoord zijn, of op z'n minst ontvoerd, tussen die twee data.'

'Nog meer?'

'Uit het autopsierapport blijkt dat Samuels is gewurgd,' vervolgde hij. 'Net zoals Kernan. Waarschijnlijk met een stuk dun ijzerdraad. Het lijk was niet merkbaar aan het ontbinden voordat het op de houtstapel werd gezet. Het terrein daar is erg modderig en toen de forensische dienst er aankwam...'

'Ja ja, ik weet het,' onderbrak Dugdale hem. 'Een ramp. Zijn er überhaupt nog sporen gevonden?'

Malik keek opnieuw op zijn notitieblok. 'Er waren bandensporen vlakbij, maar de parkwachter die verantwoordelijk was voor het gedeelte waar die vuurstapel werd gebouwd, bevestigt dat veel van het hout op een kruiwagen daarheen is gebracht, dus zijn die sporen waarschijnlijk daarvan.'

'Nog iets van de beveiligingscamera's, Kevin?' vroeg Dugdale aan de man links van hem.

'We hebben de beelden van alle camera's in het gebied bekeken en er is niets bijzonders op te zien – maar we weten natuurlijk niet waarnaar we moeten zoeken. Er staan honderden auto's op, maar we missen criteria om het gerichter te beoordelen.'

'Verder nog?'

Niemand zei iets. Dugdale slaakte een zucht, krabde aan de zijkant van zijn gezicht en zei: 'Goed. We gaan uit van de hypothese dat Kernan en Samuels door dezelfde persoon zijn vermoord. Over naar Kernan, dus. Dan, wat heb je?'

'Ik heb alle spullen die we hebben meegenomen uit zijn huis bekeken en er is niets wat eruit springt. Hij had geen geldproblemen, geen geheimen.'

'Je bedoelt dat je die niet hebt gevonden.'

'Niks wat opvalt, zoals ik al zei.'

'Het enige vreemde wat we hebben ontdekt is dus zijn zoekopdracht op internet naar Karlsson,' merkte Dugdale op.

'Ja, maar Karlsson was stomverbaasd,' merkte Quarry op. 'Hij had nog nooit van Geoffrey Kernan gehoord. Hij en zijn collega zullen nog checken of er echt geen connectie is, maar dat verwachten ze niet.'

Hij dacht terug aan de stuurse afkeuring waarmee Yvette Long naar hem had gekeken en voelde een steek van schaamte vanwege zijn deal met Liz Barron. Maar het was maar tijdelijk. Alleen om hem uit zijn netelige situatie met Maggie te helpen.

'Laat het me maar weten als je nog iets van hem hoort. En wat betreft de navigatie uit zijn auto: ik ga ervan uit dat je het wel had gemeld als daar iets uit was gekomen.'

Quarry schudde spijtig zijn hoofd en zei: 'Ik ben overal geweest waar hij in de week voor zijn dood naartoe is gereden. Of in ieder geval op elke plek die hij heeft ingevoerd op zijn navigatie. Dat is natuurlijk niet hetzelfde.'

'Heb je echt elk adres geëlimineerd?' vroeg Dugdale scherp.

Quarry kreeg een kleur. Hij had het gevoel dat Dugdale strenger voor hem was dan voor de anderen. 'Ik heb gedaan wat ik kon. Niet iedereen was thuis. En soms is het lastig het exacte adres te bepalen.'

'Lastig?' vroeg Dugdale. 'Dan wil ik bewijzen hebben dat die adressen niets van doen hebben met dit onderzoek!'

'Ja, chef,' zei Quarry zachtjes.

Dugdale staarde somber naar het groepje voor zich. 'Dus wat hebben we tot nu toe? Een man die is gewurgd en daarna in een auto is gezet die een heuvel af is gerold. Nog een man, ook gewurgd, die op een vuurstapel is gezet en in de fik is gestoken. Maar hij was gekleed in brandwerend materiaal zodat hij niet verteerd zou worden door de vlammen. Allebei de mannen zijn neergezet op plekken waar veel mensen komen. Het kan zijn dat de lijken ergens zijn bewaard nadat ze waren vermoord. Er zijn geen bruikbare getuigen, we hebben geen bloed of sporen of vingerafdrukken om iets uit af te leiden. Het enige wat we hebben gevonden is dat Kernan meerdere keren naar hoofdinspecteur Karlsson heeft gezocht op internet. Dat moet iets te betekenen hebben.'

Hij stond op en trok zijn sjofele overjas aan. 'Op naar de persconferentie,' zei hij met een sombere blik op een scheur in zijn jaszak.

'Ik doe er altijd meer boter in,' zei Lola.

Frieda negeerde haar. Ze brak drie eieren in de pan en roerde ze met een houten lepel.

'Roerei moet zacht en boterig zijn,' babbelde Lola verder. 'En er moet heel veel zwarte peper over. Daar kun je nooit te veel van gebruiken. Vind je ook niet? Soms strooi ik het zelfs over aardbeien. Dat smaakt verrassend goed. Aardbeien zonder iets erop zijn soms nogal saai, vind ik. Zal ik boter op de toast smeren?' Ze trok de deur van de koelkast open en keek erin. Met een teleurgesteld gezicht haalde ze er een pakje boter uit dat bijna op was. 'Nou, daar staat ook maar weinig in! Jess, mijn vriendin, zegt altijd dat geluk een volle koelkast is. Maar dat geldt niet voor jou, dat is duidelijk.' Ze schraapte het laatste restje boter uit het pakje en smeerde dat op twee geroosterde boterhammen. 'Als ik bij een psychotherapeut zat, zou ik constant doorratelen, alleen maar om de stilte te vullen. Gebeurt dat vaak?'

'Soms kunnen mensen niet ophouden met praten en soms kunnen ze niet beginnen. Ik heb sessies meegemaakt waarin geen woord werd gezegd.'

Lola trok een gezicht. 'Daar zou ik niet tegen kunnen. En niet alleen bij een therapeut – ik zeg altijd gewoon wat in me opkomt tegen wie er maar wil luisteren. Mijn moeder zei al dat er geen verschil is tussen wat ik denk en wat ik zeg. Mijn vader drukt het een stuk rotter uit.'

'Er zijn vast ook dingen waar je nooit over praat.'

'Ik denk van niet. Als ik bij jou op de bank zou liggen, zou ik gewoon liegen en maar doorkletsen. Heb je een bank, eigenlijk?'

'Nee, ik heb geen bank. Misschien zouden we dan moeten nadenken over wat er achter al dat geratel ligt, wat je probeert te verbergen.'

'Stel nou dat er niks is?'

'Bijvoorbeeld...' zei Frieda, '... dat je het, als je over je ouders praat, altijd hebt over de kritiek die ze op je hebben.'

Lola fronste haar wenkbrauwen. 'Ze vinden me nogal oppervlakkig. Een warhoofd.'

'En ben je dat?'

'Dat is gewoon mijn manier van doen.'

'Precies. En een manier van doen verhult hoe je echt bent. Dat deed je ook toen je me uitlegde waarom je vrienden je waarschijnlijk niet zouden missen.'

'Ik overdreef waarschijnlijk een beetje,' zei Lola met een ongemakkelijk lachje. 'We hadden een hele rare dag achter de rug.'

'In mijn oren klonk het niet alsof je overdreef. Het klonk meer alsof het je pijn deed.'

'Nou, dat weet ik niet, hoor. Je moet niet al te veel zoeken achter wat ik zeg.'

'Dat is mijn werk.'

Frieda verdeelde het roerei over de twee boterhammen en ze gingen aan de kleine tafel zitten.

'Je hebt er geen zwarte peper op gedaan. Waarom noem je jezelf Ursula Edmunds?' vroeg Lola.

'Om mezelf geen Frieda Klein te noemen.'

'Ja, natuurlijk. Dat is duidelijk. Je hebt je haar geknipt en zilvergrijs geverfd. En je draagt een bril. Je ziet er trouwens niet slecht uit zo.'

'Dank je,' reageerde Frieda droogjes.

'Hoewel je er als jezelf waarschijnlijk beter uitziet. Maar dat heb ik natuurlijk alleen op foto's gezien. Voel je je anders als je eruitziet als Ursula? Vanbinnen, bedoel ik. Zoals ik me bijvoorbeeld heel Italiaans voel als ik in Italië ben en met drukke gebaren praat. Dan komt de Italiaan in me naar boven.'

'Oké,' zei Frieda. 'Ik zal je vertellen wat je daarover moet weten.'

Lola leunde verwachtingsvol naar haar toe.

'Ik moest verdwijnen. Niet omdat ik gevaar liep vanwege Dean Reeve, maar omdat iedereen uit mijn kringetje gevaar liep. Ik was vervloekt, net als iemand die de pest heeft, en moest uit mijn eigen omgeving verdwijnen.'

'Maar hoe? Dat is heel moeilijk, toch? Hoe moet je dat doen, zonder bankpas en dat soort dingen?'

'Ik heb een bankpas – of Ursula Edmunds heeft die. Ze heeft ook een geboortebewijs, een paspoort, een zorgverzekeringspasje, een bankrekening, een telefoon. En een sleutel van dit appartement.'

'Hoe heb je dat kunnen regelen?'

'Dat heb ik niet gedaan, dat heeft iemand anders voor me gedaan.' Frieda fronste haar voorhoofd en dacht aan Walter Levin met zijn streepjespak, gerafelde das, vriendelijke lach en altijd die kille, waakzame blik in zijn ogen. 'Ik heb met hem gewerkt. Hij is goed in dat soort dingen.'

'Hij klinkt als een spion.'

'Ja, inderdaad.'

'Waarom Ursula Edmunds?'

'Het is een naam.'

'Ik zou hem niet kiezen. Ik zou mezelf een dramatische naam geven. Scarlett Savonarola, of zo.'

'Ik wilde geen aandacht op mezelf vestigen,' zei Frieda.

'Dus je bent een soort schim.'

'Interessant dat je dat zegt. Ik heb Dean altijd beschouwd als een soort schim.'

'Twee schimmen dan. En wat doen die?'

'Ze zoeken naar elkaar.'

'Hoe zoek je dan?'

'Misschien is zoeken het verkeerde woord. Ik wacht op een teken.'

'Wat voor teken?'

'Dat kan ik je vertellen als ik het zie.'

'En kan ik je daarbij helpen?'

'Het belangrijkste is dat je me niet in de weg loopt.'

16

In de schemering die avond jogde er een man van middelbare leeftijd in een felgele hes met oordopjes in door de regen langs het kanaal. Onder het lopen ontweek hij een groepje Canadese ganzen en een stel fietsers dat hem met gebogen hoofd en het water stromend van hun regenjacks tegemoet kwam. Toen lag er een verlaten pad voor hem, waarover hij gestaag verder rende. Na een tijd veranderde zijn tempo; zijn aandacht werd door iets getrokken. Hij hield halt en keerde om.

Ja, er dreef iets in het water. Een boomstam? Nee, daar leek het niet op. Een grote plastic zak? Maar daar leek het ook niet op. En toen zag hij dat het ding armen leek te hebben die er slap naast dreven. Zijn wereld kantelde. Hij keek paniekerig om zich heen, op zoek naar iemand die actie kon ondernemen. Hij riep, met zwakke stem, om iemands aandacht te trekken, maar er was niemand, alleen hij en het ding in het water en de regen die onophoudelijk uit de hemel viel.

Hij ademde een paar keer diep in, en hoewel hij zelf nauwelijks kon geloven dat hij het deed, klom hij de oever af naar het water – dat koud en donker was en waarschijnlijk vol zat met ratten en ziekten –, liet zich erin zakken en waadde naar het ding toe. Toen hij dichterbij kwam, zag hij deinende haarstrengen en witte benen en een gele jurk met de knoopjes nog keurig dicht. De muziek speelde nog in zijn oren. Met een vlaag van afgrijzen stak hij zijn hand uit, greep de schouder beet, kneep zijn ogen half dicht en trok. Het lichaam draaide om. Hij zag het gezicht. Schreeuwend om hulp begon hij haar naar de kant te trekken, maar liet weer los. Het deed er niet meer toe. Haast was niet meer nodig.

Frieda lag op haar bed met al haar kleren nog aan en haar ogen open. Haar hoofd tolde van allerlei gedachten en ze wist dat ze die nacht toch niet zou slapen. Ze stond op en liep naar het raam. Het kanaal beneden was net zichtbaar in het vage licht voor zonsopkomst en ze staarde uit over het zachte grijs. Er stond geen wind en het was doodstil. Alsof alles en iedereen de adem inhield.

Toen werd de stilte verscheurd door een gil.

Ze draaide zich met een ruk om en rende naar de woonkamer. Lola zat – in haar gestreepte pyjama met haar haar in vlechtjes – in elkaar gekrompen op de bedbank. Ze leek niet ouder dan tien en was totaal van streek. Frieda liep haastig naar haar toe en legde haar hand op haar schouder.

'Wat is er?'

Lola staarde haar met enorme ogen aan. 'Je had gelijk.' Haar stem was niet meer dan een schor gefluister.

'Waar heb je het over?'

'Ik werd wakker en eerst wist ik niet waar ik was. Ik voelde me heel akelig, ongerust en bang.'

'Je gilde omdat je bang was?'

'Nee. Ik keek...' Lola's stem stokte. Ze wees op haar laptop en barstte in snikken uit. Frieda hurkte neer en keek. Ze hoefde alleen de kop maar te lezen: 'Journaliste dood aangetroffen in kanaal'.

'Liz Barron.' Het was geen vraag.

'Het komt door mij, hè?'

'Nee.'

'Als ik niet was gaan rondneuzen, was dit niet gebeurd.'

Frieda ging naast Lola zitten. 'Luister. Dit komt niet door jou. Dit komt door Dean Reeve. Je bent zijn verhaal binnengestapt en dat vind ik heel erg voor je. Ik zal mijn uiterste best doen om te zorgen dat jou niets overkomt. En daarvoor is het belangrijk dat je helder en alert blijft. Begrijp je?'

Lola knikte. De tranen bleven in haar ogen opwellen, maar ze beet hard op haar onderlip om ze tegen te houden.

'Goed zo,' zei Frieda met een knikje naar haar, en ondanks haar angst voelde Lola ook dat ze dat fijn vond. 'Nu ga ik thee voor je zetten en dan gaan we.'

'Waarnaartoe?'

'Naar de plek waar ze is gevonden.' Frieda keek nog naar Lola, maar ze leek het tegen zichzelf te hebben. 'Het is begonnen.'

Het werd al licht toen ze vertrokken uit het appartement. De hemel was bewolkt en het miezerde toen ze hun tocht langs het kanaal aanvingen.

'Loop je altijd zo hard?' vroeg Lola, die moeite had Frieda bij te houden.

Frieda reageerde niet. Haar gezicht stond ernstig, geconcentreerd.

'Wat hoop je te vinden?' Lola wachtte even op een antwoord en vroeg het nog een keer omdat ze dacht dat Frieda haar niet had gehoord.

'Dat weet ik niet.'

Er fietste een man in een pak langs; even later rende er een jonge vrouw voorbij. In enkele woonboten brandde licht. Onder een brug lag een man in een slaapzak; zijn haar was het enige wat ze konden zien.

Bij een bocht in het kanaal stuitten ze op politielint.

'Hier is het dus,' merkte Frieda op terwijl ze eroverheen stapte.

'Komen we zo niet in de problemen?' vroeg Lola, maar ze deed wat Frieda deed en bleef staan om naar het kabbelende water te kijken waar vuilnis en een eenzaam waterhoentje op dreven.

'Wat zie je?' vroeg Lola. 'Want ik zie alleen een kanaal.'

'Beter kijken.'

'Waarnaar?'

'Vertel me wat je ziet.'

'Het kanaal, het jaagpad. Dat is het.' Lola knikte energiek. 'Ik heb Dean bij het kanaal ontmoet, jij woont aan het kanaal en Liz Barrons lichaam is in het kanaal gevonden.' Ze greep Frieda's arm beet. 'Betekent dit dat hij weet waar je woont? Waar wíj wonen?'

'Je moet beter kijken,' zei Frieda. 'Wat zie je voor je?'

'Het kanaal,' zei Lola nog een keer. 'Water. Regen. Huizen aan de overkant.'

'Ga door.'

Lola rolde met haar ogen. 'Een eend. Een paar eenden.'

'Ja.'

'Plastic flessen. Planten. Een of andere pijp.'

'Goed.' Frieda's stem klonk dringend.

'Wat?'

'Die pijp. Wat is het?'

Lola tuurde naar de brede metalen buis die als een brug over het kanaal lag. 'Riool? Water?' opperde ze.

'Niet gewoon water. Het is een rivier.'

'Ik snap het niet.'

'Door die buis,' Frieda wees, 'loopt de rivier de Westbourne.'

'O!' Lola knipperde met haar ogen en sperde ze toen wijd open. 'Wauw! Een van je verborgen rivieren, die je volgt als je door Londen loopt.'

'Ja.'

'En je denkt dat het lichaam daarom hier in het water is gegooid?'

'Ja.'

'Mijn god! Dat is afgrijselijk. Echt afgrijselijk! Dus jij denkt dat Dean Reeve die arme Liz Barron alleen maar heeft vermoord om haar lijk ergens voor jou achter te laten? Als teken? Alsof ze een ding is, een ding dat hij kon gebruiken voor zijn doel.'

'Dat is precies wat ik wil zeggen,' zei Frieda zacht. 'Dean Reeve weet dat Liz Barron door de jaren heen een vijandige interesse heeft getoond in mij. Je hebt haar stukken gelezen.' Lola knikte. 'En ze begon er nu weer mee. Dus hij ruimt haar uit de weg en laat haar achter op een plek die voor mij een bijzondere betekenis heeft.'

'Dat is echt eng.'

'Hij is heel gevaarlijk, Lola. Dat mag je nooit vergeten, geen seconde.'

'Dit ga je toch wel melden bij de politie, hè?'
'Ja, ja. Dat ga ik doen. Voor wat het waard is.'
'Wat gebeurt er hierna?'
'Niet hierna. Ik denk dat we moeten uitzoeken of er hiervóór iets is gebeurd.'

17

'Waarschijnlijk betekent het niets,' zei Karlsson aarzelend. 'Maar misschien ook wel.'

Dugdale knikte. Karlsson droeg een pak dat op het eerste gezicht grijs leek maar ook mosgroen kon zijn, en hoewel hij stoppelwangen had en geen das droeg, voelde Dugdale zich opeens nogal sjofel.

'Ik ben benieuwd.'

'Ik heb Matt Selby al gesproken. Hij leidt het onderzoek naar Liz Barrons dood. Voorlopig.'

'Voorlopig? Dat klinkt me niet goed in de oren,' reageerde Dugdale.

'En ik wilde jou ook persoonlijk spreken. Een paar dagen geleden kwam Liz Barron me opzoeken.'

'Waarom?'

'Het is nogal ingewikkeld. Ik ken haar al jaren, voornamelijk vanwege haar niet-aflatende interesse – om het vriendelijk uit te drukken – in Frieda Klein.' Dugdale knikte; iedereen wist van Karlsson en Frieda Klein. 'Ze had haar geprobeerd te traceren maar dat lukte niet en ze dacht dat ik haar misschien kon helpen.'

'O ja?'

'Ja. Het was op dezelfde dag dat je een rechercheur bij me langs stuurde.'

'Dan Quarry?'

'Ja! Die.'

'Ik zie niet wat dat te maken kan hebben met de recente moorden die ik onderzoek.'

'Waarschijnlijk heeft het er ook niks mee te maken. Maar gezien het feit dat mijn naam op de computer van Kernan voorkwam, dacht ik dat je het moest weten.'

'Je bedoelt,' zei Dugdale, 'dat je zowel met Kernan als met Barron een link hebt?'

'Het is een hele zwakke link, maar ja, dat bedoel ik.'

'Bedankt dat je me dat komt vertellen.'

'Zoals ik al zei, het is waarschijnlijk niets.'

'Waarschijnlijk,' zei Dugdale.

18

Frieda zette thee voor Lola en zichzelf. Ze stond voor het raam en staarde naar buiten, in gedachten verzonken. Toen haar mok leeg was, schonk ze hem nog eens vol en ging achter haar laptop zitten.

'Kan ik helpen?' vroeg Lola.

'Moet jij geen tijd besteden aan je studie?'

'Je bedoelt mijn scriptie over jou? Ik denk dat ik daar maar van afzie. Je zit over iets te peinzen. Je zoekt iets. Kan ik niet helpen zoeken?'

Frieda dacht even na en nam een besluit. 'Goed. Ik zal je vertellen waarover ik zit te peinzen. Als Liz Barron in haar huis of ergens op straat was gevonden, was het gewoon Dean Reeve die doet wat hij doet: iemand straffen die hem in de weg staat. Maar omdat hij ervoor heeft gezorgd dat ze op die specifieke plek werd gevonden, doet hij iets anders dan anders: hij stuurde me een persoonlijke boodschap. Een boodschap die alleen ik zou begrijpen.'

'Mag ik iets opmerken?' vroeg Lola. 'Ik wil alleen iets opperen voor de discussie, snap je? Gewoon, voor de volledigheid.'

'Toe maar.'

'Nou, sommige mensen zouden zeggen, ik niet per se, maar ik kan me voorstellen dat sommige mensen zouden zeggen dat je ervan uitgaat dat alles om jou draait.'

'Je bedoelt dat ik er ten onrechte van uitga dat alles om mij draait?'

'Dat zouden sommige mensen zeggen.'

'En verder?'

'En sommige mensen zouden ook zeggen dat de moord op Liz Barron misschien wel niets te maken heeft met Dean Reeve. Misschien was het een uit de hand gelopen beroving. Misschien was het een jaloers vriendje.' Lola wierp een nerveuze blik op Frieda om te zien of ze boos was, maar ze leek alleen na te denken over haar opmerking.

'Dat zouden ze kunnen zeggen, ja. Dus moeten we het checken.'

'Waar ben je naar op zoek?'

'Moorden. In Londen.'

'Wat? Allemaal?' vroeg Lola. 'Dat moeten er duizenden zijn.'

'Het zijn er ongeveer honderd per jaar. Soms wat minder, soms wat meer. En zowat een kwart ervan wordt gepleegd door vrienden of familie van het slachtoffer.'

'Dat is nogal deprimerend.'

'Maar niet verrassend. Dat zijn degenen die het meest van ons houden en liefde ligt dicht bij haat. En we zoeken naar recente moorden, niet langer dan ongeveer een maand geleden.'

'Oké,' zei Lola. 'Ik zoek mee.' Ze begon meteen te tikken op haar toetsenbord. 'Hier heb ik er een: een tiener die is doodgestoken voor een club in Streatham. Hij is op straat doodgebloed en...'

'Nee,' onderbrak Frieda haar.

'Sorry.' Lola begon, in zichzelf neuriënd, weer te tikken. 'Een schietpartij in Tottenham een paar weken geleden. In een shoarmatent.'

'Nee.'

Meer getik.

'Shit,' zei Lola. 'Een man van een jaar of vijftig is doodgestoken in de metro. Een groepje jongeren pestte een oude man en het slachtoffer kwam tussenbeide. Een van de jongens trok een mes en stak hem dood.'

'Heel triest. Maar niet waar we naar op zoek zijn.'

Lola kletste door terwijl ze van pagina naar pagina klikte. 'Ik vraag me altijd af of ik me met zoiets zou bemoeien. Als het goed afloopt, ben je een held, maar als je de verkeerde tegenover je hebt en die trekt een mes en zet dat tegen je keel om je bang te maken en raakt per ongeluk een slagader, dan...'

'Sst,' zei Frieda.

'Sorry. Ik weet dat ik te veel praat...'

'Ik heb iets gevonden. De Hampstead-moorden.'

'Ja, daar heb ik over gelezen. Nou, die kun je ook nauwelijks missen. Dat heeft in alle kranten gestaan. Waarom vind jij betere moorden dan ik?'

Frieda las het artikel vluchtig door. 'Een auto is een winkel binnengereden in Hampstead. De man in de auto was al dood.'

'Ja, ik weet het. Afschuwelijk.'

'Een week later werd er een paar honderd meter verderop, op Hampstead Heath, een lijk aangetroffen in de vlammen van een vreugdevuur.'

'Sorry, maar er zal me wel iets ontgaan,' zei Lola. 'Er is een lijk gevonden in een kanaal, een lijk in een auto en een lijk in een vuur. Twee vindplaatsen waren vlak bij elkaar maar de derde niet. Ik zie weinig overeenkomsten.'

'Je hebt er al één genoemd: lijk,' zei Frieda.

'Ja, maar we zoeken naar moorden, dus is het niet bepaald een verrassing dat daar lijken bij voorkomen.'

'Ik bedoel dat de situatie waarin de drie doden zijn aangetroffen geënsceneerd leek, alsof ze werden geëtaleerd.'

'Is een lijk dumpen in een kanaal "etaleren" te noemen? Gebeurt dat juist niet vaak met lijken? Begraven. Verbranden. In kanalen gooien. Sorry, klink ik te negatief? Dat is niet de bedoeling.'

'Helemaal niet. Het is goed om vragen te stellen.' Frieda stond op. 'Ik moet erheen,' zei ze. 'Ga je mee?'

Een uur later stapten ze metrostation Hampstead uit. Ze sloegen rechts af en liepen Heath Street op. Al snel stonden ze voor de dichtgetimmerde Mamma Mia-winkel.

'Dat moet een flinke klap zijn geweest,' merkte Lola op.

Frieda keek omhoog naar de heuvel. 'De auto kwam daarvandaan en rolde de helling af.'

'Wat ik al zei: dat moet een flinke klap zijn geweest,' zei Lola.

'En? Genieten jullie ervan?' hoorden ze een vrouwenstem achter hen. Frieda en Lola keken om en zagen een vrouw achter een buggy met een zwarte labradorpuppy aan haar ene kant en een klein jongetje aan de andere. 'Is dit nu een plek voor ramptoeristen geworden? Zal ik een foto van jullie maken terwijl jullie ervoor staan?'

Toen de vrouw Frieda's gezicht zag, keek ze iets minder onvriendelijk.

'Zo zit het niet,' zei Frieda. 'Ik heb iets te maken met iemand die hierbij betrokken is.' Ze zweeg. 'Was u erbij toen het gebeurde?'

'Ja,' zei de vrouw kortaf.

Frieda bekeek haar, de twee kinderen en de hond. 'Ik heb over u gelezen,' zei ze langzaam. 'In de kranten. Charlotte Beck. U was erbij en u hebt het leven van die vrouw gered.'

Charlotte Beck schudde haar hoofd. 'Ik kan me er niet veel meer van herinneren. Ik weet alleen nog dat ik helemaal onder het bloed de winkel uit kwam en het gezicht van die man zag en me afvroeg waarom ze hem niet hadden toegedekt.'

'Waarom bent u hier?'

'Ik ben hier iedere dag geweest sinds het is gebeurd. Soms twee keer. Maar Oscar vindt het niet erg. Je hebt het ook gezien, hè, lieverd?'

Frieda keek naar het jongetje dat strak terugkeek.

'U kunt zich niet voorstellen hoe het is,' zei Charlotte, 'als er iemand zo verschrikkelijk bloedt. En je het probeert te stoppen. Als ik mijn ogen dichtdoe, zie ik het voor me, ik ruik het zelfs.'

Frieda kon zich wel voorstellen hoe dat was, maar dat zei ze niet. In plaats daarvan haalde ze een klein notitieblokje uit haar zak, schreef iets op, scheurde het blaadje eruit en gaf dat aan Charlotte. 'Vroeger werkte ik ergens waar vaak mensen kwamen met dit soort ervaringen,' zei ze. 'Dit is het adres van een vriend van me die u misschien kan helpen. Ik adviseer u in elk geval niet meer steeds terug te komen naar deze plek. Het lijkt misschien alsof dat helpt, maar dat is hoogstwaarschijnlijk niet zo.'

Charlotte tuurde naar het papiertje en richtte toen haar ogen weer op Frieda. 'Wat doet ú hier eigenlijk?' vroeg ze.

'Dat is nogal lastig uit te leggen. Maar als u het gevoel hebt dat u wel wat hulp kunt gebruiken, bel Reuben McGill dan op dat nummer.'

Charlotte stond nog steeds naar het papiertje te staren, toen Frieda en Lola verder de heuvel op liepen.

'Waar gaan we heen?' vroeg Lola. 'Heb je niet gezien wat je hier wilde zien?'

'Dit was niet het belangrijkste waarvoor we hier zijn.'

'Er zijn twee mensen omgekomen hier. Dat lijkt mij nogal belangrijk.'

Frieda zei niets tot ze boven op de heuvel waren. Whitestone Pond lag recht voor hen, rechts keken ze uit over Londen.

'Mooie plek,' merkte Lola op.

Frieda keerde zich om en keek de heuvel af. 'Hier de auto in z'n vrij zetten zodat hij de heuvel begint af te rollen en dan uitstappen,' mompelde ze.

'Die auto had iedereen kunnen overrijden,' zei Lola. 'Onschuldige kinderen.'

Frieda liep naar links en stak de weg over. Lola haastte zich achter haar aan. Ze liepen langs het meer naar de rand van de Heath, waar het park omlaag liep.

'Daar,' wees Frieda.

Een stuk lager lag de krater, een gedeelte ervan was nog afgezet met politielint. Eén stukje was losgeraakt en fladderde in de wind. Frieda beende er met grote stappen naartoe. Het gras was nog bezaaid met zwartgeblakerde restanten van de brand.

'Het lijkt de dag na Guy Fawkes wel,' zei Lola. Ze keek Frieda aan. 'Als je een vuur wilt maken als een soort teken, zou je het dan niet boven op de heuvel doen zodat iedereen het ziet, in plaats van hier op deze verborgen plek?'

'Leg je hand eens op de grond,' zei Frieda.

'Huh? Waarom?'

‘Doe het nou maar.’

Lola hurkte neer en legde haar hand op het gras. ‘Nat.’

‘Kom, dan lopen we terug,’ zei Frieda.

Toen ze weer bij het meer waren, keek Frieda om zich heen.

‘Nou, ga je het nog vertellen?’ vroeg Lola.

‘Wat?’

‘Waarom ik aan de grond moest voelen, bijvoorbeeld.’

‘Rivieren,’ zei Frieda. ‘Hierboven, waar hij de auto omlaag heeft laten rollen, begint de Fleet. Die stroomt omlaag door de Heath waarna hij onder Londen door loopt en bij Blackfriars in de Theems uitkomt.’

‘Je bedoelt Fleet zoals in Fleet Street?’

Frieda glimlachte. ‘Ja. Hij loopt langs Fleet Street. En die natte grond in die krater? Daar begint de Westbourne, ergens diep onder die vochtige aarde. Die stroomt door Kilburn en Hyde Park en Chelsea en komt bij Chelsea Bridge in de Theems uit.’

‘En jij denkt dat hij de doden daarom daar heeft achtergelaten?’

‘Ja.’

‘Om jouw aandacht te trekken?’

‘Het is een mogelijkheid.’

Frieda draaide zich om en samen liepen ze over Heath Street terug naar het metrostation.

‘Mag ik je iets vragen?’

‘Ga je gang.’

‘Waarom heeft hij die mensen uitgekozen? Ik bedoel de andere twee, niet Liz Barron.’

‘Dat weet ik niet.’

‘Maar denk je dat hij ze om een bepaalde reden heeft uitgekozen?’

‘Misschien.’

‘Nog één ding: jij denkt dat Dean Reeve een lijk heeft achtergelaten op de plek waar de Fleet ontspringt, ja? En een ander lijk op de plek waar de Westbourne begint, toch?’

‘Ja.’

‘Waarom heeft hij dan nóg een dode bij de Westbourne achtergelaten? Waarom één bij de ene en twee bij de andere?'

Frieda bleef abrupt stilstaan en keek Lola met een vreemde uitdrukking op haar gezicht aan. 'Dat is een hele goede vraag!' zei ze. 'En ik heb geen idee wat het antwoord is. Maar er is nog een belangrijkere vraag.'

'Wat dan?'

Maar Frieda gaf geen antwoord. Ze beende met grote stappen voor Lola uit.

Lola kon haar nauwelijks bijhouden. Ze had steken in haar zij en haar laarzen knelden om haar voeten. Ze was het beu: dit lopen, het turen naar buizen, kanalen en dichtgetimmerde winkels, het zich koud en hongerig en verloren voelen. Ze was dit hele psychogeografiegedoe meer dan zat.

'Kunnen we niet even koffiedrinken ergens?' vroeg ze. 'Opwarmen? En nog iets: ik heb honger. Mijn bloedsuikergehalte is te laag.'

'Het is niet ver.'

'Ik heb blaren. Kun je niet wat langzamer lopen?'

19

Hoofdinspecteur Selby, die de leiding had over het onderzoek naar de moord op Liz Barron, tuurde peinzend naar de brief die eerder op de dag was afgeleverd bij het bureau. Hij was handgeschreven en er zat geen postzegel op de envelop, maar de boodschap was glashelder.

Met een zucht pakte hij de telefoon op. Toen hij was doorverbonden met Bill Dugdale, kwam hij meteen ter zake. 'Met Matt Selby. Ik heb een anonieme brief ontvangen waarin staat dat Liz Barron is vermoord door Dean Reeve.'

'Wat de fuck?'

'Ja, ik weet het.'

'Maar waarom vertel je dat aan mij?'

'Tja.' Selby klonk bijna verontschuldigend. 'Er staat ook in dat Dean Reeve achter jouw Hampstead-moorden zit.'

Het was even stil. Selby hoorde een gnuivend geluid aan de andere kant van de lijn.

'Gelul, toch?' concludeerde Dugdale.

'Waarschijnlijk.'

Allebei de mannen hielden een paar seconden hun mond en toen zei Dugdale: 'We krijgen doorlopend dat soort idiote brieven.'

'Ja, maar ik dacht dat je het toch zou willen weten.'

'Ik zal hem moeten bekijken.' Dugdale klonk moe en somber.

'Hij wordt nu gescand.'

Dugdale beëindigde het gesprek en leunde naar achteren op zijn stoel. Hij had koffie nodig. Hij had iets te eten nodig. Hij had een douche nodig. En een boswandeling. Hij had van alles nodig, maar dit niet. Hij herinnerde zich iets wat Karlsson had gezegd en toetste een telefoonnummer in.

'Dan? Jij hebt Liz Barron ontmoet.'

'Is dat zo?'

Hij antwoordde te luid en toen kuchte hij een paar keer. Dugdale vond het gemaakt klinken. Hij fronste naar de telefoon. 'Ja!'

'O ja! Toen met Karlsson. Ontmoet is een beetje sterk uitgedrukt.'

'Het lijkt mij dat je je zoiets toch een stuk beter zou moeten herinneren als ze een bekende journaliste is die vlak daarna werd vermoord!'

'Ja, ja, ik herinner het me wel,' zei Quarry. Nog een paar keer die kuch van hem. 'Ik ben alleen...' Hij zweeg.

'Je had het moeten melden.'

'Ik dacht niet dat het relevant was.'

'Je had het moeten melden,' herhaalde Dugdale. 'Jij beslist niet wat relevant is en wat niet.'

'Sorry.'

Dugdale kneep met zijn duim en wijsvinger in zijn neusbrug en deed zijn ogen dicht. 'En nog iets.'

'Ja?'

'Het is waarschijnlijk niets.'

'Oké.'

'Ik kreeg net een telefoontje van Matt Selby, de inspecteur die het onderzoek naar de moord op Liz Barron leidt. Hij heeft een brief gekregen waarin staat dat ze vermoord is door Dean Reeve. Nonsens waarschijnlijk.'

'Fuck!'

'Precies. Maar er staat ook in dat Reeve ónze twee doden heeft vermoord.' Hij hoorde Quarry opgewonden inademen en fronste. 'Ik zei dat het waarschijnlijk niks was.'

Een halfuur later werd er op zijn deur geklopt en stak Phelps zijn hoofd om het hoekje.

'Ja?'

'Ik heb iets wat u misschien interesseert.' Hij zei het nonchalant, maar Dugdale zag dat Phelps opgewonden was. Hij had rode vlekken op zijn bleke, ingevallen wangen.

'Ga zitten. Wat heb je?'

'Uw slachtoffer verdween op 30 september.'

'Op die datum werd zijn vermissing gemeld, maar hij is op 29 september voor het laatst gezien.'

'Oké. Ik heb zijn computer verder bekeken.'

'Ja.'

'De laatste zoekopdrachten zijn van 1 en 2 oktober.'

'Wát?'

'Ik zei...'

'Ja, ja, ik hoorde je wel.' Dugdale stond op, plotseling helemaal niet moe meer. 'Haal Quarry. En regel een auto.'

'Ik begrijp het niet,' zei Sarah Kernan. Ze droeg een grijze broek met een veel te grote trui erop. Dugdale vermoedde dat die van haar echtgenoot was geweest; door de jaren heen was hij gewend geraakt aan rouwende mensen die de kleren van hun geliefden aantrokken.

'Nee,' zei hij. 'Ik ook niet. Wie kende zijn wachtwoorden?'

'Nou, iedereen die in zijn kamertje kwam,' zei ze. 'Het notitieblokje met zijn wachtwoorden erin lag gewoon op zijn bureau. Ik heb nog gezegd dat dat dom was, maar hij was eigenwijs wat dat soort dingen betreft.'

'1 en 2 oktober waren een zaterdag en een zondag. Dan bent u gewoonlijk thuis, neem ik aan?'

'Nee. Ik werk in een tuincentrum,' antwoordde Sarah Kernan. 'En dat zijn de drukste dagen van de week. Ik ben daar van acht tot zes.'

'Hebt u veiligheidssloten?'

'Ik draai de deur altijd op slot, als u dat bedoelt.' Ze staarde hem met angstige ogen aan. 'Voor en achter. En de ramen zijn ook afgesloten. Tien jaar geleden is er bij ons ingebroken en sindsdien zijn we extra voorzichtig.'

'Wie heeft er nog meer een sleutel?'

'Een sleutel?'

'Ja.'

'Mijn zoon,' zei ze.

'Die was op de universiteit?'

'Ja. En mijn buurvrouw heeft een reservesleutel.'

'Uw buurvrouw?'

'Eleanor Prentice. Ze is achter in de zeventig en pas geleden weduwe geworden. Als we weg zijn, komt ze de planten water geven.'

'En verder niemand?'

'Nee. O, mijn zus misschien. Ik heb haar er eeuwen geleden een gegeven voor noodgevallen. Maar we hebben nooit een noodgeval gehad.' Ze onderdrukte een snik.

Quarry noteerde alles. Toen keek hij op met een alerte blik in zijn ogen. 'Wie legt uw terras aan?'

'Het terras?' Haar stem brak.

'Ja. De vorige keer dat we hier waren vertelde u dat daar een mannetje voor kwam.'

Ze keek hem een beetje wezenloos aan, maar antwoordde niet.

'Dat mannetje. Had hij een sleutel?' drong Quarry aan.

Dugdale boog zich naar haar toe. 'Mevrouw Kernan?'

'Ik denk van wel,' zei ze zachtjes. 'Waarschijnlijk had Geoff hem er een gegeven.'

'Hoe heet hij?'

'Barry,' zei Sarah Kernan. Haar stem klonk verstikt, alsof ze elk moment kon gaan huilen.

'Barry hoe?'

'Dat weet ik niet.'

'Ook niet als u heel goed nadenkt?'

'Ik geloof niet dat ik zijn achternaam ooit heb gehoord.'

'Hebt u contactgegevens van hem?'

'Nee. Geoff had hem gevonden.'

'Hoe?'

'Dat weet ik niet precies. Misschien via een foldertje in de brievenbus. Maar u denkt toch niet dat Barry hier iets mee te maken heeft?'

'Ik trek geen overhaaste conclusies,' zei Dugdale, 'maar we moeten zien uit te vinden wie de computer van uw echtgenoot na zijn verdwijning heeft gebruikt. Hoelang werkt die Barry al voor u?'

'Drie weken?' reageerde Sarah Kernan aarzelend. 'Of misschien wat korter. Hij kwam niet elke dag, alleen als hij tijd overhad. Geoff werd er krankjorum van.' Haar stem was bijna onverstaanbaar nu. Ze snoot haar neus.

'Hebt u hem gezien?'

'Een paar keer.'

'Kunt u hem beschrijven?"

'Hij zag er heel gewoon uit.'

'Blank?'

'Ja.'

'Accent?'

'Engels. Londens, denk ik.'

'Jong? Oud?'

'Geen van twee. Mijn leeftijd, geloof ik. Ik weet het niet. Ik heb er niet op gelet.'

'Haarkleur? Ogen?'

'Zijn haar was heel kort, bijna kaalgeschoren. Grijs misschien?' Het klonk als een vraag.

'Ogen?'

'Ogen? Geen idee. Ik bedoel, hij kwam alleen het terras aanleggen.'

Dugdale knikte naar Quarry die had staan tikken op zijn telefoon.

Quarry boog zich naar mevrouw Kernan toe om haar het schermpje te laten zien. Hij voelde dat Dugdale naast hem zijn adem inhield. Bij hemzelf bonkte zijn hart in zijn borstkas.

'Is dit Barry, mevrouw Kernan?' Zijn stem klonk normaal maar met een spoortje opwinding.

Sarah Kernan keek naar de foto. Zonder aansporing nodig te

hebben, gebruikte Quarry zijn duim en wijsvinger om in te zoomen.

'Ik weet het niet. Ik denk van wel. Zijn haar was korter. Wie is het?' fluisterde ze.

'Laten we niet op de dingen vooruitlopen,' zei Dugdale abrupt voordat Quarry antwoord kon geven. 'Maar ik denk dat u uw sloten beter kunt laten vervangen.'

'Jezus,' zei Quarry binnensmonds toen ze de keuken uit liepen. 'Fuck. Dean Reeve.'

'Kalm aan.'

'Dean Reeve! Drie moorden! Dit is gigantisch!'

Dugdale knikte nors. 'Dit wordt een mediacircus. Geen slaap, dat kun je voorlopig op je buik schrijven. En zeg tegen je vrouw dat je maar weinig thuis zult zijn.' Als hij zag dat Quarry zijn ogen even dichtkneep bij die laatste zin, liet hij dat niet merken. 'Ik ga Matt Selby bellen.'

Quarry ging bij de buren van de Kernans langs, liet hun een inmiddels aangepaste foto – met korter haar – van Dean Reeve zien en vroeg of ze hem herkenden. Dat was meerdere keren het geval. Ook bij Eleanor Prentice, de weduwe die naast de Kernans woonde en een paar keer een praatje over de heg met hem had gemaakt. Eén stel dacht zich een foldertje in de brievenbus te herinneren, maar dat was al weken geleden en ze hadden het weggegooid.

'Vergroot het zoekgebied,' zei Dugdale, hoewel hij geen hoop had dat Dean Reeve zo gemakkelijk te traceren zou zijn. 'En we hebben meer mankracht nodig.'

Karlsson was bijna gewend geraakt aan het doorlopende gevoel van ongerustheid dat hij de laatste tijd had. Als hij aan het werk was, als zijn twee kinderen in het weekend bij hem logeerden, als hij met vrienden was of alleen in zijn woning, het hing altijd als een schaduw over hem heen. De enige met wie hij erover had kunnen praten was Frieda; ze zou rustig naar hem hebben geluisterd, met haar donkere ogen aandachtig op hem gericht, en ze zou de dingen horen die hij niet eens hardop durfde uit te spreken. Maar Frieda was natuurlijk zélf de oorzaak van zijn ongerustheid. Ze was verdwenen. Haar telefoon was afgesloten. Haar luiken waren dicht. En nu had Dugdale gebeld om te vertellen dat Dean Reeve achter de drie moorden zat en was Karlssons ongerustheid omgeslagen in angst.

'Dit wordt groot,' zei Dugdale. 'De media duiken er natuurlijk meteen op. Dat wordt een heksenketel. Maar ik neem aan dat jij dat allemaal al eerder hebt meegemaakt.'

'Je went er nooit aan,' zei Karlsson.

'En nog iets.'

'Wat?'

'Die zoekopdracht naar jou op Kernans computer. Dat is Dean Reeve geweest.'

'O?'

'Is er nog iets wat je me kunt vertellen? Iets wat misschien helpt bij het onderzoek?'

'Als ik iets bedenk, neem ik contact met je op.'

Na het gesprek had Karlsson inderdaad nog iets bedacht. Toen hij hoorde dat het Dean Reeve was die op internet naar hem had gezocht, had hij onwillekeurig iets van tevredenheid gevoeld: Reeve zag hem als iemand die dicht bij Frieda stond, iemand die ze in vertrouwen zou nemen, die misschien wist waar ze was. Maar helaas wist hij niet waar ze was en stond hij blijkbaar niet zo dicht bij haar en had ze hem niet in vertrouwen genomen. Dat deed pijn. Net zoals het hem pijn deed dat ze zonder afscheid van hem te nemen, zonder uitleg, was verdwenen. Dat was de reden dat hij nu, op zijn vrije dag, door Regent's Park liep, op weg naar Reubens huis.

Reuben McGill had de grauwe kleur en het uitgemergelde lichaam van iemand die maandenlange chemotherapie achter de rug had. Zijn gezicht had nieuwe plooien en lijnen en zijn haar krulde meer dan vroeger. Hij lachte een beetje duivels. 'Ik verwachtte je al half en half. Ik heb twintig minuten voordat ik naar The Warehouse moet vertrekken. Kom binnen.'

Karlsson liep achter hem aan naar de keuken. Er stonden wodkaflessen op de tafel en op de vloer lag gereedschap uitgestald op een smoezelige handdoek. Op een van de stoelen lag een kat – Frieda's kat.

'Als ik had geweten dat je kwam, had ik een beetje opgeruimd,' zei Reuben terwijl hij een volle asbak leegde in de vuilnisbak. 'Koffie? Thee? Iets sterkers?'

'Koffie zou lekker zijn.'

Reuben zette water op, ging tegenover Karlsson aan de keukentafel zitten, plantte zijn ellebogen erop en steunde met zijn kin op zijn hand. Hij keek Karlsson een beetje plagerig aan. 'Je komt vanwege Frieda.'

'Weet jij waar ze is?' Hij onderbrak zichzelf: 'Maar dat ga je me dan vast niet vertellen. Kun je dan in ieder geval zeggen of alles goed gaat met haar? Wat is ze aan het doen? En wanneer komt ze terug?'

'Dat zijn wel erg veel vragen.' Reuben stond op en goot water over de koffie in de pot. 'Nee.'

'Nee?'

'Je hebt gelijk dat ik het je niet zou vertellen – als ze me dat had gevraagd. Dus het kan zijn dat je me niet gelooft, maar ik weet niet waar ze is. Ik weet niet hoe het met haar gaat. Ik weet niet wat haar plannen zijn. Ik neem aan dat die iets met Dean Reeve te maken hebben. Ik weet niet wanneer ze terugkomt.' Hij zette twee mokken koffie en een fles melk op tafel. 'Of ze überhaupt wel terugkomt.'

'Maar ze moet terugkomen!' Hij had het gezegd voordat hij het wist.

Het was stil. Ze keken elkaar aan. Hun relatie was altijd aftastend geweest, maar nu Frieda verdwenen was, leek er iets veranderd.

'Waarom?' Reubens toon was onverwacht vriendelijk. 'Omdat je haar mist?'

'Omdat ze misschien in gevaar verkeert. Ik ben bang dat ze iets roekeloos gaat doen.'

'Ja.' Frieda's roekeloosheid had op de levens van allebei grote impact gehad.

'En iets zelfdestructiefs. Ze zou nooit om hulp vragen. Ze vindt natuurlijk dat ze er niemand anders bij mag betrekken. Ik wil haar zeggen dat ze dat wél mag. Mij erbij betrekken, bedoel ik.'

'Als politieman?'

'Als vriend.'

'Zelfs als het niet strikt legaal is?'

Karlsson knikte en Reuben wierp hem een bijna medelijdende blik toe. 'Tot mijn spijt,' vervolgde hij op zachte toon, 'kan ik je niet helpen. God weet dat ik het graag had gewild. Maar ik weet niet meer dan jij. Ik geloof dat niemand meer weet, hoewel ze misschien iets tegen Josef heeft gezegd. Wij zijn veroordeeld tot het moeilijkste wat er is: afwachten.'

20

'Ga je me nog vertellen waarom we hier zijn?' Lola had een oude chocoladereep in haar tas gevonden en kauwde er boos op.

'Zie je de namen van de huizen?' vroeg Frieda terwijl ze wees. 'Shepherd's Well, Conduit House.'

'Ja. En?'

'Dit is de Tyburn.'

'Deze straat?'

'De rivier onder ons.'

'Ik snap het nog steeds niet. Of is dit gewoon een rondleiding langs jouw ondergrondse rivieren?'

'Ik snap het ook niet,' zei Frieda. 'Maar ik dacht dat ik het misschien wel zou snappen als ik hier was.' Ze keek om zich heen.

Lola stopte nog een stuk chocola in haar mond. 'Waarom zijn we juist hier? Waarom niet bij een andere rivier? Zoals eh...' Ze aarzelde en probeerde zich snel een andere rivier te herinneren waarover ze had gelezen in haar research naar Frieda.

'Omdat de Tyburn tussen de Fleet en de Westbourne loopt,' antwoordde Frieda. 'Twee rivieren vormen geen patroon. Drie wel. Waarom heeft Dean deze overgeslagen?'

Lola vertrok haar gezicht in een grimas. 'Je bedoelt dat je, als je je verplaatst in een psychopathische moordenaar, híér iemand zou vermoorden?'

'Ja.'

'Maar dat heeft Dean niet gedaan. Dus waar gaan we naartoe?'

'Deze weg loopt recht boven de rivier. Dat kun je zien en ook voelen.'

'Nou, jij misschien. Ik niet.'

Ze liepen de heuvel af. Aan beide kanten van de straat stonden grote, bakstenen huizen. Frieda keek steeds van de ene naar de andere kant.

'Zoek je naar een lijk?' vroeg Lola. 'Want ik denk dat iemand dat wel zou zijn opgevallen.'

'Ik weet dat je kwaad bent,' zei Frieda. 'En ik begrijp ook waarom. En daarbij ben je waarschijnlijk ook bang. Maar als je meegaat, concentreer je dan op wat we doen. Op de dingen die je ziet. Dit, bijvoorbeeld.'

Ze stond stil voor een rijtje winkels: een bloemist, een wijnhandel, een klein café. Tegen de muur stond een witgeschilderde fiets. Alles was wit: zelfs het zadel, de handvatten, de pedalen en de ketting. In het mandje lag een verschrompeld boeket bloemen.

'Een ghostbike! Hier moet een fietser zijn verongelukt,' wist Lola.

Frieda keek de straat langs. 'Jij wilde koffie.'

Er stonden maar vier tafeltjes in het café en twee ervan waren bezet. Frieda bestelde een thee voor zichzelf en een cappuccino voor Lola. 'Wil je er iets bij?' vroeg ze.

'De vlaai ziet er lekker uit.'

'Goed. Ik neem de soep.'

De serveerster kwam naar hen toe.

'Die ghostbike buiten?' begon Frieda nadat ze had besteld. 'Wat is er gebeurd?'

'Er is een fietser doodgereden. En de dader is niet gestopt. Het slachtoffer is 's ochtends vroeg gevonden door een motorrijder. Hij lag naast zijn fiets op de weg.'

'Weet u wie het was?'

'Geen idee. Gewoon een fietser.'

'Wanneer is dat ongeluk gebeurd?'

'Wanneer?' De serveerster leek nogal verbaasd door Frieda's

interesse. 'Dat weet ik niet meer precies. Het moet op een donderdag zijn geweest, want het was mijn vrije dag en ik hoorde het pas de dag erna.'

'Vorige week? De week daarvoor? Of daarvoor?'

'Waarom wilt u dat weten?'

'We doen een onderzoek naar de veiligheid op de weg,' vertelde Lola opgewekt. 'Voor fietsers. Droeg hij een helm?'

'Het moet 6 oktober zijn geweest. Ik weet niet of hij een helm droeg.'

'6 oktober,' herhaalde Frieda zacht. 'Dat zou kunnen kloppen.'

'Waarmee kunnen kloppen?' vroeg Lola toen de serveerster weg was.

'Geoffrey Kernan is op 3 oktober gevonden, vlak bij de plek waar de Fleet ontspringt, Lee Samuels op 10 oktober, bij het begin van de Westbourne. Deze man is op 6 oktober gevonden, bij de Tyburn, die tussen de twee andere rivieren in loopt.'

'Sorry dat ik het zeg, maar hier bestaat een technische term voor. Dat weet ik omdat we er college over hebben gehad, hoewel ik niet meer weet hoe die term luidde. Maar wij worden er op de uni altijd voor gewaarschuwd dat je nooit alleen mag zoeken naar bewijzen om je eigen theorie te bevestigen terwijl je de rest intussen negeert.'

Frieda knikte goedkeurend. 'Misschien,' zei ze. 'Maar je zou ook kunnen zeggen dat ik een hypothese heb en die onderzoek.'

'En jouw hypothese is dat Dean Reeve de ondergrondse rivieren afwerkt als teken voor jou?'

'Ja.'

'Dan blijft het de vraag waarom hij twee lijken bij dezelfde rivier heeft achtergelaten.'

'Misschien wilde hij er zeker van zijn dat ze niet werden gemist, zoals bij deze blijkbaar is gebeurd. En hij koos Liz Barron om daar extra zeker van te zijn.'

De bestelling werd gebracht. Lola liet haar mes in de zachte vlaai zakken en zuchtte tevreden. 'Is het niet heerlijk dat je altijd iets troostrijks kunt eten als alles klote is?'

'Gerald Hebb,' las Frieda later die dag hardop voor van het computerscherm. 'Drieënveertig. Slachtoffer van een ongeluk op 6 oktober waarbij de bestuurder is doorgereden.'

'Dus niets wat we niet al wisten,' merkte Lola op.

Ze had geëist dat ze op de terugweg naar huis boodschappen deden en stond nu energiek aubergines en courgettes te snijden.

'Nog niet.'

'Je hebt maar één mes en het is nog bot ook. En er is ook nog steeds geen zwarte peper. Zwarte peper is een eerste levensbehoefte, vind je niet? Als je drie specerijen moest kiezen als je naar een onbewoond eiland ging, welke zou jij dan nemen? Ik zwarte peper, gember en kaneel.'

'Morgen is het post mortem. Daar moet ik naartoe.'

Lola gooide de aubergines in de pan en veegde haar handen af aan haar broek. 'Heb je er nou nooit eens genoeg van om erover na te denken?'

'Lola.' Frieda keek op van het scherm. 'Ik heb geen keus.'

'Ik dacht dat er volgens psychotherapeuten altijd een keus is.'

'Dat is normaal gesproken ook zo. Maar ik heb geen keuzes meer, die zijn op.'

'Omdat je partner is vermoord?'

'Sandy was mijn partner niet.'

'Dat moet echt een nachtmerrie zijn geweest.'

'Ja.'

'Ben je eroverheen?'

'Eroverheen?' Frieda richtte haar blik op Lola.

'Ja,' ploegde Lola verder. 'Ik bedoel, ben je weer de oude?'

'Ik geloof niet dat mensen na zoiets weer de oude worden. Jij wel?'

'Het is gewoon een uitdrukking.'

'Volgens mij blijven de doden altijd bij ons.'

'O,' zei Lola twijfelachtig. 'Nou, ik zou het niet weten.'

'Mijn vriend Josef zegt dat zijn vrouw in zijn dromen verschijnt en dat het zijn plicht is haar gastvrij te ontvangen.'

'Ik heb hem ontmoet, geloof ik. Droevige bruine ogen.'

'Dat is Josef.'

'Frieda.' Lola hield op met snijden. 'Hoelang duurt dit nog?'
'Dat weet ik niet. Niet lang.'
'Hoe weet je dat?'
'Dat weet ik gewoon.'
'Mis je je oude leven niet?'
Frieda wendde haar hoofd af en staarde uit het raam naar de donker wordende hemel. Ze gaf geen antwoord.

Josef draaide de sleutel om en duwde Frieda's voordeur open. Hij knipte het licht aan, bukte om de enveloppen van de mat te rapen, maakte de veters van zijn werkschoenen los en trok ze uit. Hij hing zijn jas naast die van Frieda op een haakje en stond een paar seconden stil te luisteren in de gang. Toen liep hij naar de woonkamer. De schaakstukken stonden nog zoals ze ze had achtergelaten op het bord. Hij had, zoals hij haar zo vaak had zien doen, een paar kranten verfrommeld tot een stevige bal en die met aanmaakhoutjes erop in de haard gelegd, meer houtblokken gehaald en de mand gevuld – klaar voor als ze terugkwam. Hij nam de oranje dahlia's die hij had gekocht mee naar de keuken, zette die in een vaas en gooide de oude bloemen weg. Hij haalde een doekje over het aanrecht, raapte een dode vlieg van de vensterbank en gaf het basilicumplantje water.

Josef kwam een paar keer in de week in Frieda's huis. Hij stofte en maakte schoon en liep langzaam en zachtjes het hele huis door, alert op iets wat anders was dan de vorige keer, en zorgde ervoor dat alles klaar was voor als ze besloot naar huis te komen.

Maar vandaag was anders. Toen hij klaar was met de normale routine, liep hij naar de keuken en haalde twee glazen en een fles whisky uit een kastje. De fles was nog maar voor een kwart gevuld. Hij nam zich voor een nieuwe te kopen en als hij dat toch ging doen, kon hij deze net zo goed opmaken. Hij schonk een vingertje whisky in het ene glas en toen ook in het andere, voor zichzelf. Hij keek naar zijn glas, besloot dat het te weinig was en schonk er nog een vingertje bij. Dat leek er meer op. Hij nam de fles en de glazen mee naar de woonkamer en ging daar in een fauteuil zitten. Hij nam een slok en wachtte.

Hij had zijn glas leeggedronken, het opnieuw gevuld en weer leeggedronken, toen de deurbel ging. Het was Chloë. Ze kwam binnen en keek naar de twee glazen op het tafeltje.

'Voor jou,' zei Josef.

'Ik dacht even dat Frieda terug was.'

Ze pakte het glas, tikte ermee tegen dat van Josef en nam een slokje. 'Toen je me vroeg hierheen te komen,' zei ze, 'hoopte ik eerst dat Frieda terug was, hoewel ik natuurlijk eigenlijk wel wist dat dat niet zo was. En toen hoopte ik dat je me zou vertellen waar ze is, of wat ze in godsnaam aan het doen is.'

'Ik weet niet.'

'Als iemand het weet, ben jij het, Josef.'

Hij schudde zijn hoofd. 'En is misschien gevaarlijk. Weten waar ze is.'

'Klote Dean Reeve.'

Josef leek al zijn aandacht nodig te hebben voor het bijschenken van zijn eigen glas. Toen hij klaar was, gebaarde hij naar dat van Chloë.

'Nee, dank je. Ik wil helder blijven,' zei ze. 'Josef, als je dacht dat Frieda dood wilde, als je dacht dat ze zich wil laten vermoorden door Dean Reeve zodat het afgelopen is, dan hou je haar tegen, hè?'

Josef keek de kamer rond en leek er niet helemaal bij met zijn aandacht, maar keek haar toen aan. 'Hoe?'

'Door dat tegen haar te zeggen. Door dat tegen óns te zeggen. Door haar te beschermen. Haar te ontvoeren, voor mijn part, als dat nodig is.'

'Ik weet niet waar ze is.'

Chloë kneep haar ogen tot spleetjes en keek Josef wantrouwig aan. 'Dus Frieda is hier niet,' zei ze. 'En je gaat me ook niks vertellen over haar of over haar plannen. Waarom zitten wíj hier dan? Om haar whisky op te drinken?'

Josef keek verontwaardigd. 'Ik koop nieuwe fles. Maar wij zijn niet hier voor drinken. Kom.'

Chloë liep achter Josef aan de trap op naar de eerste verdieping en daarna naar de zolder. Hij ging voor het dakraam aan de achterkant van het huis staan. 'Kijk,' zei hij.

Chloë ging naast hem staan. 'Waarnaar precies?'

'Is mooi uitzicht?'

Het raam keek uit op de blinde achtermuur van een kantoor met maar één verdieping. Erboven kon je het grillige silhouet van de Londense skyline zien, met kerktorens en de BT Tower. 'Ja, gaat wel. Wat is ermee?'

Josef wees omlaag. 'Zie je dak?'

Het was het platte dak van de badkamer op de eerste verdieping.

'Ja.'

'Ik voel me slecht, hier komen, hier komen, hier komen, post pakken en water geven aan de planten. We doen verrassing voor Frieda.'

'Wat voor verrassing?' vroeg Chloë voorzichtig.

Josef maakte een bezwerend gebaar. 'Raam weg, deur maken, terras op dak. Planken en hek. Een plek om te zitten, drinken 's avonds.' Hij keek Chloë vragend aan.

'Heb je eraan gedacht dit aan Frieda voor te leggen?'

'Kan niet.'

'Tja, precies.'

'Ik zeg jou: is verrassing.'

Chloë fronste haar voorhoofd. 'Waarom vertel je dit aan míj?'

'Jij maakt dingen. Ik ook. We doen het samen.'

'Oké,' zei Chloë. 'Voordat ik dit als houtbewerker ga bekijken, wil ik een paar dingetjes opmerken. Ik betwijfel of Frieda van verrassingen houdt.'

'Bad was ook verrassing. Daar was ze blij mee.'

Josef had jaren geleden inderdaad Frieda's badkamer verbouwd zonder haar dat van tevoren te vertellen.

Chloë keek bedenkelijk. 'Toen het klaar was, ja. Maar volgens mij was ze er niet erg blij mee toen je bezig was.'

'Nu is ze niet thuis. Als ik bezig ben hier. Is perfect.'

Het bleef lang stil.

'Ik denk steeds aan wat Frieda ervan zou vinden als ze wist dat we in haar huis waren en zonder haar toestemming met zoiets bezig zijn.'

'Maar Frieda is niet hier.'

Het was weer een tijdje stil. Toen zei Chloë: 'Ik neem aan dat we eerst het dak moeten checken. Of het sterk genoeg is om er een terras op te maken.'

Josef schudde zijn hoofd. 'We hebben balken nodig.'

'Balken? Dat klinkt als een hele verbouwing.'

'Nee, nee,' zei Josef. 'Balken. Deur hier. Terras. Hek. Klaar.'

'Het klinkt makkelijk als je het zo zegt.'

'Denk aan dat we straks hier staan. Met drank. In de avond.'

Chloë stelde het zich voor maar zei niets.

Niet ver daarvandaan zat een man in de schemering aan de rivier. Hij floot tussen zijn tanden en wachtte geduldig tot hij beet had.

21

Quarry klopte aan bij Launceston Crescent 39 en wachtte met zijn legitimatie in zijn hand tot er werd opengedaan. Hij hoorde geluiden, eerst zacht en toen harder. Er huilde een baby. Nee, krijste. Zelfs door de dichte deur ging het door merg en been.

Toen de deur openzwaaide, veranderde het gekrijs ongeveer in een brandalarm. Quarry hield zijn legitimatie op voor een magere vrouw die er doodmoe uitzag en een flinke baby in haar armen hield. De mond van het kind was zo ver opengesperd, dat hij bijna het hele rode, woedende gezichtje aan het zicht onttrok. Naast de moeder stond een klein jongetje dat haar been omklemde. Quarry kende die uitgeputte blik uit de periode dat de vrouw met wie hij getrouwd was, veranderd was in de vrouw die hij in de kou liet staan, de vrouw met wie hij ruziemaakte, de vrouw bij wie hij het liefst zo laat mogelijk thuiskwam.

'Charlotte Beck?' vroeg Quarry. Hij verhief zijn stem om zich verstaanbaar te maken.

'Ik kan het niet helpen dat ze de hele nacht huilt. Wat willen ze dat ik eraan doe?'

'Wie zijn "ze"?'

'De buren.' Charlotte Beck maakte geruststellende geluidjes en wiegde de baby zachtjes.

De baby leek te groot voor haar magere, frêle moeder en wrong zich alle kanten op in haar armen. Ze spartelde zo wild dat Quarry bang was dat ze zou vallen. 'De buren hebben niet geklaagd. In ieder geval niet tegen mij.'

'Waarom bent u hier dan?'

'Mag ik binnenkomen?'

Charlotte deed een stap naar achteren om hem door te laten. 'Ik heb nog geen tijd gehad om op te ruimen.'

Ze liep de gang door met haar krijsende dochtertje tegen haar schouder. Ze sleepte met één voet, als een geboeide gevangene, omdat haar zoontje haar been nog steeds omklemde. Ze had gelijk: de woonkamer was een puinhoop en zag eruit als een ontplofte speelgoedwinkel, met overal houten blokken, plastic poppetjes en knuffels.

Charlotte liet zich, met haar beide kinderen nog steeds aan haar vastgeplakt, in een stoel neerzakken.

'Ik ben hier vanwege dat ongeluk in Hampstead.'

'Ik heb alles al uitgebreid verteld. Ik geloof niet dat ik jullie daar nog verder bij kan helpen.'

Het jongetje probeerde nu op zijn moeders schoot te klimmen en duwde zijn krijsende zusje daarbij opzij.

'Ik heb honger,' zei hij.

'Zo meteen.'

'Ik wil u iets laten zien,' zei Quarry. Hij haalde de foto van Dean Reeve uit zijn tas en hield die haar voor. De baby probeerde hem te pakken. Haar gehuil werd kalmer, het waren nu meer hikjes en snikkende ademhalingen.

'Hebt u deze man eerder gezien?' vroeg Quarry.

Charlotte Beck tuurde naar de foto. 'Misschien. Wie is het?'

'Waar hebt u hem gezien?'

'Hij lijkt op een van de mensen die erbij waren. Toen.' Ze boog zich meer naar de foto toe. 'Ja, dat is 'm.'

'Dus hij was op de plaats des onheils, zegt u?'

'Ja. Toen alles zo'n beetje voorbij was en de boel was gekalmeerd, kwam hij naar me toe. Ik was nogal van streek en zat onder het bloed en hij kwam naast me op de stoep zitten en zei dat ik me kranig had gedragen. Ik was helemaal van de kaart en kon niet helder meer denken.' Ze keek om zich heen. 'Ik bedoel nog minder helder dan tegenwoordig normaal voor me is. Hij hielp me thuis te komen en liep met me mee, bijna helemaal tot aan de voordeur. Hij leek aardig. Waarom vraagt u dit? Wie is die man?'

'Heeft hij zijn naam genoemd?'

'Ik geloof van niet. Of wacht!' Ze fronste haar voorhoofd geconcentreerd. Haar dochtertje was opgehouden met huilen en haar oogjes begonnen dicht te vallen. Haar hoofdje rustte zwaar op Charlotte Becks schouder. 'Dave, geloof ik. Of David.'

Quarry knikte. In de verklaring die hij had gegeven had hij gezegd dat hij Dave McGill heette.

'Hoezo?' vroeg Charlotte Beck nog een keer.

'We willen gewoon even contact met hem opnemen,' zei Quarry terwijl hij de foto weer in zijn tas stopte. 'Ik laat mezelf wel uit. Ik wil uw dochtertje niet wakker maken nu ze eindelijk slaapt.'

Charlotte Beck lachte vermoeid. 'Maak u maar geen zorgen over haar. Die slaapt nu uren en wordt straks helemaal fris voor de nacht wakker.'

'Ja,' zei agent Darren Symons. 'Dat was een van de getuigen. Ik heb zijn verklaring opgenomen. Hoe heette hij ook alweer?'

'Dave McGill?' opperde Quarry.

'Ja! Dat was het! Hij was degene die zei dat er iets vreemds was aan de hele situatie. En dat moeten we hem nageven, hij had veel eerder door dat er iets niet klopte dan wij.'

'Inderdaad,' beaamde Quarry. 'Véél eerder.'

Frieda en Lola konden bijna de hele weg naar St Pancras Coroner's Court langs het kanaal lopen.

'Denk je nou nooit: stik maar, ik pak de metro?' vroeg Lola toen ze bij het stuk waren waar het kanaal dwars door de dierentuin liep.

'Als ik loop kan ik veel beter nadenken,' zei Frieda. 'In mijn eentje, dan.'

'Zorg ik ervoor dat je niet kunt nadenken?'

'Op dit moment, bedoel je?'

'Op dit moment ben je bezig mijn vragen te beantwoorden. Ik

bedoel in het algemeen. Nu ik bij je logeer.'

'Ik denk niet veel na op het moment. Ik wacht alleen af.'

'Misschien wachten jullie allebei af.'

'We zullen zien.'

Lola keek op naar de enorme volière waar ze langs liepen. 'Ik ben nog nooit in de dierentuin geweest hier in Londen. Is dat niet raar?'

'Ik ook niet.'

'Dat is toch idioot. Je woont er maar een paar minuten vandaan. Waarom niet?'

'Ik zie niet graag dieren in een hok.'

'Misschien is dat beter dan uitsterven.'

'Misschien.'

'Kijk, daar zit een jakhals, geloof ik,' zei Lola. 'Stel dat we er niet in mogen?'

'In de dierentuin?'

'Bij het post mortem.'

'Dat is openbaar. Ze moeten ons wel toelaten.'

Vanaf het kanaal was het maar een paar minuten lopen. Het gebouw lag half verscholen, omringd door het spoor, het kanaal en de weg naar King's Cross en St Pancras Station, alsof het op het laatste moment naast het kerkplein van St Pancras was gepropt. Na de ingang was er een kleine hal. Een man van middelbare leeftijd hing een bericht op de muur. Hij keek om naar de twee vrouwen.

'Wij zijn hier voor het post mortem van Gerald Hebb,' zei Frieda.

'Bent u familie?' vroeg de man.

'Nee.'

'Pers?'

'Nee, gewoon toehoorder.'

De man fronste zijn wenkbrauwen en leek naar een reden te zoeken om iets tegen te werpen, maar stuurde hen toen met een handgebaar naar een nietszeggende, gefineerde kantoordeur. Toen ze die openduwden, dachten ze eerst dat er iets verkeerd was gegaan – het leek een bijeenkomst waarop niemand, of bijna niemand, was verschenen. Het was een zaal met rijen stoelen voor toehoorders die allemaal onbezet waren, op één gezette vrouw na die op haar telefoon zat te kijken. Aan de andere kant van de ruimte stond een tafel met drie plastic stoelen ervoor en een man erachter die een dossier zat te lezen. Van de plastic stoelen was er maar één bezet.

De man achter de tafel keek verstoord op. 'Bent u familie?'

'We zijn hier alleen als toehoorder,' zei Frieda.

'In een of andere officiële hoedanigheid?'

'Nee.'

De man leek het maar vreemd te vinden, maar was ook niet erg geïnteresseerd. 'Nou, we beginnen zo. We wachten nog op de komst van de politie. Die is laat.'

Frieda en Lola namen plaats op de achterste rij, ver van iedereen vandaan.

'Dus nu zijn we op zoek naar een aanwijzing?' vroeg Lola opgewekt.

'Naar iets, ja,' zei Frieda.

Tien minuten nadat de zitting had horen te beginnen, ging de deur open en kwamen er twee jonge agenten binnen. Ze namen plaats op de eerste rij. De man achter de tafel begon op verveelde toon te praten.

'Ik ben Charles Mahdawi. Ik begrijp dat er geen familieleden aanwezig zijn.' Hij zweeg even. 'En voor de twee dames die hier als toehoorder zijn: een post mortem beperkt zich tot het beantwoorden van vier eenvoudige vragen: wie de overledene was, waar hij is gestorven, wanneer hij is gestorven en hoe hij is gestorven. Ik denk niet dat we u lang zullen ophouden.' Hij richtte zich tot de twee agenten. 'Is een van u agent Grady?'

Een van de politiemannen stond op en Mahdawi gebaarde dat hij op een stoel bij de tafel moest komen zitten. Grady haalde een notitieblokje uit zijn zak. 'Is het goed als ik dit erbij gebruik?'

'We zijn hier heel informeel.'

De manier waarop Mahdawi de agent met gerichte vragen door zijn verklaring leidde, had veel weg van een doodgewone managementbespreking. Het lijk van Gerald Hebb was naast zijn fiets aangetroffen, op zijn buik en half op de stoep in Downs Road, vlak bij de kruising met Wiltshire Gardens. Mahdawi maakte enkele notities terwijl de agent verslag deed. Toen opende hij het dossier dat voor hem op tafel lag en begon eruit voor te lezen:

'Doodsoorzaak: "een klap tegen de schedelbasis die leidde tot een dodelijke bloeding in de hersenen". Dat strookt met een aanrijding door een voertuig. Het telefoontje met de melding dat er een dode was gevonden kwam rond zes uur twintig in de ochtend binnen. In het rapport staat dat de temperatuur van het lijk suggereert dat het lichaam daar zes tot acht uur heeft gelegen. Het is triest, maar de zaak is duidelijk en ik denk dat we tot een conclusie kunnen komen.'

'Pardon!'

Lola schrok op. Eén seconde vroeg ze zich af wie dat zei, tot ze met een angstig gevoel besefte dat het Frieda was.

'Ja?'

'Mag ik een vraag stellen?'

'Het spijt me, maar dat is alleen mogelijk voor geïnteresseerden die het recht hebben vragen te stellen – familieleden dus.'

'Er is geen familie aanwezig.'

'Precies.'

'Ik zou graag de vragen stellen die zijn familie zou stellen.'

Mahdawi zuchtte diep en tikte een paar keer met zijn pen op tafel. Lola zag dat de twee agenten en de andere man verbaasd naar Frieda omkeken.

'Goed,' zei Mahdawi op ijzige toon. 'U mag één vraag stellen. Maar kunt u zich eerst identificeren?'

'Natuurlijk. Mijn naam is Ursula...' Frieda stopte abrupt. Ze kneep haar ogen tot spleetjes en kwam zichtbaar tot een besluit.

Met een onbehaaglijk gevoel over wat er ging komen greep Lola haar arm beet.

'Mijn naam is dokter Frieda Klein.'

'Wat doe je?' siste Lola. 'Stop!' Maar Frieda trok zich niets van haar aan.

Mahdawi begon haar naam te noteren en keek op. 'Dat komt me bekend voor. Bent u eerder hier geweest?'

'Nee.'

'Goed. Wat is uw vraag?'

'Ik zou een vraag aan de politieagent willen stellen. In het autopsierapport staat dat Gerald Hebb al meer dan zes uur dood was. Downs Road is een vrij drukke weg, is het niet?'

De agent was duidelijk in verlegenheid gebracht. 'Het was 's nachts.'

'Ja, maar toch. Is het voor te stellen dat er een lijk ligt, half naast en half op de weg, zonder dat iemand, geen enkele voorbijganger, geen enkele passerende auto, dat heeft opgemerkt?'

'Dat is wat er is gebeurd.'

'En hebt u nagedacht over de vraag wat Gerald Hebb, die woont en werkt in het zuiden van Londen, diep in de nacht op zijn fiets in Hampstead deed?'

Voordat de agent antwoord kon geven, interrumpeerde Mahdawi: 'Ik heb u één vraag toegestaan. Ik heb u geen toestemming gegeven een soort juridisch verhoor af te nemen. Hoe dan ook, dit is allemaal niet relevant. Zoals ik heb uitgelegd, zit ik hier met een duidelijk omschreven opdracht. Dit is geen halfbakken strafrechtelijk onderzoek.'

'Ik dacht dat het bij uw opdracht hoorde om vast te stellen waar Hebb is overleden,' zei Frieda.

'Ik stel uw opmerkingen over hoe ik mijn taak moet uitvoeren niet op prijs. Gerald Hebbs lichaam is op straat gevonden, naast zijn fiets. Er is geen enkele aanwijzing dat hij ergens anders is overleden.'

'Ik heb u net een aanwijzing gegeven.'

'Ik rond deze zaak af,' zei Mahdawi. Hij richtte zich tot de agent: 'Dank voor uw verslag. De enig mogelijke conclusie is dat Gerald Hebb door een verkeersongeluk om het leven is gekomen. Dat is mijn uitspraak. Hierbij geef ik het lichaam vrij om te begraven.' Hij sloeg het dossier dicht en stond op. Tegen Frieda zei hij: 'Als u daar bedenkingen bij hebt, kunt u die kenbaar maken aan de politie.'

22

'Ik snap niet waarom je dat nou moest doen.'

Lola en Frieda liepen terug langs het kanaal. Frieda reageerde niet, dus drong Lola aan, wild gebarend met haar handen: 'Je hebt een andere naam, een andere identiteit. Je hebt je haar kort geknipt en geverfd. En ik – ik moest alles achter me laten om te leven als een geheim agent. Ik mag mijn telefoon niet gebruiken, met niemand contact opnemen, niemand vertellen waar ik zit. En dan verraad je ineens in de rechtszaal, waar de politie bij zit, hoe je heet! Die andere man die er zat leek me een journalist.'

'Ja,' beaamde Frieda. 'Dat dacht ik ook.'

'Nou komt je naam waarschijnlijk in het postmortemverslag. Of misschien wel in de krant. En dan ziet Dean Reeve het waarschijnlijk.'

'Waarschijnlijk.'

'Dus waarom heb je het dan gedaan? Was het in een opwelling, net zoals die keer dat je in de gevangenis werd gegooid?'

'Keren.'

Lola lachte. 'Bedoel je dat dat meer dan één keer is gebeurd? Sorry, dan heb ik dat niet goed bijgehouden!'

'Ik was het niet van plan,' zei Frieda. 'Maar toen ik dat idiote verslag hoorde van hoe ze het lijk hadden aangetroffen, móést ik mijn mond gewoon opendoen. Het zal waarschijnlijk weinig goeds opleveren.'

'En stel dat Dean Reeve leest dat jij daar was?'

'Dat hoop ik juist.'

'Waarom?' Lola stond nu zowat te springen en zwaaide verontrust met haar armen. 'Ik dacht dat we in gevaar waren.'

Frieda bleef staan en staarde omlaag naar het water. 'Er is iets misgegaan bij het lijk van Gerald Hebb. Ik weet niet wat. Misschien is er iets weggehaald op de plek waar hij is gevonden. Misschien is Reeve gestoord toen hij het lijk daar neerlegde. Hebbs dood, die bedoeld was als teken, is onopgemerkt gebleven. Het lijk van Liz Barron was zijn manier om onze aandacht te trekken, ons te vertellen dat we beter moesten opletten.'

'Je bedoelt om jóúw aandacht te trekken.'

'Ja, dat bedoel ik,' zei Frieda. 'En dus is dit mijn manier om hem te vertellen dat hij mijn aandacht heeft, dat ik hem hoor.'

Ze liepen verder.

'Weet je, in mijn eerste jaar had ik een heel heftige, intense relatie met een jongen. Ik bedoel de seks...' Lola keerde haar gezicht opzij en liet haar ogen even op Frieda rusten. 'Je bent therapeut, ja? Dus is het geen probleem om het over seks te hebben, toch?'

'Je kunt het over alles hebben wat je maar wilt.'

'Nou, het voelde voor het eerst als echte seks. Weet je wat ik bedoel?'

'Ja.'

'Het probleem was dat we voor elkaar gingen denken. Hij raakte geobsedeerd door wat hij dacht dat ík dacht en had het gevoel dat hij me beter kende dan ik mezelf kende en begon, eh... mij aan mezelf uit te leggen. Dat klinkt misschien lief en intiem, maar op het laatst was het verstikkend. Het kon gewoon niet doorgaan. Nu zien we elkaar nog af en toe, maar daar gaat het nu niet om. Je begrijpt wat ik bedoel, toch?'

'Ja, ik begrijp het, maar ik denk niet dat het handig is om er op die manier naar te kijken.'

'Maar hoe je over hem praat... Het lijkt wel alsof jij de enige bent die zijn signalen begrijpt en niemand anders dat kan. En hij doet dit alleen maar om met jou te communiceren? Dat klinkt echt raar.'

Frieda versnelde haar pas en reageerde zonder Lola aan te kijken. 'Ik heb patiënten gehad die waren verkracht. Ik heb patiënten gehad die werden gestalkt. Patiënten wier levens erdoor werden verwoest. En ze kregen allemaal, allemaal, zonder uitzondering, van mensen die van hen hielden – vrienden, familie en anderen die hen probeerden te helpen – te horen dat er een reden voor moest zijn, dat het aan iets moest liggen wat ze zélf hadden gedaan.'

'O, ik heb een teer punt geraakt, zo te horen,' zei Lola.

'Nee, je hebt het gewoon mis.'

'Maar als ík dat denk...'

'Wil je iets voor me doen?' vroeg Frieda.

'Alles wat je wilt. Ik ben blij dat je het eindelijk vraagt.'

'Kun je je mond houden, zodat ik kan nadenken?'

'O,' reageerde Lola pijnlijk teleurgesteld. 'Als je dat wilt... Hoewel ik denk dat het kan helpen om erover te praten.'

'Meteen, bedoel ik.'

De hele weg terug naar het appartement liepen ze in stilte en ze zwegen nog steeds terwijl Frieda brood sneed om een sandwich te maken.

'Mag ik nu een vraag stellen?'

'Wat dan?'

'Jij denkt dat Dean Reeve je een boodschap stuurt?'

'Ja.'

'Maar is het niet zo dat een boodschap iets betekent? Of laat hij gewoon weten: "Hier ben ik"?'

Frieda legde plakjes kaas op de boterhammen. 'Daar heb ik over nagedacht.'

Lola's gezicht klaarde op. 'Dus we hebben over hetzelfde nagedacht?'

Frieda pakte een pen. Op tafel lag een stapel brieven. Ze pakte er een en bekeek hem. AAN DE BEWONER VAN DIT PAND stond erop. Ze draaide hem om en tekende op de achterkant een lijn die leek op een kronkelende slang.

'Dit is de Theems,' zei ze. Vanuit de kronkellijn trok ze een rechte lijn naar boven. 'Dat is de Fleet.' Links van de eerste lijn trok ze nog een lijn omhoog. 'Dit is de Tyburn. Twee zegt nog niets, maar drie is een patroon.' Ze trok een derde lijn omhoog, nog meer naar links. 'De Westbourne. Als drie spaken in een wiel.'

'Wat is de volgende spaak?'

'Opnieuw een goede vraag.' Ze trok weer een lijn, nog verder naar links. 'Counter's Creek.'

'Nooit van gehoord.'

'Zo gaat het nu eenmaal met ondergrondse rivieren. Ze stromen door Londen, er zitten mensen aan de oever, er varen bootjes over, er wordt dromerig over uit gekeken, en dan wordt eroverheen gebouwd en raken ze vergeten. En Counter's Creek is echt totaal in de vergetelheid geraakt. Maar hij is er nog steeds. Ergens.'

Lola boog zich over Frieda's tekening. 'Dus je hebt gelijk dat hij die verborgen rivieren afwerkt?'

'Het ziet er wel naar uit.'

'Wat ga je nu dan doen?'

Frieda glimlachte en stond op.

'O, nee,' zei Lola. 'Ik heb nu al pijn aan mijn voeten en mijn blaren zijn veel erger geworden.'

'Je kunt ook hier blijven.'

'Natuurlijk kan ik hier niet blijven.'

Quarry ontmoette Neil Morrell vlak bij het meer op de Heath. Kortgeleden was de hele boel hier afgegraven en gedraineerd, en hoewel het gras snel was terug gegroeid, waren er nog sporen van het graafwerk zichtbaar. Morrell had een staart, een doorgroefd gezicht en zijn kleren zaten onder de modder. Hij pakte de foto van Dean Reeve aan en hield die op armlengte van zich af. 'Natuurlijk.'

'Wat bedoelt u, "natuurlijk"?'

'Ik heb hem hier regelmatig gezien. Hij heeft me zelfs geholpen met die brandstapel en sleepte er allerlei takken naartoe. Hij zei dat hij de tijd had en zich graag nuttig maakte. Waarom vraagt u dat?'

'We trekken gewoon het een en ander na,' antwoordde Quarry vaag. Dugdale had hem op het hart gedrukt dat het heel belangrijk was dat hij Dean Reeves naam nooit noemde. 'Hebt u hem kortgeleden nog gezien?'

'Nee, al een tijd niet. Wie is het?'

'Zoals ik al zei, we trekken gewoon het een en ander na. Maar mocht u hem zien, neem dan alstublieft contact met ons op.' Hij overhandigde zijn kaartje.

Frieda en Lola begonnen bij de enorme Kensal Green-begraafplaats, een ratjetoe van verschillende stijlen, ornamentale bankjes, namaak Griekse tempels en miniatuurbogen.

'Zo te zien mag hier alles,' zei Lola.

'Zolang je maar betaalt,' zei Frieda. 'Het heeft wel wat, vind ik.' Ze keek om zich heen. 'De kreek begint hier ergens en kruist later het kanaal en de spoorrails. We zullen eromheen moeten lopen.' Ze verlieten de begraafplaats en liepen langs de rand van Wormwood Scrubs, het ziekenhuis en de gevangenis, en verder naar beneden, waar ze in een wirwar van straatjes terechtkwamen die onder de Westway door liepen – het verkeer raasde boven hun hoofd.

'Ik heb helemaal niet het gevoel dat er hier een rivier loopt,' zei Lola.

'Nee, inderdaad. Het lijkt wel of ze deze echt helemaal hebben willen laten verdwijnen. Ze hebben er een riool van gemaakt en de loop veranderd. Normaal gezien merk je op de een of andere manier wel dat er een ondergrondse rivier loopt: je kunt de contouren ervan nog zien, de oevers die hoger liggen, de kronkelingen. Maar niet hier, niet bij Counter's Creek.'

Het lukte hun de lastige oversteek bij de enorme, lawaaiige rotonde over Holland Avenue te maken. Frieda liep een zijstraatje in en wees op het straatnaambordje: Clearwater Terrace. 'Die naam is nog de enige herinnering aan Counter's Creek, in het hele vroegere stroomgebied. Dat is toch veel te weinig.'

Een paar minuten later wees ze Lola op een spoorbaan waar ze langsliepen. 'Daar lag vroeger de kreek.'

Lola wilde iets zeggen, maar Frieda schudde haar hoofd. Kort daarna stonden ze midden in Chelsea, omringd door witgepleisterde huizen, enorme terreinwagens, koffiebars en dure delicatessenzaken. Frieda bleef staan en schudde haar hoofd. 'Ik ben de weg kwijt,' zei ze.

'Je hebt je telefoon,' zei Lola.

'Dat bedoel ik niet. Ik bedoel de kreek. Ik weet niet waar die is.'

Lola keek om zich heen. 'Nou, ik denk niet dat we Dean Reeve hier ergens zullen zien vissen.'

Frieda's gezicht verstrakte. 'Daar moet je geen grapjes over maken. Kom, we lopen gewoon verder in de richting van de Theems.'

'Is dat 'm?' vroeg Lola. 'Het water stroomt niet eens.'

Ze stonden op een bruggetje en keken naar de modder onder hen. Het was laagtij en er sijpelden slechts enkele smalle stroompjes water naar de Theems, die iets verderop lag. Ze gingen het bruggetje over en liepen door. Het pad leidde hen verder van de Theems vandaan. Dit laatste eindje van de kreek leek vergeten en verlaten, weggemoffeld tussen een parkeerplaats aan de ene en een bouwplaats aan de andere kant. Ze keken neer op het slijk, gedumpte autobanden, roestige fietsen en winkelwagentjes.

'Is dit wat er over is van Counter's Creek?' vroeg Lola.

'Ja,' antwoordde Frieda. 'Dit is het.'

Chloë was laat. Josef was er al en zat in een hoek van het café. Hij wenkte. Pas toen ze ging zitten, zag ze dat er nog een man aan het tafeltje zat. Hij had een verweerd en doorgroefd gezicht, ringen in beide oren, een piercing in zijn wenkbrauw en lang haar in een knot op zijn hoofd en droeg een Arsenal-shirt met korte mouwen. Zijn armen waren bedekt met tatoeages.

'Dit is Stefan, mijn vriend. Hij komt ons helpen,' zei Josef.

'Ik ken Stefan,' zei Chloë. 'Jullie waren de uitsmijters op mijn feest.'

'Ja.'

Chloë en Stefan knikten elkaar behoedzaam toe. Josef haalde

een stuk papier uit zijn zak en vouwde dat uit op het tafeltje.

'Het dakterras,' zei Chloë. 'Ik dacht dat je dat had opgegeven.'

De potloodschets toonde het boven- en het zijaanzicht. 'Dus de balken gaan helemaal het huis in?' vroeg Chloë.

'Natuurlijk.'

'Ik dacht dat het een eenvoudig project was.'

'Eenvoudig, ja. Maar sterk. Veilig.'

'Dus dat zijn houten balken?'

'Staal.'

'En een houten vloer.'

'Ja.'

'En een houten balustrade.'

'Die maak jij. Denk ik.'

'Natuurlijk. Dat is mijn werk. Maar heb je uitgerekend wat dit kost, Josef? Dit zijn dure materialen.'

'Is geen probleem.'

'Maar wat kost dit allemaal? Die stalen balken?'

'Niks.'

Chloë keek Josef aan. Toen gingen haar ogen naar Stefan en weer terug naar Josef. 'Wacht,' zei ze. 'Wacht even. Ik ben zo terug.' Ze liep naar de bar, bestelde een Hedgehog-biertje en nam dat mee terug naar de tafel. Daar nam ze eerst een flinke slok. 'Die stalen balken,' zei ze. 'En die terrasplanken. Die zijn niet gestolen, toch?'

Josef en Stefan wisselden een blik.

'Die zijn over,' zei Josef.

'Over?'

'Over.'

Chloë richtte haar blik weer op de werktekening. 'Vertel me dan alleen maar hoe ik die balustrade moet maken,' zei ze. 'Dan stel ik verder geen vragen meer.'

23

Lola speelde enthousiast op haar mondharmonica. Door het lawaai heen herkende Frieda de contouren van een melodie. 'Dat is een kerstlied, toch?'

'Als ik genoeg oefen kan ik hopelijk met kerst spelen. Dat duurt nog maar twee maanden. Herken je wat het is?'

'"Good King Wenceslas"?'

'Ja! Misschien heb ik dat wel gekozen omdat het zo'n beetje over jou en mij gaat. Ik bedoel, jij bent Wenceslas en ik de jongen die zijn voetstappen moet volgen om veilig te zijn in de sneeuw. Als je snapt wat ik bedoel.' Ze blies een lange, schelle toon op de harmonica. 'Wat vind je ervan?'

'Dat je nog veel moet oefenen.'

Lola keek haar gekwetst aan. 'Ik probeer me tenminste bezig te houden. Wat kan ik hier anders doen?'

'Je zou een ander onderwerp voor je scriptie kunnen bedenken.'

'Het oorspronkelijke idee lijkt goed te gaan. "In de voetsporen van dokter Klein". Of schendt dat je privacy? Eerlijk, als je niet wilt dat ik het doe, doe ik het niet.'

'Om eerlijk te zijn denk ik daar op het moment niet over na.'

'Ik haal de deadline toch niet. Laten we naar de film gaan.' Lola gooide haar mondharmonica neer. 'Kan me niet schelen wat voor film. Waar is de dichtstbijzijnde bioscoop?'

'We gaan niet naar de bioscoop.'

'Laten we dan naar een café gaan.'

'Lola...'

'Ja. Ik weet wel wat dat betekent. "Lóla!" Die geduldige, lijdzame toon. "Lola. Rare Lola."'

'Dat zeg ik helemaal niet.'

'Dat hoor ik al mijn hele leven. "O, het is Lola maar. Rare Lola. Trek je maar niks van haar aan."'

'Je hele leven?'

'Ja, en straks zeg je nog "lieverd" tegen me.' Er stonden tranen in Lola's ogen. 'Ik ben geen kind. Dus praat ook niet tegen me alsof ik een kind ben. Ik ben uit mijn vertrouwde omgeving weggerukt en ik ben bang en in de war en verveel me en ik weet niet wat ik moet doen. Waarom kunnen we niet de deur uit? Je hebt je eigen dekmantel verpest. Waarom zijn we hier veiliger dan ergens anders? Ik wil naar de film. Ik wil iets normaals doen.'

'Ga zitten,' zei Frieda zacht.

'Dat wil ik niet!' Lola snoof luidruchtig. 'Ik wil thuis zijn.'

'Waar is "thuis"?'

'Dat weet ik niet. Misschien heb ik wel helemaal geen thuis, maar als ik er wel een heb, is het in ieder geval niet hier. Hier staat niet eens bloem in het keukenkastje. Ik kan niet eens een cake bakken.' Ze hikte, iets tussen een snik en een lach in.

'Het duurt niet lang meer.'

'Als we niet de deur uit gaan, kunnen we misschien een potje kaarten. Ik heb een stok bij me. O, en ga me nou niet vertellen dat je niet van kaarten houdt. Ik wíst het!'

'Ik kan je leren schaken?'

'Schaken?'

'Ja.'

'Mijn vader schaakte altijd met een vriend. Maar hij heeft het mij nooit geleerd. Hij zei dat het te mathematisch was voor mij.'

Frieda keek haar aandachtig aan. 'Volgens mij zou je er wel goed in zijn. Maar je moet wel leren een paar zetten vooruit te denken, alle mogelijkheden na te gaan.'

Lola trok een gezicht. 'Ik begin er niet aan als het een les wordt in hoe ik een beter, wijzer persoon moet zijn.'

Een uur later, toen ze het schaakspel weer hadden opgeruimd en Frieda bij het raam stond en naar het water staarde alsof ze er gezichten in kon zien, vroeg Lola: 'Jij staat altijd uit het raam te staren. Waar denk je over na?'

Frieda keerde zich om. 'Ik probeer te bedenken wat de vier slachtoffers gemeen hebben. Of eigenlijk drie van hen – Liz Barron is anders. Maar waarom heeft Dean Reeve de anderen uitgekozen, tenzij hij het willekeurig heeft gedaan?'

'Misschien stonden ze hem gewoon in de weg.'

'Ja. Misschien. Maar ik probeer iets te vinden wat hen onderscheidt.'

'Wat voor iets?'

'Geen idee.'

'Zoiets als een moedervlek of zo, of een mysterieus litteken?'

'Nee, zoiets bedoel ik niet.'

'Of dat ze misschien allemaal in een schrikkeljaar zijn geboren, of op dezelfde dag.'

'Dat is niet zo.'

'Of dat ze uit hetzelfde dorpje komen. Of...'

'Lola.'

Frieda liep naar haar toe en ging vlak naast haar zitten.

'Jaaha,' reageerde Lola. 'Ik weet het al, jij gaat weer zeggen dat ik mijn mond moet houden.'

'Nee, niet waar. Ik ben geïnteresseerd.'

'Maar ik zeg gewoon maar wat,' zei Lola.

'Gewoon maar zeggen wat er in je opkomt kan juist goed zijn. Een manier van hardop denken.'

'Goed.' Lola wreef over haar voorhoofd alsof dat haar hielp met nadenken. 'Er lijkt niets bijzonders aan hen te ontdekken. Ze doen saai werk, een van hen is getrouwd, een niet. Ze wonen op andere plekken. Ze hebben verschillende leeftijden.'

'Begin bij de eerste.'

'Waarom?'

'Geoffrey Kernan is vermoord in Barking. Dat is Dean Reeves deel van Londen, of er vlakbij in ieder geval. Hij is er opgegroeid en heeft er gewoond. Misschien heeft hij Kernan met een reden vermoord. Misschien kende Kernan hem of had hij iets over hem ontdekt.'

Het was heel lang stil.

'Ik weet niet echt wat je bedoelt...' zei Lola aarzelend.

De stilte hield aan. Na een paar minuten zei Lola: 'Hij lijkt echt superdoorsnee en supersaai. Het enige rare aan hem was zijn naam.'

'Wat? Kernan?'

'Nee. Is je dat niet opgevallen? Zijn tweede naam. Udo. Ik heb in de krant gelezen dat zijn vrouw vertelde dat hij daar heel trots op was. Dat hij altijd zei dat hij Geoffrey heette, maar ook een geheim stukje Udo in zich had. Udo, wat voor naam is dat eigenlijk?'

'Het is een Duitse naam,' zei Frieda. 'Hij zal wel een Duits familielid hebben.'

'Net als Frieda,' merkte Lola op.

'Ja, net als Frie–' Frieda zweeg en staarde Lola strak aan. 'Udo,' mompelde ze. 'Udo.'

'Zal ik thee zetten? En wat zullen we straks eten? In ieder geval geen roerei, gepocheerde eieren of omelet. Iets wat niet zo snackachtig en "het is wel goed zo" is. We kunnen een kip braden en daarna een film kijken op mijn laptop. Iets vrolijks. En dan morgen kipsandwiches maken, met heel veel mayo en tomaten. Heerlijk. Comfortfood.'

'Schuif je laptop eens hierheen.'

Lola deed wat haar werd gevraagd en Frieda boog zich over het toetsenbord. In haar ogen gloeide een intense blik en om de een of andere duistere reden voelde Lola zich plotseling bang. Ze sloeg haar armen om haar bovenlijf.

'Gebraden kip met knoflookbrood,' mompelde ze in zichzelf. Haar hoofd bonkte.

Frieda typte iets in en vond de website die ze zocht. 'Ja,' mompelde ze na lange tijd.

Lola kon het wel uitschreeuwen in de lange stilte daarna. 'Wat?'

'Kom maar kijken.'

Samen keken ze naar de kalender op het scherm met voor elke dag een hokje met een rijtje namen erin.

'Dit zijn naamdagen,' zei Frieda. 'In oktober.'

'Maar...'

'Sst. Kijk! 3 oktober.'

'Ewald,' las Lola voor. 'Paulina. Bianca. O!' Ze stopte en zei toen zachtjes: 'Udo.'

'Ja. En het lijk van Geoffrey Kernan werd op 3 oktober gevonden. Kijk nu eens naar 6 oktober, de dag dat het lijk van Gerald Hebb werd ontdekt.'

'Bruno, Adalbero, Brunhild, Gerald.'

'En op de tiende is het Samuel voor Lee Samuels.'

'En hoe zit het met Liz Barron? Moeten we zoeken naar de naamdag van Elizabeth? Of Barron?'

'Dat was anders. Dat was wat hij doet als mensen achter hem aan gaan. Of denken dat ze hem begrijpen.'

'Jij lijkt hem te begrijpen,' merkte Lola op. 'En jij zit achter hem aan.'

Frieda keek haar aan met die doordringende blik van haar waaronder Lola zich altijd heel ongemakkelijk voelde. 'Jij denkt dat ik achter hem aan zit?' vroeg ze. 'Hoe zou ik dat kunnen?'

'Maar wat betekent het dan? Ik snap het niet. Is het gewoon, ik weet niet, een soort opscheppen?'

'Er is nog een naam die je moet zien.'

'Wat voor naam? Er is toch verder niemand?'

'Kijk vooruit. 19 oktober.'

Lola las de namen weer hardop voor: 'Isaak. Paul.' En toen zag ze het. Haar stem stokte.

'Ja,' zei Frieda. 'Mijn naamdag.'

'19 oktober. Dat is overmorgen!'

'Klopt.'

'Nee. Néé! We moeten naar de politie. Nú! Meteen. Dat hadden we al veel eerder moeten doen. Alsjeblieft.'

Lola stond op en pakte Frieda's arm beet. Ze probeerde haar zelfs overeind te trekken. Maar Frieda glimlachte alleen maar en maakte zich van haar los. 'Het is oké.'

'Hoe kun je dat in godsnaam zeggen? Dit is al veel te ver gegaan. Je bent gek!'

'Dit is de boodschap waarop ik heb gewacht. Nu kan ik eindelijk iets dóén.'

'Iets doen? Wat dan? Het enige wat je kunt...' Lola zweeg abrupt en keek Frieda geschokt aan. 'O, nee! Nee! Nee, Frieda, zeg dat je dat niet gaat doen! Dat kán niet!'

'19 oktober bij Counter's Creek. Dat is zijn boodschap.'

'Je bent gek! Ik kan hier niet naar luisteren. Ik had nooit naar je moeten luisteren. Nooit!' Lola drukte haar handen tegen haar oren en kneep haar ogen dicht.

Ze leek een doodsbange kleuter. Frieda stond op, liep op Lola af en legde haar handen op haar schouders.

Lola liet haar armen omlaagvallen en deed haar ogen open.

'Begrijp je het niet?' vroeg Frieda zacht. 'Dean heeft vier mensen vermoord om mij een boodschap te sturen. Vier levens weg! En jij vindt dat ik niet moet gaan omdat ik het mijne niet mag verliezen?'

'Natuurlijk vind ik dat. Ieder weldenkend mens vindt dat. De politie moet het oplossen. Vertel hun alles wat je hebt bedacht en laat ze hun werk doen. Jij kunt je schuilhouden totdat het voorbij is.'

'Dat zal het nooit zijn, tenzij ik er zelf een einde aan maak.'

'Ik geloof er niks van! Ik geloof er helemaal niks van. Ik wil hier niet zijn. Ik wou dat ik je nooit gevonden had. Ik wil gewoon een saaie scriptie schrijven over recente ontwikkelingen in DNA-onderzoek en naar het café met vrienden en balen omdat mijn favoriete witte blouse roze uit de was is gekomen.'

'Maar je hebt me wel gevonden.'

'Alsjeblieft, ga niet naar Counter's Creek. Alsjeblieft, Frieda.'

Frieda haalde haar handen van Lola's schouders en deed een stap naar achteren. 'Er zijn mensen vermoord vanwege mij. Dacht je dat ik mijn leven zo waardevol vind, dat ik dat maar gewoon door laat gaan? Dacht je dat ik bereid ben levens op het spel te zetten van mensen die ik niet ken maar ook van mensen die me dierbaar zijn, alleen omdat ik bang ben?'

'Maar volgens mij bén je helemaal niet bang,' reageerde Lola. 'Volgens mij wil je gewoon dood.'

'Ik wil helemaal niet dood.'

'Maar je wilt ook niet leven.'

'Ik heb een nichtje,' zei Frieda, en terwijl ze het zei, zag ze Chloë's gezicht in gedachten voor zich: koppig, boos, kwetsbaar. 'Ze is ongeveer van jouw leeftijd. We hebben samen veel meegemaakt. Nog maar pas geleden heeft een copycat van Dean Reeve haar gedrogeerd en ontvoerd.'

'Daar heb ik over gelezen.'

'Ja. En toen dat gebeurde, toen ik besefte dat ze in die gevaarlijke situatie was beland vanwege mij, wist ik dat ik er alles voor over zou hebben om hem te stoppen. Er zijn al veel te veel slachtoffers gevallen, er is al veel te veel kapotgemaakt. Ik ben niet van plan dood te gaan, maar ik ben er niet bang voor. Waar ik bang voor ben, is om de oorzaak te zijn van de dood van anderen.'

'Maar...'

'En dat moet afgelopen zijn! Het gaat niet meer gebeuren!' Frieda balde haar vuisten. 'Hoor je me? Hier móét een einde aan komen. Ik moet ervoor zorgen dat hij ermee stopt.'

'Dus je gaat er gewoon naartoe? Heb je een pistool?'

'Natuurlijk heb ik geen pistool.'

'Kun je er dan een krijgen? Je kent vast mensen die je daarbij kunnen helpen. Weet je hoe je een pistool moet gebruiken?'

'Lola, ik ga geen pistool regelen.'

'Wat dan?'

'Dat weet ik niet.'

'Dat is je plan?'

Chloë en Jack zaten in een Italiaans restaurant. Ze aten spaghetti en dronken rode wijn; ooit waren ze geliefden geweest en nu leerden ze vrienden te zijn.

Josef en Reuben waren bij Reuben thuis. Josef maakte een Oekraïense lamsschotel. Naast hem stond een fles wodka en hij neuriede zachtjes.

Reuben, in zijn Marokkaanse kamerjas en met een bril op het puntje van zijn neus, las een boek over hedendaagse vormen van rouw. Hij keek regelmatig op en staarde dan even peinzend voor zich uit.

Boven speelde Josefs zoon Alexei een computerspel met een nieuw vriendje, het eerste kind dat hij mee naar huis had genomen sinds hij was begonnen op school.

Chloë's moeder Olivia – Frieda's schoonzus – had haar eerste afspraakje met een man die ze een paar dagen eerder in de bus had ontmoet. Ze bekeek hem terwijl hij aan de bar stond en luidkeels drankjes bestelde en vroeg zich af waarom ze daar in vredesnaam zat, wat ze in vredesnaam met haar leven deed.

Karlsson las zijn dochtertje Bella voor. Haar hoofd lag op zijn schouder terwijl hij de pagina's omsloeg. Haar haren kriebelden tegen zijn wang en hij kon haar warmte voelen. Hij zou zich gelukkig hebben gevoeld als Frieda niet verdwenen was. Hij vroeg zich af waar ze nu was, wat ze dacht.

Het was donker en er dreven wolken voor de maan. Het waaide. Het was hoogtij en het water in de Theems rees, al snel zou het over de modder in Counter's Creek stromen. Er klotsten golfjes tegen de oever.

24

Frieda keek op haar horloge. 'Tijd om te gaan.'

'Je weet de dag,' zei Lola. 'Of in ieder geval dénk je dat je de dag weet. Maar je weet niet hoe laat je daar moet zijn.'

'Ik ga er gewoon naartoe en wacht.'

'Mag ik mee?'

'Natuurlijk mag je niet mee!'

'Ik blijf op veilige afstand.'

'Er bestaat niet zoiets als een veilige afstand.'

'Kan ik dan niet iets anders doen?'

'Je kunt hier blijven.'

'En dan? Wachten tot ik het op het nieuws hoor?'

'Je hebt de telefoon die ik je heb gegeven.'

'Ja.'

'Ik kom terug en anders bel ik je.'

'Of?'

'Als je nog niets hebt gehoord...' Frieda dacht na, '... als het donker begint te worden, bel je de politie. Of nee, je kunt beter...' Ze pakte haar notitieblok, schreef er iets in, scheurde het blaadje eruit en gaf dat aan Lola. 'Bel Malcolm Karlsson. Die is rechercheur. En een vriend. Hij bedenkt wel wat.'

'Waarom kan ik hem nu niet bellen?'

'Ophouden nu,' zei Frieda. 'Je doet gewoon wat ik zeg.'

'Alsjeblieft,' zei Lola, 'ga nou niet...' Ze begon te huilen; er rolden dikke tranen over haar wangen. 'Alsjeblieft, Frieda, ga niet.'

'Onthou goed wat ik je heb gezegd over Karlsson.'

Frieda was liever gaan lopen, maar deze keer vond ze de afstand echt te groot. Bovendien zou het te veel tijd kosten. Dus liep ze naar de doorgaande weg en hield daar een taxi aan.

Hoofdinspecteur Dugdale zat een aantal getuigenverklaringen nog eens door te lezen, toen er een jonge vrouwelijke agent zonder kloppen zijn kantoor binnenkwam. Ze was buiten adem.

'Er is telefoon voor u,' zei ze.

'Waarover?' vroeg hij zonder op te kijken.

'Over de moorden.'

Hij gooide het dossier opzij. 'Er zijn wel duizend telefoontjes over de moorden.'

'Maar dit is er een die u echt wil horen.'

Tijdens de lange rit door Londen keek Frieda niet uit het raam – ze zat met haar ogen dicht en dacht zelfs niet eens ergens aan. Ze voelde een vreemd soort kalmte. Eindelijk was het zover. Het was druk op de weg en ze kwamen maar langzaam vooruit in Hyde Park en Kensington. Frieda keek een paar keer op haar horloge, maar het maakte eigenlijk niet veel uit. Hij zou wachten.

Ze vertelde de chauffeur dat ze er op King's Road uit wilde, waarvandaan het maar een korte wandeling was naar Chelsea Embankment. Eenmaal uitgestapt liep ze omlaag naar de rivier, leunde een paar minuten over de balustrade en keek naar de Theems onder haar. Het was hoogtij en er stond een sterke stroming, het water kolkte en wervelde. Er voer een rondvaartboot voorbij. De twee kleine kinderen op de voorplecht zwaaiden naar haar. Toen ze terugzwaaide begonnen ze te lachen.

Ze draaide zich om en liep met de Theems links van haar de kade af. Even later liet ze de rivier achter zich en nam ze Lots Road die langs Counter's Creek liep. Toen ze bij de plek was waar ze met Lola had gestaan, vroeg ze zich af wat ze nu verder ging doen. Ze wist de plaats, ze wist de dag, maar niet het tijdstip. Het was gewoon een kwestie van wachten.

Ze keek om zich heen naar de luxueuze kantoorgebouwen van

Chelsea Harbour. Dit voelde niet als het territorium van Dean Reeve. Hij hoorde verder naar het westen, in het Londen van Poplar, de Lea en het Isle of Dogs. Ze had eigenlijk iets verwacht wat afgelegener was, verborgener, donkerder. Maar het was helder, zonovergoten en hoewel niet erg druk ook niet verlaten. Terwijl ze over de brugleuning naar de kreek onder zich tuurde – waarin nu water stroomde omdat het hoogtij was – werd ze gepasseerd door een vrouw achter een kinderwagen, een man die luid in zijn telefoon praatte en twee mannen met helmen en fluorescerende vesten. Het maakte niet uit. Dit was de plek waar ze moest zijn en ze had geen haast.

Ze keerde het water de rug toe en bekeek de straat. Aan de overkant stond een donkerblauw busje geparkeerd, half op de stoep. Een jonge man, lang, met kort haar en in trainingspak, jogde met trage, soepele passen langs.

Frieda wandelde Chelsea Harbour in. Tachtig jaar geleden werden hier schepen gelost, wemelde het hier van de arbeiders en stond het vol enorme hijskranen. Nu waren er louter kantoren, restaurants en bars. Het enige anker dat was overgebleven, maakte deel uit van een kunstwerk. De boten die er lagen, waren plezierjachten.

Ze keek naar links en bestudeerde de mensen die er liepen: een jong stelletje, hand in hand, een vrouw in een krijtstreeppak, een man in een grijs bomberjack met een wollen muts op. Ze nam hem aandachtig op. Nee, hij was het niet. Maar toch, ze voelde iets. Iets vreemds. Ze wist niet precies wát, maar het was een gevoel alsof het weer elk moment kon omslaan, alsof er één orkestlid een valse noot had gespeeld. Er klopte iets niet.

Ze kwam bij het laatste deel van de kreek waar die uitmondde in de Theems. Er was veel veranderd, maar dit niet. Niet deze eindeloze stroming naar de zee en weer terug. Het water dat zoveel met zich mee had gedragen, waaronder het lichaam van de man van wie ze eens had gehouden.

Ze keerde om en begon dezelfde weg terug te lopen. Ze keek op haar horloge. Het kon uren duren. Maar dat gaf niet. Toen ze terugliep over het bruggetje over de kreek, bleef ze even stilstaan zodat een hardloper in trainingspak langs haar heen kon rennen. Hij zag eruit als een serieuze sporter. Waarschijnlijk rende hij langs de kade heen en weer terug. Nogal een saai stuk. Zij kon wel een interessantere hardlooproute bedenken: langs de kade, over Chelsea Bridge, dan langs de zuidkant door Battersea Park en terug naar het noorden over Wandsworth Bridge.

Ze leunde naar voren en staarde naar het trage gekabbel en de stroomversnellinkjes onder haar en verviel in een soort trance. Ze dacht nergens aan. Haar hoofd was leeg.

Toen ze zich een tijd later omdraaide, kwam de hardloper, die met de trage soepele tred, krijtwit en geagiteerd op haar af lopen. Het duurde even voordat dat tot haar doordrong. Zijn gezicht glom van het zweet en zijn ogen waren strak op haar gericht. Even vroeg ze zich af of hij toch Dean Reeve was, maar op hetzelfde moment wist ze dat dat niet zo was: deze man was langer, jonger en leek helemaal niet op hem. Maar hij kwam recht op haar af. Zelfs als ze had gewild, had ze niet meer weg kunnen komen. En dat wilde ze ook niet. Dit was de reden waarom ze hier was. De man stond nu recht voor haar. Hij had een glazige blik in zijn ogen, hijgde zwaar en stond zichtbaar te trillen op zijn benen.

'Hij zei een naam,' zei de man met bevende stem. 'Die weet ik niet meer.'

'Dean Reeve?'

'Nee, nee, een vrouwennaam.'

'Frieda Klein?'

'Ja. Frieda Klein.'

'Dat ben ik.'

'Hij zei dat ik dit aan u moest geven en dat ik dan kon gaan.'

Hij stak een stuk papier naar haar uit en Frieda pakte het aan. Het was een vel gelinieerd papier, doormidden gevouwen met aan één kant een slordig afgescheurde rand. Ze vouwde het open. In de bekende blokletters stond erop geschreven:

IK KON NIET KOMEN. KIJK OM JE HEEN.

Dat was niet nodig.

Er gebeurde plotseling van alles. Er werd geschreeuwd en de hardloper werd door twee mannen gevloerd. Frieda schrok even, maar dat duurde maar kort omdat ze besefte wat er gebeurde en woedend werd. Het stelletje dat ze eerder had gezien kwam naar haar toe rennen. De man praatte in zijn mobiel. De vrouw keek eerst omlaag naar de jogger en toen naar Frieda.

'Is het Dean Reeve?' vroeg ze.

'Natuurlijk niet! Wat doen jullie verdomme allemaal hier?'

De vrouw haalde haar legitimatie tevoorschijn en liet die aan Frieda zien.

'Die hoef ik niet te zien. Ik weet wie jullie zijn.'

De hardloper, die tegen de grond werd gedrukt door de twee jonge mannen, verzette zich: hij kermde en schreeuwde. De mannen kregen hulp van een derde man, die zijn arm om de keel van de hardloper sloeg en hem zo in bedwang hield.

'Stop!' schreeuwde Frieda. 'Jullie vermoorden hem nog!' En toen niemand aandacht aan haar geschreeuw besteedde, probeerde ze de laatste man weg te trekken, maar werd toen zelf van achteren vastgegrepen en weggerukt. In een reflex gaf ze een stoot met haar elleboog. Ze hoorde een uitroep van pijn, waarna ze nog harder werd omklemd en door iemand werd omgedraaid. Het waren twee jonge agenten in burger die haar in hun greep hadden. Tegenover haar stond een oudere man, zwaargebouwd en in een verfomfaaid pak.

'Laat haar los,' beval hij.

De jongere mannen deden een stap naar achteren. Een van hen hield zijn hand voor zijn gezicht. 'Ze heeft mijn neus geraakt!' zei hij met een boze blik naar Frieda. 'Ik bloed!'

'Hoe staat het hier?' vroeg de oudere man en hij liep naar de menselijke kluwen op de grond. Hij boog zich over de hardloper die stevig in bedwang werd gehouden en zei: 'We moeten je wat vragen stellen. Kunnen we je loslaten?'

'Natuurlijk kunnen jullie hem loslaten,' zei Frieda scherp.

Langzaam verslapten de agenten hun greep en uiteindelijk lieten ze hem los. Ze kwamen overeind. De hardloper lag nog op de grond en Frieda vreesde dat hij op het punt stond in tranen uit te barsten.

'Help hem opstaan,' zei de oudere man op vriendelijker toon. Hij keek Frieda aan. 'Wat heeft hij u gegeven?'

Frieda gaf hem het briefje en hij las het.

'Hij moet ons hebben opgemerkt.'

'Ja, inderdaad.'

'Ik weet wie u bent,' zei hij. 'Eén moment.' Hij draaide zich weer om naar de hardloper. 'Ik ben hoofdinspecteur Dugdale. Ik moet je wat vragen stellen. Hoe heet je?'

'Duffy,' antwoordde de man. 'Paul Duffy. Ik ging alleen een eindje hardlopen.'

'Wie heeft je dit gegeven?' Dugdale hield het briefje omhoog. De hardloper schudde zijn hoofd. 'Kom op, vriend, je moet antwoord geven!'

Duffy bekeek de mensen om zich heen en richtte zijn ogen niet-begrijpend op Frieda.

'Hij heeft mijn telefoon afgepakt,' zei Duffy. 'Ik moest hem ontgrendelen en hij bekeek wat erop stond. Hij zei dat hij mijn naam wist en waar ik woonde en dat ik kinderen heb.' Hij begon te huilen.

'Het is oké,' zei Dugdale. 'Je bent nu veilig.'

'Ik zeg niks. Ik heb niks gezegd.'

'Je bent nu veilig.'

Dugdale gebaarde dat Frieda met hem mee moest gaan en liep een klein stukje van het groepje vandaan. 'U moet me vertellen wat hier aan de hand is, mevrouw Klein.'

'Wat valt er te vertellen? Jullie hebben alles verpest.'

'Ik bedoel dat ik uw verklaring wil afnemen.'

'Dat is mijn verklaring. En ik heb er nog een: kijk om u heen. Het is zoals in het briefje staat. U hebt niets gevonden en niets bereikt.' Ze zweeg even en vervolgde met een somber gezicht: 'Ik dacht dat dit het einde zou zijn. Dat had het kunnen zijn.'

'U moet dit uitleggen.'

'O ja?' Haar gezicht had een uitdrukking die Dugdale moeilijk kon duiden.

'Gaat u mee naar het bureau om alles te vertellen,' zei Dugdale, wat vriendelijker nu.

Ze wendde haar ogen af en toen ze sprak, was het niet tegen hem. 'Ik weet niet wat er nu gaat gebeuren.'

'Wat er nu gaat gebeuren, is dat wij ons werk doen en hem pakken. En dat u dat aan ons overlaat.'

'Ik wil u niet van uw werk afhouden,' reageerde Frieda. 'Dus ik ga nu.'

'U kunt niet zomaar vertrekken.'

'Waarom niet?'

'Omdat u mij een aantal dingen moet vertellen, wil ik mijn werk goed kunnen doen. Direct! Als we net een ontmoeting tussen u en Dean Reeve hebben verstoord, bent u verplicht uw volledige medewerking te verlenen om hem te vinden.'

'Ja,' zei ze. 'Dat zal ik doen. Maar niet nu. Niet hier. Het is gevaarlijk, beseft u dat niet?'

'U bent veiliger als u met ons meewerkt. We kunnen u beschermen.'

Ze maakte een ongeduldige beweging met haar hoofd. 'Nee, dat kunt u niet. Ik kom binnenkort naar u toe.'

'Geef me dan tenminste uw telefoonnummer.'

'Ik neem contact met u op.'

Dugdale keek haar met een strak gezicht aan, haalde zijn portefeuille tevoorschijn, pakte er een kaartje uit en gaf dat aan Frieda, die het in haar zak stopte.

Toen schoot haar iets te binnen: 'Als u Malcolm Karlsson spreekt, zeg hem dan dat u mij hebt gezien en dat alles in orde is.'

'Waarom zegt u hem dat zelf niet?'

'Mocht u hem spreken.'

Ze nam een ingewikkelde route terug, met een bus, de metro waarbij ze een paar keer overstapte, en weer een bus. Meer dan een uur na haar vertrek uit Counter's Creek stopte ze haar sleutel in het slot van de voordeur.

Lola kwam op haar afrennen en voordat Frieda haar kon tegenhouden, sloeg ze haar armen om haar heen. 'Ik dacht dat ik je nooit meer zou zien!' riep ze uit. 'Ik wist niet wat ik moest doen!'

Frieda maakte zich van haar los en duwde haar van zich af.

'Wat?' zei Lola.

'Jíj was het,' zei Frieda traag.

Lola stapte verder naar achteren, alsof ze buiten haar bereik wilde zijn. 'Ik moest wel,' zei ze. 'Ik kon je niet zomaar laten gaan en je zo laten sterven.' Frieda reageerde niet. 'Jij wilt dat ik nu "sorry" zeg. Maar dat doe ik niet. Ik heb gedaan wat ik heb gedaan en ik heb er geen spijt van.'

'Spijt?' reageerde Frieda. 'Ik kan je beloven dat je op een dag in een tijdmachine zult willen stappen om jezelf af te houden van wat je vandaag hebt aangericht.'

Josef, Stefan, Chloë, Jack en twee vrienden van Stefan waren ervoor nodig om de stalen balken vanuit het busje boven in Frieda's huis te krijgen. Terwijl ze de tweede balk de trap op sjouwden, stootte een van Stefans vrienden tegen de muur waardoor er een spiegel viel en in scherven brak. Iedereen stond er beteuterd naar te kijken.

'Heel erg,' mompelde Josef.

'Nee,' reageerde Chloë. 'Frieda heeft ooit eens tegen me gezegd dat je niets moet bezitten waarvan je het erg zou vinden als dat kapotgaat of kwijtraakt.'

'Maar het is een spiegel,' zei Jack. 'Zeven jaar ongeluk.'

'Die heeft Frieda al achter de rug,' zei Chloë.

25

Eerst dacht Reuben dat het een van de daklozen was uit de opvang verderop in de straat. Het was niet de eerste keer dat iemand in elkaar gerold in de portiek van The Warehouse lag te slapen. Maar toen hij dichterbij kwam, zag hij dat de persoon in een onnatuurlijke houding lag en ontdekte hij naast hem een rugzak die hij herkende – en zwarte laarzen en lichtbruin haar in een staartje.

Hij begon te rennen en haalde tegelijkertijd zijn telefoon uit zijn zak. Bij de persoon in de portiek liet hij zich op zijn knieën vallen. Hij belde het alarmnummer en hij voelde of hij een hartslag kon vinden, hoewel hij eigenlijk al wist dat Jonah Martin dood was. Terwijl Reuben de borstkas van zijn jonge collega met een regelmatig pompende beweging indrukte in een poging hem tot leven te wekken, hoorde hij een zacht, blikkerig geluid. Jonah had zijn koptelefoon nog op en de muziek stond nog aan.

'Kom op, Jonah,' zei hij, maar Jonahs blauwe ogen staarden langs hem heen naar de hemel.

Hij hoorde voetstappen achter zich en keek om. Paz stond achter hem, verlamd van de schok.

'Het is Jonah,' zei hij onnodig.

Paz knielde naast hem neer. Haar donkere haar viel als een sluier over het lichaam van de dode man.

'Jonah Martin was net begonnen in The Warehouse-kliniek,' zei Dugdale een paar uur later tegen zijn team. Zijn gezicht leek nog pafferiger dan anders. Zijn overhemd hing uit zijn broek. Hij bekeek de mannen en vrouwen die zich in de grote vergaderruimte hadden verzameld en zag hun glinsterende ogen, de onderdrukte opwinding op hun gezichten. Ze vonden dit fantastisch, besefte hij: het was de grootste zaak die ze ooit zouden onderzoeken. Maar hij vond het helemaal niet fantastisch. Vier moorden, ze wisten de naam van de man die ze moesten hebben – en toch voelde hij zich geen haar dichter bij diens arrestatie. 'Martin was eenendertig en woonde samen met zijn vriendin, die in verwachting is van hun eerste kind. Hij is gewurgd, waarschijnlijk toen hij de voordeur van de kliniek van het slot draaide. De sleutel lag onder zijn lichaam. Naar alle waarschijnlijkheid was hij nog geen uur dood toen dokter McGill hem vond. We wachten op de eerste onderzoeksrapporten.'

Hij nam een slok water uit het glas voor hem en vervolgde: 'Er lijkt niets te zijn gestolen. Zijn iPod stond nog aan en zijn portefeuille zat in zijn rugzak met zeventig pond en een paar creditcards erin. Het is nog vroeg in het onderzoek natuurlijk, maar hij lijkt veel vrienden te hebben gehad en voor zover bekend geen vijanden. Dokter McGill was vol lof over hem.'

'Denkt u...' begon een jonge rechercheur achterin. Hij maakte zijn zin niet af.

'Je wilde vragen of deze moord verband houdt met de andere recente moorden die we onderzoeken,' zei Dugdale. 'Op het eerste gezicht lijkt er niets wat hen met elkaar verbindt. De andere moorden waren duidelijk gepland en de doden zijn met grote zorgvuldigheid op een speciale plek achtergelaten. Jonah Martin is vermoord op de plek waar hij is gevonden. Maar dat is op het eerste gezicht.'

'Wat denkt u dan?' vroeg Quarry.

'Zoals jullie weten hebben we gistermiddag – hoe zeg ik dit vriendelijk? – een poging gedaan te interveniëren bij een ontmoeting tussen Frieda Klein en Dean Reeve. Die hebben we verpest. Dean Reeve is nooit bij die afspraak komen opdagen, maar hij was wel in de buurt. Vanmorgen is er een psychotherapeut vermoord voor de deur van de kliniek waarmee dokter Klein nauwe banden heeft.'

'Dus u bedoelt dat Dean Reeve Jonah Martin heeft vermoord?'

'Dat is mijn werkhypothese en ik zou enorm verbaasd zijn – hoewel ook blij – als die niet blijkt te kloppen. Mijns inziens was het een boodschap.'

'Wat wilde hij ons daarmee vertellen?'

'Ons? Niets. De vraag is: wat wil hij Frieda Klein vertellen? En het antwoord is: ik heb godverdomme geen idee. In elk geval niets goeds.'

De deur ging open. Er kwam een agent binnen die iets in Dugdales oor fluisterde. Hij stond op. 'Misschien gaat ze me dat nu vertellen,' zei hij. 'Quarry, geef iedereen instructies.' Hij bekeek de gezichten voor zich nog eens; sommige van deze mannen en vrouwen leken in zijn ogen nog schoolkinderen. 'En één ding: dit is een onderzoek dat door iedereen in dit land wordt gevolgd. Zelfs internationaal. Een mediahype. Alle ogen zijn op ons gericht. Iedereen zal zijn mening hebben, het beter weten en een expert zijn. Maar in godsnaam, koppen dicht!'

'Gaat u zitten,' zei hij tegen Frieda. Hij was bang dat ze weer plotseling zou verdwijnen en opgaan in de grijze massa, zoals ze de dag ervoor had gedaan.

Ze schudde haar hoofd en bleef staan. Hij had veel foto's van haar gezien, toen ze nog lang en donker haar had, en hij had haar directe, intense blik, zelfs als ze in de camera keek, altijd wat verontrustend gevonden. Nu brandde er in die donkere ogen in haar bleke gezicht een innerlijk vuur.

Ze deed een stap naar hem toe. 'Jonah Martin,' zei ze.

'Kende u hem?'

'Nee. Hij was mijn vervanger.'

'Bij The Warehouse?'

'Ja.'

'U bedoelt,' zei Dugdale, 'dat hij uw stand-in was omdat de

ontmoeting van gisteren niet is doorgegaan?'

'Ja. Mijn plaatsvervanger.'

'Dus u dacht dat Reeve u ging vermoorden? U bent daar gisteren naartoe gegaan om gedood te worden?'

Frieda schudde haar hoofd ongeduldig. 'Daar gaat het niet om. Het gaat erom dat Dean Reeve het op dit moment voor het zeggen heeft, hij bepaalt wat er gebeurt. Hij heeft Geoffrey Kernan vermoord. Hij heeft Lee Samuels vermoord. Hij heeft Gerald Hebb vermoord.'

'Gerald Hebb? Daar heb ik nooit over gehoord.'

'Hij heeft Liz Barron vermoord en nu heeft hij ook Jonah Martin vermoord. En hij zal niet stoppen.'

'U hebt weinig vertrouwen in de politie.'

'U kent mijn geschiedenis. Verbaast u dat?'

'Hij is geen genie.'

'Dat hoeft ook niet. Hij is geobsedeerd. Hij heeft maar één doel.'

Frieda haalde een grote envelop uit haar tas en overhandigde die aan Dugdale. 'Ik heb alles opgeschreven,' zei ze. 'Zo helder mogelijk. Ik denk dat er een patroon zit in wat Dean Reeve doet. Ik ga het nu niet tot in de details uitleggen want dat staat in deze brief, maar u zult zien dat hij zijn slachtoffers bij ondergrondse, verborgen rivieren achterlaat.'

Dugdale knipperde met zijn ogen. 'Dat klinkt vergezocht.'

'Toch is dat wat hij doet. En de reden waarom hij zijn slachtoffers vermoordt en dan wacht met hen ergens te etaleren, houdt verband met hun namen. Dat leest u wel in de brief. Dat geldt niet voor Liz Barron en ook niet voor Jonah. Dat waren... speciale boodschappen. En alstublieft, dit is heel belangrijk,' ze deed een stap naar hem toe en keek hem doordringend aan, 'ik weet zeker dat u de eerste moord nog eens heel zorgvuldig moet bestuderen.'

'Wat bedoelt u? Wat denkt u dat we hebben gedaan? Wij hebben alle moorden zorgvuldig bestudeerd. Dat is ons werk.'

'Ja, ja, ik weet het,' reageerde Frieda ongeduldig. 'Wat ik bedoel is dat de tweede en derde moord zijn gepleegd om het patroon duidelijk te maken. Geoffrey Udo Kernan, U-D-O is waar het hier om gaat. Geëtaleerd op zijn naamdag op de plek waar de Fleet ontspringt.'

'Dokter Klein...' begon Dugdale, maar ze stak haar hand op.

'U moet me geloven. Dat is waarmee het begon en dat is de moord die het patroon van de volgende moorden verklaart. De andere moorden komen eruit voort. En er is nog meer: de moorden hebben iets territoriaals. Dean Reeve is rondom Plaistow opgegroeid.'

'Kernan woonde in Barking.'

'Dat is daar maar een paar minuten vandaan. Dat is zijn terrein. Hij kent het gebied goed.'

'Oké,' zei Dugdale. 'Het is zijn terrein. Wat moet ik daarmee? Wat probeert u te zeggen?'

'Ik heb gewoon sterk het gevoel dat u, wilt u kans maken om Dean Reeve te vinden, de moord op Geoffrey Kernan diepgravender moet onderzoeken. Ik weet dat dit irritant voor u moet zijn.'

'Dit? Wat bedoelt u met "dit"?'

'Dat iemand die niet bij de politie zit suggesties doet.'

'Waarom zou dat irritant zijn? Input is altijd welkom. Net zoals u ongetwijfeld mijn suggesties zou verwelkomen over hoe u uw psychologische praktijk moet uitoefenen.'

'Natuurlijk staat het u vrij alles wat ik zeg te negeren.'

'We zullen uw visie meenemen,' reageerde Dugdale. 'Zoals we met alle relevante informatie doen.'

'Dat is aan u.'

'Natuurlijk is dat aan mij. Aan ons.' Dugdale fronste zijn wenkbrauwen. 'Er is iets wat u moet weten,' zei hij na een lange pauze. 'Toen we Kernans computer bekeken, hebben we zoekopdrachten van na zijn dood gevonden. Naar hoofdinspecteur Karlsson.'

'O.' Het was nauwelijks een woord, eerder een zucht. Haar ogen waren nu heel donker.

'Waarschijnlijk was het Dean Reeves bedoeling dat wij die vonden.'

'Ja. Hij wil duidelijk maken dat hij een spelletje met ons speelt.'

'Dat zullen we nog weleens zien.'

'Wat vindt hij ervan?'

'Karlsson? Die maakt zich zorgen over u.'

'Nou,' zei ze terwijl ze een stap naar achteren deed en zich half omdraaide. 'Ik wil helpen en alles doen wat ik kan. Maar u moet niet proberen me te volgen en u zult me ook niet kunnen vinden – want als u dat lukt, lukt het hem ook.' Ze keek hem strak aan. 'Ik moet gaan.'

'Wacht even,' zei Dugdale. 'Zo eenvoudig is het niet. Waar bent u precies mee bezig?'

'Is dat een vraag die ik moet beantwoorden?'

'Ik ben een politierechercheur die een moordonderzoek leidt waarbij u betrokken bent. Dus volgens mij bent u verplicht mee te werken.'

'Ik ben langsgekomen. Ik heb uw vragen beantwoord. En wat de rest betreft, dat heb ik verteld, dacht ik: ik verhuis steeds zodat Dean Reeve me niet te pakken kan krijgen.'

'En dan? Of bent u van plan altijd zo te leven en u schuil te houden?'

'Het zal niet voor eeuwig zijn. U kunt uit de informatie die ik u heb verstrekt afleiden dat ik niet wil dat hij míj vindt, maar dat ik hém wil vinden. Ik móét hem vinden en dat zal gebeuren ook.'

'Dokter Klein, u moet begrijpen dat u beschikbaar moet zijn voor het onderzoek. Te allen tijde.'

'Ik kan u bellen.'

'Zo werkt dat niet. U bent een belangrijke getuige. Ik moet weten waar u bent en ik heb een nummer nodig waarop ik u kan bereiken.'

'Daar heb ik een probleem mee,' zei Frieda.

'O, is dat zo? En wat mag dat dan wel zijn?'

'Ik heb ervaren dat de informatie die ik aan de politie verstrek, op de een of andere manier altijd wordt gelekt.' Dugdales gezicht stond nu echt op onweer. 'Doe nou niet alsof u beledigd bent. Ik heb te veel van mijn geheimen in de kranten zien staan.'

'Ik doe niet alsof. Mijn team lekt niet.'

Frieda dacht lang na voordat ze reageerde. 'Goed dan,' zei ze onwillig. 'Op één voorwaarde.'

'U denkt met mij te onderhandelen?'

'Ik denk aan dat fiasco in Chelsea. Als u zoiets van plan bent, laat me dat dan van tevoren weten.'

Dan Quarry kwam de kamer in en begon iets te zeggen, maar toen hij Frieda en Dugdale elkaar strak zag aankijken, hield hij halt en liep snel de kamer weer uit.

'Kijk naar mijn gezicht, dokter Klein. Dit is het gezicht van iemand die bekendstaat als tolerant en gemakkelijk in de omgang. U tart me. U tart me tot het uiterste.' Dugdales stem klonk verstikt, alsof hij een heftige emotie binnenhield. 'Het enige waarmee ik instem is – als u meewerkt, wat betekent dat u me op de hoogte houdt, dag en nacht, van waar u bereikt kan worden –, dat ik...' hij zweeg en ademde een paar keer diep in, ' ... u zal informeren.'

Frieda haalde haar notitieblokje uit haar zak, schreef er het adres en het telefoonnummer op waarop ze bereikbaar was, scheurde het blaadje uit en gaf dat aan Dugdale. 'Het gaat erom dat we Dean Reeve te pakken krijgen,' zei Frieda. 'Of wij het met elkaar kunnen vinden, doet er niet toe.'

'Op dit moment lijkt beide me niet erg waarschijnlijk,' reageerde Dugdale.

Reuben zat tegenover Jonah Martins partner, Maiko. Ze was klein en tenger en huilde, voorovergebogen, in stilte. Haar lange haren, zwart en zijdeachtig, verhulden haar gezicht. Haar handen lagen beschermend op haar dikke buik.

'Wanneer ben je uitgerekend?' vroeg hij.

Ze keek op. 'Over zes weken,' fluisterde ze. 'Hij was er zo blij mee. We waren zo gelukkig.'

'Dat weet ik,' zei Reuben. 'Hij straalde.'

'En nu,' fluisterde ze, 'is het allemaal voorbij. Voorbij. Waarom?'

26

Lola dwaalde door de kamers van het appartement. Buiten viel de regen gestaag uit de loodgrijze hemel. De druppels sloegen putjes in het kanaal. Het was niet eens echt licht geworden vandaag en het zou nu al snel weer donker worden. Ze voelde zich rusteloos, opgesloten en geïrriteerd. Ze liep naar de koelkast en deed hem open; een doosje eieren en vier tomaten. Ze beet in het rode vruchtvlees. Het sap spoot eruit en maakte vlekken op haar T-shirt. Ze pakte haar mondharmonica en speelde een paar noten, lusteloos. Ze bladerde door de potloodtekeningen in Frieda's schetsblok: de hijskranen die ze door het raam konden zien, een glas water, een knoflookbol. Ze startte haar computer, deed een spelletje Tetris en ging daarna naar Facebook, hoewel ze het verschrikkelijk vond om posts van vrienden te zien en niet te kunnen reageren, niet eens iets te kunnen liken. Haar vingers jeukten terwijl ze door de opmerkingen scrolde en er sprongen tranen in haar ogen.

Er was een privébericht voor haar. Ze klikte erop. Het was van Jess. 'Ik moet je spreken. Dringend. Waar je ook bent, kom naar huis zodra je dit ziet, maar vertel niemand iets. Ik wacht op je. Alsjeblieft, kom snel!'

Lola fronste haar voorhoofd. Ze stond op het punt te reageren maar dacht aan Frieda's waarschuwingen en zag ervan af. Jess was een heel relaxte persoon: als zij zei dat het dringend was, was het dringend. Ze nam een besluit, en voordat Frieda terug kon komen en het haar zou verbieden, had ze haar jas al aan, haar veters gestrikt en stond ze buiten.

Karlsson zat op de bank, at een afhaalmaaltijd en keek naar het vroege avondnieuws op de televisie. Hij had een lange dag achter de rug en was moe, en het nieuws was nou niet bepaald opbeurend. Soms leek alles wat hij vroeger voor lief had genomen wel te worden verzwolgen door chaos en geweld. Hij pakte de afstandsbediening. Op dat moment ging de deurbel.

'Hallo?' zei hij terwijl hij het duister in staarde.

Het gezette silhouet van Dugdale deed een stap naar voren. De wind ritselde door de bladeren rond zijn voeten. Hij droeg een sjofele regenjas en zijn grijzende haar was nat van de regen. 'Sorry dat ik je avond verstoor,' zei hij.

'Ach, die stelde toch niet veel voor. Kom erin.' Hij opende de deur wijder en gebaarde dat hij binnen moest komen. 'Kan ik je iets aanbieden? Iets warms? Whisky?'

'Tegen een glas whisky zeg ik geen nee.'

Karlsson zette de televisie uit, ruimde de resten van zijn maaltijd op en gebaarde naar een stoel. Hij schonk twee glazen whisky in. 'Wat brengt je hier?'

'Ik heb Frieda Klein vandaag ontmoet,' zei Dugdale plompverloren.

Karlsson bevroor en zette langzaam zijn whiskyglas terug op tafel – hij was bang dat hij het anders uit zijn handen zou laten vallen. 'Hoe? Is alles goed met haar?'

'Ze is bij me op het bureau geweest. Vanmiddag. Ze had informatie voor me. En hoe het met haar gaat – dat weet ik niet. Ze is nogal ondoorgrondelijk, nietwaar?'

Karlsson knikte.

'Ze heeft een theorie,' ging Dugdale verder en hij overhandigde Frieda's brief aan Karlsson.

De paar minuten daarop zeiden ze geen van tweeën iets. Dugdale genoot van zijn whisky en Karlsson las de brief in opperste concentratie, in elkaar gedoken in zijn stoel met een somber gezicht. Uiteindelijk vouwde hij de brief op en gaf die terug aan

Dugdale. Hij nam een slokje whisky. 'Wat vind je ervan?' vroeg hij.

'Dat weet ik niet,' antwoordde Dugdale. 'Het klinkt logisch, maar dat betekent nog niet dat het waar is. Ik moet zeggen dat ik er versteld van sta.' Hij glimlachte. 'Maar dat ga ik natuurlijk niet rondbazuinen.'

'Nee.'

'Ik ben ouderwets. Ik kijk naar bewijzen, volg sporen, verhoor mensen. Dit – verborgen rivieren en naamdagen en een man die dood zou zijn die een vrouw stalkt van wie hij houdt en die hij haat en wil bezitten en vernietigen – dit is een heel nieuw terrein.'

'Ik weet het,' zei Karlsson. 'Dat had ik ook toen ik jaren geleden voor het eerst met Dean Reeve te maken kreeg.'

'Klein denkt dat we ons moeten concentreren op de eerste moord.'

'Dan moet je dat doen.'

'Jij vertrouwt helemaal op haar, hè?'

'Ja.'

'Ze speelt gevaarlijk spel. Ze is op zoek naar Dean Reeve en hij is op zoek naar haar en op een gegeven moment zullen ze elkaar vinden.' Dugdale haalde verbijsterd zijn schouders op.

'Dan moeten wij er eerder zijn,' zei Karlsson.

'"Er",' zei Dugdale. 'Waar dat ook mag zijn.'

27

Terug op het politiebureau riep Dugdale Quarry bij zich. Hij vatte zijn gesprekken met Frieda en Karlsson kort samen. 'Wat denk jij?' vroeg hij toen hij klaar was.

Quarry trok een gezicht. 'Ze is waarschijnlijk getraumatiseerd door alles wat ze heeft meegemaakt,' zei hij. 'Geobsedeerd.'

'Maar toch. Als we haar advies opvolgen en de moord op Kernan nog eens zorgvuldig bekijken, waar zitten dan de gaten? Klein zegt dat de moord op hem anders is dan de andere. Hij komt bijvoorbeeld uit Reeves territorium. Dus wat hebben wij gemist?'

'We kunnen de mensen van zijn werk nagaan. Meer in hun achtergrond graven,' opperde Quarry.

'Waar is dat bedrijf gevestigd?'

'In Whipps Cross.'

Dugdale schudde zijn hoofd. 'Te ver.'

'Doen we dit allemaal omdat een of andere therapeut een theorie heeft?' merkte Quarry op.

'Heb jíj dan een theorie?'

'Ik onderzoek, doe navraag, zoek naar bewijzen. Op de manier die u ons leert.'

'Nou, misschien kunnen we wat meer onderzoek naar Geoffrey Kernan doen.'

'Bedoelt u dat we de dingen moeten checken die we al hebben gecheckt?'

Zijn toon grensde aan sarcasme, wat hem een wantrouwende blik van Dugdale opleverde. 'Daar komen we later op. Als ik besluit dat dat nodig is. Maar wat zijn de dingen die we niet hebben onderzocht? Waar hebben we nul op het rekest gekregen?'

'Kernans navigatie. Zoals ik al zei, waren sommige mensen niet thuis, dus weten we niet waarom hij daar is geweest.'

'Ik dacht dat je die adressen nog na zou gaan.'

'Ja, dat doe ik ook.'

Dugdale slaakte een diepe zucht. 'Waar waren die adressen waar je niemand thuis trof?'

'Overal. Eentje zelfs vlak bij Coventry.'

'En dichterbij?'

'Weet u, er is een probleem met het nagaan van die navigatie.'

'En dat is?'

'Het is de navigatie uit zijn eigen auto. Maar hij zát niet in zijn eigen auto toen hij stierf. Dus zouden we die andere auto moeten checken.'

'Nee, die moeten we óók checken. Als je te weten kunt komen waar die auto stond tussen het moment dat hij werd gestolen en het moment dat hij Heath Street af reed, is dat heel nuttig. Maar op dit ogenblik zijn we geïnteresseerd in Kernan.'

'Omdat Frieda Klein dat zegt?'

'Omdat het een interessante manier is om naar de zaak te kijken.'

'En als we onze tijd erdoor verdoen?'

Dugdale leunde naar achteren op zijn stoel. 'Aan het eind van elk onderzoek blijkt dat negentig procent van de tijd, soms zelfs negenennegentig procent, zinloos was. Gesprekken met mensen die niets te vertellen hebben, langs de verkeerde deuren gaan. Vertel jij maar hoe het beter kan.'

'Ik zal mijn aantekeningen nagaan,' reageerde Quarry. 'Zullen we daar later op terugkomen?'

'Nee, nu,' zei Dugdale ijzig.

Quarry verliet de kamer en was binnen twee minuten terug met het dossier. 'Het spijt me,' zei hij, 'ik had nog een keer bij deze adressen moeten langsgaan.'

'Sorry zeggen helpt daar niets aan, Dan. Geef me de informatie maar.'

Quarry keek in zijn aantekeningen. Zijn handen trilden en hij moest moeite doen om rustig te kunnen praten. 'Het adres het dichtst bij Kernans huis was een meubelzaak, op minder dan één kilometer van hem vandaan. Daar heeft hij een boekenrek gekocht. Ik heb het bonnetje gezien. Het rek stond in zijn woonkamer.'

'Daar hebben we niks aan. Ga verder.'

'Een huis in West Ham waar niemand opendeed.'

'Zijn de bewoners weg?'

'Dat weet ik niet,' bekende Quarry met een hoogrode kleur.

'Nog iets?'

'Een huis in Creek Street. Ik heb mensen gesproken die daar woonden maar ze zeiden dat ze Kernan niet kenden en herkenden hem niet van de foto.'

'Misschien heeft hij daar iemand afgezet of opgehaald.'

'Het leek me niet het soort mensen dat Kernan zou kennen. Zelfs niet van zijn werk.'

'Oké,' zei Dugdale. 'Ga eerst naar dat huis in West Ham. En dan langs dat andere. Kijk of je iets meer te weten kunt komen. En doe het vanavond. Dan heb je meer kans dat ze thuis zijn.'

'Eh, ik ben vanavond bezet. Mijn kind komt.'

'En waarom moet ik dat weten? Kun je je eigen afspraken niet afzeggen?'

Quarry dacht aan het gesprek met zijn vrouw dat hem te wachten stond. 'Ja, ja,' zei hij haastig.

De deur van het huis in West Ham werd opengedaan door een man van middelbare leeftijd in een korte broek en een sweatshirt. Hij was een collega van Kernan. Ze zagen elkaar niet buiten het werk, maar ze waren wel samen naar een beurs geweest en Kernan had hem thuis opgehaald.

'Hoe was zijn stemming?'

'Geen idee,' antwoordde de man. 'Hij praatte alleen over verkoopcijfers en over het opknappen van zijn huis. Ik lette niet echt op.'

'U bent toch verkoper?' vroeg Quarry.

'Ja, maar daar praat ik niet de hele tijd over. Alleen als ik aan het werk ben.'

'Wil dat zeggen dat u Kernan niet mocht?'

'Het wil zeggen dat we bij hetzelfde bedrijf werkten, maar dat ik hem verder niet goed kende.'

Terug in de auto maakte Quarry snel wat aantekeningen. De man had Kernan niet gemogen. En hij had genoeg reden om hem te willen ombrengen, aangezien Kernan over klussen was begonnen. Quarry lachte in zichzelf. Dat grapje zou hij niet aan Dugdale vertellen. Die kon daar niet om lachen, dat wist hij zeker. Maar Quarry had tijdens zijn ondervraging niet de indruk gekregen dat deze man Kernan had vermoord.

Toen hij voor de drie overgebleven rijtjeshuizen aan Creek Street uit zijn auto stapte, werd hij meteen door de zure stank van het afvalverwerkingsbedrijf overvallen. Hij deinsde instinctief achteruit toen een enorme, roestige vrachtwagen voorbij denderde. Wie wilde hier nou wonen? Alleen mensen die geen andere keuze hadden.

Hij liep naar het middelste huis en belde aan. De deur werd opengedaan door dezelfde man als de vorige keer. Hij droeg hetzelfde groezelige T-shirt.

'Kent u me nog?' vroeg Quarry.

De man snoof. Quarry hield de foto omhoog. De man schudde zijn hoofd.

'Maar hij is hier geweest,' zei Quarry.

'Als dat zo is, heb ik hem niet gezien.'

Quarry knikte langzaam. 'Hoe heet u?'

'Dobrinin.'

'Luister, meneer Dobrinin, dit is een ernstige zaak. Die man op de foto die ik liet zien is vermoord. We zijn niet geïnteresseerd in u of in de andere mensen die hier wonen. Misschien werkt u wel zwart. Niet mijn probleem. Misschien dealt u wiet. Kan me niet schelen. Misschien zijn jullie hier allemaal illegaal. Veel succes. Maar als u me niet helpt, kan ik met één telefoontje...' Hij zweeg even. 'Nee, laten we het op drie telefoontjes houden. Drie telefoontjes en dan komen hier meerdere mensen langs die alles zullen omspitten en die overal naar zullen vragen en die bonnetjes willen zien, en dan hangt u. Maar dat doe ik liever niet.'

Dobrinin knipperde gejaagd met zijn ogen. 'U laat me die foto zien. Ik ken hem niet.' Zijn stem klonk bijna smekend. 'Wat wilt u nu van me?'

'Oké,' zei Quarry. 'Laat ik het anders vragen. Misschien maakt dat het makkelijker. We weten dat deze man naar dit adres is geweest. Daar hebben we bewijs van. U zegt dat u hem niet kent. Leg eens uit hoe dat kan, zodat ik het begrijp.'

'Wat voor bewijs?'

'Volgens het navigatiesysteem van Geoffrey Kernan is hij hier geweest. Deze postcode stond ingevoerd. Wat zegt u daarvan?'

'Die postcode is niet alleen van dit huis. Al deze huizen hebben dezelfde postcode.'

'Maar daar woont verder niemand.'

'Er kunnen krakers zitten.'

'Daar lijkt het niet op, maar dat zullen we nagaan.'

'Je hebt ook nog de garageboxen. We krijgen steeds koeriers aan de deur die hier pakketjes willen afleveren. Enorm vervelend.'

Quarry kneep zijn ogen samen. 'Welke garageboxen?'

Dobrinin wees naar rechts. 'Die steeg leidt achterom. Daar staan garageboxen.'

Quarry zei niets. Hij liet Dobrinin daar gewoon staan en liep naar de zijkant van het rijtje huizen.

'Stom,' mompelde hij in zichzelf. 'Stom.'

Achter de huizen liep een smal geasfalteerd pad langs acht garageboxen op een rij, tegenover de woningen. Het was al donker, maar een van de boxen was open. Er stond een auto half naar buiten gereden, met de motorkap open, en daar leunde iemand onder, half verscholen. Toen de rechercheur dichterbij kwam, keek diegene op. Het bleek een man te zijn, met donker haar, een donkere huid en een ruige baard. Hij droeg een marineblauwe overall en een wit T-shirt, en zijn handen zaten onder de olievlekken.

'Huurt u deze box?' vroeg Quarry terwijl hij zijn legitimatie toonde. De man knikte. Quarry liet hem de foto van Kernan zien. 'Herkent u deze man?'

De man schudde zijn hoofd.

'Hij is hier een week of drie, vier geleden naartoe gereden.'

'Nooit gezien.'

Quarry stapte naar achteren en keek om zich heen. Dit moest de plek zijn. Dat moest wel. Toen kwam er iets in hem op. Hij haalde een andere foto uit zijn zak en liet die aan de man zien. De man bekeek hem aandachtig. Toen pakte hij de foto over en hield hem dichterbij.

'Hebt u hem gezien?'

'Een paar keer.'

Quarry was zo verbijsterd dat hij even niet wist wat hij moest vragen. Hij kreeg kippenvel. 'Wanneer?'

'Geen idee. Een week geleden. Misschien langer.'

'Huurt hij een van deze boxen?'

'Dat weet ik niet, maar hij gebruikte die aan het eind van het pad.'

'Weet u waarvoor hij hem gebruikte?'

'Ik neem aan dat hij er spullen in opslaat.'

'Waarom denkt u dat?'

'Daar worden de meeste voor gebruikt. En hij kwam hier een keer met een busje. Ik was bezig aan mijn auto. Die moest ik aan de kant zetten zodat hij erlangs kon.'

'Kunt u dat busje beschrijven?'

'Het was wit.'

'Weet u het merk? Het kenteken?'

'Daar heb ik niet op gelet.'

'Hebt u gezien wat erin zat?'

'Nee.'

'Hebt u hem gesproken?'

'Ik heb hem langs mijn auto geloodst. Hij reed achteruit door de steeg naar zijn garagebox, dus dat paste maar net.'

'Zei hij iets?'

'Hij knikte me toe. Als bedankje.'

'Wacht hier,' zei Quarry. 'Niet weggaan.'

Hij draaide zich om en belde Dugdale.

'U moet hierheen komen, chef. Met een slotenmaker. Ik ben in Creek Street. Er staan garageboxen achter de huizen. Hij huurde er een. Nee, niet Kernan. Dean Reeve.'

Voordat Dugdale arriveerde, kwam er een groen busje de hoek om en manoeuvreerde de steeg in. Op de zijkant stond een logo van een engel met een sleutel. Er stapte een man in een gestreken rode overall uit.

'Ik verwachtte iemand van de politie,' zei Quarry.

'Dat wordt tegenwoordig allemaal uitbesteed,' zei de man. 'Geen zorgen, ik heb al van alles meegemaakt. Inbraken. Opgesloten huisdieren. Wat is het deze keer?'

Toen hij het armzalige slot op de garagebox zag, leek hij bijna teleurgesteld. 'Het kost me twee minuten om dat open te krijgen,' zei hij. 'Je zou het bijna met je blote handen kunnen doen.'

'Wacht even tot mijn chef er is,' zei Quarry. 'Dan kunt u aan de slag.'

'Ik word wel per kwartier betaald,' zei de man. 'Eén minuut langer telt als een heel kwartier.'

Het duurde nog twintig minuten voordat er een auto achter de slotenmaker parkeerde en Dugdale uitstapte. 'En, wat heb je gevonden?' vroeg hij.

'We hebben op u gewacht.'

'Wie denk je dat ik ben? De koningin die een supermarkt komt openen? Er kan iemand in zitten.' Hij wenkte de slotenmaker. 'Maak maar open. En niet te veel aan rommelen. Dit is een plaats delict.' Hij haalde een paar witte latexhandschoenen uit zijn zak en gaf ze aan de slotenmaker.

Het duurde nog geen twee minuten voordat de slotenmaker de hendel midden op de deur omdraaide en de deur omhoogduwde.

'Ziezo,' zei hij. 'Voor wat het waard is.'

De ruimte werd niet in beslag genomen door een auto, maar door vier vrieskisten, allemaal met hun klep open. Ze stonden niet aan. De stekkers en snoeren lagen op de grond.

'Op jacht naar gestolen vriezers?' vroeg de slotenmaker.

'Bemoei je er niet mee,' zei Dugdale.

De slotenmaker keek beledigd. Hij liep naar zijn busje en kwam terug met een pen en een formulier op een klembord. Quarry ondertekende het.

Toen de slotenmaker weg was, stapte Quarry de garagebox in. Dugdale zat gebukt naast een vriezer achterin.

'Hebt u iets gevonden?'

Dugdale kwam overeind en klopte het stof van zijn broek. Hij schudde zijn hoofd. De twee mannen liepen weer naar buiten.

'Dus nu weten we waar hij ze bewaarde,' zei Dugdale.

'Zal ik de jongens van de technische recherche bellen?'

'Ze zullen niets vinden, maar je kunt ze maar beter bellen, ja. En regel wat agenten om hier langs de deuren te gaan.' Hij snoof. 'We zijn te laat. Hij is hier al klaar.' Hij keek naar Quarry. 'Goed werk. Maar we lopen achter. We lopen te ver achter.'

28

Wat zou Frieda hiervan vinden? Dat vroeg Lola zich steeds af tijdens de lange rit met de bus en de metro. Ze wist het antwoord wel. Daarom had ze niet eens overwogen om toestemming aan Frieda te vragen. Frieda zou zeggen dat ze niet moest gaan. Maar ze moest wel. Ze moest weten wat Jess te melden had. Ze moest gewoon voorzichtig zijn, meer niet.

Toen ze bijna bij het appartement was, keek ze de straat door, zonder precies te weten waar ze naar zocht. Alles was precies hetzelfde als altijd. Als er maar iets enigszins verdacht was – als de voordeur openstond, als er zichtbare schade was – zou ze doorlopen en weggaan. Maar ze zag niets. De lampen brandden en er liepen mensen langs in de avondschemering.

Ze liep naar de deur en pakte haar sleutel. Nu moest ze nog één ding doen. Daar had ze over nagedacht in de metro. Ze haalde de prepaidtelefoon die Frieda voor haar had gekocht uit haar zak en drukte drie keer op de negen: nu kon ze met één druk op de knop het alarmnummer bellen. Toen stak ze de sleutel in het slot en duwde de deur open. Er hing een vreemde geur: Jess had zeker binnenshuis gerookt, ook al was dat tegen de huisregels.

Ze stapte naar binnen en duwde de deur met een zachte klik achter zich dicht.

Toen Frieda terugkwam, verwachtte ze Lola aan te treffen met haar laptop op schoot of liggend op de bank met haar koptelefoon op. Frieda riep haar. Geen reactie. Ze keek het appartement rond en zag al snel dat Lola was vertrokken zonder iets mee te nemen. Haar laptop stond opengeklapt op tafel en er lagen kleren op de grond in de slaapkamer. Waarschijnlijk was ze gewoon even boodschappen doen. Frieda pakte haar telefoon en belde Lola. Er werd niet opgenomen. Het was vast niets. Maar Frieda wist wat haar te doen stond. Ze stopte Lola's laptop en die van haarzelf in een schoudertas. Verder nam ze niets mee. Ze had dit wel honderd keer gepland. De rest was allemaal vervangbaar. Binnen vijf minuten na binnenkomst liep ze weer over straat, met grote passen. Een kwartier later zat ze in een koffiebar. Daar wachtte ze.

Lola leek haar vingers niet meer te kunnen bewegen. Haar telefoon voelde als een volkomen vreemd voorwerp. Ze moest Frieda bellen, maar dat ging verbazingwekkend moeizaam. Ze kon niet meer nadenken. Haar gejaagde ademhaling deed pijn in haar borst.

Ze had zich weggedraaid van Jess' geopende, nietsziende ogen, maar dat hielp niet. Ze kon het bloed nog steeds ruiken. De warme, zoete geur hing zwaar in de lucht. Het was overal. Jess' T-shirt en joggingbroek waren ervan doorweekt en het vormde een plas op de houten vloer, met Lola's eigen voetstappen ernaast. Ze was erin gestapt en had sporen op de planken achtergelaten. Ze zag het allemaal, ook al keek ze weg. Er ging een rilling door haar heen, waardoor het voelde alsof het hele huis op zijn grondvesten schudde. *Diep ademhalen om te kalmeren.* Lola haalde één, twee, drie keer diep adem, ook al had ze het idee dat ze het bloed inademde. De geur hing immers door de hele ruimte, en die geur bestond uit minuscule deeltjes bloed, dus betekende dat dan niet dat ze het bloed zelf inademde? *Hou op. Daar moet je niet aan denken.* Ze moest zich concentreren. Ze moest Frieda spreken. De rest deed er niet toe. Na veel gestuntel lukte het haar uiteindelijk om Frieda's nummer op te zoeken en te bellen.

'Waar ben je?'

'Frieda? Frieda?' Was dat haar stem? Ze klonk anders.

'Waar ben je?'

Lola snifte en veegde haar neus af aan haar mouw. 'Ze is dood.' De woorden klonken schor. Even zag ze Jess' gezicht weer voor zich, maar toen duwde ze dat beeld weg. *Niet doen. Niet doen.*

'Wie is dood?'

'Jess. Mijn huisgenoot. Mijn vriendin. Jess!'

Haar stem brak. Zachte snikgeluiden welden op uit haar binnenste.

'Lola, vertel me wat er is gebeurd.'

'Ze is dood. Haar keel is doorgesneden. Er ligt bloed. Overal.' Ze hoorde zichzelf praten, een kakelend geluid, piepend en krassend. Ze voelde het zweet op haar voorhoofd staan en over haar rug lopen. Gal achter in haar keel. De zware geur van bloed.

Toen Frieda weer iets zei, klonk haar stem kalmer dan eerst, kalmer dan Lola ooit had gehoord. 'Weet je zeker dat ze dood is?'

'Haar ogen staan open. Er ligt overal bloed. Haar hoofd is bijna helemaal...' Ze kon de zin niet afmaken.

'Ben je nog ter plaatse?'

'Ja. Wat moet ik doen? Wat heb ik gedaan?'

'Heb je de politie gebeld?'

'Ik moest jou spreken.'

'Bel de politie, nu meteen. Daarna kun je mij terugbellen.'

De verbinding werd verbroken. Lola belde 999. Een vrouw nam op en vroeg: 'Welke hulpdienst hebt u nodig?' en Lola zei: 'Ze is dood, ze is vermoord,' en begon weer te huilen, met hartverscheurende uithalen. Het voelde alsof haar lichaam uit elkaar viel. Ze kon zich er nog steeds niet toe zetten zich om te draaien en naar Jess te kijken.

Ze werd gevraagd naar haar naam en het adres, maar ze kon de woorden nauwelijks uit haar mond krijgen. Zodra de telefoniste zei dat de politie onderweg was, hing Lola op en belde Frieda terug.

'Het spijt me, Frieda. Het spijt me zo.'

'Ben je in orde?'

'Ze ligt op de grond. Vlak bij me, een paar meter verderop. Ze is mijn vriendin. Het is mijn schuld dat ze is vermoord.' Er viel een stilte. 'Frieda?'

'Waarom ben je naar haar toe gegaan?'

'Ze stuurde me een privébericht. Ze zei dat ze me moest spreken. Ik weet dat ik het je had moeten vertellen. Het spijt me zo.'

'Dat doet er nu niet meer toe.'

'Wat moet ik doen? Moet ik ervandoor gaan en terug naar jou komen?'

'Nee. De politie is er over een paar minuten. Dus luister goed. Vertel ze alles. Wees volkomen eerlijk. Hou niets achter. En vraag dan of ze je in contact kunnen brengen met hoofdinspecteur Malcolm Karlsson.'

'Waarom?'

'Herhaal zijn naam eens.'

'Malcolm Karlsson.'

'Je bent in shock. Als je zijn naam vergeet, vraag dan naar de hoofdinspecteur die met mij heeft samengewerkt. Dan weten ze wel wie je bedoelt en hoe ze hem kunnen bereiken. Hij zal zorgen dat je veilig bent.'

'Ik moet je zien. Alsjeblieft. Laat me niet alleen.'

'Je moet met de politie praten en dan zal Karlsson voor je veiligheid zorgen. Begrijp je dat?'

In de verte hoorde Lola het geluid van naderende sirenes.

'Ze komen eraan.'

'Mooi. Je bent nu veilig.'

'Maar hoe kan ik...'

'Nee,' zei Frieda. 'Ik wil eerst iets zeggen. Lola, het spijt me van Jess. Van je vriendin. Dat spijt me zeer. Maar je moet weten dat het niet jouw schuld is, niets van dit alles. Je bent hier per ongeluk in verzeild geraakt. En toen dat eenmaal zo was, kon je daar niets meer aan veranderen.'

'Ik wil hier met je over praten. Ik moet je zien. Alsjeblieft.'

'Misschien wanneer dit allemaal voorbij is. Maar nu moet je de politie vertrouwen en ze alles vertellen, en dan naar Karlsson vragen.'

'Wanneer zie ik je weer?'

'Vaarwel, Lola.'

Toen kwamen de politieagenten binnen, en het ambulancepersoneel, gevolgd door de rechercheurs: een jongere man en de man die de leiding leek te hebben, de hoofdinspecteur van wie ze had gehoord, Dugdale. Toen ze hem zag kijken naar het lichaam op de grond, naar het bloed, toen ze zijn geschokte gezicht zag, was het alsof ze alles weer opnieuw beleefde.

29

Chloë bleef vaak tot laat in de meubelmakerij. In de avonduren werkte ze aan haar eigen projecten. Ze was al een tijdje bezig met een kleine tafel voor Frieda. Hij was gemaakt van een goudiep, die niet was bezweken aan de ziekte die de meeste iepen in het land had geveld, maar die was omgewaaid in een storm. Vervolgens was hij tot planken gezaagd en naar de werkplaats gebracht, waar hij maanden had gelegen en een rijke, gistachtige geur had verspreid terwijl het sap er langzaam uit droop. Chloë had twee van de breedste planken apart gelegd en was aan de slag gegaan zodra die waren gedroogd. Vlak nadat ze aan haar opleiding tot meubelmaker was begonnen, had Frieda gezegd dat ze ooit maar eens een tafel voor haar moest maken. Als Chloë hiermee bezig was, kon ze het gezicht van haar tante bijna voor zich zien.

Maar de afgelopen tijd was ze vooral bezig geweest met Frieda's dakterras. Deze avond had ze de leuning van de balustrade zo gladgeschuurd dat de knoesten in het hout bijna leken te gloeien.

Het was al donker toen ze vertrok; de dagen werden korter. Nog even en het is weer winter, dacht ze bij zichzelf. Ze dacht niet graag aan het verstrijken van de tijd, aan het wisselen van de seizoenen. Toen Frieda's verdwijning pas dagen – en weken – geleden was, kon ze zichzelf nog voorhouden dat haar tante snel zou terugkomen. Maar de weken werden maanden. De bladeren waren van de bomen gevallen en lagen nu in natte hoopjes op de grond. Het was pas oktober, maar de winkels stonden alweer vol met kerstspullen.

De kleine straat was bijna verlaten. Er stond alleen een vrouw op de hoek, onder een plataan. Ze had kort, zilvergrijs haar en een bril met een dik montuur, en ze droeg een grijze, hooggesloten jas en laarzen. Toen Chloë dichterbij kwam, draaide de vrouw zich om en liep voor haar uit, maar langzaam, zodat ze spoedig op gelijke hoogte kwamen.

'Hallo,' zei de vrouw.

Er trok een rilling door Chloë's lijf, alsof ze ineens kou had gevat. Ze kreeg kippenvel. Toen keek ze opzij naar de vrouw naast haar. 'O,' zei ze op een uitademing, waardoor de uitroep klonk als een zucht.

'Niets zeggen en gewoon doorlopen. Ik blijf niet lang.'

'Ik kan het niet aan als je weer weggaat,' zei Chloë.

'Ik ga zo weer weg, en dat kun je wel aan.'

Frieda stak haar hand uit en pakte die van Chloë. Zo liepen ze verder, met gelijke tred.

'Hoe gaat het met je? Waar heb je gezeten? Wanneer kom je naar huis?'

'Ik heb hulp nodig.'

'Zeg maar wat ik kan doen.' Chloë herinnerde zich dat ze eens een baksteen door een ruit had gegooid om Frieda een gebouw in te helpen.

'Ik heb een slaapplaats nodig. Een onopvallende plek. Een leegstaand appartement.'

'Blijf bij mij logeren. Ik bescherm je wel.'

'Niemand mag me zien en niemand mag het weten. Ik dacht dat jij misschien wel vrienden kende, of vrienden van vrienden, die op reis zijn of iets dergelijks. Het is maar voor even.'

Chloë dacht na. 'Ik heb een idee,' zei ze.

'Ja?'

'Een van mijn huisgenoten zorgt voor de katten van haar ouders. Die zijn op vakantie. Maar mijn huisgenoot klaagt er steeds over. Ze is allergisch voor katten en het is helemaal aan de andere kant van Londen. Ik kan haar om de sleutels vragen en zeggen dat ik het wel wil doen. Dan zeg ik gewoon dat ik een klus in de buurt heb.'

'Waar is het?'
'Vlak bij Cable Street.'
'Weet je het adres?'
'Ik ben er een paar keer geweest: Vincent Street 3. Ga met mij mee naar huis, dan haal ik de sleutels en...'
'Nee. Leg ze voor middernacht buiten onder een steen of een bloempot, dan vind ik ze wel.'
'O,' zei Chloë teleurgesteld.
'En Chloë?'
'Ja?'
'Kom niet langs.'
'Dus ik weet waar je bent, maar ik mag niet bij je in de buurt komen?'
'Precies.'
'Dat is belachelijk.'
'Als ik je niet kan vertrouwen, ga ik wel ergens anders naartoe.'
'Je kunt me vertrouwen.'
'Bedankt.'
'Maar is dat alles wat ik voor je kan doen? Er is vast nog wel iets.'
'Dat is alles.'
'Blijf nog even.'
'Ik zal met je meelopen tot aan de hoofdweg.'
'Het is net alsof ik een spook zie. Olivia doet alsof je al dood bent.'
Frieda glimlachte. Ze kneep even in Chloë's hand. 'Hoe gaat het met je?' vroeg ze zacht. 'Hoe gaat het met iedereen?'
'We missen je. We maken ons zorgen. We willen je helpen.'
'Je helpt me ook.'
'Blijf je daar? Kan ik je daar opzoeken als ik je dringend moet spreken?'
'Nee, je mag me niet opzoeken. En ik blijf er ook niet lang. Ik ken iemand die een veiligere plek voor me kan regelen.'
'Wie?'
'Iemand met hooggeplaatste vrienden. Je hoeft verder geen namen te weten.'

'Oké,' zei Chloë. Toen: 'Mag ik de anderen vertellen dat ik je heb gezien?'

'Nee. Dit blijft tussen jou en mij.'

Verderop zag Chloë de hoofdweg. Ze begon langzamer te lopen. 'Je gaat toch niet dood, hè?' vroeg ze.

'Als het aan mij ligt niet. Praat me eens bij.'

'Reuben lijkt in orde,' zei Chloë terwijl ze nog meer begon te dralen. 'Zijn haar groeit terug. Het krult helemaal. Alexei doet het goed op zijn nieuwe school, maar hij is nog wel een beetje verlegen en Josef maakt zich zorgen om hem. Sasha is nog niet terug, maar ik denk dat ze er met de kerst wel weer is. Jack is typisch Jack, hij doet ontzettend lief. Kijk me niet zo aan, we zijn niet weer bij elkaar, al denk ik soms wel… Nee, laat maar. Er wordt voor je kat gezorgd alsof jij het zelf bent. Iedereen koopt snoepjes voor haar, dus ze wordt een beetje dik. Josef gaat bijna dagelijks naar je huis om te kijken of alles in orde is en om verse bloemen neer te zetten en je planten water te geven.'

Chloë aarzelde even. Moest ze Frieda vertellen waar Josef nog meer mee bezig was? De vorige keer dat ze naar het huis was geweest, waren Josef en Stefan de vloerplanken aan het verwijderen om bij de balken te kunnen komen. Moest Frieda dat weten, of was het juist beter als ze het niet wist? Hoe dan ook, ze moest blijven praten. Frieda kon niet weggaan zolang ze bleef praten. 'Olivia heeft een boek over opruimen gelezen en zo'n tweehonderd vuilniszakken vol troep weggegooid. Karlsson heb ik niet meer gezien. Op mijn werk gaat het volgens mij wel goed. Ik heb het naar mijn zin. Ik zou geen goede arts zijn geweest, maar ik ben wel een goede meubelmaker.'

Ze bereikten de hoofdweg. Chloë bleef staan.

'Wil je me iets beloven?' vroeg ze.

'Nou?'

'Als je terugkomt, wil je je haar dan weer donker kleuren en lang laten groeien? Dat staat je veel beter.'

Frieda lachte. 'Dat beloof ik.' Ze gaf Chloë een zetje. 'Zorg dat de sleutels er voor middernacht liggen. Ga nu maar.'

'Maar…'

'Het blijft ons geheim.'

'Ik zeg niets,' zei Chloë met trillende stem. Maar Frieda liep al weg. Chloë keek haar na. 'Ik ben een kleine tafel voor je aan het maken,' riep ze haar na. 'Voor als je terugkomt. Van iepenhout.'

30

Dugdale en Karlsson troffen elkaar voor het kantoor van de commissaris. Ze wisselden een nerveuze blik.

'Het voelt alsof ik zo een examen heb,' zei Karlsson.

'Ik dacht eerder aan een afspraak bij de tandarts,' zei Dugdale. 'Wortelkanaalbehandeling. Zo eentje waarbij ze heel diep moeten boren.'

'Oké, oké, hou maar op.'

Er verscheen een jonge vrouw, die hen het kantoor van de commissaris binnenliet. Karlsson was hier al eerder geweest, bij een andere commissaris. Dit bezoek voelde even ongemakkelijk. Helena Leigh zat achter hetzelfde bureau. Haar korte, grijze haar stak af tegen haar donkere uniform. Ze stond niet op. Ze gebaarde slechts dat de twee hoofdinspecteurs konden gaan zitten.

'Geoffrey Kernan,' zei ze. 'Lee Samuels. Gerald Hebb.'

'Ja,' zei Dugdale, op lichtelijk gespannen toon.

'Liz Barron. Een journaliste. We weten allemaal wat er gebeurt bij een moord op een journalist.'

'Ja.'

'Weet je op hoeveel voorpagina's deze zaak de afgelopen maand heeft gestaan?'

'Best een aantal, gok ik,' zei Dugdale.

'De pers zit erbovenop. En dan nu Jessica Colbeck. Eenentwintig jaar. Ze had mijn dochter kunnen zijn. Ze had ieders dochter kunnen zijn. Heb je haar ouders ontmoet?' vroeg ze aan Dugdale.

Als hij zijn ogen dichtdeed, zag hij hun gezichten zo weer voor zich. Bleek, in shock, met rode ogen.

'Ik heb ze gisteren gesproken.'

'Heb je ze vanmorgen op tv gezien? Zittend op de bank?'

'Nee, dat heb ik niet gezien.'

'Het was boeiende televisie.'

Dugdale zei niets. Leigh richtte haar aandacht op Karlsson. 'En wat doe jij hier?'

Karlsson kuchte. 'We weten allemaal dat Dean Reeve de hoofdverdachte is in deze zaak. We denken dat hij de computer van Geoffrey Kernan heeft gebruikt om mij op te zoeken.'

'Waarom?'

'Zijn eigenlijke doelwit is een vrouw genaamd Frieda Klein. Hij kent haar al langer.'

'Ja, ik weet wie Frieda Klein is. Zij is de reden dat ik hier nu zit.'

'Hoe bedoelt u?' vroeg Dugdale.

'Zij heeft de carrière van mijn voorganger geruïneerd. Toen werd ik erbij gehaald om puin te ruimen.'

'Ik weet niet of dat wel helemaal klopt,' zei Karlsson.

'Daar denken we dan duidelijk anders over. Staat Klein onder surveillance?'

Er viel een stilte.

'Op het moment niet,' antwoordde Dugdale.

'Waarom niet?'

'Omdat ze dat niet wilde.'

Er viel een pijnlijke stilte.

'Waarom doet ze dit?'

Dugdale keek Karlsson hulpeloos aan.

'Frieda wist dat Reeve achter haar aan zat,' zei Karlsson. 'Volgens mij wilde ze niet blijven wachten tot hij haar zou vermoorden. Dus is ze van de radar verdwenen.'

'Je bedoelt dat ze zich schuilhoudt?'

'Misschien.'

'Misschien? Wat kan ze anders van plan zijn?'

'Dat weet ik niet precies,' zei Karlsson.

'Ik heb haar wel ondervraagd,' zei Dugdale, lichtelijk wanhopig.

'Maar je hebt haar toch laten gaan?'
'Ze heeft niets strafbaars gedaan.'
'Daar ben ik nog niet zo zeker van.'
Er viel een stilte die pas werd doorbroken toen Leigh op haar bureau roffelde. 'Ik word zo op een persconferentie verwacht,' zei ze. 'Met cameraploegen uit Amerika. Uit China. Wat moet ik ze vertellen?'
'Dat we vooruitgang boeken,' zei Dugdale. 'Langzaam maar zeker.'
'Genoeg,' zei Leigh. 'Jij gaat met me mee. Als dat het enige is wat we kunnen melden, wil ik dat je naast me staat.'
'Gaat u ze vertellen dat Reeve de dader is?' vroeg Dugdale.
Ze schudde haar hoofd. 'Nog niet.'
'Maar...'
'Dat heb ik goed overwogen,' onderbrak ze hem op scherpe toon. 'Maar uiteindelijk denk ik dat het beter is om het voorlopig nog stil te houden. Kun je je voorstellen wat voor mediagekte en paniek er zou uitbreken als het grote publiek weet dat Dean Reeve hierachter zit?'
'Soms is het grote publiek onze beste troef,' zei Dugdale.
'Ik heb mijn keuze gemaakt. Ik ben verantwoordelijk. Misschien dat het er over een paar uur anders voor staat. Waarschijnlijk wel. Maar voorlopig zeggen we geen woord. Begrepen?'
'Ja.'
'Zorg dat er niets uitlekt.'
De twee hoofdinspecteurs stonden op en Leigh knikte naar Dugdale. 'Besef je wel wat de consequenties zijn als dit misgaat?'
'Voor Klein?'
'Voor jou,' zei Leigh. 'En voor mij.'
'Daar ben ik me van bewust.'
Ze keek naar Karlsson. 'Weet je zeker dat ze niet levensmoe is?'
'Ze heeft veel mensen zien sterven. Dat doet iets met je. Ze zou er alles voor overhebben om haar vrienden te redden.'
'Dat vat ik maar op als een bevestiging,' zei Leigh.

31

Frieda stapte het huis binnen dat Chloë voor haar had geregeld en werd begroet door twee katten die met grote, ronde ogen naar haar opkeken. Ze duwde de deur dicht en bukte om ze te aaien. Ze snuffelden voorzichtig aan haar hand, maar stoven toen met trippelende pootjes de trap op. Frieda zette haar tas neer en keek om zich heen. Aan de muur hing een spiegel in een sierlijke gouden lijst. Ernaast hing een sleutel aan een spijker. Ze keek naar de sleutel in haar hand. Die was identiek. Ze begon het huis te verkennen. Links van de gang was de woonkamer die bestond uit twee samengevoegde kleinere kamers. De ruimte was knus aangekleed met een blauw handgeweven tapijt op de houten vloer en rustieke landschapsschilderijen aan de muren. Een andere kat, groot en zwart, lag opgekruld op de bank te slapen. Frieda aaide hem zachtjes over zijn kop. Hij bewoog even maar stond niet op. Hij was oud en tevreden. Frieda keek om zich heen om alle in- en uitgangen te inspecteren. Aan de andere kant van de kamer keek een raam met tralies uit over een kleine binnenplaats. Via die weg kon niemand naar binnen of naar buiten.

Ze keerde terug naar de gang en liep de trap op. Het was een klein huis. Aan de voorkant bevond zich een slaapkamer die uitkeek op de straat, met daarnaast een kleine badkamer en aan de achterkant van het huis nog een slaapkamertje. Op het bed lag een zwart-witte kat: in elke kamer leek wel een kat te vinden. Hij keek op naar Frieda en ze aaide hem over zijn rug terwijl ze uit het raam naar de tuin staarde. Ze zag dat de tuinen van dit huizenblok niet direct aan de tuinen van het volgende huizenblok grensden. Er zat een poort in de tuinmuur achterin, die toegang gaf tot een steegje dat parallel liep aan de straat. Dat maakte het huis minder veilig dan ze had gehoopt. Je kon zowel aan de voorkant als aan de achterkant naar binnen. Dat was iets om rekening mee te houden.

Ze liep de trap weer af en ging door het kleine gangetje naar de keuken aan de achterkant van het huis. De woning had ramen aan twee kanten, allemaal met dikke tralies ervoor, waarschijnlijk omdat je zo gemakkelijk kon binnenkomen via de steeg. Niet erg geruststellend. Aan de andere kant van de keuken zat een deur. Die gaf geen toegang tot de tuin, maar tot een eenvoudiger ruimte met een gootsteen en een wasmachine. Daar bevond zich nog een deur, met dikke tralies, die naar buiten leidde. Bij beide deuren stak de sleutel nog in het slot. Ze opende de deur naar buiten en stapte de tuin in. Die was betegeld, met een grindstrook langs de randen. Er stonden geen planten, behalve een enkele achtergebleven klimop in een grote pot in de hoek. Frieda bedacht meteen wat voor planten zij zou neerzetten om de ruimte wat op te vrolijken en moest glimlachen om de irrelevantie van dat soort gedachten. Dat was iets voor een ander leven, een leven dat zij niet leidde.

De muur achter in de tuin was vrij hoog, zo'n tweeënhalve meter, met een zware, vergrijsde houten poort in het midden. Frieda rammelde aan de koperen deurklink. Op slot. Ze liep terug naar de bijkeuken en keek om zich heen. Er hing nog een sleutel aan een haakje boven de wasmachine. Ze keerde terug naar de keuken. Ze had alles gezien en dacht dat ze het belangrijkste wel had onthouden. Leuk huis.

Frieda trok wat keukenkastjes open tot ze een longdrinkglas had gevonden. Dat vulde ze met water en dronk ze achter elkaar leeg. Toen vulde ze het nog eens en ging aan de keukentafel zitten. Ze pakte haar telefoon en belde naar Dugdales directe nummer.

'Wat?' zei hij. Het klonk kortaf. Zijn stem had een scherp

randje dat ze nog niet eerder had gehoord.

'Ik heb een andere plek gevonden,' zei ze, maar voordat ze hem het adres kon geven, veranderde hij van onderwerp.

'Ik heb uw jonge vriendin net ontmoet,' zei Dugdale.

'Hoe gaat het met haar?'

'Ze is van slag.'

'Heeft ze u meer kunnen vertellen?'

'Er viel weinig te vertellen. Ze heeft het lichaam gevonden. Ze was in shock.'

'Dat lijkt me logisch.'

'Ze praatte veel over u. Alsof ze op u rekent.'

'Ze bevindt zich in een zorgwekkende situatie.'

'Ik moet u nog iets anders vertellen. Dat komt toch binnenkort naar buiten.'

'Wat?'

'We hebben de plek gevonden waar Reeve de lichamen bewaarde.'

'Waar?'

'Oost-Londen. Een garagebox in Barking, op een industrieterrein vlak bij de rivier. Er stonden vier vrieskisten.'

'Leeg?'

'Ja.'

'Wat nu?'

'Ik heb de commissaris gesproken. Als het aan haar ligt, zouden we u opsporen en onder surveillance plaatsen.'

'Dat zou rampzalig zijn,' zei Frieda.

'Voor wie? U zou veilig zijn. Reeve kan u dan niet pakken.'

'Dan pakt hij iemand anders.'

'Tja, we doen wat we kunnen. We gaan daar langs de deuren, en ook in de buurt waar de jonge Jess Colbeck is vermoord. Maar het is wel duidelijk dat Reeve al een tijdje niet meer bij de garagebox is geweest. Waarschijnlijk niet meer sinds de moord op Liz Barron. Daarna had hij hem niet meer nodig. Oké, ik heb een pen. Geef me uw adres maar.'

Na het gesprek bleef Frieda nog even voor zich uit zitten staren. Toen herinnerde ze zich weer wat ze hier kwam doen. Op het aanrecht stonden dozen met kattenvoer opgestapeld. Ze haalde er vier zakjes uit en kneep ze leeg in vier etensbakjes, die ze vervolgens op de grond zette. De twee jonge katten drentelden al rond haar benen. Frieda besefte dat ze niet wist hoe ze heetten.

'Jullie zijn A en B,' zei ze tegen hen. Ze liep naar de gang en zag de kat die op het bed had gelegen naar beneden trippelen. 'Jij bent C,' zei ze, terwijl hij – of zij – langs haar heen naar de keuken liep. De laatste kat, D, lag nog steeds op de bank te slapen.

'Oud beestje,' zei Frieda terwijl ze hem optilde en naar de keuken bracht. Daar zette ze hem op de grond voor zijn etensbakje, maar D kon het eten blijkbaar niet meer zien of ruiken. Frieda moest zijn kop helemaal in het bakje duwen voordat hij het opmerkte en begon te eten.

Ze moest wat boodschappen halen, eten, afwasmiddel, zeep. Ze vertrok niet via de voordeur, maar ging achterom, deed de poort van het slot en liep door het betegelde steegje. Dat leidde onder een spoorbrug door naar een nog smaller steegje. Een korte wandeling bracht haar naar de drukte op Commercial Road.

Toen ze terugkwam, at ze een broodje en een simpele salade met tomaat en avocado. Ze had het gevoel dat ze een verkeerde afslag had genomen, en ze wist niet of ze op haar schreden moest terugkeren of maar gewoon moest doorgaan.

Ze ging naar bed in de slaapkamer aan de voorkant, en even later verschenen katten A en B in de deuropening, verkenden de kamer en sprongen naast haar op de dekens. Toen ze hen probeerde te aaien, stoven ze de kamer uit. Maar ze kwamen weer terug, en Frieda hoorde hun zachte ademhaling in het donker.

Ze lag uren wakker, denkend aan Jess, aan de lichamen in de vriezers, aan Lola, tot ze zich ineens afvroeg of ze de achterdeur wel op slot had gedaan. Dat moest toch wel. Maar ze wist het niet zeker. Dus stond ze op en liep in het donker naar beneden. Ze spitste haar oren, maar ze hoorde alleen het zachte verkeersgedruis en het gedender van een passerende trein. De achterdeur zat op slot. Natuurlijk had ze die wel op slot gedaan.

Chloë keek geschokt naar wat ze op de bovenste etage van Frieda's huis aantrof. De vloer was opengebroken. Het raam aan de achterkant was verwijderd en het stuk muur eronder was deels gesloopt. De twee stalen balken hadden de houten exemplaren in de vloer vervangen en staken uit boven het platte dak van de badkamer. Josef en Stefan zaten in de hoek thee te drinken uit een thermosfles.

'Mag ik je iets vragen?' zei Chloë.

Josef knikte.

'Heb je voor zoiets geen bouwvergunning nodig?'

Josef haalde zijn schouders op. 'Valt niet op.'

'Ik vind het anders behoorlijk opvallen.'

'Nee. Niemand ziet vanaf de straat. Niemand kijkt erop. Als we klaar zijn, is net alsof altijd al zo was. Geen probleem.'

Chloë had hier van alles op kunnen zeggen. Ze had verhalen gehoord van mensen die waren vervolgd vanwege illegale verbouwingen, die het pand weer in oorspronkelijke staat terug moesten brengen. Ze twijfelde er niet aan dat Josef en Stefan hier een illegale verbouwing uitvoerden, met gestolen materiaal. Maar als je naar het grotere geheel keek, naar wat Frieda allemaal moest doorstaan, had Josef waarschijnlijk gelijk. Frieda verdiende haar kleine tuintje in de lucht.

32

Dugdale had een hekel aan persconferenties geven. Hij wist dat hij er niet goed in was en hoopte altijd dat iemand anders zijn plaats kon innemen. Het feit dat hij nu naast commissaris Leigh stond, maakte het er niet beter op. Hij voelde zich net een menselijk schild dat de klappen zo veel mogelijk moest opvangen.

De zaal zat vol journalisten en er hing een bijna voelbare spanning in de lucht. Camera's flitsten. Microfoons werden omhooggehouden. Hij staarde naar de zee van gezichten en zag hoe opgewonden ze allemaal waren. Zelf werd hij overmand door vermoeidheid. Hij was de hele nacht opgebleven om de twee nieuwe onderzoeken te coördineren en had liters koffie uit plastic bekertjes gedronken. Hij had honger en hij voelde zich groezelig. Zijn ogen brandden en hij wreef erin.

Leigh gaf een korte, inhoudsloze verklaring. Toen werden er vragen gesteld in een verscheidenheid aan accenten. Sommige waren aan Dugdale gericht. Er werd hem gevraagd of ze enige aanwijzingen hadden. Er werd hem gevraagd wat hij tegen de families van de slachtoffers te zeggen had. Er werd hem gevraagd wat hij ervan vond. Na afloop liep hij naar de toiletten en plensde wat koud water in zijn gezicht. Hij zag dat de kraag van zijn overhemd dubbel zat en dat de scheerbeurt die hij zichzelf vooraf had gegeven niet erg grondig was geweest. Dugdale haalde zijn schouders op: het draaide om het onderzoek.

De vergaderruimte was amper groot genoeg voor alle politiemedewerkers die zich er hadden verzameld. Dugdale trok zijn jasje uit, zich bewust van de zweetkringen onder zijn oksels, en sprak op sombere toon. Het voelde alsof iemand anders aan het woord was. Terwijl hij emotieloos beschreef hoe Jessica Colbeck was vermoord, dacht hij terug aan de foto's van de plaats delict. Ze was nog zo jong, er was zoveel bloed. De patholoog zei dat de slagader volledig was doorgesneden. Alsof ze was afgeslacht. Nu kreeg Dugdale die opmerking niet meer uit zijn hoofd.

Zijn mond voelde droog en hij nam een slok water.

'Het was een vreselijke dag,' ging hij verder, 'maar ook een dag die ons naar Dean Reeve zal leiden, daar ben ik van overtuigd.'

Hij keek de kamer rond. Iedereen zag er moe uit. Ze wisten wat er speelde, ze beseften hoe urgent het was, dat hoefde hij hun niet te vertellen.

Dugdale wenkte Quarry na afloop. 'Zoek uit waar die vrieskisten vandaan komen,' zei hij.

'Waarschijnlijk van eBay of iets dergelijks,' zei Quarry. 'Ze waren oud. Eentje was half doorgeroest. Ik zal Phelps vragen een uitgebreid onlineonderzoek te doen. We hebben inmiddels alle foto's.'

Dugdale knikte en gaf hem een klap op zijn schouder. 'We zijn dichterbij dan ooit. Ik voel het. Ik kan het bijna ruiken.'

De volgende ochtend, even na negenen, toen Frieda de katten had gevoerd en achter haar computer zat, ging haar telefoon.

'Frieda, met mij.' Lola's stem klonk schor, alsof ze urenlang naar Frieda had geroepen vanaf de andere kant van een ravijn.

'Dat weet ik. Hoe gaat het met je?'

'Ik sta voor je deur. Ben je er niet of doe je gewoon niet open?'

'Voor mijn deur?'

'Ja.'

Frieda besefte dat Lola natuurlijk geen idee had dat ze een nieuwe plek had gevonden.

'Waarom ben je daar?'

'Waar ben je? Wanneer kom je terug?'

'Lola, ik zei dat je contact moest zoeken met Karlsson zodat hij je in veiligheid kon brengen. Wat doe je daar?'

'Ik wil je spreken. Ik moet je zien.'

'Wat is er dan?'

'Ik voel me niet veilig. Ik voel me nergens veilig. Ik wil bij jou blijven. Alsjeblieft. Alsjeblieft, Frieda. Anders word ik gek.' Lola begon hevig te snikken.

Er viel een lange stilte.

'Blijf waar je bent. Ik moet hierover nadenken. Ik bel je over een paar minuten terug.'

Frieda bleef even doodstil zitten. Toen belde ze Lola terug.

'Weet je nog dat we na het post mortem langs het kanaal bij Camden Lock hebben gelopen?'

'Ja.'

'Luister goed. Ik wil dat je dat nu weer doet. Ga naar Camden Lock, naar het kanaal, en sla rechts af, in de richting van Regent's Park. Blijf doorlopen tot je helemaal aan het eind van het jaagpad bent. Wacht daar.'

'Waarop?'

'Doe gewoon wat ik zeg. Ga nu.'

De verbinding werd verbroken.

Frieda stond op de brug over het kanaal, aan de kant van Regent's Park, uit het zicht. Verderop, aan beide kanten van het kanaal, lag de dierentuin. Er naderde een binnenschip, traag ronkend. Op de achtersteven stond een stel met grijs haar, beiden met een mok in de hand. De vrouw had haar andere hand aan het roer. De man keek omhoog naar Frieda. Zijn gezicht stond onbewogen. Hij glimlachte niet en hij zwaaide ook niet.

Het was druk op het jaagpad, ook al was het een doordeweekse ochtend. Er reden fietsers in beide richtingen, er liepen mensen met honden, en vaders, moeders of babysitters met kleine kinderen. Toen zag ze haar aankomen, trager dan normaal, alsof ze met lood in haar schoenen liep. Frieda voelde een diepe bedroefdheid bij de aanblik van Lola, die haar handen in de zakken van haar korte blauwe jas had gestoken. Haar haar was in twee kinderlijke staartjes gebonden en ze hield haar blik voor zich op het pad gericht. Wie zou zich om dit meisje bekommeren?

Genoeg. Frieda moest zich concentreren. Lola liep onder de brug door, maar Frieda volgde haar niet met haar blik. In plaats daarvan speurde ze het pad achter haar af. Ze kon ver kijken. Ze zag twee individuele fietsers, een man en een vrouw. Ze zag een bebrilde hardloper van laat-middelbare leeftijd, buiten adem. Ze zag een vrouw met een kinderwagen. Ze zag twee vrouwen die een geanimeerd gesprek voerden. En dat was alles. Frieda dwong zichzelf nog een paar minuten te wachten. Ze zag nog drie fietsers. Een man met een hond. Een jonge hardloopster.

Lola werd niet gevolgd.

Frieda pakte haar telefoon en belde. Ze zag Lola in haar zak voelen.

'Frieda, waar ben je? Ik ben bang.'

'Loop dezelfde route terug,' zei Frieda. 'Neem de trap aan je rechterkant vlak voordat het kanaal scherp naar links afbuigt.'

Frieda bleef even staan kijken terwijl Lola terugliep. Ze bestudeerde de mensen die achter het meisje hadden gelopen en haar nu tegemoetkwamen. Geen van hen reageerde. Frieda had alles gedaan wat ze kon.

Lola passeerde de enorme volière en nam toen de trap omhoog. Ze wist niet waarnaar ze moest uitkijken, maar toen zag ze aan de overkant van de straat een zwarte taxi staan. Het portier stond open en Frieda leunde naar buiten. Lola rende ernaartoe, stapte in en deed het portier dicht. De taxi reed weg.

Lola legde haar hoofd op Frieda's schouder. Lola's huid voelde schraal en haar ogen deden pijn. 'Wat ben ik blij je weer te zien,' zei ze. 'Ik wilde...'

Frieda duwde haar zachtjes rechtop. 'Geef me je telefoon.'

Lola gehoorzaamde. Frieda deed het raam open en gooide de telefoon naar buiten.

'Wat doe je nou? Dat is al de tweede die je weggooit. Het is maar een prepaidtelefoon. Die is niet naar mij te herleiden.'

'Wacht,' zei Frieda. 'We praten straks verder.'

In Camden High Street stapten ze uit de taxi, bijna weer op de plek waar Lola het jaagpad had genomen. Frieda stapte stevig door. Ze nam Lola mee naar Marks & Spencer.

'We moeten wat kleren voor je kopen,' zei ze.

'Hoezo? Wat voor kleren?'

'Alles wat je nodig hebt. Maar alleen dingen die je niet hoeft te passen.'

Lola pakte wat ondergoed, een hooggesloten zwart T-shirt en een zwarte legging, een zachte, ruimvallende sweater in auberginekleur, een waterdicht jack en een paar witte sneakers met groene veters. Frieda rekende alles af, maar in plaats van te vertrekken, leidde ze Lola naar een pashokje, stapte met haar mee naar binnen en trok het gordijn dicht.

'Ik dacht dat ik niets mocht passen.'

'Trek alles uit,' zei Frieda.

'Wat is dit allemaal?' vroeg Lola. Alle vrolijkheid was uit haar verdwenen. Ze zag er groezelig en vermoeid uit.

'Als ik je moet beschermen, beginnen we met niets. Maak eerst je zakken leeg.'

Er zat alleen wat muntgeld in, de sleutel van Lola's appartement, en haar portemonnee.

Lola knoopte haar jas open, trok hem uit en hing hem aan een haakje. Ze trapte haar schoenen uit. Toen trok ze haar shirt over haar hoofd en haakte haar beha los. Ze knoopte haar spijkerbroek open, trok hem tegelijk met haar slipje omlaag en stapte eruit. Wankelend trok ze haar korte sokken uit en keek weer op, met een verdwaasd gezicht. Nu stond ze naakt voor Frieda, die bedacht hoe lusteloos Lola was geworden.

Frieda kiepte de nieuwe kleren uit de plastic zak. Ze bekeek Lola nog eens goed.

'Doe je horloge af,' zei ze. 'En je oorbellen uit.'

'Wat verwacht je te vinden?'

'Dat weet ik niet,' zei Frieda. 'Maar als we alles wegdoen, hoeven we ons daar niet druk om te maken.'

Lola gaf haar oorbellen en horloge aan Frieda, die ze in de lege plastic zak gooide. Lola's kleren stopte ze er ook bij.

'Je mag je nu wel aankleden.'

Terwijl Lola de nieuwe kleren aantrok, doorzocht Frieda haar portemonnee. Ze gaf het geld terug aan Lola, maar stopte de creditcard, het rijbewijs, de studentenkaart en een paar klantenpassen in haar eigen zak.

'Vertrouw je me daar niet mee?'

'Als je ze niet hebt, kun je ze ook niet gebruiken.'

Frieda gooide de portemonnee bij de rest van de spullen in de plastic zak.

'Dat was een cadeautje van mijn ouders,' zei Lola.

'Zou je ervoor willen sterven?'

Lola bekeek zichzelf in de passpiegel. 'Ik lijk wel iemand anders.'

Frieda volgde haar blik. 'Je ziet er onopvallend uit. Dat is het belangrijkst. Nu moeten we gaan. We zijn hier al te lang gebleven.'

Toen ze de winkel uit liepen, propte Frieda de plastic zak in een vuilnisbak langs de straat. Lola wilde protesteren. 'Ik mag zeker niet zeggen dat die kleren en dat horloge belangrijk voor me waren,' zei ze.

Frieda keek Lola aan met een uitdrukking die dicht in de buurt kwam van een glimlach. 'Je kunt beter niets bezitten waarvan je het erg zou vinden als je het kwijtraakt,' zei ze.

33

Lola was inmiddels wel gewend aan deze tripjes door Londen. Deze keer namen ze de bovengrondse metro ten oosten van Camden Road en stapten over bij Highbury en Islington. Bij Shadwell verlieten ze de metro en liepen door Cable Street. Toen sloegen ze een zijstraat in met kleine huizen uit de jaren zestig die een stukje van de weg af stonden, met portieken en kleine voortuintjes. Frieda haalde een sleutel uit haar zak en opende de deur van nummer 3. De gang rook naar lavendel. Lola wierp een korte blik in de spiegel aan de muur maar keek meteen weer weg. Ze wilde haar eigen gezicht niet zien. Het leek niet meer op haar.

Ineens glipten er twee bleke schimmen langs hen heen.

'O!' riep ze geschrokken.

'Ik pas op de katten,' zei Frieda.

Lola plofte op de trap neer en staarde naar Frieda, die zo kalmpjes in dit schone, comfortabele huisje stond.

'Je past op de katten?' zei ze. Toen schoot ze in de lach, een hard geluid dat door de gang galmde. Frieda liep naar haar toe en het gelach veranderde in een kokhalzend gesnik. Lola leunde voorover, met haar hoofd tussen haar knieën, en haar schouders schokten onder haar zachte nieuwe trui.

Frieda legde een hand op haar schouder en wachtte tot het snikken afnam. Uiteindelijk tilde Lola haar hoofd weer op en staarde haar wezenloos aan.

'Kom mee naar de keuken,' zei Frieda. 'Dan maak ik iets warms te drinken voor je.'

'Hoe kom je aan deze plek?' vroeg Lola toen ze eenmaal aan de tafel zat. Er stond een lavalamp in de hoek en aan de witte muur hing een schilderij van een harlekijn.

'Gewoon via een van mijn contacten. Maar dat is niet belangrijk. De gordijnen aan de voorkant moeten dicht blijven en je mag geen grote lampen aandoen of harde geluiden maken. We komen en gaan zo onopvallend mogelijk. En als iemand ernaar vraagt, zijn we hier om voor de katten te zorgen. Alles wat we gebruiken moeten we vervangen. Zoals dit.' Ze hing een gembertheezakje in een grote groene mok. 'De bewoners zijn op vakantie en niemand mag weten dat hier iemand verblijft.'

Lola knikte.

'Goed, we moeten praten.' Ze gaf Lola de mok met gemberthee. 'Vertel me hoe het met je gaat.'

Lola sloeg haar handen om de mok en liet haar hoofd hangen zodat Frieda haar niet in de ogen kon kijken. Er viel een lange stilte. Toen ze antwoordde, sprak ze met een geforceerd vaste stem. 'Ik weet niet hoe het met me gaat. Soms voel ik me kalm, alsof ik van buitenaf naar mezelf kijk en dit allemaal niet echt is, alsof ik aan de andere kant van een glazen deur sta.' Ze keek even op en haar gezicht gloeide door de dampende thee. Frieda knikte haar toe maar zei niets. 'En soms voelt het alsof er een kolkende zee door me heen raast waarin ik verdrink. Maar hoe ik me ook voel, ik zie het steeds weer voor me. Ik zie haar voor me. Als ik mijn ogen dichtdoe, zie ik haar naar me opkijken. Ik had nog nooit een dode gezien. Dode ogen zijn anders. Dat is moeilijk uit te leggen. En er was zoveel bloed. Ik stapte erin. Ze hebben me nieuwe schoenen gegeven op het politiebureau, de schoenen die jij hebt weggegooid. Ik ruik het ook nog steeds. Het is alsof het een laagje heeft gevormd aan de binnenkant van mijn keel en neus.'

'Het spijt me heel erg van je vriendin,' zei Frieda zacht.

'Ze heeft een naam. Jess. Jessica Colbeck.'

'Het spijt me heel erg van Jess.'

Lola slikte en begon sneller te ademen, alsof ze een paar trappen op was gerend.

'Als ik niet het stomme idee had gehad om over jou te schrijven en Dean Reeve niet was tegengekomen bij het kanaal dan...'

'Dan wat? Je moet jezelf niet de schuld geven.'

'Dat doe ik ook niet. Ik zou gewoon willen dat dit allemaal nooit was gebeurd. Ik zou willen dat ik terug in de tijd kon gaan en dat dit allemaal nooit was gebeurd. Ik wil hier niet zijn.'

'Je hebt iets vreselijks meegemaakt. Daar kun je met me over praten. Je kunt me alles vertellen en ik zal naar je luisteren. Ik weet uit ervaring dat het altijd pijnlijk zal blijven, maar het zal wel minder worden.'

'Ik wil niet dat het minder wordt.' Lola's stem klonk fel. Frieda keek haar aan en bedacht hoeveel volwassener Lola was geworden in slechts één afschuwelijke dag. 'Dan is het alsof ik Jess vergeet.'

'Je vergeet haar niet. Maar je zult ook niet altijd aan haar blijven terugdenken zoals nu, vol afschuw en schuldgevoelens.'

Lola liet haar hoofd weer hangen. Haar schouders waren opgetrokken en haar haar was losgeraakt en viel sliertig omlaag.

'Wil je me vertellen wat er precies is gebeurd?' vroeg Frieda.

Fel schudde Lola haar hoofd. 'Dat kan ik niet. Nog niet.'

'Oké. Vertel me dan wat er op het politiebureau is gebeurd.'

Lola gaf een stamelend, onsamenhangend verslag van haar verhoor door Dugdale, hoe hij haar had gedwongen haar verhaal keer op keer door te nemen en haar een schuldgevoel had aangepraat. Een jongere rechercheur – ze herinnerde zich alleen zijn voornaam, Dan – schreef alles op, en ze had de verklaring ondertekend, maar haar hand trilde zo hevig dat het niet op haar handtekening leek. Ze hadden haar thee en een broodje gegeven, maar dat was er een paar minuten later weer uit gekomen op het toilet. Ze vroegen haar waar ze zou verblijven en Lola had het adres van een vriendin opgegeven, en ze zeiden dat ze beschikbaar moest blijven voor verder verhoor. Ze hadden aangeboden haar te brengen, maar ze had gezegd dat ze alleen wilde zijn. Toen wilden ze haar ouders bellen, maar dat had ze geweigerd.

'Die begrijpen dit toch niet,' zei ze. 'Die vinden waarschijnlijk dat het mijn eigen schuld is.' Ze snoof en veegde haar neus af met de rug van haar hand. 'Rare Lola,' zei ze. 'Kijk eens hoe ze zich nu weer in de nesten heeft gewerkt. Wat een enorme puinhoop.' Haar stem brak. De woorden kwamen eruit in losse lettergrepen.

'Nee, Lola,' zei Frieda. 'Niemand zal jou de schuld geven.'

'Dan ken je mijn ouders nog niet.'

'Kreeg je de indruk dat de politie vorderingen maakt?'

'Ze stelden me alleen maar vragen,' zei Lola. 'Een heleboel vragen, steeds weer dezelfde. Ze hebben me verder niets verteld.'

'En toen ben je naar Karlsson gegaan? Vertel me daar eens over. Kon hij je niet helpen? Waarom ben je hier?'

Het duurde lang voordat Lola antwoord gaf, en toen ze dat eindelijk deed, sprak ze op zachte toon. 'Niet boos worden. Ik zou het niet aankunnen als je boos op me wordt. Ik weet dat ik alles verkeerd heb gedaan.'

'Ik zal niet boos worden.'

'Ik heb niet naar hem gevraagd en ik heb hem niet gezien. Dat wilde ik wel, maar ik kon het niet. Ik kan niemand vertrouwen. Dat heb jij me geleerd. Ik kan alleen jou vertrouwen. Dat was het enige wat ik kon bedenken. Ik moest contact zoeken met jou. Met niemand anders.'

'Ik snap het.' Frieda keek haar peinzend aan.

'Ik heb een vreselijke nacht gehad. Het was als een nachtmerrie, maar ik was klaarwakker. Ik heb niet geslapen. Ik wilde pas terug naar jou als het licht was. In het donker kon ik niet langs het kanaal lopen. Dus heb ik rondgedwaald. Ik stapte in de metro en reed heen en weer op de Northern Line, en ik bleef maar denken dat ik hem daar zou tegenkomen. Steeds als de deuren opengingen bij een station dacht ik dat hij zou instappen. Ik wist dat ik beter naar het politiebureau kon teruggaan. Er zit een Italiaans restaurant bij het Barbican Centre dat tot vijf uur 's nachts open is, dus ben ik daar maar naartoe gegaan en bestelde thee en een gebakje, al heb ik dat niet aangeraakt. Ik heb daar wel twee uur gezeten, maar toen ik wilde vertrekken, had ik niet genoeg geld om te betalen.' Ze onderdrukte een snik. 'Een lieve jongen heeft voor me betaald en toen vroeg hij me min of meer mee uit. Vroeger zou ik meteen ja hebben gezegd – het was een knappe jongen.

Maar nu kon ik dat niet meer. Ik liep naar Liverpool Street Station en ging zitten in zo'n treurige wachtruimte om de tijd door te brengen tot het licht was, en toen ging ik naar de plek waar ik dacht dat jij zou zijn. Ik moest lopen want ik had geen geld meer, en ik was zo moe en bang dat ik steeds moest stoppen om me ergens aan vast te houden. Het liefst wilde ik ergens gaan liggen en me klein maken en nooit meer opstaan of mijn ogen opendoen. En toen was je weg. Je was weg.'

Ze pakte de mok en nam een grote slok van de afgekoelde thee. Dikke tranen rolden over haar wangen.

'Je bent vast uitgeput,' zei Frieda.

Lola knikte. 'Ja. Maar hoe kan ik ooit weer slapen? Dan droom ik erover.'

'Misschien. Maar je moet echt even rusten.'

'Ik weet dat ik niet naar Jess had moeten gaan. Dat was dom. Maar ze had me een privébericht gestuurd waarin stond dat ik naar huis moest komen. Dat het dringend was.'

'Waarom heb je me dat niet verteld?'

'Ze zei dat ik niemand iets mocht vertellen. En jij zou toch zeggen dat ik niet moest gaan.'

Frieda keek Lola in de ogen, die dik en rood waren. 'Laten we geen tijd verspillen aan wat ik wel of niet zou hebben gedaan,' zei ze. 'We moeten aan het hier en nu denken. Vanaf nu krijg je geen telefoon meer en mag je niet meer op je computer.'

'Vertrouw je me niet?'

'Het gaat niet om vertrouwen. Het is heel moeilijk om steeds op je hoede te zijn, zeker voor iemand zoals jij.'

'Wat bedoel je daarmee?'

'Je bent nogal goedgelovig. Dus als je geen computer of telefoon hebt, kun je ook niet meer in de verleiding komen. Bovendien maakt het niet uit of ik jou vertrouw. Het belangrijkste is dat jij mij vertrouwt. Als je me onredelijk of onbetrouwbaar of onveilig vindt, dan moet je nu gaan en iemand anders zoeken om je te beschermen. Maar als je wilt blijven, gebeurt dat onder mijn voorwaarden. Kun je je daarin vinden?'

'Hoe moet ik de tijd dan doorkomen?'

'Lees een boek. Daarmee kun je onze locatie niet verraden. Er staan er genoeg in de woonkamer. Het zijn vooral rare zelfhulpboeken en boeken over katten, maar er staan ook wat romans tussen. Ga anders eerst even in bad, het water is lekker warm. En probeer daarna wat te rusten. Morgen zal ik een slaapzak voor je kopen, maar voor deze keer kun je wel onder de dekens van de bewoners kruipen.'

34

Dan Quarry reed weg van de garageboxen en probeerde te bedenken hoeveel uur hij de afgelopen drie dagen had geslapen. Acht misschien? Hij was de vermoeidheid voorbij en bevond zich nu in een staat van wankele alertheid, waarin alles scherpomlijnd leek, geluiden veel indringender klonken en zijn gedachten hem besprongen als beesten die in de bosjes op de loer hadden gelegen. Hij wist dat hij beter naar huis kon gaan om te douchen en wat te slapen. Zijn huid jeukte. Het voelde alsof er allemaal kleine beestjes over hem heen liepen. Had hij zijn bed maar verschoond. Even stond hij zichzelf toe terug te denken aan zijn oude huis, het huis waar Maggie hem uit had gezet, waar de zon 's avonds naar binnen scheen door de ramen aan de achterkant, en waar zijn dochter op zijn schoot was gekropen als hij moe thuiskwam.

Hij parkeerde langs de kant van de weg, stapte uit en stak een sigaret op. Het was een vochtige, grijze middag, windstil. De herfstbladeren hingen slapjes aan de takken van de plataan die in het midden van het kleine plantsoen stond. Hij deed zijn ogen even dicht, maar door zijn vermoeidheid leek de grond onder zijn voeten te deinen, dus hij deed ze snel weer open. Hij kende dit deel van Londen totaal niet. De zon was niet te zien achter de dikke grijze wolken en hij kon niet bepalen waar de rivier was. Aan beide kanten van de weg zag hij kleine winkeltjes: shoarmatenten en snackbars, pandjeshuizen, witgoedzaken, een begrafenisondernemer met een bos verwelkte lelies voor het raam. Daarboven bevonden zich appartementen, maar het was niet te zien welke bewoond waren en welke leegstonden. Verderop zag hij een wirwar van werkplaatsen, sloperijen, autoverhuurders. Quarry zag dat er ook een sportschool zat, maar de deuren waren dichtgetimmerd en de ruiten ingegooid.

Hij rookte zijn sigaret op, gooide hem op de grond en trapte hem uit met zijn hak. Toen stapte hij weer in de auto. Zoals hij al had verwacht, had het forensisch onderzoek in de garagebox praktisch niets opgeleverd. Ze hadden geen relevante menselijke sporen aangetroffen. De moorden waren vrijwel zeker elders gepleegd. Er waren wel meerdere vingerafdrukken gevonden, maar die kwamen niet overeen met die van Dean Reeve. Het steegje werd door talloze andere mensen gebruikt. De spullen die ze hadden verzameld – condooms, chipszakken, plukken haar die van een hond bleken te zijn – hadden hen niet verder gebracht.

De garageboxen waren eigendom van een zekere George Pearsall, die een bouwbedrijf had in Swindon. De verschillende boxen werden onderverhuurd via allerlei constructies, zonder papieren, contant betaald. Ze hadden niet kunnen ontdekken van wie Reeve zijn box had gehuurd.

Phelps had allerlei internetsites afgespeurd in een poging te achterhalen waar de vrieskisten vandaan kwamen, maar ook dat had niets opgeleverd. Het was onmogelijk om de verkoop van tweede- of derdehands vriezers te traceren.

Quarry wilde net wegrijden toen zijn telefoon ging. Hij herkende het nummer niet.

'Spreek ik met Dan Quarry?'

'Wie bent u?'

'Mijn naam is Ellie Hannan. U kent mij niet. Ik was een collega van Liz Barron. Ik kwam uw naam tegen in haar aantekeningen.'

Quarry dacht koortsachtig na. Hij wist niet wat hij moest zeggen.

'Bent u daar nog?'

'Het komt nu niet goed uit,' zei hij.

'We zijn allemaal erg van streek door wat er met Liz is gebeurd. U vast ook. Ik dacht dat we er misschien even over konden praten.'

'Ik zei al dat het nu niet uitkomt.'

'Kunnen we elkaar dan later spreken?'

'Ja. Later,' stemde Quarry in, om haar af te poeieren. Hij verbrak de verbinding, startte de auto en reed weg. De grijze dag en het vlakke betonnen landschap drukten zwaar op hem. Hij passeerde een verlaten autowasserette. Een glaszetter. Een zaak waar ze autobanden verkochten en waar een groepje mannen zich ophield. Een groot gebouw dat volstond met spulletjes uit andermans levens die niemand nog wilde hebben. Buiten op de stoep stonden verroeste kinderwagens, kruiwagens, opgestapelde stoelen en twee enorme stalen archiefkasten.

Quarry reed erlangs en parkeerde de auto. Hij stapte uit, liep terug en tuurde door de dubbele deuren naar binnen. Vooraan hing een diepe plank met oude printers. Wie kocht er nou een tweedehands printer? Hij stapte naar binnen.

De ruimte was enorm, zowel in de lengte als in de breedte, en was volgestouwd met spullen die op het eerste gezicht waardeloze troep leken, gesorteerd in globale categorieën. Naast de printers zag hij computers met stoffige beeldschermen en loshangende snoeren. Daar weer naast stonden televisies, waarvan sommige Quarry deden denken aan de televisie van zijn oma toen hij klein was. Er stonden grote geluidsboxen, dvd-spelers, dozen vol mobiele telefoons, en links van hem een stel fietsen tegen elkaar aan geleund. Terwijl hij keek, zag Quarry hoe een jonge man nog twee fietsen naar binnen reed door de deuren achterin, gevolgd door een andere man met een grote doos in zijn armen die duidelijk zwaar was. Quarry besefte dat er meerdere mensen aan het werk waren in de grote ruimte, half verscholen achter de muren van troep.

Quarry liep verder naar binnen. Hij zag keukenmachines. Hij zag matrassen. Hij zag plastic kerstbomen, tuinstoelen, hooivorken, troffels. Hij zag twee kettingzagen met botte tanden. Hij zag kasten in alle vormen en maten. Stofzuigers. Emmers en dweilen. Magnetrons, ovens, kookplaten. Potten en pannen. Stapels beschadigde borden. Oude deuren. Regenlaarzen. En helemaal achterin stonden koelkasten. En vriezers.

'Kan ik u helpen?'

Quarry draaide zich om. Achter hem stond een man, breed en kaal, met een roze gezicht en blauwe ogen die eruitzagen alsof ze niet goed tegen fel licht konden. De man glimlachte een rij kleine gele tanden bloot, maar de glimlach verdween toen Quarry zijn legitimatie tevoorschijn haalde.

'Ik probeer de herkomst van een aantal vriezers te achterhalen.'

'Vriezers?'

Quarry wees over de schouder van de man. 'U weet toch wel wat een vriezer is?' Hij haalde de foto's uit zijn tas. 'Herkent u deze?'

'Nee.'

'U hebt niet eens gekeken.'

De man liet zijn blik even over de foto's glijden. Hij duwde zijn mollige handen afwachtend in de zakken van zijn flodderige joggingbroek.

'Het moet een maand of wat geleden zijn geweest,' zei Quarry. 'Misschien twee maanden.'

'Ik doe hier niets verkeerds. Mensen brengen spullen die ze niet meer willen. Of we halen ze op. We doen ze een plezier.'

'Ik beschuldig u nergens van.'

'Tja, een vriezer is een vriezer.'

'Of deze man.' Quarry pakte de foto van Dean Reeve.

Ook nu keek de man nauwelijks. 'Sorry,' zei hij.

'Het is belangrijk.' Achter de man zag Quarry meerdere mensen rondlopen. Allemaal mannen, allemaal jong, bezig met het sorteren van troep en het sjouwen van waarschijnlijk gestolen goederen. 'U wilt toch niet dat ik verder ga graven?'

'Ik doe niets verkeerds.'

'Kijk dan eens naar deze foto. Kijk nog eens goed. En vertel me dan of u deze man hebt gezien. Als ik het idee krijg dat u uw best doet om me te helpen, als betrokken burger, zal ik geen verdere vragen stellen. En dan heb ik het over vragen die u liever niet wilt beantwoorden.'

Het roze gezicht van de man versomberde. Hij pakte de foto aan en keek ernaar. Hij hield hem op een armlengte afstand en toen dichterbij, zo dichtbij dat de foto bijna tegen zijn neus kwam. Hij hield hem schuin, alsof dat iets zou onthullen.

'Sorry. We nemen spullen aan die mensen niet meer willen en we verkopen ze spullen die ze wel willen. Daar betalen ze ons voor en dan vergeet ik ze verder.'

Quarry zuchtte en gaf hem zijn kaartje. 'Voor als u zich nog iets herinnert,' zei hij.

De man stopte het kaartje in zijn achterzak. 'Oké,' zei hij, waarna hij zich omdraaide en wegliep.

35

Frieda wekte Lola om vier uur 's middags. Ze lag opgekruld op de leren bank in de woonkamer met de oude blinde kat tegen zich aan.

'Hoelang heb ik geslapen?'

'Maar een uurtje of wat. Het leek me beter om je nu wakker te maken, anders slaap je vannacht niet. Hoe voel je je?'

'Geweldig.'

'Natuurlijk niet. Maar laten we boodschappen gaan doen. Bij zoiets alledaags kun je in elk geval doen alsof alles prima gaat.'

'Helpt dat om me beter te voelen?'

'Dat weet ik niet, maar dan hebben we in elk geval avondeten.'

Aan het eind van de straat zat een buurtsuper. Frieda speurde de schappen af terwijl Lola nerveus om zich heen en naar de ingang keek.

'Wat wil je vanavond eten?' vroeg Frieda.

Lola keek haar verdwaasd aan. 'Weet ik veel.'

Frieda kocht een bloemkool, wat cheddar, boter, melk en een afbakbrood. Ze deed ook nog een potje mosterd in het mandje, en twee chocoladerepen, een zak appels, een pot marmelade en wat havermout.

'We kunnen hun bloem wel gebruiken,' zei ze.

Toen liep ze naar het krantenrek en pakte er zes landelijke kranten uit, die ze dichtvouwde om de schreeuwende koppen en de foto's van een breed glimlachende Jess met kuiltjes in haar wangen te verbergen. Bij het afrekenen zag ze nog iets achter de toonbank staan.

'En een van die,' zei ze, wijzend naar een fles whisky.

'Ik heb nog nooit whisky gedronken,' zei Lola. 'Het ruikt naar ontsmettingsmiddel.'

'Het smaakt naar stroperig vuur.'

'Is dat positief?'

Toen ze terugkwamen, installeerde Lola zich in de keuken met een mok thee en een boek van Gerald Durrell. Frieda liep naar de woonkamer met alle kranten. Ze vouwde ze een voor een uit. Allemaal openden ze met de moord op Jess Colbeck, eenentwintig jaar en met geweld om het leven gebracht in haar appartement. Allemaal linkten ze de dood van Jess aan de golf van moorden in Londen, door meerdere kranten een 'epidemie' genoemd. Er stonden foto's bij van Dugdale, van de andere slachtoffers. Verderop stonden opiniestukken en interviews met vrienden van Jess. Niet met haar ouders, want die waren te getraumatiseerd; ze was hun enig kind. Frieda las alles, met een geconcentreerde frons. Ze was er lang mee bezig, en toen ze klaar was, bracht ze alle kranten naar haar slaapkamer om ze uit het zicht te leggen.

Toen liep ze naar de keuken en maakte een bloemkoolschotel met kaas en veel mosterd, die ze aten met wat stokbrood. Het was een troostrijk, vullend gerecht, en ze was blij te zien dat Lola nog een tweede keer opschepte.

Daarna gingen ze in de woonkamer zitten. De planken stonden vol met porseleinen kattenbeeldjes en er hing een grote foto van Venetië aan de muur. Frieda opende de fles whisky en schonk twee glazen in. Ze gaf er een aan Lola, die een slokje nam en meteen begon te hoesten.

'Je raakt eraan gewend,' zei Frieda.

Lola knikte en nam nog een voorzichtig slokje. Ze kneep haar ogen samen en trok haar neus op. 'Het prikt.' Ze zette het glas op de salontafel. 'Jij hebt ook vreselijke dingen meegemaakt,' zei ze. 'Gewelddadige dingen. Word je daar niet steeds door achtervolgd?'

'Je hebt me gevonden op een begraafplaats. Alles wat je meemaakt, wordt onderdeel van je. Het is net als met eten. Je verwerkt het.' Frieda nam een slok van haar drankje en schudde haar hoofd. 'Ik heb geen oplossing. We kunnen onszelf niet dwingen het te vergeten. We mogen het niet vergeten. Maar sommige manieren van herinneren zijn nuttig en andere niet. We moeten niet blijven terugdenken aan nare dingen uit het verleden, alsof we die herinneringen willen koesteren, oppoetsen, levend houden.' Ze keek Lola doordringend aan. 'Wat je hebt meegemaakt, was vreselijk. Dat begrijp ik maar al te goed, geloof me. Je kunt het best erkennen. Je moet het onder ogen zien. Maar zorg dat het je niet in zijn greep krijgt.'

Lola keek haar angstig aan, met grote ogen in haar ronde gezicht. 'In zijn greep? Wat bedoel je daarmee?'

Frieda dronk haar glas leeg. 'Gewoon iets om over na te denken.'

Frieda werd wakker van een geluid. Natuurlijk hoorde ze hier geluiden van buiten. Er reden auto's langs. In de verte klonk het gedender van een passerende trein. Een stel maakte ruzie, riep vreselijke dingen naar elkaar waar ze morgen spijt van zouden krijgen. Maar dit was anders: het was een hoog, doordringend geluid. Frieda stapte uit de slaapzak die ze voor zichzelf had gekocht en liep haar kamer uit naar de kleinere slaapkamer van Lola. Die lag opgekruld in bed, met haar armen om haar hoofd geslagen, wiegend en huilend. Frieda ging naast haar zitten en legde een hand op haar schouder. Lola schrok op alsof ze een elektrische schok kreeg en draaide zich met een glazige blik naar Frieda toe.

'O nee,' zei ze. 'Nee, nee, nee. Alsjeblieft.'

'Ik ben bij je.'

'Frieda.'

'Vertel me wat je voelt.'

'Dat wil je niet weten.'

'Jawel.'

Lola ging rechtop zitten en sloeg de dekens om zich heen.

‘Oké. Ik wou dat ik dood was. Maar dat zou niet helpen.’

‘Nee. Dat zou niet helpen.’

‘Je begrijpt het niet,’ zei Lola. ‘Je kunt het niet begrijpen. Ik weet niet wat ik met mezelf aan moet. Wat moet ik doen? Dit gevoel is ondraaglijk. Het is alsof ik word verscheurd.’

Ze zaten een tijdje zwijgend naast elkaar.

‘Weet je, er bestaat een bepaalde theorie over de mens,’ zei Frieda. ‘We zijn niet erg snel en we zijn niet erg sterk. Maar we hadden wel een voordeel ten opzichte van dieren. We konden urenlang blijven lopen of rennen. Het lukte een hert bijvoorbeeld wel om ons een tijdje te ontlopen. Maar wij waren in staat het net zo lang te achtervolgen tot het opgaf. Op een gegeven moment kon het hert niet meer, ging liggen en gaf op, en dan werd het gedood.’

‘Wie moet ik voorstellen in dat verhaal? Want volgens mij lijk ik meer op het hert.’

‘Dat is wat Dean Reeve wil. Hij wil dat wij zijn meelijwekkende fantasie van macht voeden door ons aan hem over te geven.’

‘Hij heeft een heleboel mensen vermoord. Dat klinkt niet bepaald meelijwekkend. Heb je nooit gedacht dat hij ons inderdaad in zijn macht heeft en dat wij precies doen wat hij wil?’

‘Je staat er niet alleen voor,’ zei Frieda. ‘We zijn met z’n tweeën. Dat besef je toch wel?’

Lola staarde haar aan, en haar lip trilde.

‘Je bent niet alleen, Lola.’

‘Denk je echt dat je me kunt beschermen?’ Lola huiverde zichtbaar. ‘Kon je Liz Barron beschermen? Ik heb over jou en Dean gelezen, weet je nog? Kon je die politieman beschermen die je had ingeschakeld? Kon je Dean Reeves broer beschermen? Kon je ook maar een van die anderen beschermen?’

‘Zij hebben allemaal fouten gemaakt,’ zei Frieda. ‘Dat was niet hun schuld, maar dat maakte ze wel kwetsbaar. Als wij geen fouten maken, kan hij ons niet te pakken krijgen.’

Lola draaide zich weg van Frieda en mompelde iets.

‘Ik verstond je niet,’ zei Frieda.

‘Ik zei: misschien is het daarvoor al te laat.’

'Zal ik bij je blijven tot je weer in slaap bent gevallen?'

'Oké.'

Lola ging weer liggen, maar haar ogen bleven wijd open. Haar schouders waren gespannen.

'Wil je erover praten, Lola?' Er viel een stilte. 'Je kunt me alles vertellen. Echt alles. Er is niets wat me zou choqueren of wat ik niet zou begrijpen.'

'Er was zoveel bloed,' zei Lola. 'Het leek wel een slachthuis. En Jess keek me aan. Ze staarde naar me en er was overal bloed. O, god.'

'Ze zag je niet echt.'

'Als ik mijn ogen dichtdoe, zie ik haar gezicht voor me. Het was mijn schuld. Ik wil dit niet.'

'Natuurlijk niet,' zei Frieda.

'Ik wou dat het nooit was gebeurd. Ik wil terug naar hoe het hiervoor was. Deadlines missen, leuke dingen doen met vrienden, me zorgen maken over mijn banksaldo en of Ben me wel leuk vindt.'

'Ik weet het,' zei Frieda.

'Ik kom hier nooit meer overheen.'

'Je zult nooit meer dezelfde zijn,' zei Frieda. 'Maar dit gevoel zal wel afzwakken.' Ze zweeg even en zei toen: 'Als je me nog iets wilt vertellen, dan is dit een goed moment. Het is donker. Je hoeft me niet aan te kijken. Je kunt gewoon doen alsof je tegen jezelf praat.'

'Ik ben wel de laatste met wie ik nu wil praten.' Lola snikte haperend en deed haar ogen dicht.

Frieda bleef naast haar zitten tot haar ademhaling vertraagde. Toen stond ze op, liep terug naar haar kamer en lag nog lange tijd wakker.

36

Frieda hoopte dat Lola zich de volgende ochtend wat beter zou voelen, maar ze zag er haast nog slechter uit. Bleek, met donkere kringen rond haar ogen. Ze leek verdoofd, bijna alsof ze onder de medicijnen zat. Frieda zette thee en maakte havermoutpap als ontbijt. Dat leek allemaal niet tot Lola door te dringen en Frieda moest haar aansporen te eten, wat ze deed met trage, mechanische bewegingen. Maar ze zei niets en Frieda drong niet aan.

'We gaan de deur uit,' zei Frieda na het ontbijt.

'Waarnaartoe?'

'Je hebt nog wat meer kleding nodig.'

'Moet dat?'

'Een paar dingen maar.'

Voordat ze vertrokken, stopte Frieda haar laptop in een schoudertas en legde die op de keukentafel. Daarna liepen ze samen naar Commercial Road en volgden die een heel eind, tot aan Spitalfields. Lola zei nauwelijks iets. Het leek nog slechter met haar te gaan dan toen ze de deur uit stapten. Ze beet op haar lip en mompelde in zichzelf. Frieda keek haar bezorgd aan. Toen ze bij het winkelcentrum aankwamen, vond Frieda dat ze iets moest zeggen.

'Soms is het goed om over iets te praten,' zei ze. 'En soms is het beter om helemaal niets te zeggen. Aan jou de keus. Maar je kunt het er altijd met me over hebben, oké?'

'Niet nu.'

Ze liepen de grote Gap-winkel in.

'Je hebt alleen kleding nodig voor de komende paar dagen. Maakt niet uit wat.'

'Oké,' zei Lola. 'Wil jij wat ondergoed en sokken voor me halen?'

'Natuurlijk.'

Frieda zocht wat ondergoed uit. Ze zag Lola aan de andere kant van de winkel met een grote stapel kleding in haar armen staan en liep naar haar toe.

'Dat allemaal?' vroeg ze.

'Nee, maar ik wilde het even passen, in elk geval de broeken,' zei Lola. Ze keek omlaag naar de stapel kleding die ze vasthield: drie spijkerbroeken, een blousejurk van spijkerstof, een sweater met een grote ster op de voorkant, twee simpele T-shirts en een grijze hoody. 'Ik ben flink afgevallen door dit alles. Ik weet niet wat me nog past.' Haar ogen stonden vol tranen. 'Ik kwijn helemaal weg,' zei ze.

'Oké. Geef mij maar vast de dingen die je niet hoeft te passen.'

Lola gaf haar alles behalve de drie spijkerbroeken en verdween in de paskamer. Frieda wachtte. Ze had het veel te warm in de drukke winkel. Na een paar minuten kwam Lola weer naar buiten en gaf haar een van de spijkerbroeken aan.

'Het meeste is in de uitverkoop, maar je hoeft niet alles voor me te kopen,' zei ze met een blik op de stapel kleding die Frieda vasthield.

'Dat vind ik niet erg,' zei Frieda.

Toen ze klaar waren, liepen ze het winkelcentrum weer uit aan de kant van een grote kerk.

'Zullen we teruggaan?' vroeg Frieda.

'We kunnen ook eerst even koffiedrinken? Ik voel me opgesloten in dat huis, alsof het een gevangenis is. Het voelt fijner om buiten te zijn.'

Frieda leidde haar naar een hippe koffiebar even verderop met allemaal verschillende tafels en stoelen. Ze kocht een zwarte koffie voor zichzelf en een thee voor Lola, en ze zaten zwijgend tegenover elkaar. Frieda zag hoe Lola aan haar mok zat te friemelen, met haar vinger over de rand streek, hem oppakte en weer neerzette, er van alles mee deed behalve de thee opdrinken.

Uiteindelijk keek ze Frieda aan. 'Ik snap niet hoe jij dit doet. Wat jij allemaal hebt gezien, wat jij allemaal hebt meegemaakt. Ik snap niet hoe je je daardoorheen hebt geslagen. Jij bent veel sterker dan ik.'

'Daar bestaat geen makkelijke oplossing voor,' zei Frieda. 'En waarschijnlijk ook geen moeilijke. Je gaat gewoon door, omdat dat beter is dan het alternatief. Maar je hebt mij altijd nog. Je kunt me alles vertellen en alles vragen. Je hoeft je niet te verstoppen voor de dingen die je het meest vreest. Soms is verstoppen het ergste wat je kunt doen. Dingen zijn vaak een stuk minder eng als je ze onder ogen ziet.'

Lola keek haar verschrikt aan.

'Kom, tijd om te gaan,' zei Frieda, en ze liepen het cafeetje uit.

Frieda pakte Lola bij haar arm toen ze Commercial Street overstaken in het drukke verkeer. Ze zag eruit alsof ze zo onder een vrachtwagen zou lopen of over de stoeprand zou struikelen.

'Dit gaat zo niet langer,' zei Frieda. 'Je kunt dit jezelf niet aandoen.'

'Later,' zei Lola. 'Ik kan nu niet nadenken. Ik kan er niet over praten.'

'Ik vind dat je naar Karlsson moet gaan, dan brengt hij je naar een veilige plek. Dat zou beter zijn, Lola. Je kunt dit niet aan.'

'Ik weet niet wat ik moet doen,' zei Lola. 'Ik kan niet meer nadenken.'

'Dan denk ik wel voor je.'

Ze liepen dezelfde route terug naar Cable Street en sloegen het kleine zijstraatje in. Lola volgde Frieda gehoorzaam, op een paar passen afstand. Haar benen voelden slap, alsof ze een steile trap had beklommen.

Frieda maakte de deur open en ze stapten naar binnen.

Toen Frieda de deur achter zich dichtduwde, keek ze verwachtingsvol omlaag, op zoek naar de katten. Maar die waren er niet. Ze tikte op Lola's schouder.

Lola keek naar Frieda, en ineens had ze het gevoel alsof ze droomde, alsof niets meer klopte en ze alle controle kwijt was.

Frieda's gezicht stond volkomen kalm, maar ze hief haar vinger en drukte die tegen haar lippen.

Wat betekent dat? O ja. Stil zijn.

Frieda pakte Lola bij haar arm en leidde haar naar de keuken. Ze praatte op een toon die net niet helemaal normaal klonk, net iets te hard.

'Laten we een kop thee zetten en mee naar boven nemen, oké?'

Lola snapte er niets van. Ze had net thee gehad. En ze had het niet eens opgedronken.

Toen ze de keuken binnenkwamen, pakte Frieda haar schoudertas van tafel en liep door naar de andere kant, terwijl ze Lola nog steeds aan haar arm meeloodste. Ze opende de deur naar de bijkeuken aan de achterkant van het huis.

Wat doet Frieda nou? Ze wilde toch naar boven gaan?

Op dat moment sloeg alles om. Frieda duwde haar de bijkeuken in. Ze rukte de sleutel uit het slot aan de keukenkant, smeet de deur achter zich dicht, stak de sleutel weer in het slot en stond ermee te rommelen. Ze kreeg de deur niet op slot.

Er is iemand in huis. Dat hoorde Lola niet alleen, ze voelde het ook. Zware voetstappen op de trap. Ze keek naar Frieda. De sleutel draaide om.

Frieda stapte langs haar heen en duwde de wasmachine schrapend over de vloer tot hij voor de keukendeur stond.

'Wegwezen,' zei ze.

Lola morrelde aan de deurklink van de buitendeur, maar ze kreeg hem niet open. *Zit hij op slot?* Ineens werd er op de andere deur gebonsd.

Frieda duwde haar opzij, kreeg de buitendeur open en sleurde haar mee de tuin in.

Toen bleef Frieda staan. Ze liep terug naar binnen, en vanaf dat moment leek alles heel langzaam te gaan, als in een droom, een droom waarin je onder water zwemt of door mul zand loopt.

Frieda kwam weer tevoorschijn met een sleutel in haar hand. Ze rende naar de poort, haalde hem van het slot en trok hem open. Lola kon zich niet meer bewegen. Frieda kwam terug en sleurde haar mee de steeg in. Ze wees naar links.

'Rennen. Niet stoppen,' riep ze.

Lola rende een paar passen en keek toen achterom. Frieda bukte zich om de poort op slot te doen. Lola begon weer te rennen, nu al buiten adem. Voordat ze het wist, liep Frieda naast haar, pakte haar bij de hand en trok haar mee.

'Niet nadenken. Gewoon rennen.'

Lola voelde hoe ze werd meegesleurd, rechtsaf, linksaf, onder de spoorbaan door, een woonwijk in. Ze durfde niet om te kijken naar wat hen misschien achtervolgde.

Ze kwamen bij een drukke weg. Het was de weg die ze een paar minuten eerder nog waren overgestoken, maar nu voelde het als een heel andere wereld. Alles leek een waas van beweging, en te midden van alle lawaai en commotie zag Lola hoe Frieda haar hand opstak en een taxi aanhield.

Frieda duwde haar naar binnen en ze werd overspoeld door de geur van leer en schoonmaakmiddel.

'Metrostation Mile End,' zei Frieda fel, en Lola voelde de taxi wegrijden.

Frieda pakte haar telefoon en belde. 'Hij was in het huis,' zei ze. 'Dean Reeve was in het huis. Hij wist waar we waren.'

'Waar bent u nu?' Dugdales stem klonk gejaagd.

'We konden wegkomen. We zitten in een taxi.'

'We?'

'Lola is bij me.'

'Hoe is het met haar?'

'Hoe denkt u? Maar ze is niet gewond.'

'Ik zal een team naar het huis sturen.'

'Dat heeft geen zin.' Frieda keek even naar Lola, die voor zich uit staarde. 'Ik heb u verteld waar ik zat en u beloofde die informatie voor uzelf te houden, maar hij wist waar we waren.'

'Ik weet niet hoe dat kan. Dat zal ik uitzoeken.'

'Doe dat.' Frieda stopte de telefoon weer in haar zak.

Toen ze bij Mile End uit de taxi stapten, was Lola compleet van de kaart.

'Gaat het?' vroeg Frieda.

Lola keek om zich heen en vervolgens omlaag naar de plastic zak die ze nog steeds in haar hand had.

'Ik heb mijn nieuwe kleren bij me,' zei ze. Toen bukte ze zich en gaf herhaaldelijk over op de stoep, terwijl ze zich bleef verontschuldigen.

'Sorry,' zei ze. 'Het spijt me.'

Frieda pakte een zakdoekje, veegde Lola's mond af en sloeg een arm om haar heen. 'Het is goed,' zei ze.

'Het is niet goed. Het komt nooit meer goed.'

'Iemand heeft informatie gelekt,' zei Dugdale terwijl hij keek naar de mannen en vrouwen die zich in de kamer hadden verzameld. Zijn stem, anders zo kalm, trilde van woede. Hij balde zijn handen tot vuisten en zei nog eens, nu luider: 'Iemand heeft gelekt. Dat is altijd onacceptabel. Maar in deze situatie is het ronduit verachtelijk. Horen jullie me? Dean Reeve is erachter gekomen waar Frieda Klein en Lola Hayes zich schuilhielden. Wie kende hun verblijfplaats? Wij – of in elk geval sommigen van ons. Heeft iemand daar iets op te zeggen?'

Er hing een gespannen stilte. Niemand durfde zelfs maar adem te halen.

'Wij zijn van de politie. We zijn er voor ieders veiligheid, om mensen te beschermen tegen gevaar.' Hij sloeg zijn armen over elkaar en keek boos om zich heen. 'Heeft iemand met de pers gepraat?'

Weer bleef het stil. Er kraakte een stoel.

'Of geheime informatie over deze zaak met anderen gedeeld?'

'Dat zouden we nooit doen,' zei Quarry, maar zonder veel overtuiging. Hij wist heel goed dat dat wel gebeurde.

'Het komende uur ben ik in mijn kantoor. Als iemand me iets te vertellen heeft, weet die me te vinden.'

37

'Pak mijn arm,' zei Frieda.

Lola haakte haar arm door die van Frieda, en Frieda voelde het meisje huiveren. Ze leidde haar door de straat en sloeg toen af door een opening in het ijzeren hekwerk. Ze lieten de drukke mensenmassa achter zich en werden ineens omringd door gras en grafzerken. Vóór hen doemde een grijze kerk op.

'Dit is St Dunstan's,' zei ze terwijl ze Lola naar de ingang loodste. Het volgende moment stonden ze in het koele schemerdonker, omringd door de geur van hout en kaarsen. 'Dit zijn de kerkklokken uit het "Oranges and Lemons"-versje, de klokken van Stepney. Dit is al meer dan duizend jaar een gebedsplaats. Ga zitten.'

Lola plofte neer op de houten kerkbank. Frieda reikte in de plastic zak van de Gap en haalde de grijze hoody eruit. Ze ritste hem open en sloeg hem om Lola's schouders. 'Ik moet even bellen,' zei ze. 'Blijf hier zitten.'

Lola knikte en leunde naar voren met haar hoofd in haar handen, alsof ze in gebed was. Frieda liep terug naar de ingang. Ze viste haar telefoon uit haar zak en belde.

Een halfuur later stonden Lola en zij op St Pancras Station, vlak bij het perron van de Eurostar. Mensen liepen in een gestage stroom langs hen heen, sommige in pak en met aktetas, andere met een rolkoffer of rugzak. Een kleuter viel vlak voor Frieda's voeten op de grond en keek haar verbaasd aan, liggend op zijn rug totdat zijn moeder hem opraapte.

Frieda nam Lola mee naar een vegetarisch restaurant. Ze bestelde twee thee, een bakje kiemgroenten, een Griekse salade en twee broodjes.

'Ik heb geen honger,' zei Lola. 'Niet na alles wat er is gebeurd.'

'Normaal gesproken vind ik dat je mensen niet moet dwingen om te eten. Maar jij moet nu echt iets eten. Toe nou maar.'

Frieda keek toe terwijl Lola weifelend een paar happen van de salade nam.

'Het gaat niet,' zei Lola uiteindelijk.

'Je hebt het in elk geval geprobeerd,' zei Frieda. 'Dat is het belangrijkste.'

'Zijn we hier met een reden?' vroeg Lola.

'We hebben met iemand afgesproken.' Frieda keek op haar horloge. 'Maar dat duurt nog even.'

Ze zaten aan een tafeltje bij het raam en Lola keek naar de passerende menigte, de groepen schoolkinderen, de gehaaste toeristen met hun rolkoffers. Maar daar besteedde Frieda geen aandacht aan. Die leek gewoon maar wat voor zich uit te staren. Toen keek ze op, en Lola wist niet of Frieda nu vorsend naar haar keek, of naar iets achter haar.

'Wat doen we nu?' vroeg Lola. 'Gewoon afwachten totdat Dean Reeve weer iets doet?'

'Heb jij een beter idee?'

'We kunnen wachten tot de politie hem te pakken heeft.'

'Daar wacht ik al jaren op.' Frieda legde haar hand op die van Lola. 'Je kunt hier weggaan,' zei ze. 'Dat kan ik voor je regelen.'

Lola huiverde. 'Dat durf ik niet,' zei ze. 'Hij zou me toch vinden.'

'Zelfs niet na alles wat je hebt meegemaakt?' zei Frieda. 'Wat je hebt gezien?'

'Zeker niet na dat alles.'

Frieda pakte een pen uit haar zak, vouwde een papieren servetje open en begon erop te tekenen.

'Ongelooflijk,' zei Lola. 'Hij heeft ons bijna te pakken, we zijn bijna dood, maar jij blijft nog steeds doodkalm.' Ze keek naar wat Frieda aan het tekenen was. Ze herkende de vorm, als spaken in een wiel. 'Weer die rivieren van je?'

'We proberen steeds te bedenken wat wij moeten doen. Maar de echte vraag is wat hij gaat doen. Hij had ons bijna te pakken, maar we zijn ontkomen. Hij had een plan. Toen moest hij improviseren. Maar het is allemaal niet gelopen zoals hij wilde. Dus de vraag is: wat gaat hij nu doen?'

Lola staarde haar apathisch aan. Frieda pakte haar telefoon en belde.

'Ik had niet verwacht zo snel alweer van u te horen,' zei Dugdale aan de andere kant van de lijn. 'Is er iets gebeurd?'

'Ik heb iets bedacht. Kent u Beverley Brook?'

'Zou ik haar moeten kennen?'

'Het is geen vrouw. Het is een rivier die door Richmond Park loopt.'

'Die ken ik niet. Ik ben meer thuis in Oost-Londen. Hoezo?'

'Reeve gaat alle ondergrondse rivieren af, een voor een, als de spaken van een wiel. Ik denk dat Beverley Brook misschien wel de volgende is.'

'Hij gaat ze een voor een af,' zei Dugdale. 'Tja, zo kun je het ook noemen. U bedoelt dat hij er mensen vermoordt.'

'Dat bedoel ik, ja.'

'En wat verwacht u nu van ons? Dat we die hele rivier in de gaten houden?'

'Daar is hij te lang voor. Hij loopt door Wimbledon, Richmond en Putney.'

'Waarom vertelt u me dit dan?'

'Zodat u erop bedacht bent. Misschien valt u iets op wat niet in de kranten komt.'

'Een moord komt altijd in de kranten.'

'Misschien is het geen moord. Misschien is het wel niets. Ik gok maar wat.'

'Ik zal het in de gaten houden. Nog één ding: hebt u al een nieuwe verblijfplaats?'

'Dat hoor ik zo.'

'Gaat u me vertellen waar het is?'

Frieda keek naar Lola. Hun blikken kruisten. 'We zullen zien,' zei ze. 'Voorlopig niet. Iemand heeft gelekt.'

'Dat zal niet nog eens gebeuren.'

'Voorlopig niet,' herhaalde ze. 'Laat het me alstublieft weten als u iets tegenkomt.' Ze hing op.

'Beverley Brook?' vroeg Lola.

'Ja,' zei Frieda.

'Is die vernoemd naar een vrouw die Beverley heette?'

'Dat dacht Dugdale ook al. Hij is niet vernoemd naar een vrouw. Er leefden vroeger bevers in de rivier. Lang geleden.'

'Wat gaat de politie nu doen?'

'Dat is aan hen. Ze weten van de theorie over de rivieren en de naamdagen. Maar eigenlijk weten ze dan nog niets.'

'Hoe bedoel je?'

'Elke dag is wel een naamdag. Dean richt zich niet op bepaalde types. Hij selecteert zijn slachtoffers op naam en wacht tot hun dag aanbreekt. Het zou best kunnen dat hij al meer mensen heeft vermoord en alleen maar wacht op het juiste moment om dat bekend te maken.'

'En de politie kan niet bij Beverley Brook gaan posten?'

'We weten niet voor hoelang dat zou moeten. Dagen. Weken. Misschien gebeurt er wel helemaal niets.'

'Wat doen we dan nu?'

'Frieda,' klonk een bekende stem achter haar, en ze draaide zich om.

Walter Levin was gekleed in een krijtstreeppak en droeg een stropdas die van groezelig touw leek te zijn gebreid. Zijn schoenen glommen als gepoetste kastanjes. Zijn ogen achter de dikke brillenglazen leken op gladde kiezelstenen.

'Bedankt dat u bent gekomen,' zei ze.

'Dat leek me beter dan bellen, gezien de situatie.'

'U hebt vast gelijk. Lola, dit is Walter Levin.'

Hij pakte Lola's hand zo stevig vast dat ze een kreet onderdrukte.

Frieda keek haar aan. 'Ik moet iets met meneer Levin bespreken. Is het goed als we je even alleen laten?'

Lola knikte.

'Ik moet naar de wc,' zei ze.

Frieda wees naar een deur achter in het restaurant, pakte een briefje van twintig pond en legde het op tafel. Ze stond op en liep met Levin de stationshal in. Zijn joviale houding verdween.

'Heeft iemand u verraden?' vroeg hij.

'Dean Reeve wist waar we waren.'

'Weet u hoe hij daarachter is gekomen?'

'Dat probeer ik te achterhalen. Ondertussen moet ik uitkijken wie ik in vertrouwen neem over mijn verblijfplaats.'

'Hopelijk weet u dat u mij wel kunt vertrouwen.'

'Hierin wel, in elk geval.'

Levin keek geamuseerd. 'Zijn er dingen achtergebleven?'

Frieda schudde haar hoofd. 'Niets belangrijks. Ik heb mijn laptop, telefoon en portemonnee meegenomen. Verder liggen er alleen nog wat kleren en toiletartikelen, en er staat wat eten in de koelkast. Dat moet worden weggehaald voordat de bewoners terugkomen. En ze hebben vier katten waarvoor moet worden gezorgd.'

Hij glimlachte. 'Dat zal Jude wel een leuk klusje vinden. Ze klaagt altijd dat ze nauwelijks buiten komt.'

Frieda overhandigde hem de sleutels en noemde het adres. 'Als onze spullen zijn weggehaald, moet de sleutel van de voordeur naar mijn nichtje Chloë, zodat zij hem aan haar huisgenoot kan teruggeven.'

'Laat dat maar aan ons over.'

'Wilt u haar adres?'

'Ik heb haar adres.'

'O ja?'

'Vergeet niet dat we inmiddels al een aardig tijdje bevriend zijn.'

'Noemt u dat bevriend?' Frieda keek bedenkelijk. 'Goed, waar stuurt u ons naartoe?'

'Ik heb het opgeschreven.' Hij klopte op zijn vele zakken en haalde toen een wit kaartje tevoorschijn. 'Jock Keegan is er om vijf uur met de sleutels.'

'Waar zijn de eigenaren?'

'Daar hoeft u zich geen zorgen om te maken.' Hij keek op de grote stationsklok. 'En nu moet ik mijn trein halen.'

Samen liepen ze terug naar het restaurant. Ze zagen Lola al zitten voordat zij hen zag.

'Gaat het wel goed met haar?' vroeg Levin.

'Hebt u het dossier gelezen?'

'Ik weet dat ze het lichaam van haar vriendin heeft gevonden. Ze is ternauwernood aan Dean Reeve ontsnapt. Niet iedereen kan daarmee omgaan.'

'Wat is het alternatief?'

'Ik bedoel dat ze een risico zou kunnen worden. Voor u.'

Frieda keek hem fel aan. 'Een risico? Wat bedoelt u daarmee?'

'Ik bedoel dat we altijd iets kunnen regelen. Om u te helpen.'

'En haar ook?'

'Vanzelfsprekend.'

'Op dit moment weigert ze bij me weg te gaan. Misschien verandert dat nog. Maar bedankt.'

Levin keek Frieda bezorgd aan. 'Deze keer hebt u geluk gehad,' zei hij. 'Dankzij uw alertheid, uiteraard. En u was goed voorbereid. Maar daar zal hij van leren.'

'Dus dit mag niet nog eens gebeuren.'

Levin stak zijn hand uit, maar Frieda schudde haar hoofd. 'Waarom?' vroeg ze.

'Wat bedoelt u?'

'Dit is de laatste keer dat we elkaar zullen zien.'

'Dat moet u niet zeggen,' zei Levin. 'Dat klinkt morbide.'

'Hoe het ook afloopt, ik ben klaar met dit alles.'

'Met het hele politiegebeuren, bedoelt u?'

'Ja, precies. Dus ik wil het weten: waarom ik? Waarom koos u ervoor om mij te helpen, of te gebruiken, of hoe u het ook wilt noemen?'

Levin keek om zich heen. 'Dit lijkt me eerder iets om met een drankje bij een knappend haardvuur te bespreken, niet in een druk station.'

'Laat maar. Ik had toch geen antwoord verwacht.'

'Nee, dokter Klein. Ik wil best antwoorden.' Er verscheen een ongebruikelijke uitdrukking op Levins gezicht. Hard, sluw, een beetje beangstigend. Een glimp van hoe hij echt was. 'Een paar jaar geleden dronk ik iets in Whitehall.' Hij glimlachte flauwtjes. 'Ik geloof dat ik zowaar bij een haardvuur zat. En de man met wie ik had afgesproken, een man wiens oordeel ik respecteer, vertelde me over iemand die me wellicht zou interesseren. Hij had het over u, uiteraard, en uw betrokkenheid bij de zaak-Dean Reeve. We deden wat onderzoek naar u, en naar de tragische zelfmoord van uw vader...'

'Als u nu iets gaat zeggen als "Van elke tegenslag word je sterker" dan...'

'Daar zit in dit geval wel een kern van waarheid in,' ging Levin verder. 'Zo was er dat nare voorval in uw tienertijd, waardoor u uiteindelijk van huis wegging. Ik heb meerdere mensen uit uw verleden gesproken. Heel interessant. Ik begon de ontwikkelingen rond u te volgen en ik dacht: zo iemand zou ik moeten rekruteren.'

'Maar u hebt me niet gerekruteerd. U hebt me gebruikt.'

'Dat is wel erg cru, dokter Klein. Ik zou eerder zeggen dat we elkaar hebben geholpen.'

'Ik wil niet ondankbaar klinken.'

Levin glimlachte. 'Zo klinkt u ook niet,' zei hij. 'Ook al doet u nog zo hard uw best. Goed...' Hij zweeg even. 'Ik ben niet het type voor een omhelzing of een kus op de wang, dus ik zal u gewoon een hand geven, maar ik kan u verzekeren dat hier een diepe waardering uit spreekt.'

Plechtig gaf Levin haar een hand, maar hij liet niet meteen los. 'Wat dat rekruteren betreft...' begon hij.

Frieda trok haar hand terug. 'Nee,' zei ze.

'U zou er goed in zijn,' zei hij. 'U zou het uitdagend vinden, stimulerend.'

'Ja,' zei Frieda. 'Het is als een drug. Daarom moet ik er ook mee stoppen.'

Bedroefd schudde Levin zijn hoofd. 'Dat vermoedde ik al.

Maar ik heb het gevoel dat ik er niet genoeg aan heb gedaan.'

'U hebt meer dan genoeg gedaan,' zei Frieda. 'Dit laatste deel moet ik alleen doen.'

'Daar was ik al bang voor. Welnu, ik heb een verblijfplaats voor u geregeld, ik heb u niet kunnen rekruteren, we hebben elkaar de hand geschud. Dan valt er verder niets meer te zeggen.'

Hij klopte op het raam van het restaurant. Lola keek om en Levin zwaaide even. Toen liep hij weg en verdween in de mensenmassa. Frieda ging terug naar binnen, naar Lola.

'Wie was dat?' vroeg Lola.

Frieda dacht even na. 'Dat is een lastige vraag. Hij heeft me ooit een dienst bewezen, en ik hem ook een paar keer. Wees op je hoede als iemand je een dienst bewijst. Je weet nooit waar dat toe leidt.'

'Waarom keek hij me zo aan?'

'Hoe bedoel je?'

'Alsof hij me in een laboratorium wilde ontleden.'

'Zo kijkt hij altijd. Goed, ik moet je iets zeggen.'

Lola kromp ineen en keek haar angstig aan. 'Wat is er? Je klinkt boos.'

'Ik ben niet boos, maar wel serieus. Ik vind dat je je irrationeel gedraagt, Lola. Je klampt je aan me vast als een kind aan zijn moeder, maar ik ben niet je moeder en jij bent geen kind. Ik kan niet langer je veilige haven zijn.'

'Nee.' Lola keek Frieda aan als een zielig kind, met grote ogen en open mond terwijl de tranen over haar wangen rolden. 'Het gaat best. Ik raap me wel weer bij elkaar. Ik zal je helpen en alles doen wat je zegt, maar stuur me niet weg. Ik ga toch niet. Frieda?'

Frieda keek haar een paar seconden aan en knikte toen. 'Weet je dat echt heel zeker?'

'Ja.'

'Goed dan. Als dat is wat je wilt. Maar je doet wat ik zeg.'

'Beloofd.' Lola ademde huiverend in, veegde haar tranen weg met haar mouw en vroeg: 'Waar gaan we nu naartoe?'

Frieda keek naar het adres in keurige krulletters op het kaartje dat Levin haar in de hand had gedrukt.

'Rivingdale Terrace 18A,' zei ze fronsend. 'Ik weet waar dat is.'

'Wat? Is het zo erg?'

'Ik denk niet dat je ooit op zo'n plek hebt gewoond.'

38

Frieda en Lola gingen eerst naar een kampeerwinkel aan Euston Road, waar ze nog twee slaapzakken kochten omdat ze niet wisten wat er op hun nieuwe plek aanwezig was. Toen liepen ze langs het kanaal in de richting van Regent's Park. De wind blies bladeren over de grond en er wervelden flarden geel, rood en bruin door de lucht. Frieda dacht aan het bericht dat Dean Reeve haar nog niet zo lang geleden had doorgegeven: *we zijn allemaal als bladeren aan een boom… en de herfst is in aantocht.*

Lola, die moest doorlopen om Frieda bij te houden, was het ene moment zwijgzaam en het andere moment een spraakwaterval.

'Ik heb zin in een sigaret,' zei ze opeens. 'Ik ben niet echt een roker. Meestal alleen op feestjes. Maar nu zou ik graag een roker zijn en diep inhaleren, zoals mijn vriendin Lily. Dan zuigt ze haar wangen helemaal naar binnen. Dat wil ik nu ook.'

'Misschien omdat roken je iets te doen geeft als je je geen raad weet met een bepaalde situatie,' zei Frieda. 'Een paar minuten lang is dat het enige waar je mee bezig bent, met het roken van een sigaret.'

'Waarschijnlijk zou ik er alleen maar duizelig van worden. Waarom zijn we hier?'

'Dit is Rivingdale Terrace.'

'Dit? Wauw!' Heel even klonk ze weer als de oude, onbevangen Lola.

De statige witte gebouwen met hoge pilaren en grote portieken stonden een stukje van de straat af achter ijzeren hekken.

'Het lijkt wel een paleis,' zei Lola. 'Wie woont hier?'

'Niemand, blijkbaar,' zei Frieda. 'Waarschijnlijk is het van iemand die in het buitenland woont en het als investering heeft gekocht.'

'Sommige ramen zijn zo groot als een huis.'

Jock Keegan kwam vanaf de andere kant aanlopen, breedgeschouderd en met kortgeschoren haar, in het versleten pak dat hij al vanaf hun eerste ontmoeting had gedragen. Frieda zag dat hij langzaam liep, sjokkend langs de imposante façade met zijn blik op de straatstenen gericht.

'Dokter Klein,' zei hij toen hij hen bereikte. 'En dit is zeker uw vriendin.'

'Dit is Lola.'

'Jullie maken een zware tijd door.'

Hij stak zijn hand in zijn jaszak en haalde er twee sleutels uit, een grote en een kleinere.

'Hebben we buren?' vroeg Frieda terwijl ze de sleutels aannam.

'Op Rivingdale Terrace kan niemand je horen gillen,' zei hij. 'Ik weet niet of dat een pre is of niet. De meeste van deze huizen staan leeg. Als je 's avonds langsrijdt, brandt er geen licht. De eigenaren houden zich ergens anders op, met de rest van hun buit.'

Frieda glimlachte. Ze kon Keegans zwartgalligheid wel waarderen.

'Jullie appartement staat al meer dan vijf jaar leeg,' ging hij verder. 'Willen jullie dat ik mee naar binnen ga?'

'Dat is niet nodig. Bedankt.'

'Ik heb nog iets.'

Hij pakte een kleine envelop en gaf die aan Frieda.

'Reservesleutel?' vroeg ze.

'Als jullie er in allerijl vandoor moeten, zit hier een sleutel en een adres in. Het is altijd goed om een adres achter de hand te hebben.'

'Slim,' zei Frieda.

'Wees voorzichtig,' zei hij, waarna hij zich omdraaide en wegliep.

Hun appartement was een maisonnette op de begane grond en de eerste etage. Het had een hal die groter was dan Lola's totale appartement, een washok, een eigen fitnessruimte met een boksbal en een roeimachine, en een kleine aparte woonruimte die waarschijnlijk voor een dienstbode was bedoeld. Er waren twee zitkamers, een op elke etage, met in de bovenste een halfronde bar en een bronzen beeld van een naakte vrouw, en in de onderste een beamer en een scherm aan de muur. Er was een eetkamer waar acht stoelen met hoge rugleuning en roodfluwelen bekleding rond een lange tafel stonden opgesteld, een grote keuken, een badkamer met gouden kranen en marmeren wastafels, en twee slaapkamers waarvan één met een aangrenzende kleedkamer en een hemelbed met zware paarse gordijnen, en beide met eigen badkamer en een kluis die aan de vloer was verankerd. Er hingen enorme, kitscherige kroonluchters aan de plafonds, en schilderijen van zonsondergangen in rijkversierde lijsten aan de muren. Aan de achterkant lag een tuin met sierbomen in enorme aardewerken potten en vooraan een terras over de hele lengte van het appartement. Vanaf daar keken ze direct uit op het park, dat goud oplichtte in de late middagzon.

De wanden waren vochtig en beschimmeld, en een van de binnenmuren was half ingestort waardoor de balken eronder zichtbaar waren. Er drupte water door het plafond de eetkamer in, waar de houten vloer half was vergaan en de muren doorweekt en verrot waren. Het fluweel van de stoelen was aangevreten; in de leren bank leken muizen te nestelen, of misschien wel ratten; en de chaise longue met zijn vergulde frame lag op zijn kant omdat de poten waren afgebroken. De paarse gordijnen van het hemelbed waren vaal en gescheurd. De matrassen in de slaapkamers waren vochtig en bevlekt. De enorme spiegel in de hal was verweerd. Het behang in de grootste zitkamer bobbelde, alsof er iets onder zat wat probeerde te ontsnappen. De ramen zagen zwart van een dikke laag vuil en in een aantal zaten barsten. In de keuken stapte Lola bijna op de rottende overblijfselen van een duif. De tuin was een jungle van onkruid en afval, met een grote barbecue die in het midden stond weg te roesten. Overal lagen muizenkeutels en in elke kamer hing een zware, ranzige geur.

Lola vertrok haar gezicht. 'Wat is het hier smerig.'

Frieda zei niets. In plaats daarvan liep ze naar de keuken, waar ze de tegels onder haar voeten voelde kleven, en draaide de kraan open. Er klonk een borrelend geluid en na een paar seconden sputterde er water uit.

'We kunnen schoonmaken,' zei ze. 'Een klein stukje om in te leven. We blijven hier toch niet lang.'

Ze begon de keukenkastjes open te trekken.

'Wat zoek je?'

'Emmers, dweilen. Ah, kijk aan. Deze zijn prima.' Ze keek op haar horloge. 'We hebben nog genoeg tijd om schoonmaakmiddelen te kopen, en dan halen we meteen eten voor vanavond.'

'Zal ik gaan? Dan moet je me alleen wel geld geven.'

'We gaan samen. Ik kan wel wat frisse lucht gebruiken.'

Toen ze terugkwamen, deden ze de ramen van het slot en zetten ze allemaal open. Ze veegden vuil en stof op, muizenkeutels, dode spinnen en vliegen, de rottende duif, glasscherven, voorwerpen die ze niet eens konden identificeren. Ze namen oppervlakken af, maakten de wc en het bad schoon, dweilden de vloer met vele emmers water. Ze haalden alle dekens van het grote bed en propten ze in vuilniszakken. Frieda keek toe hoe Lola schoonmaakmiddel sprayde en aangekoekt vuil wegschrobde. Ze had een blos op haar wangen; het leek beter met haar te gaan dan een paar uur geleden. Waarschijnlijk deed het haar goed om bezig te zijn.

Om negen uur 's avonds waren één slaapkamer, de aangrenzende badkamer en de keuken schoon genoeg om er binnen te gaan zonder meteen terug te deinzen van afschuw.

'Zo moet het maar,' zei Frieda.

Toen pakte ze het eten dat ze had gekocht: pitabrood, hummus, voorgesneden stukjes wortel, een bakje olijven, een netje mandarijnen, een pak Digestive-koekjes. Naast de Poolse supermarkt hadden ze een winkeltje gevonden dat van alles verkocht – opblaasbadjes, wandelstokken, feestmutsen, goedkope mokken – en Frieda legde een felgekleurd papieren tafelkleed op de grond in de zitkamer, over de vlekken in het beschimmelde tapijt. De tafel en de vloer waren met geen mogelijkheid meer schoon te krijgen, en bovendien was de roodfluwelen bekleding van de stoelen gescheurd en verrot.

'Een picknick,' zei ze.

'Denk je dat er hier ratten zitten?'

'Misschien.'

'Ik haat ratten. Ze hebben zo'n dikke staart.'

'Het is maar voor een paar dagen. Het belangrijkste is dat we veilig zijn.'

'Je was helemaal voorbereid,' zei Lola. 'Hoe wist je het?'

'Ik wist het niet. Maar het is net als met schaken. Je moet een paar zetten vooruitdenken.'

Lola knikte. Ze scheurde een stukje van het pitabrood en doopte het in de hummus, maar ze at het niet op. 'Ik ben nog steeds een beetje misselijk,' zei ze. 'Ik heb honger, maar ik ben bang dat ik misschien weer moet overgeven.'

'Eet wat om te kijken hoe het valt.'

Lola stopte een heel klein stukje in haar mond en begon te kauwen. 'Toen ik nog thuis woonde, probeerde mijn moeder me altijd op dieet te krijgen,' zei ze. 'Ik was best mollig als tiener. Dan keek ze naar me en zei: "Volgens mij zit er een prachtige Lola onder al dat vet verscholen."'

Frieda keek haar onderzoekend aan. 'Hoe voelde je je daarbij?'

Lola haalde haar schouders op. 'Ze wilde gewoon het beste voor me. Net als mijn vader. Ik ben hun enige kind, snap je. Ze dachten dat ze helemaal geen kinderen konden krijgen, dus ik was hun wondertje, dat zich aankondigde vlak voordat mam in de overgang kwam. Maar volgens mij voldeed ik niet helemaal aan hun verwachtingen. Als ik weer eens iets doms had gedaan, wierpen ze elkaar een bepaalde blik toe. Ze dachten dat ik dat niet doorhad. Het was hun blik van "typisch Lola". Ik wil niet weten wat zij van dit alles zouden vinden.' Ze lachte even en stopte nog wat pitabrood in haar mond. 'Ach ja.'

Frieda stond erop om bij Lola in de slaapkamer te slapen. Deze keek uit over de voormalige stallen, die nu tot zeer elegante woningen waren omgebouwd.

'Ik heb nachtmerries,' zei Lola. 'Ik hou je alleen maar wakker.'

'Ik hou mezelf al wakker,' zei Frieda. 'Voorlopig zitten we aan elkaar vast, als twee bergbeklimmers.'

'Dat heb ik nooit een fijn idee gevonden. Als de een valt, sleurt hij de ander met zich mee.'

'Laat ik voor de verandering eens de optimist spelen,' zei Frieda. 'Als de een valt, wordt hij door de ander gered.'

Midden in de nacht hoorde Frieda Lola's trage ademhaling. Ze nam aan dat ze lag te slapen, totdat haar stem door de duisternis klonk.

'Ben je wakker?'

'Ja.'

'Het spijt me. Ik ben je alleen maar tot last. En ik hou je ook nog eens wakker.'

'Je bent me niet tot last en ik was toch al wakker. Maar ik heb het je al gezegd: ik kan er nog steeds voor zorgen dat je hier weg kunt.'

'Ik kan nergens anders naartoe.'

'Kun je niet naar je ouders?'

'Nee!' Dat woord kwam eruit als een gepijnigde kreet. 'Dat kan ik niet maken. Dan breng ik ze in gevaar. Begin maar niet over ze. Ik wil niet eens aan ze denken.'

'We vinden wel een oplossing,' zei Frieda. Maar er kwam geen reactie. Het enige wat ze hoorde, was Lola's gestage ademhaling. Ze sliep. Of ze deed alsof ze sliep.

De volgende ochtend stonden ze vroeg op. Frieda zette koffie, pakte wat fruit en drong erop aan dat Lola het opat. Ze reikte haar de partjes appel en sinaasappel een voor een aan. Lola zag bleek en reageerde nauwelijks ergens op. Frieda moest haar naar de douche loodsen en legde kleren voor haar klaar.

'Kan ik niet gewoon mijn pyjama aanhouden?'

'We gaan een eindje wandelen.'

'Ga jij maar. Ik kruip liever terug in bed.'

'Dat kan niet. Als jij binnenblijft, moet ik ook binnenblijven. En ik heb geen zin om binnen te blijven.'

Lola keek alsof ze wel wilde protesteren maar niet genoeg energie had. Dus trok ze langzaam haar kleren en haar jas aan.

Frieda nam haar mee naar buiten en ze staken de straat over naar het park. Ze zagen de gebruikelijke hardlopers en mensen met honden, en een groepje jonge Amerikanen die een football overgooiden.

'Moeten we ons niet schuilhouden?' vroeg Lola.

'Dat doen we ook.'

'Hebben we met iemand afgesproken?'

'Nee.'

'Gaan we weer langs een van je rivieren lopen?'

'We steken er zo eentje over, maar dat is nu niet relevant.'

'Wat is dan wel relevant?'

'Misschien gaat het er juist wel om dat je je daar even niet mee bezighoudt.'

Lola keek Frieda verward aan. 'Ik ben niet een van je patiënten.'

'Zou dat wel nodig zijn?'

Lola draaide zich weg van Frieda, en toen ze iets mompelde, leek ze zich niet direct tot iemand te richten. 'Niemand kan me helpen.'

Ze zwegen een paar minuten terwijl ze door het park liepen. Toen keerden ze weer om. Frieda wees naar de vijvers aan hun rechterkant.

'Die horen bij de Tyburn,' zei ze. 'Als je een tour wilt.'

'Ik wil geen tour.'

Toen ze in de buurt van de moskee in Regent's Park kwamen, wees Frieda naar de overkant van de straat. 'Daar verderop is het kanaal,' zei ze. 'Maar daar gaan we niet naartoe. Dat voelt te onbeschut. We lopen gewoon terug door het park.'

Lola gaf geen antwoord en ze slenterden verder over het gras. Toen bleef Lola staan.

'Wat is er?' vroeg Frieda.

'Ben je bang om dood te gaan?'

'Waarom vraag je dat?'

'Dat lijkt me wel een relevante vraag. Kun je niet gewoon antwoord geven?'

'Nee,' zei Frieda.

'Wil je geen antwoord geven?'

'Ik bedoel: nee, ik ben niet bang om dood te gaan.'

'Dat vreesde ik al. Daar lag ik vannacht over te piekeren.'

'Ik ben wel bang dat andere mensen doodgaan. Misschien stelt dat je gerust.'

'Niet echt.'

Chloë wachtte Jack op bij de ingang van Saffron Mews.

'Wat is er aan de hand?' vroeg hij. 'Is Frieda terug?'

'Doe niet zo dom. Dat zou je wel weten.'

Ze leidde hem door het smalle, met kinderkopjes geplaveide straatje naar Frieda's houten voordeur en belde aan. Josef deed open. Zonder iets te zeggen stapte hij opzij en liet ze binnen.

'Naar boven,' zei Chloë.

'Wat gaan we doen?' vroeg Jack.

'Dat zul je wel zien.'

Ze liepen de trap op, gevolgd door Josef. Toen ze boven waren, keek Chloë om zich heen. Josef had gelijk gehad. Het leek inderdaad alsof het altijd al zo was geweest. Op de plek van het raam zat nu een deur.

'Allemachtig,' zei Jack.

'Inderdaad,' zei Chloë. 'Best indrukwekkend. Doe de deur eens open.'

Voorzichtig, alsof hij een vreemde nieuwe wereld betrad, opende Jack de deur en stapte op het nieuwe, ruime dakterras. Hij tuurde naar zijn voeten en schuifelde voorzichtig verder om te kijken of het zijn gewicht hield. Chloë volgde hem, en daarna kwam Josef. Ze liepen naar de balustrade en leunden erop met hun handen.

'Wat heb jij allemaal gemaakt?' vroeg Jack aan Chloë.

'Alleen de balustrade. En een tafeltje.'

Jack bekeek de balustrade. 'Prachtig.'

'Het duurde eeuwen om de spijlen tussen de bovenste en onderste reling te krijgen en alles recht te maken,' zei ze. 'Ik weet niet of het wel helemaal goed is gelukt. Volgens mij heeft Josef me er alleen maar bij gevraagd om me het gevoel te geven dat ik me nuttig maakte.'

'Nee. Is mooi,' zei Josef.

'Of misschien zodat hij niet als enige de schuld krijgt als Frieda hier boos om wordt.'

Chloë en Jack keken elkaar aan. Jack bloosde en wendde zijn blik af.

'Ik weet wat je denkt,' zei Chloë.

'Nee, dat weet je niet.'

'Je denkt: als Frieda hier boos stond te zijn over dit dakterras, dan was ze in elk geval wel hier.'

Jack draaide zich om en leunde met zijn rug tegen de balustrade, waardoor Chloë zich bezorgd afvroeg of die wel stevig genoeg was.

'Nee, dat dacht ik niet,' zei hij.

'Wat dan?'

'Dat dit wel een soort magisch denken lijkt. Dat jij en Josef denken te kunnen garanderen dat Frieda weer terugkomt door dit dakterras voor haar te maken.'

'Zo klinkt het nogal kinderachtig.'

Jack glimlachte. 'Dat was niet de bedoeling. Ik wou dat ik ook had kunnen helpen, maar als ik dat had gedaan, zou ik er niemand op durven laten staan.'

Ze bleven lange tijd zwijgend naar de lichtjes staren.

'Wat is dat grote gebouw daar?' vroeg Jack.

Chloë gaf geen antwoord. 'Waarom doet Frieda dit, denk je?' vroeg ze.

Josef haalde zijn schouders op.

'Dat heeft deels met ons te maken,' zei Jack. 'Ze heeft gezien wat er met de mensen om haar heen kan gebeuren. Ik denk dat ze zich verantwoordelijk voelt.'

'Volgens mij is dat niet het enige. Misschien heeft ze er wel genoeg van. Soms vraag ik me af of ze niet gewoon dood wil.'

'Doe niet zo raar,' zei Jack.

Chloë keerde zich naar Josef. 'Wat denk jij, Josef? Denk je dat Frieda dood wil?'

'Waarom vraag je aan mij?'

'Als iemand dat zou weten, ben jij het wel.'

Josef haalde diep adem. 'Misschien, om iemand te redden... Ik weet niet. Ik durf niet te zeggen.'

'En om zichzelf te redden?'

Josef haalde nogmaals zijn schouders op.

'We kunnen hier niet zo blijven staan,' zei Jack. 'Laten we een toost uitbrengen op Frieda.'

'Nee,' zei Chloë. 'Niet hier. Dat zou verkeerd zijn. Straks hoort God het en worden we gestraft. Wordt Frieda gestraft.'

Jack glimlachte weer. 'Ik wist niet dat jij in God geloofde.'

'Op dit moment wil ik overal wel in geloven.'

39

'Wat denk jij? Een ijzer 5 of een ijzer 6?'

Paul Arrowsmith deed alsof hij hierover nadacht. In werkelijkheid bedacht hij dat het niet zoveel uitmaakte of Lee Denton een ijzer 5 of een ijzer 6 gebruikte, of een houten of zelfs een putter. Bij andere vrienden zou hij daar een grapje over hebben gemaakt, maar Denton nam zijn golfspel erg serieus. Dus Arrowsmith antwoordde hem op serieuze toon.

'Ik zou de 5 nemen,' zei hij. 'Die extra lengte kan van pas komen.'

'Maar misschien sla ik dan te ver,' zei Denton.

'Dan kun je beter de 6 nemen.'

'Nee, ik denk dat ik het toch op de 5 hou. Ik zal op het begin van de green mikken.'

'Om er zeker van te zijn dat je niet te ver slaat.'

Denton keek Arrowsmith wantrouwig aan, maar Arrowsmith hield zijn gezicht zo goed mogelijk in de plooi.

'Tja, laat ik het er maar op wagen,' zei Denton. Hij keek naar zijn tegenstander, die was blijven staan. 'Blijf je daar toekijken terwijl ik sla?'

'Dat was ik wel van plan. Als je dat goedvindt.'

'Ja hoor, geen probleem. Geen enkel probleem.'

Denton pakte de golfclub uit zijn tas en balanceerde hem in zijn handen alsof hij twijfelde over zijn besluit. Toen zette hij zijn voeten uit elkaar en adresseerde de bal. Hij plaatste de club naast de bal, zwaaide één keer, twee keer, en sloeg. De twee mannen bogen hun hoofd naar achteren.

Denton zuchtte. De bal was niet op het begin van de green geland, of op het eind, of überhaupt op de green. Hij was naar links afgeweken, langs de rand van de fairway gestuiterd en uit het zicht verdwenen.

'Denk je dat hij in het water ligt?'

Er liep een klein beekje dat onder de spoorbaan vandaan kwam, langs de golfbaan kronkelde en tussen de huizen aan de andere kant verdween. Het was dikke pech als je bal erin belandde. Dat was een kans van één op honderd, één op duizend.

'Ik vrees van wel.'

'Dat betekent dus een strafslag.'

'Zo zijn de regels,' zei Arrowsmith opgewekt.

'Oké, oké, speel jij je eigen bal maar, dan ga ik wel op zoek naar die van mij.'

Arrowsmith liep naar zijn bal en haalde een ijzer uit zijn tas zonder zelfs maar op het nummer te letten. Hij keek naar de bal, keek naar de green, keek weer naar de bal en raakte hem toen zuiver. De bal landde op de green, langszij, met nog een lange putt te gaan. Toch een goede uitgangspositie. Zeker gezien Dentons strafslag.

Arrowsmith keek om naar zijn tegenstander. Hij had verwacht dat Denton zijn positie stond te bepalen, of misschien nog op zijn knieën naar zijn bal zat te zoeken. Maar hij stond daar alleen maar, met zijn hoofd gebogen en zijn club nog in de hand. Arrowsmith riep hem, maar Denton keek niet om, zelfs niet toen hij nog eens riep. Ongeduldig liep Arrowsmith naar hem toe. 'Wat doe je?' vroeg hij toen hij in de buurt van zijn vriend kwam.

Denton gaf geen antwoord maar wees naar het water. Arrowsmith keek omlaag. Hij begreep eerst niet goed wat hij zag, maar toen zei hij: 'Allejezus.'

Het was een lijk, dat op zijn buik in de ondiepe beek dreef. De huid zag bleek, bijna wit, en stond strakgespannen. Arrowsmith kon niet zien of het een man of een vrouw was. 'Allejezus,' zei hij nog eens.

'Het was niet Richmond Park,' zei Dugdale. 'En ook niet Wimbledon Common. Het was op een golfbaan aan de Kingstonrondweg.'

'Waar hebt u het over?' vroeg Frieda.

'Eerder vanmorgen is het lichaam van een man gevonden, drijvend op zijn buik in Beverley Brook.'

'O nee,' zei Frieda.

'Hoe bedoelt u? Het is precies zoals u had voorspeld.'

Frieda legde haar hand op de telefoon en fluisterde tegen Lola: 'Ze hebben een lichaam gevonden. In Beverley Brook.'

Ze zag dat Lola wit wegtrok, alsof ze elk moment kon flauwvallen. Frieda haalde haar hand weer van de telefoon. 'Ja, ik had dit al voorspeld. Maar dat betekent wel dat er weer iemand dood is. Dus ik sta niet bepaald te juichen. Wie is het slachtoffer?'

'Nog niet geïdentificeerd. Het lichaam was naakt. Het is een man, waarschijnlijk tussen de vijfentwintig en vijfendertig jaar. Geen opvallende kenmerken.'

'Hoe is hij gestorven?'

'Geen wonden. Wel wat kneuzingen in zijn gezicht en op zijn borst, maar nog geen doodsoorzaak.'

'Heeft iemand iets gezien? Hingen er camera's?'

'Die Dean Reeve van u – als hij het was – heeft een goede plek uitgekozen. De mannen die het lichaam vonden, speelden een vroeg potje golf. Het lijk moet midden in de nacht zijn gedumpt. De plek is makkelijk te bereiken vanaf een pad dat onder het viaduct naast de spoorbaan loopt. Niet te zien, geen camera's.'

Frieda zei niets.

'En?' vroeg Dugdale.

'Bedankt voor het doorgeven.'

'Ik viste niet naar een bedankje. Ik wilde weten wat u nu gaat doen. Wachten tot hij alle rivieren heeft gehad?'

'Nee,' zei ze. 'Dit voelt anders.'

'Hoezo?'

'De andere moorden waren groots, en volledig geënsceneerd. Deze is kleiner, onopvallender.'

'Een naakt lichaam bij een golfbaan lijkt me anders niet zo onopvallend.'

‘Hij wist dat we ernaar op zoek waren, dus hij hoefde er geen spektakel van te maken.’

‘Wat wil hij daarmee zeggen?’

‘Dat hij er nog is.’

‘Dat weten we.’ Dugdale aarzelde even en zei toen: ‘Er is nog iets wat u moet weten.’

‘Wat dan?’

‘Over een paar dagen brengen we naar buiten dat Dean Reeve onze verdachte is. Naar mijn mening hadden we dat al veel eerder moeten doen.’

‘Waarom nu?’

‘Dat heeft de commissaris besloten.’

‘Omdat jullie geen aanknopingspunten meer hebben?’

‘Omdat we denken dat het grote publiek ons misschien kan helpen, en we willen dat ze waakzaam zijn.’

‘Waakzaam. Juist.’

‘Het wordt een mediacircus.’

‘Dat kan ik me voorstellen,’ zei Frieda droog.

‘Oké. Geef me nu jullie nieuwe adres maar.’

‘Nee.’

‘Wat?’

‘Nee. Ik geef u ons adres niet. Ik wil niet dat u weet waar we zitten.’

‘Meent u dat nou?’

‘Wat denkt u zelf? Hij wist waar we waren.’

‘Dokter Klein, luister,’ zei Dugdale nadrukkelijk. ‘Jullie lopen gevaar, dat meisje en u.’

‘Dat weet ik.’

‘Wij kunnen jullie helpen, maar alleen als u me vertelt waar jullie zijn.’

‘Ik heb mijn keuze gemaakt,’ zei Frieda. ‘Misschien is het de verkeerde keuze, maar dat is dan mijn verantwoordelijkheid. Ik ga het u niet vertellen.’

‘Niet alleen uw leven staat op het spel. Ook dat van Lola. Denk daar eens aan.’

‘Dat doe ik ook.’

‘Ik zal het aan niemand vertellen.’

‘Omdat u het niet te weten komt. Ik hou contact.’ Frieda legde de telefoon op tafel.

Lola keek haar aan. ‘Heeft hij weer toegeslagen?’

‘Ja.’

‘Weer iemand die gisteren of vorige week nog leefde maar nu dood is door dit alles.’ Lola sloeg haar hand voor haar mond. Ze knipperde even met haar grote, groene ogen. ‘Het gaat maar door,’ zei ze. ‘En je wilt geen hulp van de politie?’

‘Ik denk niet dat ze ons hulp kunnen bieden, niet de hulp die we nodig hebben.’

‘Dus we staan er alleen voor?’

‘We stonden er altijd al alleen voor.’

40

Drie dagen nadat ze de vriezers hadden gevonden, ging Quarry terug naar de garageboxen. Hij parkeerde zijn auto en liep het steegje in, terwijl hij rusteloos om zich heen keek. Hij was niets opgeschoten. Steeds als hij verslag uitbracht aan Dugdale, kreeg hij het gevoel dat hij hem teleurstelde. Toen ze de plek hadden gevonden waar Dean Reeve de lichamen had bewaard, dacht hij echt dat het tot een doorbraak zou leiden. Hij had zich voorgesteld dat hij Reeve zou vinden en voelde zelfs enige triomf bij dat vooruitzicht, een vlaag van voldoening vanwege de publieke erkenning. Dan zou Maggie met andere ogen naar hem kijken en zou zijn dochter trots op hem zijn.

Quarry stak een sigaret op. Hij rookte te veel, dronk te veel cola light en bittere koffie. De afgelopen dagen had de politie iedereen ondervraagd die hier in de buurt werkte. Dean Reeve was een paar keer herkend van de foto's die ze hadden laten zien. Hij kwam hier al maanden; ze waren net een paar dagen te laat.

Ze hadden de zoektocht uitgebreid en waren zonder veel enthousiasme langs de deuren gegaan. Maar Reeve kon natuurlijk overal zijn. Er was geen reden om aan te nemen dat de plek waar hij de lichamen bewaarde in de buurt was van zijn onderkomen. Londen telde tien miljoen inwoners, en misschien zat Reeve niet eens in Londen.

Quarry liep naar de achterste garagebox. De lampen waren verwijderd en het zag er kaal en treurig uit. Hier, in deze kleine ruimte, hadden vier vrieskisten met vier lichamen gestaan, terwijl andere mensen vlakbij aan hun auto's sleutelden en pakketjes bezorgden.

Na een paar minuten liep Quarry terug naar zijn auto en reed weg, met een somber gevoel. De route was hem inmiddels bekend: de sjofele winkeltjes, de werkplaatsen, de verlaten kantoren, de kleine appartementen met smerige ramen. Het werd al donker en er brandde licht in de huizen. Toen hij langs het gebouw reed waar ze tweedehands spullen verkochten, waaronder vriezers, zag hij twee mannen een bank uit een busje tillen.

Hij wist niet precies waarom hij stopte. Intuïtie, zou Dugdale later zeggen, met een klap op zijn schouder. Quarry slenterde naar de mannen toe. Hij toonde zijn legitimatie niet. Ze keken hem even wantrouwig aan en gingen toen verder met het sjouwen van de bank.

'Die ziet er zwaar uit,' zei hij.

Een van de mannen – jong, waarschijnlijk nog een tiener, en zo verschrikkelijk dun dat het Quarry verbaasde dat hij niet onder het gewicht van de bank bezweek – keek onzeker op. Waarschijnlijk sprak hij geen Engels. De andere man knikte brommend. Ze zetten de bank een paar meter voor de deur op de grond en keerden zich naar hem toe. Quarry haalde zijn pakje sigaretten tevoorschijn en hield het hun voor. Beide mannen namen er een.

'Is jullie baas er ook?' vroeg Quarry.

De oudere man snoof. 'Komt en gaat wanneer hij wil. Niet tillen. Alleen geld aannemen.'

Quarry knikte begrijpend. 'Wonen jullie hier in de buurt?' vroeg hij.

De man keek wantrouwig. 'U bent van politie, toch? Ik zag u vorige keer.'

'Ik ben hier niet om jullie in de problemen te brengen,' zei Quarry. 'Werken jullie hier al lang?'

'Ik twee jaar. Hij,' zei hij met een knikje naar de jongere man, 'drie, vier weken. Nog steeds heimwee.'

'Wat vervelend,' zei Quarry. 'Wonen jullie hier in de buurt?'

'Hoezo?'

'Dat vroeg ik me gewoon af. Zoals ik al zei, ik ben hier niet om jullie in de problemen te brengen.'

'Niet zomaar in buurt. In dit krot. Beneden. Zonder ramen. Met zeven man.'

'Dat is heftig.'

Quarry plofte neer op de bank en de oudere man kwam naast hem zitten. De jongere man keerde hun de rug toe en rookte gretig verder, met lange halen. Quarry haalde de foto van Dean Reeve tevoorschijn en reikte hem aan. 'Jullie baas zegt dat hij deze man nog nooit heeft gezien.'

De oudere man maakte een spottend geluid. 'Leugenaar.'

Quarry voelde zijn opwinding toenemen. 'Dus u herkent hem?'

'Ja.'

'Is hij hier geweest?'

'Ja,' zei de man weer.

'Heeft hij vriezers van jullie gekocht?'

'Drie, vier. Kwam twee keer.'

'Wanneer was dat?'

De man haalde zijn schouders op. 'Maand, twee maanden geleden.'

'Betaalde hij contant?'

'Alleen maar contant hier.' Hij hief zijn handen op. 'Zonder vragen.'

'Hoe heeft hij ze meegenomen?'

'Busje. Wij hielpen tillen.'

'Wat was het voor busje?'

'Voor busje?'

'Welke kleur?'

'Wit?' zei hij weifelend.

'U hebt zeker niet op het kenteken gelet?'

De man staarde hem wezenloos aan.

'Heeft hij gezegd hoe hij heette?'

'Waarom zou hij?'

'Nee. Oké. Ook niet waar hij woonde?'

Langzaam schudde de man zijn hoofd. De jongere man had zijn sigaret opgerookt en liet die op de grond vallen. Het was frisjes, maar hij droeg alleen een dun T-shirt. Hij zag er hongerig en verkleumd uit.

'Het is belangrijk,' zei Quarry. 'Heel belangrijk. Kunt u me verder nog iets vertellen?'

'Sorry. Misschien weet andere man meer.'

'Andere man?'

'Zijn vriend.'

Quarry ademde diep in en vroeg op kalme toon: 'Was hij met iemand anders?'

'Len.'

'Met iemand die Len heet?'

'Denk ik.'

'En zijn achternaam?'

Weer haalde de man zijn schouders op. 'Hij komt hier met fietsen. Ik zie hem vaak.'

'Verkoopt Len fietsen?'

'Ja. Goedkoop.'

'Gestolen,' zei Quarry, maar daar had hij meteen spijt van. 'Kunt u me nog meer vertellen over die Len? Weet u waar hij woont?'

'Nee.'

'Komt hij hier met de auto?'

'Busje. Grijs busje. Of wit. Vies.'

'Hoe ziet hij eruit?'

'Groot. Heel groot. Lang haar, zo.' De man bracht zijn handen bij elkaar achter zijn hoofd.

'In een staart.'

'Tattoos op armen.'

'Wat voor tattoos?'

'Gewoon tattoos. Veel.'

'Oké.'

De jongen draaide zich om, boog zich naar zijn vriend toe en mompelde iets, zacht en snel, in een taal die Quarry niet herkende. 'Wat zegt hij?'

'Dat we verder moeten.'

'Wacht.' Quarry pakte zijn portefeuille en haalde er een briefje van twintig pond uit. Dat gaf hij aan hen, samen met het pakje sigaretten. 'Nog één ding. Die Len, wanneer komt hij langs?'

'Wanneer uitkomt.'

'Is hij pas nog geweest?'

'Paar dagen geleden.'

'Weet jullie baas misschien hoe ik hem kan vinden?'

De man zuchtte en keek Quarry aan alsof hij een dom kind was. 'Baas weet niets, baas zegt niets.'

'Maar misschien heeft hij een naam, een adres.'

De man haalde voor de derde keer zijn schouders op. Toen zei hij terloops: 'Ik zag hem in pub.'

'U hebt Len gezien?'

'Ja.'

'In welke pub?'

'Three Feathers.'

'Waar is dat?'

'Vlakbij. Aan hoofdweg.'

'Daar hebt u hem een keer gezien.'

'Paar keer.'

Quarry stond op. 'Bedankt,' zei hij. Hij gaf ze nog een tweede briefje.

'Niet aan baas vertellen wat ik zei.'

'Maakt u zich geen zorgen.' Hij knikte hun allebei toe.

De Three Feathers deed Quarry denken aan de pubs waar zijn grootvader hem als kind mee naartoe had genomen. Hij moest altijd buiten wachten met een zakje chips en een cola, maar als de deur openzwaaide, had hij een glimp opgevangen van de verlokkelijke wereld daarbinnen. Zo zag deze pub er ook uit. Het enige wat ontbrak, was een dikke wolk sigarettenrook. Ze hadden geen verse maaltijden, geen verweerde houten vloeren. Wel linoleum, een gesigneerde foto van Bobby Moore, een gokautomaat en een krijtbord met de tekst DINSDAGAVOND STRIPTEASE. Een man en een vrouw van in de zestig zaten met grote glazen bier aan een tafeltje.

Quarry liep naar de bar, waarachter een jonge vrouw op haar telefoon zat te turen. Haar haar was blond, met opgeschoren zijkanten waar de roze huid van haar schedel doorheen schemerde. Ze droeg piercings in haar oren, wenkbrauwen, neus en onderlip. Ze had tatoeages op haar armen en in haar nek, en kleine stippeltattoos op haar wangen. Quarry bestelde een kop thee, die een roodbruine kleur had.

'Het is rustig,' zei hij.

De vrouw reageerde niet.

'Een vriend van me komt hier weleens,' zei hij. 'Len, zo heet hij.'

'Je hoeft je naam niet op te geven om hier een drankje te bestellen,' zei de vrouw.

'Goeie,' zei Quarry. 'Je hebt gevoel voor humor.'

Hij pakte zijn legitimatie en legde die op de bar, met de foto van Dean Reeve ernaast.

'Ik wil weten of u deze man hebt gezien. Meer niet. Kijk eens goed.'

De vrouw leunde over de bar om naar de foto te kijken, zo dichtbij dat hij haar parfum rook, als zoet verbrand rubber.

'Is dat Len?' vroeg ze.

'Nee. Een vriend van Len. Hebt u hem gezien?'

'Misschien,' zei ze.

'Misschien? Betekent dat ja of nee?'

'Dat betekent: "Ik weet het niet." Hij ziet er gewoontjes uit. Zulke types zijn er zoveel.'

'Oké. Kent u iemand die Len heet? Forse kerel, staart, tatoeages.'

'Zo iemand ken ik wel,' antwoordde ze met tegenzin.

'En die heet Len?'

'Ja.'

'Komt hij hier vaak?'

'Ik heb hem een paar keer gezien, geloof ik. Ik ben hier niet elke dag.'

'Wanneer was hij er voor het laatst?'

'Weet ik niet.'

'Drie dagen geleden? Een week?'
'Een paar dagen geleden.'
Quarry pakte zijn legitimatie en de foto terug en gaf haar zijn kaartje. 'Bel me als u hem weer ziet.'

Buiten belde hij Dugdale om hem te vertellen wat er was gebeurd. 'We moeten iemand binnen neerzetten om de boel in de gaten te houden,' zei hij. 'Voor het geval dat Len opduikt. Hij is vast makkelijk te herkennen. Het is een grote kerel met tatoeages en een staart. Of misschien komt Reeve zelf wel.'
'Surveilleren kan ook vanuit een auto. Maar goed werk.'

41

Frieda keek naar Lola, die op de grote bank in de zitkamer naar het plafond lag te staren. Ze had klitten in haar haar, een bleke huid en een wezenloze blik.

'Ik wil niet als je moeder klinken...' begon Frieda.

'Doe dat dan ook niet.'

'... maar we hebben hier fitnessapparatuur. Je kunt wat gewichten heffen of een stukje op de hometrainer fietsen. Je voelt je beter als je je hartslag omhoogbrengt.'

'Dat is een mythe,' zei Lola mat. 'Dat hebben ze onderzocht. Ze namen een groep depressieve mensen en lieten sommige sporten en andere niet, en dat maakte geen verschil.'

'Je kunt ook een boek lezen of iets tekenen.'

'Je hebt gelijk,' zei Lola.

'Hoe bedoel je?'

'Je klinkt net als mijn moeder.'

'We kunnen ook gewoon praten. Je kunt me alles vertellen wat je wilt. Je bent bang. Natuurlijk ben je bang. Maar ik zal je beschermen.'

'Zoals je je vriend hebt beschermd?' Lola draaide zich om naar Frieda om te zien wat voor effect haar woorden hadden. Maar Frieda's gezicht stond onveranderd.

'Het was niet mijn taak om hem te beschermen,' zei Frieda kalm. 'We waren toen al uit elkaar.'

'Hoeveel denk je dat het zou kosten om dit huis te kopen? Vijf miljoen?'

'Meer. Veel meer.'

'Ik logeer in een huis dat wel vijf tot tien miljoen pond waard is. Het heeft zelfs een eigen fitnessruimte, maar het voelt als een gevangenis. Nu begrijp ik waarom mensen zelfmoord plegen in hun cel. Ik weet wat je denkt: dat ik me gedraag als een verveeld kind op een regenachtige dag.'

'Dat denk ik helemaal niet.'

'Hoe dan ook, ik heb geen telefoon meer, maar ondertussen mag jij wel online om te Facebooken en te chatten met je vrienden.'

'Ik ben niet aan het Facebooken of aan het chatten met mijn vrienden.'

'Wat doe je dan?'

'Ik bekijk een plattegrond van de rivieren van Londen.'

'O, weer die kloterivieren van je.' Lola zag Frieda bedenkelijk kijken. 'Wat is er?'

'Dat weet ik niet,' zei Frieda. 'Ik zit naar die plattegrond te kijken en volgens mij klopt er iets niet.'

'Wat dan?'

'Ik heb het idee dat ik een fout heb gemaakt.'

'Hoe bedoel je? Je zei dat hij een lijk zou dumpen in Beverley Brook en dat heeft hij gedaan. Je had gelijk.'

'Ja,' zei Frieda langzaam. 'Ik had gelijk.'

Lola ging weer op de bank liggen. Frieda pakte pen en papier en tekende een simpele plattegrond van de rivieren, zoals ze al eerder had gedaan. Eerst tekende ze het kronkelende verloop van de Theems. Toen begon ze aan de noordwestkant en tekende de Fleet. Daarna ging ze verder naar het westen en tekende de Tyburn, de Westbourne, Counter's Creek. In het zuidwesten tekende ze Beverley Brook. Toen ging ze naar het oosten en tekende de Wandle, een rivier die ze maar al te goed kende. Nu aarzelde ze. In plaats van verder te gaan in het oosten, met de Falcon en de Effra, bracht ze haar pen weer naar de andere kant van de Theems, ten westen van Counter's Creek, en tekende een smal lijntje omlaag naar de Theems bij Hammersmith. Stamford Brook. Die was ze vergeten. Maar wat betekende dat? Zou het kunnen dat Stamford Brook te onbeduidend was voor Dean Reeve? Of kon daar ergens een lijk liggen dat nog niet was gevonden?

Frieda hoorde een stem. Het was niet Lola. Het was een stem in haar hoofd: 'Wat maakt het uit?' zei de stem. 'Je hebt voorspeld wat Dean Reeve zou doen en je had gelijk. Waar maak je je druk om?'

Maar er klopte iets niet en daar maakte ze zich wel degelijk druk om. Langzamerhand kreeg de gedachte waar ze al dagen mee rondliep meer vorm, als een wazige foto die ineens scherp werd, hard en kil.

'Ik hoor de ratten,' zei Lola.

'Waar hoor je ze?'

'Ik weet niet waar. Ik hoor ze gewoon trippelen en knagen. Misschien zitten ze onder de vloer of in de muren of het plafond. Als ik 's nachts mijn ogen dichtdoe, zie ik ze voor me, met die vacht, die tanden, die rode ogen, die dikke staarten. Voorbijgangers zien hier een prachtig, elegant, wit huis, maar vanbinnen is het verrot en vervallen, en van ratten vergeven.'

Frieda liep naar Lola toe, ging naast haar op de bank zitten en legde een hand op haar voorhoofd.

'Ik heb geen koorts of zo, als je dat soms denkt.'

Frieda keek haar onderzoekend aan, alsof ze een patiënt was. Als therapeute luisterde ze wanneer haar patiënten praatten en probeerde ze hen te helpen omgaan met hun problemen, met hun destructieve gedachten en gewoonten. Maar ze wist ook dat niet alles met praten kon worden opgelost. Sommige patiënten waren als een huis dat in brand stond. Het had geen zin om na te denken over het interieur of de indeling van de kamers. Je moest eerst het vuur doven. Die patiënten hadden soms antipsychotica nodig, gewoon om hun psychologische pijn een paar uren of dagen te verdoven. Of ze moesten een tijdje in een psychiatrische inrichting worden opgenomen omdat ze niet in de buitenwereld konden functioneren. Frieda kon duidelijk merken dat Lola op dit moment niet kon worden geholpen door erover te praten.

'Het is maar voor een paar dagen,' zei ze zacht. 'Er komt nu snel een eind aan.'

Lola draaide haar hoofd om en keek haar aan.

Frieda ging verder. 'Ik kan wat pillen voor je regelen. Iets om je te helpen slapen.'

'Dat is het niet. Het zijn al die dode mensen. Denk jij niet aan ze? Zie jij ze niet voor je als je je ogen dichtdoet? En er komen er alleen maar meer bij. Meer en meer en meer.'

'Nee,' zei ze. 'Er komen er niet meer en meer bij. Er komt er nog maar één bij.'

'Nog maar één? Wie dan?'

'Ik, natuurlijk.'

Lola ging rechtop zitten en draaide zich naar haar toe. 'Is dat wat je wilt? Wil je jezelf aan hem opofferen?'

'Dat is niet wat ik wil. Dat is wat hij wil.'

'En jij denkt dat als...' Lola zweeg even en toen ze verder sprak, kostte dat haar duidelijk moeite. 'Als hij jou heeft vermoord, denk je dat hij dan ophoudt? Met al dat moorden?'

Frieda boog zich naar Lola toe en streek met haar hand over haar haar, alsof ze een klein kind was dat uit een nachtmerrie was wakker geschrokken. 'Ja, Lola, dat denk ik wel.' Ze stond op. 'Ik ga thee zetten. Kruidenthee. Gember, denk ik. Wil je ook?'

'Oké.'

'Daar knap je vast van op.'

'Ik zei toch al ja.'

Frieda stond op en liep de grote zitkamer uit naar de eetkamer, die ze niet hadden gebruikt omdat de bekleding van de stoelen verrot was. Van daaruit liep ze door naar de keuken. Ze vulde de ketel en zette hem op het gas. Terwijl ze wachtte tot het water kookte, keek ze uit het raam aan de achterkant van het huis. Er liep een geplaveid straatje naar die perfecte huizen die vroeger de stallen waren geweest. In de gootsteen stonden twee mokken. Frieda waste ze af, hing in elk een zakje gemberthee, goot het kokende water erin, en roerde met een theelepeltje tot het water ambergeel kleurde. De geur van gember was op zichzelf al kalmerend.

Toen nam ze de twee mokken mee door de eetkamer naar de zitkamer. Lola was er niet. Frieda riep haar, maar er kwam geen reactie. Ze nam een slokje van de gemberthee. Die was nog te heet en ze brandde haar lippen. Frieda liep naar het raam aan de voorkant en zag Lola wankelend de straat oversteken, met haar jas aan. Ze was blijkbaar even ontsnapt om wat frisse lucht te happen en zwalkte alsof ze dronken was. Lola liep door naar een van de ingangen naar Regent's Park en verdween achter de haag.

Frieda keek naar de mokken in haar handen. Ineens voelde ze de neiging om ze op de grond stuk te smijten. Maar ze besefte dat de eigenaar dat nooit te weten zou komen en het anders toch niet erg zou vinden. Misschien kwamen hier later nog wel andere mensen onderduiken die de rommel dan moesten opruimen en dat was niet eerlijk. Uiteindelijk zette ze de mokken maar gewoon op de vloer neer.

Toen Lola het park binnenkwam, keek ze om zich heen. Snel liep ze naar een vrouw van middelbare leeftijd die twee honden uitliet. De vrouw gooide een tennisbal waar de honden achteraan gingen. Ze keek Lola aan met een mengeling van afkeer en ontsteltenis. Lola vroeg zich af waarom, maar toen herinnerde ze zich weer hoe ze eruitzag, met haar groezelige kleding en haar vale, ongewassen haar vol klitten.

'Neem me niet kwalijk,' zei Lola. 'Ik wil u niet storen, maar ik ben mijn telefoon kwijt. Ik moet mijn vriendin bellen om te vragen of ze me komt ophalen. Mag ik uw telefoon lenen? Het duurt maar een minuutje. Nog niet eens.'

De vrouw leek te twijfelen.

'Het is heel belangrijk,' zei Lola. Er sprongen tranen in haar ogen en haar stem trilde.

'Goed dan. Als je opschiet.' En ze gaf Lola haar telefoon.

Lola liep een paar meter van de vrouw vandaan en keerde haar de rug toe zodat ze niet kon meeluisteren. Ze belde het nummer dat ze uit haar hoofd had geleerd. Waarschijnlijk zou ze het de rest van haar leven onthouden.

Ze wachtte. Straks nam hij niet op. Er biggelden tranen over haar wangen, steeds dikkere tranen. Ze rolden in haar mond en ze proefde het zout. Er vloog een vliegtuig over dat een spoor achterliet in de herfstlucht. Haar hart bonsde zo wild dat ze bang was dat het uit haar borstkas zou barsten.

Hij nam op. Een zachte, hese stem.

'Met Lola,' zei ze.

Stilte aan de andere kant van de lijn, alleen zijn ademhaling.

Even dacht ze dat ze de woorden niet kon uitspreken. Ze stokten in haar keel, zwaar als stenen. Maar toen haalde ze zo fel en diep adem dat het pijn deed in haar borst. 'We zitten op Rivingdale Terrace 18A... Ja. Rivingdale Terrace. Frieda zegt dat je nog maar één persoon gaat vermoorden... Ja, natuurlijk bedoelt ze zichzelf. Ik moet ophangen.'

Lola wist niet meer hoe ze moest lopen. Ze zou het liefst op het vochtige gras gaan liggen, tussen de gevallen bladeren, en zich klein maken terwijl ze wachtte tot dit alles voorbij was. Ze wilde verdwijnen. Ze wilde dat de grond haar opslokte. Haar lichaam voelde vreemd aan, en zij voelde zich vervreemd van haar lichaam, alsof ze langzaam uit elkaar viel. Ze bleef nog even staan en probeerde haar evenwicht te hervinden. Toen liep ze het park weer uit.

'Lola.'

Met een schok kwam ze tot stilstand. Het was Frieda, die haar hand naar haar uitstak.

'O. Sorry,' wist ze uit te brengen, al klonk haar stem haar als een brij van geluid in de oren. Frieda zou vast merken dat er iets niet klopte. 'Ik had gewoon wat frisse lucht nodig.'

Frieda glimlachte en haakte haar arm door die van haar. 'Dat begrijp ik,' zei ze. 'Dit is het duurste huis waar ik ooit in heb gewoond. En het onaangenaamste. Toen ik je het park in zag vluchten, besefte ik dat we hier weg moeten.'

Lola keek Frieda aan. Er hing een tas over elk van haar schouders. 'Weg?' zei ze. 'Je bedoelt nu?'

'Nu meteen. Waarom zouden we wachten?'

'Ik moet nog wat spullen halen.'

'Ik heb alles al gepakt.'

'Maar... ik weet niet of ik het wel aankan om nog een keer te verkassen, Frieda. Ik bedoel, het is hier vreselijk, maar hoe zal de volgende plek zijn?'

'Laten we dit onder het lopen verder bespreken,' zei Frieda. Ze leidde de aarzelende Lola terug naar het park en sloeg af naar het zuiden. 'Ik wil niet de therapeute uithangen, maar als iemand zich begint in te beelden dat er ratten over haar heen kruipen terwijl ze slaapt, is het tijd om te gaan.'

'Maar je kunt je problemen toch niet oplossen door ervoor weg te lopen? Je moet ze onder ogen zien.' Lola bleef staan. Haar blik stond wild. 'Waarschijnlijk blijf ik overal ratten zien. Waarschijnlijk zitten ze gewoon in mijn hoofd. Laten we teruggaan. Alsjeblieft.'

'Dat heb ik ook weleens tegen mijn patiënten gezegd,' zei Frieda. 'Hoe vaak je ook verhuist, je neemt je problemen altijd met je mee. Maar in dit geval maak ik een uitzondering. De ratten waren echt. En waarschijnlijk zitten er ook kakkerlakken.'

Ze liepen verder en Lola liet zich door Frieda leiden terwijl ze door de bladeren sjokte.

'Waar gaan we naartoe?' vroeg ze. 'Moeten we weer contact opnemen met een van je vrienden?'

'Keegan had hier al op gerekend. Hij heeft me nog een sleutel gegeven. Het is op loopafstand. En volgens mij kunnen we allebei wel wat beweging gebruiken.' Ze keek even omhoog. 'Het gaat zo regenen,' zei ze, meer tegen zichzelf dan tegen Lola. 'Een stortregen die alles schoonspoelt.'

Ze kwamen bij de rand van het park en liepen Euston Road in. Het was verleidelijk dicht bij Frieda's huis, gevaarlijk dichtbij. Ze zou herkend kunnen worden. Ze staken de straat over en verruilden het drukke verkeer voor de rustigere straten langs de universiteitsgebouwen. Het was een route die Frieda goed kende van haar nachtelijke wandelingen. Ze liep langs de rijtjeshuizen, de eentonige rode appartementencomplexen, de kleine hotels, tot ze bij een onwaarschijnlijk klein huis op de hoek van een pleintje aankwamen. Frieda opende de voordeur en ze stapten naar binnen.

Het leek net een imitatie van een gezinswoning. Er hingen

etsen aan de muren. Aan de voorkant was een woonkamer met een bank en een paar stoelen. Aan de achterkant bevonden zich een keuken en een kleine tuin die uitkeek op de muur van een enorm gebouw. Maar het had niets persoonlijks. Geen post op de deurmat. Geen televisie en geen telefoon.

'Wat is dit voor huis?' vroeg Lola. 'Het lijkt wel een modelwoning of een filmset of zoiets.'

'Ik denk dat mijn vriend dit gebruikt voor mensen zoals wij.'

'Wat voor mensen bedoel je?'

'Mensen die een tijdje moeten verdwijnen. Daar zijn er meer van dan je denkt.'

'Wat doet je vriend precies?'

'Hij heeft typisch zo'n baan die lastig valt te omschrijven. Zoals een managementconsultant. Maar dit huis is wel beter, toch?'

Lola keek om zich heen. 'Je hebt gelijk,' zei ze. 'Dit is beter. Ik ben blij dat we die andere plek achter ons hebben gelaten. Ik wou dat ik mezelf daar ook kon achterlaten.'

42

Die avond maakte Frieda pompoensoep. De keuken was schoon en leeg. Er stonden een grote en een kleine steelpan, een koekenpan en een braadpan. Het lichtgroene serviesgoed bestond uit sets van vier: vier grote en vier kleine borden, vier kommen. Hetzelfde gold voor het bestek en de glazen.

Ze had nog wat whisky gekocht, schonk voor hen allebei een glaasje in, zette dat van Lola zwijgend voor haar neer en nipte van haar eigen glas terwijl ze de pompoen hakte en in de koekenpan deed. Terwijl dat stond te bakken, sneed ze wat brood en dekte de tafel, waarna ze haar laptop openklapte en aanzette. Lola zat voor zich uit te staren, zonder iets te zeggen, met afhangende schouders en een wezenloze blik.

Frieda scrolde door de nieuwsberichten op haar computer en zei zonder op te kijken: 'Bij schaken verandert alles zodra je het eindspel bereikt. Dan zijn er nog maar een paar stukken over. Een pion kan evenveel waard zijn als een koningin. Ze cirkelen om elkaar heen, blokkeren elkaar, beschermen elkaar, bluffen zelfs, terwijl ze een opening proberen te vinden, een doorgang.'

'En dit is het eindspel?'

'Ja.'

'Wat ga je doen?'

Frieda gaf geen antwoord. Ze stond op en prikte met een vork in de pompoen om te kijken of die gaar was.

'Er is geen staafmixer,' zei ze. 'We moeten de pompoen met

een vork prakken voordat we de bouillon erbij gieten. Kun jij dat doen?'

'Wat?'

'Kun jij de pompoen prakken? Lola?'

'Oké.'

'Drink wat whisky.'

'Dan barst ik straks weer in huilen uit.'

'Huilen is niet erg.'

'Nee, ik mag niet huilen. Ik heb het gevoel dat ik helemaal instort.' Ze keek Frieda aan met grote, kinderlijke ogen. 'Ik bedoel, dat ik letterlijk instort. Mijn maag lijkt te imploderen.'

'Je bent bang,' zei Frieda.

'Ja.'

'Hier. Prak dit in grove stukken.'

Frieda deed de pompoen op een bord en duwde Lola een vork in de hand. Ze keek hoe Lola de vork gehoorzaam in de gele blokjes drukte en dacht terug aan de eerste keer dat ze Lola had ontmoet – hoe onbevangen ze was geweest, en hoe praatgraag. Ze dacht terug aan die keer dat Lola impulsief haar armen om haar heen had geslagen en had gezegd dat ze het vreselijk vond dat Frieda zoveel narigheid had meegemaakt. Nu zat ze zwijgend aan tafel. Ze was veel afgevallen, haar huid was dof en ze had een koortsblaar in haar mondhoek. Haar haar moest worden gewassen en geknipt. Haar kleren waren groezelig. Frieda zag dat haar nagels waren afgekloven tot op het vel. Ze pakte de vork uit Lola's hand en trok het bord weg. 'Zo is het goed,' zei ze zacht. 'Bedankt.'

Ze bereidde de soep, deed er op het laatst wat yoghurt bij en schepte een kom vol voor Lola.

'Eet wat.'

Lola liet haar lepel in de dikke brij zakken en bracht hem aarzelend naar haar mond. Ze at een halve lepel en legde hem toen weer terug in de kom.

'Je hebt er niets aan om jezelf uit te hongeren,' zei Frieda op strengere toon. 'Neem ook wat brood.'

Lola nam nog een paar happen en duwde de kom toen van

zich af. 'Ik ben een beetje misselijk,' zei ze. 'Ik voel me niet lekker. Ik denk dat ik maar naar bed ga.'

'Dan bewaar ik wat voor de lunch morgen. Ik zal thee voor je zetten.'

'Bedankt.' Lola liep de kamer uit.

Frieda ruimde alles af. Toen stapte ze de kleine tuin in met haar glas whisky. Het begon net te regenen, dikke druppels die uit de donkere lucht vielen. Ze bleef een paar minuten staan, genietend van de regen op haar gezicht en de geur van de herfst. Toen liep ze terug naar binnen, zette thee en bracht een mok naar Lola die in foetushouding in haar bed lag, met de dekens over haar hoofd.

'Gaat het?' vroeg Frieda, en ze zette de mok op het nachtkastje.

Er klonk een zacht, onbestemd geluid onder de dekens.

'Oké. Dan zie ik je morgen. Maar als je iets nodig hebt, ben ik in de kamer hiernaast. Je mag me altijd storen, hoe laat het ook is.'

Lola verroerde zich niet en hoorde de deur zachtjes achter Frieda dichtvallen. Het licht op de overloop ging uit. Ze trok haar knieën verder op en legde haar losjes gebalde vuisten onder haar hoofd. Als ze haar ogen dichtdeed, was het donker; als ze ze opendeed, was het nog steeds donker. Ze hoorde het buiten regenen, kletterend tegen de ramen.

Ze had op het punt gestaan om het Frieda te vertellen. Het voelde alsof de woorden op haar tong lagen en zouden ontsnappen zodra ze haar mond opendeed. Maar nu kon ze er wel aan denken. Nu kon ze wel denken aan de golf van opluchting die ze zou voelen als ze de woorden eenmaal had uitgesproken en Frieda ze zou aanhoren, in zich op zou nemen, haar van deze vreselijke last zou verlossen. Maar ze had ze niet uitgesproken en dat mocht ze niet doen ook. Dat kon niet.

Zoals elke nacht wanneer ze in het donker lag en haar ogen dichtdeed, luisterend naar het geluid van haar eigen ademhaling, dacht Lola terug aan die dag.

De dag dat ze dat berichtje kreeg van Jess en besloot naar haar toe te gaan, zonder het tegen Frieda te zeggen, want Frieda zou haar natuurlijk hebben tegengehouden. Ze kreunde zachtjes onder de dekens en bedacht hoe anders het misschien was gelopen als, als…

Toen ze de deur opendeed van het appartement dat ze met Jess deelde, had ze een vreemde geur opgemerkt. Ze dacht dat Jess binnen had gerookt, hoewel dat tegen de huisregels was. Maar ze had er verder niet bij stilgestaan. Ze was de trap op gerend en had Jess' naam geroepen, en ze vroeg zich af waarom haar vriendin niet meteen antwoordde. Zij was tenslotte degene die had gezegd dat het dringend was.

Er was niemand in de woonkamer geweest, en er kwam ook geen reactie vanachter Jess' gesloten slaapkamerdeur, dus was Lola naar haar eigen slaapkamer gegaan om wat spullen te pakken. Ze was er nu toch. Ze had net het horloge omgedaan dat ze voor haar achttiende verjaardag van haar oma had gekregen toen ze een geluid hoorde. Het was een zacht geluid, maar ze keek toch om.

'Jess,' had ze geroepen. 'Ben jij dat?'

Ze had haar slaapkamerdeur geopend en was de woonkamer binnengelopen.

Dat was het moment dat haar hele wereld was veranderd, compleet was omgeslagen, en zelfs nu ze hier opgekruld in bed lag, voelde ze weer hoe de angst door haar lichaam had gekolkt, als een vergif.

Daar stond Jess. Ze werd overeind gehouden door een man. Lola zag Jess' ogen, die haar in totale paniek aankeken. De man hield zijn hand voor Jess' mond; haar donkere haar golfde over zijn vingers. Er klonk geen enkel geluid in de kamer. Met zijn andere hand hield de man een mes op Jess' keel, met het lemmet tegen de witte huid gedrukt. Lola zag één kleine bloeddruppel bij de punt opwellen.

Niemand zei iets. Niemand bewoog. Lola zag dat de man haar recht in de ogen keek, en dat hij haar vriendelijk toelachte. Langzaam drong tot haar door dat ze hem herkende: het was de man bij het kanaal, de man van de foto op haar telefoon. Zijn naam doemde op in haar hoofd. Dean Reeve. Ze stond in de woonkamer van haar appartement met Dean Reeve, en hij hield een mes op de keel van haar vriendin en glimlachte naar haar, alsof het een aangename verrassing was dat ze elkaar zo troffen.

'Dag, Lola,' zei hij uiteindelijk. Jess bewoog een beetje en hij verstevigde zijn greep zonder zelfs maar naar haar te kijken. Er gleed een bloeddruppel langs haar hals omlaag. 'Goed dat je mijn bericht hebt ontvangen.'

Lola wilde zich ergens aan vastgrijpen om haar evenwicht te bewaren, maar ze stond als versteend in het midden van de kamer. Ze wilde gillen, maar haar keel zat dicht van angst.

'Jij gaat iets voor me doen,' zei Dean. 'Of niet soms?'

Ze dwong zichzelf te knikken, op en neer, op en neer, zoals de ronde houten kop van een marionet aan een touw.

'Brave meid. Maar ik zal het makkelijker voor je maken. Je vader en moeder, Dave en Carol. In dat kleine plaatsje vlak bij Málaga. Je zou toch niet willen dat ze iets overkomt?'

Nu schudde Lola haar hoofd heen en weer. Haar haar streek langs haar wangen. Jess' ogen staarden haar nog steeds aan.

'Dat dacht ik al niet. En dat gebeurt ook niet, als je me helpt. Maar als je me niet helpt, weet je wat er dan gebeurt?'

Hij glimlachte nog steeds. Zijn ogen waren bruin en vriendelijk.

'Natuurlijk weet je dat niet. Dat moet ik je eerst laten zien. Kijk goed.'

En toen, vrij nonchalant, terwijl hij nauwelijks omlaag keek, haalde hij het mes over Jess' keel. Even gebeurde er niets, maar toen sprong haar hals open en spoot er donker bloed uit. Reeve liet haar op de vloer zakken.

Maar Lola kwam nog steeds niet in beweging. Ze schoot niet te hulp. Ze rende niet naar haar vriendin in een poging haar te redden. Ze probeerde zichzelf voor te houden dat dit toch niet had uitgemaakt, en dat was natuurlijk ook zo. Maar toch, ze was niet in beweging gekomen en had alleen maar toegekeken terwijl Jess op de vloer lag te spartelen, als een vis op het droge.

'Ik hoef niet te weten waar Frieda en jij nu zitten,' zei Dean terwijl hij naar achteren stapte zodat het bloed niet op zijn schoenen spetterde. 'Ik moet eerst nog wat andere dingen regelen. Haar tijd is nog niet gekomen. Maar op jullie volgende adres bel je me.'

Lola kon niets uitbrengen. Ze zag hoe Jess' ogen glazig werden. Ze zag haar sterven.

'Ik ga je een telefoonnummer geven,' ging Dean verder. 'En dat ga jij uit je hoofd leren.'

Hij had het nummer opgenoemd en dwong haar het te herhalen. Dat had ze keer op keer gedaan, tot hij tevreden was. Het was het nummer dat ze had gebeld vanuit de paskamer toen ze in dat huis met al die katten zaten. Het was het nummer dat ze had gebeld vanaf het toilet op St Pancras Station, toen Frieda in gesprek was met die man met de kille ogen. En het was het nummer dat ze die ochtend in Regent's Park had gebeld. Ze zou het onthouden tot aan haar dood, de reeks cijfers die ze keer op keer had herhaald terwijl Jess haar met nietsziende ogen aanstaarde.

Nu durfde Lola amper nog iets te zeggen, bang dat de woorden haar zouden ontglippen. Soms moest ze letterlijk haar hand voor haar mond slaan. Als ze Frieda met die donkere ogen naar zich voelde kijken, moest ze wegkijken, de kamer uit vluchten. Want steeds als ze op het punt stond de woorden uit te spreken, hoorde ze weer zijn stem, zacht en traag: 'Je vader en moeder, Dave en Carol. In dat kleine plaatsje vlak bij Málaga.'

Frieda had gezegd dat dit het eindspel was. Lola wilde gewoon dat het voorbij was. Maar wat moest ze daarna? Wie zou ze dan zijn? Wat had ze dan gedaan?

43

Dolan had twee Red Bull gedronken, een zakje zoute pinda's gegeten, vier sigaretten gerookt en voelde zich nu zowel hyper als slaperig. De volgende keer zou hij een broodje, een thermosfles met koffie en een grote fles water meenemen, en hij zou vaker zijn benen strekken. Daar was het nu te laat voor: buiten regende het zo hard dat hij binnen een paar seconden compleet doorweekt zou zijn. Maar het was muf in de auto, dus hij zette het raam een stukje open. Precies op dat moment liep er een groepje mannen langs in de richting van de Three Feathers, met hun hoofden gebogen, terwijl een van hen zinloos een kleine paraplu met een gebroken balein ophield, waar het water in een straaltje langs omlaag droop.

Ze waren met zijn vieren, maar Dolans aandacht werd getrokken door de man aan de linkerkant. Quarry had gezegd dat de man die ze zochten groot was. Deze man was groot, en breed. En Quarry had gezegd dat hij lang, donker haar had, mogelijk naar achteren gebonden in een staart. In het licht dat door de deuropening naar buiten scheen toen het groepje de pub in ging, zag Dolan dat het lange, donkere haar van de man in een slordige staart was gebonden. Quarry had het ook over tatoeages gehad, maar om die te zien, zou Dolan naar binnen moeten.

Hij stapte de auto uit en rende naar de pub, terwijl hij de regen in zijn kraag voelde sijpelen. Het was druk in de Three Feathers, met mensen aan de tafeltjes en aan de bar. Maar de man die mogelijk Len was, viel meteen op: hij was ruim een kop groter dan de rest. Dolan schuifelde dichterbij: ja, hij had tatoeages, die onder de lange mouwen van zijn shirt uit kwamen.

Dolan liep terug naar de ingang en pakte zijn telefoon. 'Volgens mij is hij er,' zei hij tegen Quarry, op gedempte toon.

'Neem een drankje, hou hem in de gaten, maar doe niets tot ik er ben. Geen spoor van Reeve?'

Dolan voelde een schok van nerveuze opwinding: het was niet in hem opgekomen dat een van die andere mannen misschien wel Dean Reeve was.

'Hij is met een groepje. Ik zal eens kijken,' zei hij.

'Alleen kijken, verder niets. Ik kom zo snel mogelijk.'

Het kostte Quarry een halfuur. Er was een ongeluk gebeurd en het verkeer stond helemaal vast. Toen hij de Three Feathers binnenliep, zag hij Dolan bij de bar staan, met een gingerale in de hand.

'Is hij er nog?'

'Hij staat te darten in de andere ruimte. Geen spoor van Reeve.'

Quarry liep ernaartoe, ging langs de kant zitten en keek toe tot het potje was afgelopen. Toen stapte hij op de verdachte af. Quarry was zelf aardig lang, maar dat was nog niets vergeleken met deze man.

'Len?' vroeg hij.

De man keek hem aan. 'Wat moet je?'

Quarry stelde zich voor. De meeste mensen schrokken of schoten in de verdediging als ze ineens met de politie werden geconfronteerd. Len leek totaal onverschillig.

'Ik heb gehoord dat u ons misschien kunt helpen,' zei Quarry.

'Wie heeft dat gezegd?'

'Dus u bent inderdaad Len?'

'Misschien.'

'Mag ik uw achternaam?'

Len staarde hem onbewogen aan en zei toen: 'Smith.'

'Smith?'

'Dat is geen ongewone naam.'

Quarry keek om zich heen naar de andere mannen die hen in de gaten hielden en voelde zich niet helemaal op zijn gemak. 'Kunnen we op een rustigere plek praten?'

'Hoezo?'

'Deze kant op, graag.'

Even bleef Len staan, net als de mannen om hen heen. Toen haalde hij zijn schouders op en liep met Quarry mee naar buiten, op een afstandje gevolgd door Dolan. Het was gestopt met regenen, maar het was nog steeds vochtig en het waaide hard. Ze gingen aan de zijkant van de pub staan, vlak bij de dienstingang en een paar grote metalen vuilcontainers. Len keek hem onbewogen aan.

Quarry boog naar hem toe zodat hij zijn gezicht goed kon zien. Hij hield de foto van Dean Reeve omhoog. 'Herkent u deze man?'

'Weet ik niet.'

'Dit is geen grapje. Herkent u deze man?'

Len slaakte een zucht. 'Dat is Barry.'

Quarry hield zijn gezicht in de plooi: Barry was de naam die Dean Reeve aan Geoffrey Kernan had opgegeven toen die hem had ingehuurd om een terras aan te leggen.

'Weet u waar hij woont?'

'Hoezo?'

'Hebt u zijn adres?'

'Nee.'

'Ach, hou op,' zei Quarry. 'Hou toch op. U irriteert me en u verspilt mijn tijd. We kunnen dit op twee manieren doen. Of u geeft me een adres en we gaan ieder ons weegs. Of u geeft me geen adres en ik neem u mee naar het bureau, en dan beloof ik dat ik mijn uiterste best zal doen om uw leven tot een hel te maken, te beginnen bij het feit dat u me een valse naam hebt opgegeven.'

'Je mag jezelf noemen hoe je wilt,' zei Len, maar zijn stem klonk inmiddels behoorlijk onzeker.

'Dat bepaal ik wel.'

Len haalde nonchalant zijn schouders op. 'Hij heeft een kamer boven de shoarmatent aan de hoofdweg. Als hij daar nog woont.' Hij stootte een kuchend lachje uit. 'Barry blijft liever niet te lang op dezelfde plek. Rusteloos type.'

'Welke hoofdweg?'

'East Ham. Tegenover het park.'

'Hebt u geen huisnummer?'

'Het is boven de shoarmatent. Er zit een rijtje met allerlei winkels. Naast de shoarmatent zit een zaak die opgezette dieren verkoopt. Er staat een grote vogel in de etalage.'

'Hebt u zijn mobiele nummer?'

'Zo goed kennen we elkaar niet.'

'Weet u verder nog iets?'

'Nee.'

Quarry wees. 'Geef uw contactgegevens aan Dolan daar. Een adres en een telefoonnummer. En u zult nog even bij hem moeten blijven wachten.'

'Hoezo?'

'Voor het geval dat u ineens de behoefte voelt om contact te zoeken met Barry.'

'Ik zei toch dat ik zijn nummer niet heb.'

'Vast niet. Maar dan nog. Blijf bij Dolan!'

Quarry belde Dugdale. 'We hebben een mogelijk adres.' Hij vertelde hem wat Len had gezegd en hoorde hoe hees zijn stem klonk van opwinding, maar Dugdale reageerde kalm als altijd.

'Parkeer voor de deur en blijf daar. Wacht op versterking.'

Frieda lag in bed en wist dat ze niet zou slapen. Ze hoorde auto's in de verte, en later een vos. Het regende nog steeds, maar minder hard. Meestal genoot ze van het geluid van wind en regen, zeker als ze in het donker in haar eigen huisje lag. Dat was hier niet ver vandaan; ze zou er in een paar minuten naartoe kunnen lopen. Ze deed haar ogen dicht en stelde zich voor dat ze de blauwe voordeur opende, de naar bijenwas geurende gang binnenstapte en doorliep naar de woonkamer, waar de houtblokken al klaarlagen in de haard en de luiken dicht waren voor de nacht. Alles lag op zijn plek. Op de vensterbank in de keuken stond een basilicumplantje, en in haar werkkamer op zolder lag een geslepen potlood klaar op een blok grof papier. De kat zou opgekruld op een stoel liggen, of aan haar voeteneind, en zou één geel oog opendoen, en dan weer sluiten. Het verlangen naar thuis brandde in haar binnenste.

Ze hoorde een geluid, een soort gekreun. Het was Lola, aan de andere kant van de muur, die ook niet kon slapen. Arme, verloren Lola, meegezogen in de maalstroom. Maar het zou nu snel voorbij zijn. *We zijn allemaal niet meer dan bladeren aan een boom... en de herfst is in aantocht.*

Quarry kon de shoarmatent makkelijk vinden. Het was precies zoals Len had omschreven. Maar hij kon niet in de buurt parkeren, want er was een bushalte, een dubbele gele streep en een stoplicht. Hij was natuurlijk wel van de politie. Als hij zijn legitimatie liet zien, kon hij parkeren waar hij wilde, maar dan moest hij tekst en uitleg geven. Dat zou te veel opvallen.

In plaats daarvan parkeerde hij in een zijstraat en liep terug naar de hoofdweg. Hij posteerde zich tegenover de shoarmatent. Het was er druk en er stonden groepjes tieners rond de toonbank. Quarry keek naar het appartement boven de zaak. Er brandde geen licht achter de ramen. Aan de rechterkant zat een tweedehandswinkel, gesloten op dit tijdstip, maar in de etalage stond een opgezette vogel. Aan de linkerkant zat een buurtsuper, met groenten en fruit op de stoep uitgestald. Vervolgens een sportkledingwinkel en daarna een witgoedzaak, beide al gesloten. Daarnaast liep een smal, betegeld steegje. Quarry stak de weg over en liet de foto van Reeve in de shoarmatent en de buurtsuper zien. Iedereen schudde slechts zijn hoofd.

Toen hij de buurtsuper weer uit kwam, zag hij Dugdale aan de overkant staan, gehuld in een donkere jas, met zijn handen in zijn zakken. Quarry stak de weg over naar zijn chef en ze liepen een paar meter verder, waarna ze in een portiek bleven staan.

'Nou?' vroeg Dugdale.

'Het zou kunnen,' zei Quarry.

'Vertrouw je je bron?'

'Hij heeft Reeve aangewezen, hij heeft deze plek aangewezen.'

'Is er iemand thuis?'

'Er brandt geen licht.'

'Wat denk je?'

'We kunnen de boel onder observatie houden. Wachten tot hij thuiskomt.'

Dugdale fronste zijn wenkbrauwen. Hij keek niet blij. 'Ik weet het niet,' zei hij. 'Misschien woont hij er al niet meer. Het kan een dood spoor zijn.' Quarry zag Dugdale peinzend op zijn lip bijten. 'Sorry, maar we hebben geen tijd om te wachten. Ik haal er een arrestatieteam bij. We trappen de deur in. Misschien vinden we iets. Misschien is hij zelfs wel thuis.' Hij reikte in zijn zak. 'Is er een achterom?'

'Dat weet ik niet.'

'Kijk dat even na. Ik wil hem niet de kans geven om te kunnen ontsnappen. Als er inderdaad een achterom is, zetten we daar wat mannetjes neer, gewoon voor de zekerheid.'

Quarry stak de weg weer over en liep naar het smalle steegje dat hij eerder had gezien. Er stond een busje en daarachter twee grote metalen vuilcontainers. Hij liep erlangs en zag dat er inderdaad een smal, onverlicht pad achter de winkels liep. Quarry nam aan dat het vroeger voor paarden werd gebruikt, of om kolen af te leveren. Het zag er vrij verlaten uit. Het eerste stuk was nog betegeld, maar het ging al snel over in een zandpad. Hij telde de panden terwijl hij erlangs liep. Eerst kwam de witgoedzaak, daarna de sportkledingwinkel, dan de buurtsuper, met stapels overvolle vuilniszakken die stonken naar rottend voedsel. En daarna kwam de shoarmatent.

Ja, dacht hij, hier moesten ze wel wat mannetjes neerzetten. Quarry wilde zijn telefoon pakken maar zag iets bewegen in zijn ooghoek, net te laat. Hij zag de klap meer dan dat hij hem voelde. Alles werd wit, met rode flitsen. Hij leek niet te vallen; de grond leek hem tegemoet te komen en hij voelde het zand onder zijn wang en neus kriebelen. Hij proefde het zelfs. Het zat in zijn mond, op zijn tong. Toen kwam er nog een klap, maar hij kon niet eens precies bepalen waar hij werd geraakt. En terwijl hij daar lag met de smaak van bloed in zijn mond, dacht hij: *dit is Dean Reeve. Dean Reeve is hier en staat me te trappen*. Quarry had hem kunnen pakken, had een held kunnen zijn, maar nu zou Reeve ontsnappen en doorgaan met moorden, en Quarry was alleen maar de stommeling die hem niet had zien aankomen, en daar kon hij niets meer aan veranderen. Hij hoorde zichzelf kreunen. Is dit het, vroeg hij zich af. *Is dit hoe het voelt om te sterven?* Het leek niet echt iets om bang voor te zijn. Quarry wist dat hij niets kon doen om zichzelf te beschermen. Zijn lichaam leek niet meer van hem. Hij kon niets meer uitrichten. Hij moest gewoon wachten tot het voorbij was. Het voelde allemaal niet echt.

Maar langzamerhand begon het wel weer echt te voelen. Toen kwam de pijn, en die begon zich systematisch te verscherpen, werd duidelijker, manifesteerde zich in zeer specifieke delen van zijn lichaam: de rechterkant van zijn gezicht, zijn borst, zijn been. En hij moest hoesten en kokhalzen door het zand in zijn mond. Maar hij kon zich nog steeds niet bewegen en kon nauwelijks nadenken. Quarry probeerde zijn telefoon te pakken, maar dat lukte niet en hij zakte weer op de grond. Na enige tijd werd hij zich bewust van lichten in het donker, en hij voelde handen op zijn lichaam die hem onderzochten. Hij probeerde iets te zeggen, maar kon slechts kreunen.

Tien minuten later was alles een stuk helderder. Quarry zat op een brancard in een ambulance, in fel wit licht. Hij voelde een heel spectrum van pijn: dof, stekend, verkrampend. Een ambulancebroeder depte zijn wang met bijtend spul waardoor Quarry het wel uit wilde schreeuwen. Hij veegde de tranen uit zijn ogen en zag dat Dugdale tegenover hem zat.

'Het spijt me,' zei hij loom en hees. Zijn tong voelde traag en te groot voor zijn mond. 'Het spijt me echt. Hebt u hem gezien?'

Machteloos schudde Dugdale zijn hoofd. 'Nee, Dan. Ik heb gefaald. Het is mijn schuld. Ik had hem,' zei hij. 'Ik had hem, maar ik heb hem laten ontsnappen.'

44

‘Is Reuben McGill aanwezig?’ vroeg Karlsson.

De vrouw keek hem aan vanachter haar bureau, dat er meer uitzag als een altaar vol gedroogde bloemen en vreemde ornamenten. Ze had donker krullend, hoog opgestoken haar en rode lippen, en ze droeg lange, bungelende oorbellen. ‘Reuben. Die is aanwezig, maar als u een afspraak met hem wilt maken, moet u...’ Ze zweeg abrupt. ‘Ik ken u.’

‘Dat klopt. En jij bent Paz.’

Ze keek hem vorsend aan. ‘Verwacht hij u?’

‘Nee.’

Karlsson was die ochtend vroeg wakker geworden, nog voor het licht was. Hij had zich aangekleed en had koffiegedronken in zijn keuken terwijl hij uitkeek over de tuin, waar de bomen langzaam hun bladeren verloren. Hij had een dag vrij en wist niet wat hij met zichzelf aan moest. Hij voelde zich rusteloos, nerveus, met een doffe pijn in zijn hart waar hij de afgelopen weken aan gewend was geraakt. Zijn gedachten waren bij Frieda. Hij was ervan overtuigd dat ze in groot gevaar verkeerde, en het tergde hem dat hij niets kon doen om haar te helpen. Dus was hij in een opwelling naar The Warehouse gelopen om Reuben te spreken, ook al wist hij dat hij er waarschijnlijk niets mee opschoot.

‘Wacht hier,’ zei Paz, en ze verdween de gang in, op haar hoge hakken klakkend over de houten vloer. Toen ze terugkwam, knikte ze naar hem en zei: ‘Hij wacht op u.’

Reuben stond op toen Karlsson binnenkwam en reikte over zijn bureau om hem een hand te geven.

'Nog nieuws?' vroeg Reuben, voordat Karlsson de kans kreeg om iets te zeggen.

'Nee.'

'Ah, laat me raden.' Reuben gebaarde naar een stoel en ging zelf ook weer zitten. 'Je wilt weten of ik nog iets weet. Net als de vorige keer dat je bij me langskwam.'

'Ja.' Karlsson keek weg, naar de grote boekenkast vol handboeken. Hij liet zijn blik rusten op een boek met de titel *Anticiperend rouwen*. 'Sorry dat ik je stoor,' voegde hij eraan toe. Hij voelde zich ineens vreselijk bedroefd en had moeite met praten.

'Ik weet niets.' Reuben haalde een hand door zijn haar, dat weer was aangegroeid.

Hij zag er een stuk ouder uit dan een jaar geleden, vond Karlsson, met nieuwe groeven in zijn gezicht. 'Zou je het me vertellen als je wel iets wist?'

Reuben keek hem met samengeknepen ogen aan en antwoordde toen zonder zijn gebruikelijke ironie. 'Wel als ik dacht dat het zou helpen. Want zoals jij je voelt, zo voelen we ons allemaal. Ze is daar ergens en loopt gevaar, maar wij kunnen haar niet beschermen en moeten maar gewoon afwachten.'

'En Josef?' vroeg Karlsson terwijl hij opstond.

'Of hij iets weet, bedoel je?'

'Ze heeft hem ook in vertrouwen genomen toen ze voor de politie op de vlucht was.'

'Dit heb je me al eerder gevraagd. Ze had hem inderdaad in vertrouwen genomen, en toen heeft hij niets losgelaten,' zei Reuben. 'Josef zal Frieda's geheimen nooit verklappen, zelfs niet na een fles wodka.'

'Denk je dat hij meer weet?'

'Hij heeft me niets verteld.'

'Misschien moet ik eens met hem gaan praten.'

'Succes daarmee. Hij is in Frieda's huis.'

'Wat?'

'Hij heeft een dakterras voor haar gemaakt.'

'Een dakterras?'

'Samen met Chloë. Hij is er vanmorgen naartoe gegaan met wat bloempotten. Wat zou Frieda daarvan vinden?'

'Zal,' zei Karlsson.

'Pardon?'

'Wat zál Frieda ervan vinden.'

'Dat bedoelde ik ook.'

Ze gaven elkaar weer een hand. Reuben knikte Karlsson toe. 'Het valt niet mee,' zei hij.

Karlsson stond even stil voor Frieda's deur voordat hij aanbelde. Het voelde oneindig vreemd om hier te zijn. Toen de deur openging, versnelde zijn hartslag onwillekeurig, en hij voelde een absurde steek van teleurstelling toen hij Josef zag in plaats van Frieda.

'Wat is er?' vroeg Josef.

'Niets. Reuben zei dat je hier was. Mag ik binnenkomen?'

Josef deed de deur verder open en Karlsson stapte naar binnen, snoof de bekende geur van de gang op. Hij kon de woonkamer in kijken, waar houtblokken klaarlagen in de haard. In de keuken zag hij een vaas met oranje dahlia's op tafel staan. Alles was gereed voor Frieda's terugkeer.

'Reuben zei dat je een dakterras hebt gebouwd.'

Josefs gezicht fleurde op. 'Voor haar verrassing, ja. Wil je zien? Kom.'

Ze liepen samen de trap op, naar het dakterras. Er stonden een paar grote terracottapotten en aan de kant lagen twee flinke zakken potgrond.

'Wat vind je?'

Karlsson keek naar het nieuwe bouwwerk en toen naar het uitzicht over Londen. Hij keek in Josefs diepbruine ogen en probeerde zich voor te stellen dat Frieda eindelijk thuiskwam en ontdekte dat haar dierbare plekje in haar afwezigheid was verbouwd. 'Ze zal het prachtig vinden,' zei hij voorzichtig.

'Ja?'

'Ja.'

'Chloë maakt stoelen voor daar.' Hij gebaarde met zijn grote handen. 'En een kleine tafel. Binnenkort gaan we naar tuincentrum voor planten.'

'Mooi.'

'Heel veel planten.' Josef glimlachte. 'En dan komt Frieda terug.'

Karlsson zweeg even. 'Josef,' zei hij toen. 'Waar is ze?'

'Wat?'

'Waar is Frieda?'

'Dat weet ik niet.' Josef zette grote ogen op en keek overdreven oprecht. 'Ik weet niets.'

'Ik moet haar vinden.' Karlsson wachtte af, maar Josef zei niets, staarde hem alleen maar aan met zijn droevige bruine ogen. 'Ik weet zeker dat ze in gevaar is en ik kan haar helpen.'

'Ik weet niets,' herhaalde Josef.

Op weg naar buiten kwam Karlsson Chloë tegen. Ze droeg een plastic bloempot met een sprietig jong boompje erin, dat meer leek op een weinig belovend twijgje met drie of vier blaadjes eraan.

'Het is een mini-appelboom,' zei ze.

'Voor op het dakterras.'

'Ja.'

'Josef heeft het me net laten zien.'

'Misschien hadden we het niet moeten doen,' zei Chloë terwijl ze haar neus weifelend optrok. 'Frieda heeft een hekel aan verrassingen. Het was gewoon, nou ja, iets. Om de tijd door te komen.'

'Ik begrijp het,' zei Karlsson zacht, en toen voegde hij er in een opwelling aan toe: 'Je hebt haar niet gezien, toch?'

Hij verwachtte dat ze haar hoofd zou schudden, en dat deed ze ook, maar tot zijn verbazing verschenen er twee vuurrode vlekken op haar wangen en keek ze snel weg.

'Chloë?' Hij stapte dichter naar haar toe. 'Heb je haar gezien?'

'Ze zou me vermoorden als ze wist dat ik jou daarover vertelde.'

'Ik wil haar helpen. Maar dat kan alleen als ik weet waar ze is.'

'Ik heb haar inderdaad gezien, één keer maar. Ze stapte op me af toen ik van mijn werk wegging en ze liep een stukje met me mee. Haar haar was kortgeknipt en grijs geverfd. Ze vroeg of ik een slaapplek voor haar kon regelen.'

'Heb je dat gedaan?'

'Ja. Ik heb haar naar het huis van de ouders van een vriendin gestuurd. Die waren op vakantie. Ik heb de sleutel voor haar achtergelaten.'

'Wat is het adres?' vroeg Karlsson.

'Ze is er al weg.' Chloë keek hem aan, met tranen in haar ogen. 'De bewoners zijn alweer terug.'

'En je weet niet waar ze nu is?'

'Ik heb geen idee.'

'Anders zou je dat wel vertellen.'

Chloë knikte. 'Ik heb liever dat ze boos is dan dood,' zei ze. Er rolden tranen over haar wangen.

'En ze heeft niet gezegd waar ze daarna naartoe zou gaan?'

'Nee.'

'Niets, geen enkele aanwijzing?'

'Ze zei wel dat ze niet lang zou blijven in het huis dat ik voor haar had geregeld.'

'Hoezo?'

'Omdat...' zei Chloë langzaam, en ze beet peinzend op haar lip. 'Volgens mij zei ze dat iemand een andere plek voor haar zou regelen, zoiets.'

'Wie?'

'Dat weet ik niet. Ze noemde geen namen.'

'Weet je dat zeker?'

'Ja. Maar ze zei wel dat diegene hooggeplaatste vrienden had.'

'Hooggeplaatste vrienden.'

'Of zoiets. Zegt dat je iets?'

'Ja.'

Walter Levin zat aan zijn bureau, gekleed in een driedelig pak. Zijn bril glom in het licht van de lampen. Hij zette hem af en poetste hem met een witte zakdoek.

'Ik moet weten waar ze is,' zei Karlsson.

'Dat móét u weten?' Levin glimlachte hem vriendelijk toe.

'Ik weet dat u weet waar ze is.'

'Echt?' Hij klonk enigszins verbaasd.

'Chloë vertelde me dat ze u om hulp zou vragen. Of iemand met hooggeplaatste vrienden, in elk geval.'

Levin legde zijn bril op zijn bureau. 'Misschien bedoelde ze iemand anders.'

'Alstublieft,' zei Karlsson ongeduldig. 'Ik heb geen tijd voor spelletjes.'

Levins gezicht verhardde. 'Frieda vermoedt dat iemand binnen de politie informatie over haar heeft gelekt. Ik wil u niet beledigen, maar ik kan niets voor u betekenen.'

'Ik ben hier niet als hoofdinspecteur. Ik ben hier als vriend die toevallig ook hoofdinspecteur is en die haar kan helpen.'

Levin zette zijn bril weer op en schoof hem verder op zijn neus.

'Ik moet haar helpen,' ging Karlsson verder.

'Ik ben uiteraard een buitenstaander, maar is ze niet juist ondergedoken zodat haar vrienden haar niet zouden proberen te helpen?'

Karlsson legde zijn handen plat op het bureau en leunde naar voren om Levin recht in zijn kille ogen te kijken. 'Dean Reeve gaat haar vermoorden.'

'Helaas weet ik niet waar ze is.'

'Dat geloof ik niet.'

Levin glimlachte naar hem. 'Tja, geloof wat u wilt.'

'Jezus. Kan het u dan niets schelen wat er met haar gebeurt?'

'Beste inspecteur Karlsson, u kunt nog zo op mijn gevoel proberen in te spelen, maar feit blijft dat ik u niet ga vertellen waar ze is. Mocht ik dat überhaupt al weten.'

'Ondanks het feit dat u weet dat ze in gevaar is.'

'Juist omdat ik weet dat ze in gevaar is.'

Karlsson liep naar de deur, maar draaide zich toen weer om. 'Hebt u haar gezien?'

'Eén keer maar.'

'Was ze in orde?'

'Dat weet ik niet.' Levin glimlachte naar hem. 'Ze is een raadsel dat ik nooit helemaal heb kunnen ontcijferen.'

Karlsson liep het kleine huis uit. Hij wist niet wat hij nu moest doen. Ineens hoorde hij het geluid van rennende voetstappen, en toen hij zich omdraaide, zag hij Levins assistente aankomen.

'Jude, heette je toch?' zei hij.

'Vraag het aan Jock Keegan,' zei ze. 'Die weet meer.' En ze drukte een kaartje in zijn hand.

45

Josef en Alexei zaten samen op het dakterras, zij aan zij, weggedoken in hun waterdichte jassen. Het was winderig en fris en er vielen al wat regendruppels. Ze aten flinke hamburgers, en tussen de happen door zette Josef een flesje bier aan zijn mond. Alexei dronk een gingerale die zo scherp smaakte dat hij ervan moest niesen.

'Straks zitten we hier met Frieda,' zei Josef op bemoedigende toon tegen zijn zoon. Hij sprak nu altijd Engels tegen hem: hij wilde dat dit Alexei's eerste taal zou worden. Binnenkort zou zijn zoon zich zijn moedertaal nauwelijks nog herinneren en zou zijn jeugd in Oekraïne als een droom lijken.

Alexei keek even naar hem maar zei niets.

'Heb ik je verhaal verteld over eerste keer dat ik haar zag?' ging Josef verder.

Dat had hij uiteraard al verteld, vaak genoeg, maar Alexei schudde zijn hoofd: hij wist dat zijn vader over Frieda wilde praten, en bovendien zat hij hier graag op het dakterras, hoog tussen de daken, uitkijkend over Londen terwijl de avond viel. Het voelde zowel gevaarlijk als geborgen.

'Ik viel door haar plafond,' zei Josef. Hij lachte hard en dronk nog wat bier. 'Gewoon zo. Boem, op haar vloer, en ik keek naar haar in wolken van stof. Ze was met zielige man die haar zijn verhaal vertelde.'

Die zielige man was de tweelingbroer van Dean Reeve, die

kort daarop door Dean was vermoord.

'Ze keken allebei naar mij,' ging Josef verder terwijl hij zijn mond afveegde met de rug van zijn hand. 'Zo.' Hij zette grote ogen op en staarde Alexei aan. 'Frieda, zij was heel boos op mij. Niet schreeuwerig, maar streng. Zo begonnen we, toen ik door gat in haar dak viel. We zijn nu acht jaar vrienden. Zij helpt mij, ik help haar. Ik doe alles voor haar. Alles. Dat is vriendschap, Alexei. Dat zit altijd hier.' Hij klopte op zijn borst, alsof het een deur was die misschien zou opengaan.

Alexei knikte weer. Josefs ogen glinsterden in de schemering.

'Ze komt snel terug, wacht maar af. Morgen breng ik haar kat. Alles is klaar. Ze komt terug. Dan zit ze hier net als wij. We praten niet. We kijken samen naar de lichtjes. Nare dagen zijn voorbij en we zijn weer veilig.'

Nadat ze een simpele maaltijd hadden gegeten die Lola nauwelijks had aangeraakt maar slechts heen en weer had geschoven met haar vork, pakte Frieda het schaakbord. 'Kom zitten,' zei ze.

'Ik kan me niet concentreren.'

'Dit duurt niet lang.'

Lola ging aan tafel zitten. Ze was afwisselend lusteloos en gespannen.

'Waarom heb je alleen die stukken opgesteld?' vroeg ze.

'Dit is het eindspel,' zei Frieda. 'Ik zal het je laten zien. Dit komt uit een partij tussen twee Russen van bijna honderd jaar geleden.'

'Hoe kun je dat onthouden?'

'Sommige schaakpartijen vergeet ik nooit. Ik speel ze keer op keer na, vooral in de winter.' Frieda leek weg te dromen en sprak op zachte toon, alsof ze het tegen zichzelf had: 'Ik heb een kleine houten schaaktafel, en als het donker wordt, doe ik de luiken dicht en steek ik de haard in de woonkamer aan, en dan speel ik de zetten na. Het is meditatief.'

'Net als wandelen.'

Frieda knikte. 'Ja. Iedereen heeft zo zijn eigen manier om de wereld even achter zich te laten.'

'Ik hield van bakken,' zei Lola. 'En van eten. En van afspreken met vrienden. Chillen en lachen en reality-tv kijken.'

'Dat ga je ook wel weer doen.'

Lola keek Frieda aan. 'Denk je dat echt?'

'Natuurlijk.'

'Wie heeft er gewonnen?'

'Wit was bijna de hele partij aan de winnende hand. Hij ruilde stukken om de stelling te vereenvoudigen. Toen deed hij dit.'

Ze verplaatste een loper. Lola keek niet naar het bord maar naar Frieda's gezicht. Ze beet op haar lip. 'Was dat een goede zet?'

'Nee. Hij had zijn loper één vak te ver gezet. Hij verloor zijn voordeel, en de partij, en dat moet hem de rest van zijn leven hebben achtervolgd.'

'Wat ga je nu doen?' vroeg Lola.

'Dat probeer ik te bedenken.'

'Wat is de volgende rivier?'

'Hm?' Frieda verplaatste nog een stuk. 'Nou, na Counter's Creek komt de Falcon, en dan de Wandle.'

'Dus je denkt dat hij doorgaat met de Falcon?'

'Dat denk ik wel.' Ze pakte nog een stuk, verplaatste het en tuurde met samengeknepen ogen naar het bord. 'De vraag is waar en wanneer. Volgens mij ben ik er bijna uit. Maar ik wil hem vóór zijn.'

'Hoe wil je dat doen?'

Frieda keek op van het schaakbord. 'Je kent me inmiddels. Als ik wil nadenken, echt nadenken, dan ga ik lopen, om alles op een rijtje te zetten.'

'Nu? Het is koud en het regent.'

'Nee. Morgen.'

'Waar gaan we naartoe?'

'Niet 'we'. Ik. Ik wil alleen zijn, Lola, in elk geval voor een paar uur. Jij kunt wel hier blijven. Het is veilig. Voorlopig, althans. Ik heb de politie niet verteld waar we zijn. Er is verder maar één persoon ter wereld die onze verblijfplaats kent. En die vertrouw ik.'

'Waar ga je dan naartoe?'

'Dat besluit ik morgen. Misschien naar de plek waar het allemaal begon, acht jaar geleden.'

'Ik weet niet wat je daarmee bedoelt.'

'Dat hoef je ook niet te weten.'

Lola stond abrupt op en haar stoel kraste over de vloer. 'Ik ben moe. Ik ga naar bed,' zei ze.

'Prima.'

'Hoe laat ga je wandelen?'

'Vroeg.'

'Hoe vroeg?'

'Dat weet ik niet.' Frieda glimlachte naar haar. 'Geen zorgen. Je bent hier veilig, dat beloof ik. Ik zal je een kop koffie komen brengen voordat ik ga, oké?'

'Ja, graag.'

'Welterusten dan maar.'

Lola liep de kamer uit. Frieda hoorde haar boven de kraan gebruiken, de deur dichtdoen. Ze stelde zich voor dat Lola in bed lag, met haar ogen open, vol angst, terwijl ze langzaam in slaap viel.

Maar zelf bleef Frieda uren aan tafel zitten, met haar kin rustend op haar hand, terwijl ze luisterde naar de wind buiten en wachtte tot het ochtend werd.

46

Frieda kookte water, goot het over de gemalen koffie in een kan en roerde. Terwijl het stond te trekken, sneed ze een appel, een nectarine en wat druiven in stukjes en deed ze in een kom. Lola zat aan de keukentafel, haar gezicht was nog pafferig van het slapen.

'Ik heb ook genoeg voor jou,' zei Frieda.

'Ik heb geen trek,' zei Lola mat.

Frieda deed het fruit in twee kleinere kommen. Daarna pakte ze een beker yoghurt uit de koelkast en schepte dit erbij. Ze zette een van de kommen voor Lola neer en legde er een lepel naast. Toen pakte ze het theezeefje uit de gootsteen en schonk de koffie erdoor in twee mokken. Ze deed een scheutje melk bij de ene en gaf hem aan Lola, die slechts haar hoofd schudde.

In stilte at Frieda haar ontbijtkom leeg, dronk haar koffie op en schonk haar mok nog eens vol.

'Ga je nog steeds wandelen?' vroeg Lola.

'Ja.'

'Waarnaartoe? Ga je niet naar de volgende rivier?'

'Nog niet.'

'Gisteravond zei je dat je naar de plek ging waar het allemaal is begonnen. Wat bedoel je daarmee?'

Frieda keek haar bedachtzaam aan, met gefronste wenkbrauwen. 'De plek waar Dean Reeve zijn broer heeft vermoord,' zei ze uiteindelijk. 'Daar wil ik naartoe.'

Lola bleef lange tijd stil. 'Je lijkt wel te denken dat het daar spookt. Dat is niets voor jou.'

Frieda nipte van haar koffie. 'Ik denk inderdaad dat het er spookt. We worden allemaal geplaagd door schimmen uit ons verleden, door dingen die we niet kunnen vergeten. Ik wandel om verschillende redenen. Soms is het een manier om mijn hoofd leeg te maken, om ergens aan te ontsnappen. Soms is het juist andersom. Als ik door Londen loop, denk ik aan alles wat zich onder de oppervlakte bevindt, wat is begraven, alle stemmen van de mensen die er niet meer zijn.'

'Waarom ga je deze keer?'

'Om beide redenen. Zoals ik al zei: we naderen het einde. En nu het bijna zover is, moet ik terug naar de plek waar het allemaal begon om mijn excuses aan te bieden.'

'Aan wie?'

'Aan zoveel mensen. Maar om te beginnen aan Alan, Deans broer. Het is mijn schuld dat hij dood is.'

'Je excuses aanbieden aan iemand die dood is? Wat heb je daaraan?'

'Heb je weleens van Samuel Johnson gehoord?'

'Wie is dat?'

'Dat was een schrijver, een dichter, die driehonderd jaar geleden leefde. Hij had het gevoel dat hij zijn vader niet genoeg aandacht had gegeven, dus keerde hij als volwassen man terug naar Letchworth, zijn geboorteplaats, en liep naar het marktplein, waar hij zijn hoed afzette en een uur in de regen bleef staan.'

'Dat lijkt me zonde van zijn tijd.'

'Dat vind ik niet,' zei Frieda, waarna ze haar mok leegdronk. 'Zelfs als mensen dood zijn, raken we nooit van ze bevrijd.'

'Je hebt me niet gevraagd of ik met je mee wil.'

'Wil je dat dan?'

'Nee. Ik kan dit niet meer.'

'Dat vermoedde ik al. Bovendien heb ik je gisteren al gezegd dat ik vandaag even alleen wil zijn. Ik moet bedenken wat ik nu ga doen.' Frieda trok haar jas aan.

'Mag ik je iets vragen?' zei Lola.

'Natuurlijk.'
'Dean Reeve wil je vermoorden.'
'Dat is geen vraag.'
'Heb je niets om je te beschermen?'
'Hoe bedoel je?'
'Een pistool, bijvoorbeeld?'
Frieda schudde haar hoofd. 'Je weet dat ik geen pistool heb. Hoe zou ik daaraan moeten komen?' zei ze.
'Je hebt vreemde contacten.'
'Dat is waar. Maar ik weet niet of zij me met een pistool zouden vertrouwen. En ik weet niet of ik wel iets aan een pistool zou hebben.'
'Een mes dan? Je hebt al eerder een mes gebruikt. Daar heb ik over gelezen.'
Bij het idee dat ze een pistool ter hand zou nemen, was er een flauwe glimlach op Frieda's gezicht verschenen, maar bij het noemen van een mes versomberde haar uitdrukking. 'Ja, ik heb een mes gebruikt. Maar als ik een mes zou trekken tegen Dean Reeve, is de kans groter dat hij het tegen mij gebruikt. Hoe dan ook, vandaag ben ik veilig. Ik weet niet waar hij is en hij weet niet waar ik ben.'
Frieda liep de kamer uit en keerde terug met haar tas over haar schouder.
'Wat doe jij nou?' vroeg Lola.
'Sta 'ns op,' zei Frieda.
'Waarom?'
'Al is het maar om wat te bewegen, om je bloedsomloop op gang te brengen.'
Lola stond op.
'Hier, pak aan.' Frieda stak haar een paar briefjes van twintig pond toe.
'Waarvoor?'
'Om de komende dagen door te komen.'
'Ik begrijp het niet.'
'Ik kom niet terug,' zei Frieda.
'Hoe bedoel je? Waarom niet?'

'Ik kan je niet langer beschermen. Waarschijnlijk loop je nu toch geen gevaar meer. Maar voor de zekerheid.' Frieda haalde een afgescheurd stukje papier uit haar zak en gaf het aan Lola. 'Hierop staat het nummer van Malcolm Karlsson. Dat heb ik je al eerder gegeven, maar toen heb je het niet gebruikt. Dat moet je nu wel doen. Hij kan je beter beschermen dan wie ook. Beter dan ik.'

Frieda streek even over Lola's wang. Ze zag lijkbleek.

'Moet ik je nu bedanken?' zei Lola op zachte toon, bijna fluisterend. Dikke tranen rolden over haar wangen en ze keek Frieda met grote ogen aan.

'Misschien wel, misschien niet,' zei Frieda. 'Er komt nog wel een moment om dat soort dingen te bespreken. Dat hoop ik tenminste. Zo niet...' Ze gaf een kort knikje. 'Zeg tegen Karlsson dat ik erop reken dat hij je beschermt.'

Frieda draaide zich om, maar Lola greep haar bij haar mouw. 'Heb je soms een snood plannetje bedacht dat je me niet wilt vertellen?'

Frieda klopte even op Lola's hand. 'Daar is deze wandeling voor bedoeld.'

'Niet weggaan,' zei Lola gehaast. Ze hield Frieda's mouw stevig vast. Haar lippen waren kleurloos en haar stem brak. 'Ga alsjeblieft niet weg.'

'Ik moet wel.'

'Frieda, alsjeblieft. Ga alsjeblieft niet weg. Dat kan niet.'

'Kan niet?' Frieda glimlachte naar haar.

'Dat mag niet.'

'Waarom niet?'

'Dat kan ik niet aan.'

'Jawel, Lola. Dat kun je wel.'

Frieda stapte naar buiten en liep in de richting van King's Cross, maar toen sloeg ze links af en zigzagde door het kleine netwerk van straten en bakstenen appartementencomplexen aan de zuidkant van Euston Road. Ze liep langs de universiteitsgebouwen en het ziekenhuis, over Tottenham Court Road en Fitzroy Square, en met een toenemende pijn in haar hart arriveerde ze in Saffron Mews, voor haar eigen voordeur.

Ze opende hem, stapte naar binnen en werd overspoeld door een golf van emoties die ze nauwelijks aankon. Ze voelde zich net een geestverschijning, die slechts een paar seconden uit de dood was teruggekeerd. Ze zette haar tas op de grond, keek om zich heen en snoof de lucht op. Er hing een onbekende geur, van zaagsel en nog iets anders, iets industrieels. Dat was van later zorg. Ze kon in de keuken kijken, waar een vaas met oranje dahlia's op tafel stond en een basilicumplantje in de vensterbank. Ze keerde zich naar de woonkamer. Er was een haardvuur voorbereid, van opgestapelde houtblokken met aanmaakhout en verfrommelde kranten. Op de schaaktafel waren de stukken opgesteld. Alles stond klaar.

Toen hoorde ze een geluid, een bekend geluid, van een lapjeskat die naar haar toe trippelde, met tikkende nagels op de houten vloer. Frieda hurkte neer en aaide de kat over haar kop en rug. 'Hallo, daar,' zei ze. 'Dus je bent eindelijk weer thuis. Je hebt al veel meegemaakt, hè? Als je toch eens kon praten, zou je een hoop verhalen te vertellen hebben.'

De kat keek haar aan met haar gele ogen. Frieda voelde haar lijfje vibreren.

'Ik had je een naam moeten geven,' zei ze. 'Maar daar is het nu vast te laat voor. Dat vind je toch niet erg?'

De kat spinde met gekromde rug en leek het niet erg te vinden. Frieda kwam weer overeind. Zo was het genoeg: als ze nog langer bleef, zou de vertroosting omslaan in vreselijke heimwee. Ze opende de voordeur en stapte naar buiten, trok de deur achter zich dicht en liep weg van haar huis, zonder om te kijken.

47

Zodra Frieda weg was, ging Lola op het beige tapijt liggen en trok haar knieën op naar haar kin. Zo bleef ze minutenlang liggen, helemaal opgekruld en heen en weer wiegend. Ze kreunde zacht. Alles deed pijn: haar hoofd, haar hart, haar buik, haar ogen. Het voelde alsof ze binnenstebuiten werd gekeerd en al haar kwetsbare, verborgen delen werden blootgelegd.

Even later stond ze weer op, al verbaasde het haar dat haar benen haar konden dragen. Verdwaasd keek ze om zich heen, en toen omlaag naar het verfrommelde geld dat ze nog steeds in haar hand hield. Ze trok haar jas aan, stopte de sleutel in haar zak en liep het huis uit. De zon verdween af en toe achter de wolken en er stond een vlagerige wind die de bladeren rond haar voeten liet dansen. Ze stak het pleintje over naar Euston Road, vond een winkeltje dat uit weinig meer bestond dan een kassa achter glas en kocht een prepaidtelefoon met een van de briefjes van twintig pond die Frieda haar had gegeven.

Ze wist niet precies waarom, maar ze wilde niet hier op straat bellen, omringd door mensen. Ze zouden haar kunnen horen, ook al konden ze het gesprek verder niet volgen.

Ze liep terug naar het pleintje en ging onder de platanen bij de tennisbaan staan. Ondanks de kou waren er twee vrouwen aan het spelen, die de bal lachend in hoge bogen over en weer sloegen. Lola keek even naar hen. Hoe zou het voelen om zo zorgeloos te zijn?

Toen pakte ze de telefoon en belde het nummer dat ze uit haar hoofd kende. Ze hoorde een klik en wist dat er iemand had opgenomen. Ze kneep haar ogen dicht. Lola hoorde iemand ademhalen. Alleen maar ademhalen. Maar ze zag zijn gezicht zo helder voor zich, met die glimlach, dat het leek alsof hij haar kon zien. Ze dacht dat ze moest overgeven, en het voelde alsof haar lichaam werd vergiftigd door de verschrikkelijke daad die ze nu pleegde.

'Ze is gaan wandelen... Nu net. Een paar minuten geleden... Naar de plek waar je broer is gevonden. Ik bedoel het lichaam van je broer... Ze zei dat het daar allemaal is begonnen... Oké.' Lola wachtte af. 'Ik heb mijn best gedaan. Laat je me nu met rust? Laat je mijn ouders met rust? Hallo? Hallo?'

De verbinding was verbroken. Lola gooide de telefoon in een prullenbak, liep met trillende benen terug naar het huis en liet zichzelf binnen. Ze deed de deur dicht maar nam niet de moeite hem op slot te doen. Toen liep ze naar de woonkamer en ging op de bank zitten.

Ze stopte haar hand in haar zak en pakte het stukje papier dat Frieda haar had gegeven. HOOFDINSPECTEUR KARLSSON, en een telefoonnummer. Frieda had gezegd dat hij haar zou helpen. Maar alleen omdat Frieda niet wist wat Lola had gedaan. Lola zou hem nooit om hulp kunnen vragen.

Ze gooide het stukje papier op de vloer, liet haar hoofd in haar handen zakken en kneep haar ogen zo stijf mogelijk dicht, maar nog steeds zag ze Deans gezicht voor zich, zijn glimlach. En ze zag Jess, die naar haar opkeek terwijl het leven uit haar wegebde. En toen zag ze Frieda, haar donkere, felle ogen, en dat was misschien nog wel het ergste. Ze kon Frieda's hand bijna over haar wang voelen strijken en haar zachte, heldere stem bijna horen. Lola drukte haar vingertoppen tegen haar brandende ogen. Wat moest ze nu doen? Wat kon ze ooit nog doen?

'Wat heb ik gedaan?' fluisterde ze.

Even stelde ze zich voor dat ze naar de plek toe zou snellen om Frieda te waarschuwen dat het een val was. Maar ze wist niet eens waar het was, alleen dat het de plek was waar Dean zijn broer

Alan had vermoord. Bovendien bleven zijn woorden door haar hoofd spoken: 'Je vader en moeder, Dave en Carol. Je zou toch niet willen dat ze iets overkomt? Als je me niet helpt, weet je wat er dan gebeurt? Natuurlijk weet je dat niet. Dat moet ik je eerst laten zien. Kijk goed.' Nacht na nacht, in haar gedachten en haar nachtmerries, zag ze weer voor zich hoe hij het mes over Jess' keel had gehaald.

Lola boog verder voorover en drukte nog harder tegen haar oogleden, maar nog steeds zag ze Deans glimlach, en Frieda's donkere ogen met hun doordringende blik. Seconden gingen voorbij. Minuten.

Eindelijk nam Keegan zijn telefoon op.

'Ik heb u al een paar keer gebeld.'

'Dat weet ik. Ik heb tweeëntwintig gemiste oproepen van u. Ik ben met vakantie, u hebt geluk dat ik nu opneem.'

'U weet waar Frieda Klein is.'

'Belt u me om dat te zeggen?'

'Ik moet haar zien.'

Er viel een korte stilte. Karlsson hoorde dat Keegan aan het lopen was.

'Als ik al wist waar ze was,' zei hij, 'zou ik dat toch niet met u delen.'

'Ze loopt gevaar.'

'Als Frieda mij om hulp vraagt, is dat omdat ik de enige ben die ze kan vertrouwen.'

'Jezus,' zei Karlsson fel. 'Als we niets doen, wordt ze vermoord.'

'U weet dat iemand heeft gelekt.'

'Misschien wel, misschien niet. Daar weet ik verder niets van, ik bel u als haar vriend. U moet het me vertellen. Alstublieft.'

Weer een lange stilte en het geluid van stemmen op de achtergrond.

'Oké.'

Toen Quarry het kantoor van Dugdale binnenliep en ging zitten, merkte hij dat zijn chef hem vorsend opnam. Quarry's gezicht was aan één kant blauw en er zat een pleister op zijn linkerwang. Zijn ribben voelden nog erger. Ze deden pijn als hij zich draaide of zijn armen bewoog. Of als hij ging zitten.

'Kun je wel weer aan het werk?'

'Fysiek gezien zal ik pas op de plaats moeten maken,' zei Quarry. 'Maar ik zal doen wat ik kan.'

'Misschien moet je er eens met iemand over praten. Het is niet niks, om zo aangevallen te worden.'

'Het gaat best met me.'

'Ik meen het.'

'Maar het gaat best,' zei Quarry wat nadrukkelijker.

'Oké. Dan hebben we het vriendelijke gedeelte gehad.'

Quarry voelde een steek in zijn maag.

'Dean Reeve is erachter gekomen waar Frieda Klein zat ondergedoken,' ging Dugdale verder. 'Alleen wij en Frieda Klein wisten waar dit was, en Frieda Klein heeft het hem niet verteld.'

Langzaam schudde Quarry zijn hoofd. 'Ik heb er met niemand over gepraat,' zei hij.

'Ik heb er veel over nagedacht,' zei Dugdale. 'Ik bleef er maar over malen. Ik was ervan overtuigd dat wij het niet konden zijn. Dat het niet mijn afdeling kon zijn. Niet in dit geval. Niet in de zaak-Dean Reeve. Niet terwijl de hele wereld toekijkt. Maar toen dacht ik aan jou en Liz Barron, en ik herinnerde me dat je haar had ontmoet.'

'Chef, ik zou nooit...'

'Stil,' zei Dugdale, op een toon die zo kalm klonk dat Quarry er de rillingen van kreeg. 'Ik ga er niet omheen draaien. Jij gaat me nu vertellen of je enig contact hebt gehad met de pers tijdens deze zaak. Als ik vermoed dat je iets achterhoudt, schors ik je en stel ik een onderzoek naar je in, en dan gaan we je telefoongegevens na om te kijken met wie je allemaal hebt gesproken.'

Het zweet stond op Quarry's voorhoofd. 'Ik heb toch gezegd dat ik Liz Barron heb ontmoet toen ik Karlsson opzocht.'

'Nee, dat heb ík gezegd en jij hebt het bevestigd. Dus?'

'Ze zei dat ze wel interesse had in aanvullende informatie. Ik heb het overwogen. Waarschijnlijk zou ik wel met haar hebben afgesproken. Maar toen werd ze vermoord.'

'Heb je er geld voor gekregen?'

'Nee.' Dat had hij ook niet, maar alleen omdat ze voor die tijd was vermoord. Ze had hem wel geld beloofd en hij had wel geld willen aannemen. Quarry werd overspoeld door schaamte en schuldgevoelens. Zijn mond voelde droog en het kostte hem grote moeite om Dugdale te blijven aankijken.

'En toen vond een andere journaliste haar aantekeningen en zij belde me op. Ze wilde afspreken. Ik zei niet meteen "nee", maar we hebben elkaar verder niet gezien of gesproken.'

Er viel een lange stilte. Dugdale wendde zijn blik even af en keek toen weer naar Quarry. 'Je snapt dat dit geen goede indruk maakt,' zei hij.

'Ik heb haar niets verteld. U moet me geloven.'

'O, dus ik kon je eerder niet vertrouwen, maar nu wel. Is dat wat je beweert?'

'Ik was het niet.'

'Wie dan wel? Niet Frieda, niet jij. Maar jij had wel contact met een journaliste.'

Quarry dacht koortsachtig na. Het voelde alsof hij vocht voor zijn leven. 'Klein kan het aan haar vrienden hebben verteld.'

'Ze is ondergedoken om haar vrienden te beschermen,' zei Dugdale. 'Ze wilde ze er juist buiten houden.'

Quarry en Dugdale keken elkaar doordringend aan.

'Er is nog iemand,' zei Quarry langzaam.

'Wie?'

'Dat meisje. Lola Hayes.'

Dugdale wreef langzaam over zijn wang. 'Zou zij het kunnen zijn?' zei hij. 'Zou het?'

'Ze is de enige die overblijft.'

'Maar waarom? Waarom zou ze dat doen?'

'Misschien heeft Reeve haar in zijn greep gekregen. Klein ontfermde zich over haar om haar te beschermen. Misschien heeft ze haar verkeerd ingeschat.'

Dugdale wees met zijn vinger naar Quarry. 'Als je me bedondert, Dan, als je de schuld bij dat meisje legt om je eigen hachje te redden...'

'Ik zweer het. Ik zweer het op alles wat me heilig is.'

'Hou maar op. Ik zal het overwegen. Ik moet wel. Maar als je gelijk hebt, als zij het is, dan weet Dean Reeve wat Frieda gaat doen en wij niet. Weet je daar een oplossing voor?'

Ze keken elkaar weer aan. Daar wisten ze geen oplossing voor.

'Goed,' zei de commissaris vermoeid tegen Dugdale. 'Ik denk dat het moment is aangebroken.'

'Om de publiciteit te zoeken?'

'Ja.'

Ze pakte haar telefoon.

Karlsson en Yvette liepen met grote passen door de straten. Ze zeiden niets tot ze bij het huis aankwamen. Toen knikte Karlsson naar haar.

'Hier is het,' zei hij.

'De gordijnen boven zijn dicht.'

Karlsson klopte aan, en toen nog eens. Geen reactie.

'Wat nu?' vroeg Yvette.

Hij gaf geen antwoord, maar zette zijn schouder tegen de deur en gaf een flinke duw, en nog een. De deur gaf niet mee. Hij hief zijn voet, gehuld in een elegante schoen, en trapte tegen het slot. Yvette hoorde iets versplinteren en de deur zwaaide open. Ze stapten de gang in.

'Ga jij naar boven,' zei Karlsson. 'Ik neem de begane grond.'

Hij liep naar de woonkamer, en in eerste instantie zag hij haar niet. Hij wilde doorlopen naar de keuken, maar toen zag hij een stukje papier op de vloer liggen. Karlsson raapte het op en zag dat zijn eigen naam erop stond geschreven, in het onmiskenbare handschrift van Frieda. Terwijl hij hiernaar staarde, hoorde hij een zacht geluid achter zich. Karlsson draaide zich om. Er zat iemand achter de leunstoel weggekropen, bijna uit het zicht. Hij ving een glimp op van een bleek gezicht en verschrikte ogen. Ze hield haar vuisten tegen haar mond gedrukt, alsof ze wilde voorkomen dat ze het zou uitschreeuwen. Karlsson trok de stoel weg en ze kroop dichter tegen de muur aan, alsof ze hoopte dat die zich zou openen en haar zou opslokken.

'Lola,' zei hij zacht, alsof ze een angstig dier was. 'Het is goed. Je bent nu veilig.'

'Wie bent u?' Haar stem klonk schor.

Hij stak zijn hand uit en hielp haar overeind. 'Ik ben hoofdinspecteur Karlsson. Ik ben een vriend van Frieda.'

'Dat weet ik. Ze zei dat u me zou helpen.'

Hierop begon de jonge vrouw zo hard te huilen dat haar hele lijf schokte. Yvette kwam de kamer binnen en sloeg een arm om haar heen om haar overeind te houden.

'Ik moet weten waar ze is. Is ze hier geweest?' vroeg Karlsson.

'Ja.'

'Waar is ze nu?'

'Ze is weg.' Lola begon nog harder te huilen. Yvette bracht haar naar de bank en zorgde dat ze ging zitten.

'Wanneer is ze vertrokken?' Karlsson hurkte naast haar neer. 'Dit is dringend. Je moet het me nu vertellen.'

Ze hief haar gezicht op, betraand en dik van het huilen, met rode ogen en koortsblaren in haar mondhoeken. 'Ongeveer een halfuur geleden,' wist ze uit te brengen.

'Wanneer komt ze terug?'

'Dat weet ik niet. Nooit meer.'

'Nooit meer?'

'Ik weet het niet.'

'Waar is ze naartoe?'

Lola schudde haar hoofd en begroef haar gezicht weer in haar handen.

'U snapt het niet,' fluisterde ze. 'U snapt er niets van.'

'Later kun je me het hele verhaal vertellen. Dat beloof ik. Maar nu moet je me vertellen wat je over Frieda weet. Ik ben hier om haar te helpen. Heeft ze je verteld waar ze naartoe ging?'

'Niet precies.'

'Wat zei ze dan?'

Lola ging rechtop zitten. Ze streek haar haar achter haar oren en ademde haperend in. Haar gezicht kreeg een andere uitdrukking, alsof ze tot een besluit was gekomen. 'Oké,' zei ze. 'Ik zal het jullie vertellen.'

48

Lola had gezegd dat Frieda er lopend naartoe zou gaan, en hoewel Karlsson wist dat ze flink kon doorlopen, gaf hem dat wel wat tijd. Ze had maar een minuut of veertig voorsprong. Hij liet Yvette bij Lola achter – ook al wilde ze liever mee – en rende naar de hoofdweg, zwaaiend naar taxi's tot er eentje stopte.

Nu hij wist waar ze was, had hij het idee dat elke seconde telde, ook al was Frieda misschien alleen maar aan het wandelen en nadenken, en was het gevaar nog ver weg. Het idee dat hij zo dichtbij was, was misschien nog wel het ergst, het gat tussen hier en daar. Voor het eerst in al die weken van afwachten en niets kunnen doen, wist hij waar ze was. Die plotselinge hoop maakte elke seconde een kwelling, en de urgentie voelde bijna als iets fysieks wat op hem drukte en hem de adem benam. Het was een crime om het centrum van Londen uit te komen. Alle wegen stonden vol auto's, busjes en dubbeldekkers. Misschien had hij beter de metro kunnen nemen, of versterking met hun blauwe zwaailichten kunnen bellen. Maar hij wist dat hij voorzichtig moest zijn en onopvallend moest arriveren. Dus bleef hij zwijgend en gespannen in de taxi zitten. Af en toe dacht hij even aan Lola, hoe nerveus ze was geweest, met rode wangen van angst, en van nog een andere emotie, maar welke? Hij zette die gedachte van zich af en leunde naar voren, alsof hij de taxi zo kon aansporen zich door het vaststaande verkeer heen te wurmen.

Er kwam inmiddels weer wat beweging in. Karlsson keek op

zijn horloge. Hij probeerde zich niet voor te stellen dat hij Frieda zag lopen, want dan zou hij alleen maar ongeruster raken als hij haar niet zag. En hij probeerde zich niet voor te stellen dat ze in gevaar was. Het had geen zin om zichzelf zo te kwellen. In plaats daarvan richtte hij zich op de huidige situatie: het briefje van twintig pond in zijn hand, klaar om aan de chauffeur te geven zodat hij snel uit de taxi kon springen; de plannen die hij had bedacht voor als hij eenmaal op de plek was. Hij zou zorgen dat de taxi ruim voor de bestemming stopte. Hij zou niet opvallen, en bovendien verwachtte niemand hem.

Frieda liep door de bekende straten. Ze hoefde niet te bedenken waar ze naartoe ging; ze liet zich door haar voeten leiden. Het was een mistige dag vol dreigende schaduwen van torens en daken, hoge kranen en gebouwen, half verscholen in de dichte, grijze lucht. De platanen hadden bijna al hun bladeren verloren en uit sommige schoorstenen kringelde rook. Het was 1 november: de dag van de doden, bedacht ze. Een dag om de overledenen te herdenken, om een stukje met ze mee te lopen, bij ze te zijn en ze dan weer te laten gaan.

Onder het wandelen voelde Frieda hun aanwezigheid, al die schimmen uit het verleden: mensen van wie ze had gehouden en mensen die ze pijn had gedaan, mensen die haar pijn hadden gedaan. Haar moeder, die nooit moeder had willen worden. Haar vader, die zijn hele leven onder een verlammende droefheid gebukt was gegaan, tot hij er op een dag niet meer tegen kon en zelfmoord had gepleegd. Sandy, de man van wie ze ooit had gehouden, die ooit van haar had gehouden, wiens lichaam drijvend in de Theems was gevonden. En al die anderen in de loop der jaren, zovelen, die waren meegezogen in het zwarte gat dat Dean Reeve heette. Ze zag hun gezichten voor zich, jong en oud, en ze voelde hen naast zich, in zich, sommigen boos, anderen verdrietig, sommigen schreeuwend om hulp, anderen kalm en vredig. Al die schimmen die ze met zich meedroeg; en de schim van haar jongere zelf, ijverig en pas net begonnen. Maar alles had haar naar hier geleid, naar dit moment. Zoveel doden, een hele groep naast haar. Ze liepen met haar mee; zij liep met hen mee. Zou het erg zijn om zich bij hen te voegen? Om dood te zijn, net als zij?

'Je moet jezelf vergeven.' Wie had dat tegen haar gezegd? Waarschijnlijk Reuben, dacht ze. Of misschien had ze het in de loop der jaren zelf weleens gezegd tegen haar patiënten. 'Je moet jezelf vergeven.'

Vergaf ze zichzelf? Misschien was er later nog wel tijd voor dergelijke vragen, als dit achter de rug was. Ze wist dat het nu snel voorbij zou zijn. Ze wist dat het eindspel eindelijk was begonnen, op de dag van de doden. Ze dacht aan die uitdrukking. Mensen interpreteerden hem verkeerd. Ze zagen het als iets engs en spookachtigs, met schedels en zombies. Maar in werkelijkheid draaide het om de doden als onze metgezellen, onze vrienden, die voortleefden in onze gedachten en onze harten. Frieda had die angst voor de dood nooit begrepen, laat staan de angst om zelf dood te gaan. Het was slechts een vorm van afwezigheid, een niet-zijn, als slapen zonder dromen.

We zouden juist bang moeten zijn voor het leven, vond ze. De doden konden ons geen pijn meer doen, behalve in onze gedachten. We konden aan ze terugdenken met liefde, spijt, wroeging of simpele droefheid, maar we zouden ze niet meer moeten vrezen of ons door hen moeten laten kwetsen. Dat had Frieda steeds weer aan haar patiënten proberen duidelijk te maken. Maar de levenden waren een heel ander verhaal. Acht jaar verkeerde ze nu al in het besef dat – wat ze ook wist, waar ze ook was, wat ze ook deed – Dean Reeve aan haar dacht. Hij had plannen gesmeed en mensen mishandeld en vermoord in een spoor dat naar haar leidde, en nu bracht elke stap haar dichter naar het einde van dat spoor. Naar hem.

Karlsson stapte uit de taxi, overhandigde een briefje van twintig en gebaarde dat hij geen geld terug hoefde. Hij keek om zich heen: het was zachtjes gaan miezeren en er waren nauwelijks mensen op straat. Frieda zou er nog niet zijn. Hij was op tijd. Hij liep naar de rand van het water, dat spiegelglad leek in de windstille lucht.

Hij wist waarom Frieda hiernaartoe zou komen. Hij keek naar de ijzeren bel en het bruine water, en naar de grote hijskranen, half verscholen in de mist. Toen zocht hij een plekje op waar niemand hem kon zien en trok zijn jas dichter om zich heen. Hij keek in de richting waar ze vandaan zou komen en wachtte af.

Chloë en Jack zaten koffie te drinken op Frieda's nieuwe dakterras. Ze hadden net een aantal kleine lavendelstruiken in de terracottapotten geplant.

'Het voelt alsof het elk moment kan gaan regenen,' zei Chloë.

'Ja. Het is echt zo'n dag dat het nooit helemaal licht lijkt te worden.' Jack huiverde en knoopte zijn jas verder dicht.

De kat kwam naar buiten en kronkelde langs hun benen, duwend met haar kop om aandacht. Ze hoorden haar spinnen met een diep gebrom. Chloë aaide over haar rug.

'Ik vraag me af waar Frieda nu is,' zei ze.

Karlsson was nat en verkleumd. Hij keek op zijn horloge: er was meer dan een uur verstreken, maar Frieda was er nog steeds niet. Hij dacht terug aan wat Lola hem had verteld, en hij wist zeker dat hij op de juiste plek was. Toen voelde hij zijn telefoon in zijn zak trillen. Hij haalde hem tevoorschijn. Het was Bill Dugdale.

'Bill?' Karlsson praatte op gedempte toon.

'Ik probeerde je te bereiken op het werk, maar ze zeiden dat je vrij was.'

'Ja. Wat is er? Nog nieuws?'

'Niet echt. Waar ben je?'

Karlsson keek om zich heen. Hij zag een reiger roerloos in de boom aan de overkant zitten. 'Nou, ik ben eh... bij de rivier.'

'Ik wilde je alleen even op de hoogte houden.'

'Dat waardeer ik.'

'Het is vast niets, maar we hebben onderzoek gedaan naar dat lek waardoor Dean Reeve wist waar Frieda was.'

'En?'

'We denken – en misschien is het een vals spoor, maar het verklaart wel een aantal dingen die we anders niet kunnen uitleggen – dat het wellicht dat meisje was.'

Even wist Karlsson niet wie hij bedoelde. 'Welk meisje?'

'Lola Hayes.'

'O, shit. Shit-shit-shit.'

'Wat is er?'

Maar Karlsson had de verbinding al verbroken. Hij toetste Yvettes nummer in. 'Geef me Lola,' zei hij.

'Wat? Waar ben je?'

'Ik sta aan de monding van de Wandle, op haar aanwijzing. Maar ze heeft me misschien naar de verkeerde plek gestuurd. Yvette, zoek uit waar ik naartoe moet.' Hij hoorde de wanhoop in zijn eigen stem.

'Momentje.'

Karlsson hoorde Yvette door het huis lopen. En vervolgens rennen. Hij hoorde haar Lola's naam roepen.

'Ze is weg,' zei Yvette. 'Ze is ervandoor. Waarom zou ze dat doen terwijl ze zo bang was?'

'Vind haar. Bel Dugdale om hem in te lichten.'

'Oké. Wat ga jij nu doen?'

'Dat weet ik niet. Ze kan overal zijn. En waar is Dean? Heeft Lola hem wel verteld waar Frieda is?'

Frieda kwam in de buurt van de plek. Haar haar was vochtig van de motregen, maar dat vond ze niet erg. Ze wandelde juist graag in de kou en de regen; dat ontwarde haar gedachten en kalmeerde haar geest. Soms had ze het gevoel dat al die kilometers die ze had gewandeld in haar botten waren gegrift, als een soort kennis. Al die nachten dat ze niet kon slapen, zich aankleedde en op pad ging door de verlaten duisternis. Dan volgde ze de loop van de verborgen rivieren, voelde hun contouren onder haar voeten en stopte soms om ze onder roosters in de straten te horen murmelen. Ze dacht aan al die dingen die onzichtbaar maar wel krachtig waren, de geheime geschiedenis van een stad die haar verontrustte en betoverde.

Hier vlakbij was Alan door zijn tweelingbroer Dean vermoord. Zo was het allemaal begonnen. Daarom was ze naar deze plek gekomen: terug naar het begin. Bruine bladeren dwarrelden omlaag door de windstille lucht. Frieda stak haar hand uit en ving er een op. Men zei dat dat geluk bracht. Ze geloofde niet in dat soort geluk, maar ze stopte hem toch in haar jaszak. En liep verder.

Terwijl tientallen politieagenten eropuit werden gestuurd om Lola Hayes te zoeken, zat Dugdale met Dan Quarry in zijn kantoor.

'Misschien is ze naar de volgende rivier,' zei hij. 'Je kent Frieda's theorie, dat Reeve mensen vermoordde boven ondergrondse rivieren, om haar een boodschap te sturen. Dus wat is de volgende, na Counter's Creek?'

Samen keken ze naar de kaart die hij op zijn computer had opgezocht. Quarry wees. 'De Falcon en dan de Wandle.'

'Die zijn allebei kilometers lang,' zei Dugdale. 'We zouden talloze agenten nodig hebben, en zelfs dan is het maar een gokje.' Hij nam een besluit. 'Ik zal wat agenten bij beide rivieren laten patrouilleren. We moeten toch iets doen.'

'Misschien is dit allemaal een storm in een glas water,' zei Quarry. 'We weten niet of Lola het lek is, dat is maar een optie. En zelfs als zij het is, weten we niet of ze Reeve heeft verteld waar Frieda naartoe is.'

'Daar komen we snel genoeg achter,' zei Dugdale. 'Hoe dan ook.'

Karlsson wreef met zijn vingers over zijn slapen en deed zijn ogen dicht. Waar zou Frieda naartoe gaan? Londen was zo groot en chaotisch en complex, als een monster dat zijn tentakels uitspreidde, kleine dorpjes opslokte, de eigen grensgebieden binnendrong, altijd uitbreidde, altijd veranderde. Frieda kon overal zijn.

'Denk na,' zei hij tegen zichzelf. 'Denk na.'

Op de dag van Sandy's begrafenis had hij haar gevonden door zich in haar gedachten te verplaatsen. Hij dacht terug aan dat korte moment, toen ze samen op Parliament Hill hadden gezeten en zij afscheid van Sandy had genomen. Waar kon ze nu zijn?

Bij Sandy's graf? Wandelend langs een van haar rivieren? Als ze wilde nadenken, als ze in gevaar was, waar zou ze dan naartoe gaan? En waarom, vroeg hij zich af, kwam ze niet naar hem?

Het werd laagtij en de Wandle droogde op tot een smal stroompje tussen de modderige oevers. Karlsson draaide zich om en begon te lopen, met trage pas, want hij wist niet waar hij naartoe moest. Het voelde alsof hij in een kringetje ronddraaide.

Bij die gedachte kwam er een idee in hem op en hij begon te rennen, gedreven door hoop en vrees.

49

Reuben McGill werd uit een therapiesessie met een jonge vrouw gehaald, die huilend achterbleef terwijl Paz haar tissues aanreikte en koffie bracht.

Toen Chloë's telefoon ging, stond ze in de meubelmakerij met een gehoorbeschermer op. Een van haar collega's moest voor haar neus gaan staan om haar aandacht te trekken.

Bij Reuben thuis nam Alexei de telefoon op. Hij zei dat zijn vader ergens aan het werk was. Nee, hij wist niet waar. De anderen wisten verder ook niets.

Professor Hal Bradshaw zette zijn bril af en stapte weg van de lessenaar, waar hij zijn tekst op liet liggen. Hij naderde de climax van zijn college. In de loop der jaren had hij gemerkt dat die altijd beter werkte als hij deed alsof de woorden spontaan in hem opkwamen.

'Het is allemaal leuk en aardig om over misdaad te discussiëren, hier in de veiligheid van onze collegezaal, onze bibliotheken, onze laboratoria. Maar op een zeker moment moet de misdaadpsycholoog, de misdaadfilosoof, de wijde wereld in, om een echte plaats delict te ervaren, om het te zien, te ruiken, te proeven, bijna.' Hij zweeg even theatraal. Een meisje op de voorste rij was wit weggetrokken. Dat was nou de jeugd van tegenwoordig, dacht Bradshaw bij zichzelf. 'We moeten de misdadiger zien als een soort kunstenaar en de plaats delict als zijn kunstwerk.' Hij pauzeerde even. 'Of háár kunstwerk. Elke misdaad is een verhaal. Het is onze taak om dit te leren lezen.' Weer zweeg hij even om de betekenis hiervan te laten doordringen. 'Dat was het voor deze week.'

Er klonk een geritsel, gestommel en geroezemoes terwijl de studenten hun tas pakten en in groepjes de collegezaal uit slenterden. Bradshaw pakte zijn papieren en stopte ze in zijn schoudertas. Toen hij wilde gaan, zag hij nog iemand zitten, achter in de zaal, bij de deur. De persoon zat in elkaar gedoken, met de knieën opgetrokken. Hij kon niet zien of het een man of een vrouw was en zelfs niet of diegene wel wakker was. Hij liep ernaartoe en tikte de persoon voorzichtig aan, en het bleke, vlekkerige gezicht van een jonge vrouw keek naar hem op. Haar ogen leken dwars door hem heen te staren. Hij vond het met het jaar moeilijker worden om zijn studenten uit elkaar te houden, maar dit meisje kwam hem bekend voor.

'Jij bent...' begon hij, maar hij kon niet op haar naam komen.

'Lola,' zei ze schor. 'Lola Hayes. Ik ben bij u langs geweest.'

'Gaat het wel? Je ziet er niet best uit.'

'Ik voel me ook niet best.'

Bradshaw wist niet goed wat hij moest doen. Als psycholoog zag hij wel dat deze vrouw hulp nodig had, maar hij was niet haar dokter. Hij was niet eens haar docent. Hij ging naast haar zitten. 'Zullen we je even laten nakijken?'

Ze huiverde. Hij pakte haar bij de arm en probeerde haar overeind te trekken, maar ze schudde hem van zich af.

'Ik breng je naar de verpleegster,' zei hij. 'Als je niet meegaat, zal ik hulp moeten inschakelen.'

Lola stond op maar begon meteen te wankelen, en Bradshaw moest haar vastgrijpen opdat ze niet omviel.

'Rustig aan,' zei hij. 'Kun je lopen?' Hij sloeg zijn arm om haar heen en leidde haar langzaam en onhandig de collegezaal uit, de gang op. Het voelde ongemakkelijk om Lola mee te loodsen langs de groepjes studenten die stonden te kletsen of op hun telefoon bezig waren. Sommigen keken hen na. Een meisje vroeg of alles in orde was, maar Bradshaw wuifde haar weg. Hij moest

Lola gewoon de trap zien af te krijgen, naar de verpleegster, dan had hij zijn plicht gedaan. Het was tegenwoordig niet meer genoeg om hun docent te zijn. Je moest ook hun ouder, oppas en therapeut zijn. Lola leek zich ondertussen nauwelijks bewust van de mensen om haar heen.

Het was een moeizaam proces om Lola de trap af te krijgen. Op een gegeven moment struikelde ze. Bradshaw greep haar vast maar ze probeerde zich los te rukken, en heel even dacht hij dat ze samen de trap af zouden vallen, als in een klucht.

Uiteindelijk kwamen ze bij het kantoor van de verpleegster aan. Bradshaw deed de deur open en leidde Lola de wachtkamer in. Er was verder niemand. Hij overwoog haar hier achter te laten maar besloot dat niet te doen. Je kon aangeklaagd worden voor dat soort dingen. Te veel mensen hadden hem met haar door de gang zien lopen. Wanhopig keek hij om zich heen naar de posters voor hulp bij psychische, seksuele of geslachtsproblemen. Hij zette Lola neer op een van de plastic stoelen tegen de muur. Toen klopte hij op de deur van de behandelkamer. Even gebeurde er niets, maar toen ging de deur open en verscheen de verpleegster. Ze hadden elkaar regelmatig gezien, maar Bradshaw kon zich haar naam niet herinneren.

Ze keek hem nors aan. 'Ik ben met iemand bezig,' zei ze. 'Hevige bloedneus.' Ze keek langs Bradshaw naar Lola. 'Is het een noodgeval?'

'Ze verkeert in shock.'

'Ik kom zodra ik kan. Blijft u bij haar?'

'Ik kan niet...' begon hij, maar ze onderbrak hem.

'U bent toch dokter?'

'Ja, maar niet zo'n soort dokter.'

'Ik zal opschieten,' zei ze, waarna ze de deur dichtsmeet.

Bradshaw zuchtte. De verpleegster wist dat Lola hier zat, dus kon hij niet gewoon gaan? Maar de vrouw had hem specifiek gevraagd om bij haar te blijven. Hij keek naar Lola en beeldde zich in dat ze zou weglopen, ergens vanaf zou springen, ergens voor zou springen. Bradshaw dacht aan het onderzoek dat daarop zou volgen, en de krantenartikelen. Hij had zelf zulke artikelen geschreven. Deze keer zouden ze over hem gaan. Bradshaw ging op de stoel naast Lola zitten.

'Het lijkt erop dat we nog even samen moeten wachten,' zei hij. Ze reageerde niet. In plaats daarvan zakte ze met haar rug tegen de leuning en bonkte zachtjes met haar hoofd tegen een poster van een hulplijn voor LHBT-rechten. *Bonk. Bonk. Bonk.* 'Wil je daarmee ophouden?' zei hij. 'Dat is waarschijnlijk niet zo goed voor je.'

Lola stopte en leunde naar voren. Even dacht hij dat ze moest overgeven. Hij kon zich hun vorige ontmoeting niet meer goed voor de geest halen, maar hij herinnerde zich vaag een zekere ijver, en opgewektheid. Wat kon er gebeurd zijn? Waarschijnlijk problemen met haar vriendje. Of vriendinnetje. Dat gebeurde zo vaak. Toch leek dit wel erg extreem. Bradshaw wilde zijn hand voorzichtig op haar achterhoofd leggen, maar hield zichzelf tegen. Je wist maar nooit. Zulke dingen konden verkeerd worden opgevat.

'Wil je ergens over praten?' vroeg hij.

Ze liet niet blijken dat ze hem had gehoord.

'Ik ben psycholoog. Je kunt me alles vertellen. Ik kijk nergens meer van op. Soms helpt het om dingen hardop uit te spreken.'

Bradshaw schaamde zich een beetje toen hij dit zei. Hij wist dat het soms hielp om dingen hardop uit te spreken, maar soms maakte het alles alleen maar erger. Hij kon er gewoon niet tegen om niets te doen. Had dit meisje een ambulance nodig? Was ze psychotisch? Hij dacht van niet. Ze leek er ernstig aan toe, heel ernstig, maar ze leek niet helemaal van de wereld. Ze reageerde nog enigszins. Ze kon lopen, met hulp. Het was gewoon die stilte. Hij voelde de behoefte om die op te vullen.

'Ik meen me te herinneren dat je je scriptie over Frieda Klein schrijft,' zei hij, en hij probeerde opgewekt te klinken. 'Hoe vordert dat?' Ze schudde haar hoofd. Dat was in elk geval een reactie, ook al leek het meer op een spasme dan een poging tot communicatie. 'Je ging haar ontrafelen, toch? Haar deconstrueren? Dat klonk veelbelovend. Is het gelukt? Heb je de mythe rond Frieda Klein doorgeprikt?'

Bij die woorden ging Lola langzaam rechtop zitten en keek hem in de ogen. 'Ik heb haar kapotgemaakt,' zei ze.

Bradshaw stootte een nerveus lachje uit. 'Hoe bedoel je?'

'Ik heb haar vermoord.'

Hij kuchte en keek om zich heen. Waar bleef de verpleegster?

'Toch niet letterlijk?' vroeg hij. Maar ze gaf geen antwoord. 'Wat bedoel je daarmee, dat je haar hebt vermoord? Is ze dood?'

'Dat weet ik niet.'

'Is ze gewond?'

'Dat weet ik niet.'

'Wat bedoel je dan?' vroeg hij met steeds luidere stem. 'Vertel me dat eens. Je zegt dat je haar hebt vermoord, maar wat bedoel je daarmee?'

Lola staarde hem nog steeds aan, schijnbaar zonder hem te zien. Ze wreef in haar bloeddoorlopen ogen en knipperde toen. 'Ik denk dat ze zal worden vermoord.'

Dat was de druppel. Bradshaw pakte zijn telefoon uit zijn zak en belde het alarmnummer. Meteen vroeg een stem welke hulpdienst hij nodig had. Eigenlijk had hij een ambulance willen bellen. Hier was duidelijk sprake van een psychose. Hij kende meerdere gevallen van studenten die zo verliefd waren op hun docent dat het omsloeg in haat. Docenten en therapeuten trokken dat soort aandacht aan. En Frieda Klein helemaal, meer dan iedereen die hij in zijn hele carrière was tegengekomen, dat wist hij maar al te goed. Klein had zelfs *zíjn* aandacht getrokken. En die aantrekking kon omslaan in regelrechte waanbeelden. Studenten waren soms extreem gestrest. Ze stonden onder grote druk. Ze konden manisch of hyper worden, of ze konden in een diepe depressie wegzakken. Bradshaw keek naar Lola en bedacht, zoals dokters vaak doen, hoe hij zijn ingrijpen zou verdedigen in een verhoor als het allemaal zou mislopen. Dat was geen probleem. Ze vertoonde de klassieke symptomen. Er was geen reden om aan te nemen dat haar opmerking dat Frieda Klein zou worden vermoord meer was dan een waanbeeld van een gestoorde geest. Maar toch aarzelde hij.

'De politie,' zei hij. 'Ik heb de politie nodig.'

50

Jaren geleden, toen Frieda langs de kanalen begon te wandelen, was het er vrijwel verlaten, kwamen er alleen wat verdwaalde fietsers, een paar excentrieke vissers, groepjes jonge mannen met wie je beter geen oogcontact kon maken. Vandaag kwam ze langs nieuwe kantoorgebouwen, koffiebars, hardlopers, au pairs en jonge moeders met kinderwagens, een dubbele rij woonboten met rokende schoorstenen die stonken naar kolen en geurig hout. Ze liep aan de kant van Victoria Park en zag bootcamps, en rijen kleine schoolkinderen in gele veiligheidshesjes. Maar daar voorbij, toen ze bij de rivier de Lea kwam, werd het jaagpad rustiger, en uiteindelijk helemaal verlaten.

Dit was de plek. Er was een oude zijhaven aan het kanaal, die ooit moest zijn gebruikt om goederen te lossen bij een fabriek die niet meer bestond. Als je van het kanaal afsloeg en onder een oude brug door naar de zijhaven liep – wat Frieda nu deed – was je niet meer te zien vanaf het jaagpad. Dit was de plek. Hier was Deans broer vermoord. Ooit had Frieda gedacht dat deze plek het einde van iets markeerde, maar in werkelijkheid was dit het begin van alles.

Ze leunde over de reling en keek omlaag naar het water. Normaal gesproken keek ze graag naar stromend water, rivieren, getijden. Maar dit water stond stil, afgesneden van de rest van het kanaal, dat zelf ook alleen maar zachtjes rimpelde en kabbelde. Frieda haalde diep adem. Ze voelde een immense kalmte en berusting. Ze dacht niet aan Dean, maar aan haar vader, van wie ze veel had gehouden. Hij had zich van het leven beroofd toen ze een tiener was, en Frieda had zijn lichaam gevonden. Er ging geen dag voorbij dat ze niet aan dat moment terugdacht, aan zijn dode gezicht en nietsziende ogen. Het was de laatste keer dat ze had gebeden, tot een God waarin ze niet geloofde maar die ze om hulp had gesmeekt. Ze wist dat het hele verdere verloop van haar leven door dat moment was bepaald. Het feit dat ze haar vader niet had kunnen redden, zijn pijn niet eens had herkend voordat het te laat was, had ertoe geleid dat ze steeds weer haar best deed om de pijn van anderen te herkennen en hen te redden. Alsof ze daarmee ook hem kon redden, zichzelf kon redden. Nu, starend naar het bruine water, dacht ze terug aan haar vader zoals hij jaren voor zijn dood was geweest. Niet bedroefd. Niet wanhopig. Een levendig iemand, vol energie en hoop. Ze riep hem op in haar gedachten, ze zag zijn gezicht voor zich, ze glimlachte naar hem. Wat een reis had ze afgelegd.

Toen Frieda een schuifelend geluid hoorde, vlak achter zich, draaide ze zich niet om. Ze bewoog niet eens.

Het verliep niet zoals Hal Bradshaw had verwacht. Hij was ervan uitgegaan dat er een paar uur later een politieman zou langskomen om wat vragen te stellen en misschien een verklaring af te nemen. In plaats daarvan werd hij doorverbonden met de ene na de andere politiemedewerker, en vervolgens met een mobiel nummer, via een krakende verbinding. Er werd hem gezegd dat hij moest blijven waar hij was en Lola Hayes niet uit het oog mocht verliezen. Nog geen seconde.

'Volg haar desnoods het toilet in, als dat nodig is,' zei een stem aan de telefoon.

'Wat?' zei Bradshaw, maar de verbinding was al verbroken.

Terwijl hij dit nog aan het verwerken was, hoorde hij een sirene, en toen nog een. Even dacht hij nog dat er misschien ergens brand was. Toen hoorde hij zware voetstappen naderen en ging de deur open. Hij zag het gezicht van de portier, de man die in de kleine houten loge bij de hoofdingang zat. Bradshaw had hem nog nooit buiten zijn loge gezien.

'Hier is het,' zei de portier, en twee mannelijke en twee vrouwelijke politieagenten in uniform liepen langs hem heen. Een van de vrouwen liep voorop.

'Bent u professor Bradshaw?'

'Ja.'

'En dit is Lola Hayes?'

'Ja.'

De vrouw stapte opzij, pakte haar portofoon en sprak erin. Er klonk een gekraak. Ze draaide zich weer om en boog zich over Lola. 'Waar is Frieda Klein?'

Lola keek op met een glazige blik. Ze schudde haar hoofd en kromp ineen alsof ze pijn had, maar ze zei niets.

'Ik denk niet dat ze in staat is vragen te beantwoorden,' zei Bradshaw.

De agente stapte naar achteren en praatte in haar portofoon. 'Ze wil niets zeggen. Oké.'

Ze keek weer naar Bradshaw. 'Jullie moeten hier blijven. Allebei.'

'Ik denk eigenlijk dat ze naar het ziekenhuis moet. Waarschijnlijk had ik beter een ambulance kunnen bellen.'

'Misschien later. Nu moeten jullie hier blijven. Ze komen eraan.'

'De ambulance?'

'Nee.'

Hij stond in een kleine nis in de muur onder de brug. Toen hij langzaam naar voren schuifelde, zag hij haar verderop over de reling geleund staan, diep in gedachten verzonken. Hij wilde dat moment vasthouden, naar haar kijken voordat ze hem zag, voordat ze wist dat hij er was. Voordat het zou gebeuren. Waar dacht ze aan? Was ze er klaar voor? Eindelijk was haar tijd gekomen. Na al die jaren, al dat wachten, waren ze nu hier. Terug bij het begin, bij het einde.

Hij stapte tevoorschijn en posteerde zich tussen haar en het jaagpad in, zodat ze niet kon ontsnappen. Eindelijk keek ze om, waarna ze zich oprichtte en naar hem toe draaide.

Hij keek haar aan en voelde een rimpeling door zich heen trekken, alsof zijn lijf vloeibaar was geworden. Hij had haar vaak genoeg gezien, maar slechts vaag, van een afstandje. Het was acht jaar geleden dat ze elkaar recht aan hadden gekeken, oog in oog hadden gestaan. Haar haar was anders. Ze had het geverfd. Verder was ze nauwelijks veranderd. Misschien dat de groeven rond haar ogen en bij haar mondhoeken wat dieper waren geworden, haar wangen wat meer ingevallen, maar dit was het gezicht dat hem al die tijd had achtervolgd. Nu zag hij het van dichtbij: de ogen, donkere, heldere ogen die bijna zwart leken, wier blik hij op zich voelde rusten, bijna als een fysieke aanraking; de scherpe neus, de volle lippen, iets uiteengeweken.

Ze stond kaarsrecht, was langer dan hij zich herinnerde, hield haar armen langs haar lichaam. Hij keek naar haar lijf, de kromming van haar schouders, de welving van haar borsten onder haar blauwe shirt, haar heupen in een strakke zwarte spijkerbroek. Ze was anders dan de anderen. Ze keek niet smekend. Er was geen sprake van een gejaagde ademhaling, van angstig opengesperde ogen.

Kon dit moment maar eeuwig duren. Maar het was tijd.

Hij haalde het mes uit zijn zak. Hij bracht het niet omhoog, voelde alleen het heft aangenaam in zijn hand rusten. Het was donker en zwaar, en het voelde koud aan. Het mes had een lemmet van drieëntwintig centimeter. Duits staal. Het had de keel van Jessica Colbeck doorgesneden, als een warm mes door de boter.

Mensen keken altijd naar het mes, gehypnotiseerd door de scherpte, door de glinstering. Maar zij niet. Hij zag haar in zijn ogen kijken, bijna alsof ze medelijden met hem had.

Hij overwoog nog iets te zeggen, maar er viel niets meer te zeggen. Dat wisten ze allebei. Ze zou dankbaar zijn. Ze zou het verwelkomen. Ze had altijd geweten dat het zo zou eindigen.

Hal Bradshaw keek op toen de deur openvloog en twee mannen hijgend naar binnen denderden: Dugdale en Quarry. Dugdale

keek even naar Bradshaw en keerde zich toen naar Lola.
'Ken je me nog?' vroeg hij.
Lola liet haar hoofd hangen, maar Dugdale greep haar bij haar haren en trok haar hoofd bruut omhoog.
'Je zit diep in de problemen,' zei hij.
'Dat kunt u niet maken,' zei Bradshaw.
Dugdale keek langzaam om maar liet Lola niet los. 'Wat heeft ze tegen u gezegd?'
'Dat heb ik ze al aan de telefoon verteld.'
'Vertel het míj.'
'Ze zei dat ze Frieda Klein heeft vermoord. Volgens mij bedoelt ze dat het haar schuld is. Niet dat ze echt...' Bradshaws stem stierf weg.
Dugdale hield zijn gezicht vlak voor dat van Lola. 'Je hebt Karlsson naar de verkeerde plek gestuurd. Dat wist je, hè?'
Lola mompelde iets.
'Wat zeg je?'
'Ik kon het niet.'
'Luister,' zei Dugdale. 'We hebben geen tijd. Er is een opsporingsbevel afgegeven in heel Londen. We hebben drie helikopters rondvliegen.'
Lola schudde haar hoofd en Dugdale liet haar los. Hij sprak op kalmere toon. 'Lola,' zei hij, 'je denkt misschien dat je een deal hebt met Reeve, maar daar trekt hij zich niets van aan. Dat kan hem niets schelen. Als hij iemand wil vermoorden, dan doet hij dat gewoon. Het maakt hem niet uit wat jij doet.'
Er rolden tranen over Lola's wangen.
'Waarschijnlijk is het al te laat. Je hebt gedaan wat hij wilde. Vertel ons gewoon waar Frieda naartoe ging,' drong Dugdale aan.
Lola keek naar Dugdale, naar Quarry, naar Bradshaw en naar de verpleegster die inmiddels aan de andere kant van de wachtkamer was verschenen. Ze slikte moeizaam, aarzelde even, en zei toen langzaam, met schorre stem: 'Waar zijn broer is vermoord.'
Dugdale keek naar Quarry en toen weer naar Lola. 'Als je liegt,

Lola, dan zweer ik dat ik je ergens laat opsluiten waar je nooit meer uit komt.'

'Het is de waarheid.'

De twee mannen renden de wachtkamer uit en Dugdale schreeuwde instructies terwijl ze de trap op liepen naar de auto die buiten stond te wachten. 'En bel Karlsson,' zei hij.

51

'Heb jij iets gehoord?' Chloë belde en ze huilde zo hard dat Reuben haar amper kon verstaan. Hij stelde zich haar gezicht voor, jong en ontredderd, met uitgelopen mascara. 'Heb jij iets gehoord?' vroeg ze weer.

'Nee, niets.'

'O god. Wat nu, Reuben?'

Karlsson bleef rennen, in de greep van een onbeschrijflijke angst. Hij had last van zijn been, het been dat gebroken was geweest, en hij had steken in zijn zij. Toen voelde hij zijn telefoon in zijn zak trillen en haalde hem tevoorschijn.

'Ze is naar de plek waar Reeve zijn broer heeft vermoord,' zei Dugdale. 'Er is politie onderweg. Dat is waar het kanaal...'

Dus Karlsson had goed gegokt. De adrenaline stroomde door zijn lijf. 'Weet ik. Ik ben er bijna,' zei hij.

Karlsson stopte zijn telefoon weer in zijn zak. De zon stond inmiddels hoger aan de hemel. Hij rende verder, de glinsterende mist in.

'Wat is er met Frieda aan de hand?' vroeg Alexei.

Reuben keek naar zijn nerveuze gezicht. De jongen had dezelfde droevige bruine ogen als zijn vader. 'Laten we kijken of we je vader kunnen vinden,' zei hij, en hij stak zijn hand uit. 'We kunnen beter allemaal bij elkaar zijn.'

Er verscheen een helikopter boven Karlsson, die zo ver daalde dat de wieken zichtbaar waren en vervolgens bleef zweven als een enorm insect. Eronder lag het kanaal, dampend in de herfstlucht.

Lola zat met haar knieën opgetrokken, haar hoofd gebogen en haar handen over haar oren. Ze had haar ogen dicht en wiegde zachtjes heen en weer, heen en weer.

'Alsjeblieft,' zei ze. 'Alsjeblieft-alsjeblieft-alsjeblieft.'

Er kwamen drie politieauto's aan gescheurd, met knipperende zwaailichten en gillende sirenes. Twaalf agenten sprongen naar buiten. Ze renden naar het voetpad dat naar het kanaal leidde. De straatveger aan het eind van de straat hoorde hun voetstappen over de grond denderen; het klonk als tromgeroffel.

De jonge Eli Abel liep voorop. Hij zat bij een hardloopclub, dus hij liet de anderen met gemak achter zich en kwam als eerste bij de brug aan. Hij was net afgestudeerd, en hij bedacht hoe geweldig het was dat een van zijn eerste zaken om Frieda Klein en Dean Reeve draaide. Zijn oma zou hem niet geloven als hij haar vertelde wat hij vandaag had gedaan.

Zijn voeten denderden de ijzeren brug op. Er hing een helikopter boven hem. Het lawaai dreunde door zijn hoofd. Het bruine water was in sliertige mist gehuld. Bladeren vielen van de bomen en verdwenen onder het oppervlak.

Eli Abel keek omlaag en knipperde met zijn ogen. Hij zag iets in het water. Hij bleef staan en tuurde ernaar. Het was een lichaam, drijvend op de buik. 'Hier!' riep hij, boven de zoevende helikopter uit. 'Hier!'

Toen rende hij over de brug, de trap af, het pad op. Hij kon zich zijn training niet meer herinneren. Moest hij wachten op versterking? Zijn schoenen uittrekken?

Te laat. Hij stond al in het water, dat koud en blubberig was en tot aan zijn borst reikte. Zijn schoenen zakten weg in de modder. Hij dacht aan de ratten die hier zaten, zwemmend in de viezigheid met hun gele tanden en dikke staarten. De ziekte van Weil, dacht hij terwijl hij naar de gedaante waadde.

Hij hoorde geroep vanaf de waterkant en de oorverdovende herrie van de helikopter. Nog meer sirenes op de weg. Wacht maar tot de mensen dit horen, dacht hij. Water sijpelde in zijn kraag en spetterde in zijn gezicht. De zon scheen in zijn ogen, dus hij kon niet goed voor zich uit kijken.

Eli kwam bij het lichaam dat half onder water lag en reikte ernaar. Maar hij aarzelde even, en de zon wierp vreemde, bewegende patronen op het wateroppervlak. Het deed hem denken aan de ronddraaiende lamp die hij als kind had gehad, toen hij bang was voor het donker. De lamp had de hele nacht onderwaterfiguren op de muren geprojecteerd, zeepaardjes, vissen, zeemeerminnen.

Hij had nog nooit een lijk gezien, had nog nooit een lijk aangeraakt. Nu dwong hij zichzelf een arm vast te grijpen, waarbij de gedaante een beetje bewoog. Na deze eerste aanraking ging het makkelijker. Hij pakte het lijk bij de schouders en begon het naar de oever te sleuren. Iemand riep bemoedigend zijn naam. Ineens stond er een andere agent naast hem en toen reikten er handen vanaf de oever omlaag en werd het lichaam uit het water gehesen. Eli klauterde weer op de kant en toen hij overeind kwam, druipend van het water, besefte hij dat het allemaal maar een paar seconden had geduurd.

'Rol eens om,' zei een stem.

Eli keek toe hoe de doorweekte gedaante werd omgerold, en met een misselijkmakende schok zag hij dat het hoofd bijna loskwam van de romp: de keel was van oor tot oor doorgesneden. Het bloedeloze gezicht staarde hem aan. Het leek te glimlachen.

Geschokt keek hij weg, en toen zag hij haar. Ze zat in de schaduw, met haar rug tegen de muur onder de brug. Ze had haar benen onder zich opgetrokken en ze zat zo stil dat hij even dacht dat het gewoon een speling van het licht in de mist was. Maar nee. Ze was echt. Haar gezicht zag lijkbleek, haar ogen waren pikzwart. Ze staarde recht voor zich uit, nietsziend.

Even bleef Eli verstijfd staan. Toen hoorde hij een kreet achter zich. Hij draaide zich om en zag een lange man met donker haar hinkend op hen af komen rennen, met zo'n gekwelde uitdrukking op zijn gezicht dat het niet gepast leek om ernaar te kijken. De man stopte even bij het lichaam dat op het pad lag, en zijn gezicht veranderde, vertrok, alsof hij elk moment in huilen kon uitbarsten. Maar toen keek hij weer op en liep naar de roerloze vrouw, bleef een paar passen van haar vandaan staan en wachtte af.

Eindelijk bewoog de vrouw, alsof de betovering was verbroken. Ze keek op naar de lange man. Ze glimlachten niet naar elkaar, maar hij zette nog een stap dichterbij en stak zijn hand uit, en na een paar seconden nam ze die aan.

Ze kwam overeind. Haar kleren waren doorweekt. Er zat bloed in haar hals en op haar wang. Haar haar was nat.

'Karlsson,' zei ze met zachte, heldere stem.

Hij liet haar hand niet los. 'Frieda,' zei hij. 'Het is voorbij. Je bent vrij.'

Op dat moment kwamen nog meer agenten de trap af gerend. Daarachter, hijgend door zijn overgewicht, liep hoofdinspecteur Dugdale. Hij bleef staan en nam alles in zich op, keek naar het lijk dat op het pad lag en toen naar Frieda die een paar meter verderop stond.

'Allejezus,' zei hij.

Daarna volgden de gebeurtenissen elkaar snel op, alsof alles was ingestudeerd. Er arriveerden ambulances, en nog meer politieauto's. Er werden hekken neergezet en politielinten gespannen. De technische recherche kwam ter plaatse. Toeschouwers werden weggestuurd. Sommige journalisten wisten toch door de afzetting te komen, maar tegen die tijd stond er al een tent over het lichaam heen. Het enige wat ze konden fotograferen, waren de tientallen politiemensen naast het kanaal, sommige in uniform, andere in witte overalls.

Te midden van deze snelle, efficiënte operatie bevond zich de sprakeloze Frieda. Toen Dugdale haar vroeg wat er was gebeurd, staarde ze hem alleen maar aan.

'Het geeft niet,' zei hij, verontrust door haar blik en door de bloedvegen op haar wang. 'Neem de tijd. U bent vast in shock.

Maar vertel me één ding. Hoe is hij omgekomen?'

Ze keek van hem weg, naar het kanaal.

'Frieda?'

'Hij had een mes,' zei ze. 'Een lang, scherp mes.'

Ze liep de trap van de brug op, tussen een agent en Karlsson in. Iemand in de menigte achter de afzetting riep haar naam, maar ze keek niet op. Camera's flitsten. Nog even en het hele land, de hele wereld, wist dat Dean Reeve dood was.

Een ambulancemedewerker probeerde een deken om Frieda's schouders te slaan, maar die schudde ze van zich af. Toen stapte ze in de auto die klaarstond. Karlsson volgde haar.

Ze zaten zij aan zij maar op enige afstand van elkaar. Hij keek haar aan en zag wat bloed vanaf haar haargrens over haar voorhoofd sijpelen.

'Je bent gewond,' zei hij.

Ze reikte omhoog en veegde het waterige bloedspoor weg. 'Dat is niet mijn bloed.'

Hij wilde zijn hand op die van haar leggen, maar dat durfde hij niet. Haar stilte had iets gevaarlijks, alsof ze elk moment kon ontvlammen.

52

Er stond een televisiebusje voor de ingang van Saffron Mews geparkeerd en het krioelde van de journalisten. Josef wurmde zich langs hen heen met meerdere zware boodschappentassen in zijn handen en opende de deur van Frieda's huis. Hij liep eerst naar de keuken, waar hij de kat voerde, het basilicumplantje water gaf en verse bloemen in de vaas zette. Toen haalde hij melk, boter en yoghurt uit de boodschappentassen en zette alles in de koelkast.

Hij liep naar de woonkamer en keek of de haard kon worden aangestoken, waarna hij een van de stoelen een klein stukje verschoof zodat alles precies op de juiste plek stond.

Vervolgens liep hij naar boven, stopte even in de badkamer om te kijken of er handdoeken klaarlagen, en liep toen door naar het dakterras. Hij opende de deur, merkte goedkeurend op hoe soepel die openzwaaide, en stapte naar buiten. Er stonden een aantal lavendelstruiken, een bak met kruiden, het kleine sierboompje, een kweekkasje waar Chloë bloembollen in had geplant voor de lente en een clematis met bronzen bladeren die volgens de mensen van het tuincentrum roomwitte bloemen zou geven in de wintermaanden. Er stonden ook een paar houten stoelen en Chloë's tafel van iepenhout.

Josef ging op een stoel zitten en keek uit over de daken. De mist was weer dichter geworden; alles was in een zachtgrijs waas gehuld. Hij stak een sigaret op, haalde een fles wodka uit zijn jaszak en nam een flinke slok. Toen slaakte hij een diepe zucht en deed zijn ogen dicht.

Dokter Jane Franklin, forensisch patholoog, keek naar het lijk van Dean Reeve en toen naar de groep studenten tegenover haar, gekleed in groene operatieschorten en met mondkapjes voor.

'Vergeet wie dit is,' zei ze streng. 'Dit is een lijk. Het is onze taak om de doodsoorzaak vast te stellen.'

Ze wees met haar scalpel naar de hals. 'Jij,' zei ze. 'Wat zie je?'

'Een laterale incisie door... nou, door bijna alles. De halsader, de halsslagader. De luchtpijp lijkt beschadigd.'

'Doodsoorzaak?'

'Hij zal binnen een minuut of wat zijn doodgebloed.'

Dokter Franklin hield Reeves rechterhand omhoog.

'En dit?' Ze keek naar een jonge man. 'Jij?'

'Hij heeft korte vingernagels.'

'Nee, nee. Sneeën, verwondingen.'

'Ik zie geen verwondingen.'

Ze reikte over het lijk en hield de andere arm omhoog.

'En hier?'

'Ik zie niets.'

'Precies. Als mensen met een mes worden aangevallen, vind je meestal sporen van verweer op hun handen en armen. Die houden ze omhoog om zich te beschermen. Zo.' Ze hield haar beide armen voor haar gezicht. 'Dus waar wijst dit op?'

'Dat weet ik niet.'

'Kijk nog eens naar de wond. Hoe ziet die eruit? Grillig? Gekarteld?'

'Nee, gelijkmatig. Als een chirurgische incisie.'

'Hoe kun je dat voor elkaar krijgen? Op een jaagpad?'

'Misschien werd hij vastgehouden?'

'Dat is mogelijk,' zei dokter Franklin. 'Maar we hebben geen kneuzingen aangetroffen. Geen schrammen. Geen enkele andere verwonding, behalve hier.' Ze wees naar de knie. 'Daar hebben we dit uit gehaald.' Ze hield een metalen bakje omhoog. Er lag een kleine kogel in, of beter gezegd: een kogel zonder punt. 'Aan deze kant lijkt de knie intact. Maar deze dumdumkogel is er vanaf de achterkant in gegaan. Het kogelgat is klein, maar vanbinnen knalde de punt uit elkaar en is de schade veel groter dan we zo kunnen zien. Hij kon gelijk niet meer lopen.'

'Het lijkt wel een executie,' zei een andere mannelijke student. 'Eerst schiet je hem neer, dan snijd je zijn keel door.'

'Er is maar één wapen op de plaats delict aangetroffen,' zei dokter Franklin. 'Een Duits mes. Zeer scherp, het soort mes om dieren mee te slachten. En het soort mes waarmee Jessica Colbeck werd vermoord.'

'Dus wat nu?'

'Wij omschrijven alleen de staat van het lijk.'

Toen de studenten weg waren, keek dokter Franklin nog eens naar het lichaam: gedrongen, met tatoeages op de gespierde armen, een zachte, witte buik. Een gapende wond in de hals. Het gezicht zag doodsbleek, als witte klei: de ogen stonden open, ze waren bruin. Dokter Franklin duwde de oogleden dicht met haar gehandschoende duim. Ze wist dat het nergens op sloeg, maar zelfs nu hij dood was, wilde ze niet door Dean Reeve worden aangestaard.

Agenten doorzochten het struikgewas en er zwommen politieduikers in het kanaal. Ze hadden het mes al bij de eerste duik gevonden, maar nu zei Quarry dat ze ook nog naar een pistool op zoek moesten.

'Het moet hier ergens liggen,' zei hij.

De drie duikers speurden de zachte grijze modder van de kanaalbodem centimeter voor centimeter af, haalden alles omhoog wat mensen in het water hadden gegooid – zelfs een frame van een fiets – en ook alle wilde dieren die daar waren gestorven en ontbonden. De agenten kamden de doornstruiken uit. Uren verstreken. Er werd geen pistool gevonden.

Frieda had zich gedoucht en de kleren aangetrokken die ze haar op het politiebureau hadden gegeven: een wit katoenen blouse en een donkere broek, met instappers die haar net iets te groot waren. Ze zat tegenover Dugdale en Quarry, met haar handen in haar schoot gevouwen en een mok thee onaangeroerd voor haar op tafel.

'Dokter Klein,' zei Dugdale terwijl hij naar haar toe leunde. 'U begrijpt dat u niet in de problemen zit, toch?'

'Ja, dat begrijp ik. Bedankt.'

'We zouden het juist moeten vieren. U hebt Dean Reeve te pakken gekregen. U hebt gewonnen.'

'Ik ben niet echt in een jubelstemming,' zei Frieda. 'Daarvoor zijn er te veel doden gevallen. Onder wie Dean Reeve.'

'Ja, natuurlijk, dat is logisch. Maar u snapt dat we een verklaring van u nodig hebben. Als u daar nog niet klaar voor bent, kunnen we dat ook op een later moment doen.'

'Nu is prima.'

'En...' Dugdale aarzelde even, '... ik ben verplicht te melden dat u recht hebt op juridische bijstand.'

'Bedankt, maar dat is niet nodig.'

Quarry zette de recorder aan en noemde de datum, de locatie en de aanwezigen.

'We kunnen het kort houden,' zei Dugdale. 'Indien nodig kunnen we later nog op de details ingaan. Kunt u ons om te beginnen vertellen hoe Dean Reeve aan zijn eind is gekomen?'

Frieda keek Dugdale recht aan. Ze zag bleek, leek vermoeid maar kalm.

'Sorry. Het is allemaal nogal vaag. Ik herinner me dat ik naar de plek liep waar het is gebeurd, en het volgende dat ik me herinner, is dat de politie arriveerde. De rest is één groot waas.'

'Het moet zeer traumatisch voor u zijn geweest.'

'Ik weet het niet,' zei Frieda.

'Dus u kunt ons niet vertellen hoe Dean Reeve aan zijn eind is gekomen?'

'Nee.'

Quarry keek bedenkelijk bij dit antwoord. Het leek niets voor haar, al had hij natuurlijk geen idee hoe Frieda Klein werkelijk was. Hij had alleen veel over haar gehoord. Nu zat ze hier tegenover hen, serieus en beheerst, en zelfs Dugdale, die niet snel van de wijs was, leek enigszins onthutst.

'Verwachtte u hem? Wist u dat hij daar zou zijn?'

'Ik ging een eindje lopen langs het kanaal. Ik wilde nadenken.'

'Maar hij wist wel dat ú daar zou zijn,' zei Dugdale. 'Dat heeft Lola Hayes hem verteld. Uw vriendin heeft u verraden. Wat vindt u daarvan?'

'Als dat waar is,' zei Frieda onbewogen, 'dan handelde ze onder druk. Het is niet haar schuld.'

'Wist u dat Lola contact met hem had?'

Frieda keek even uit het raam. Quarry zag hoe ze haar handen samenbalde en weer ontspande.

'Ze had zich nooit met mij moeten inlaten,' zei ze zacht. 'Ik heb haar nog zo gewaarschuwd.'

'Dat is geen antwoord,' zei Dugdale nors.

'Hebt u weleens van "moreel toeval" gehoord?'

'Dat doet er nu niet toe. Het heeft geen zin om Lola Hayes te verdedigen. Ze heeft bekend. We weten wat ze heeft gedaan.'

Frieda schudde haar hoofd. 'Daar ben ik het niet mee eens. Het heeft wel degelijk zin om haar te verdedigen.'

'Luister,' zei Dugdale, inmiddels behoorlijk geërgerd. 'Wij staan aan uw kant, maar u doet alsof we de vijand zijn. Bekijk het eens vanuit onze positie. Wij moeten een verklaring vinden voor wat er is gebeurd. Dean Reeve is drijvend in het kanaal aangetroffen met een doorgesneden keel en een kogel in zijn been. We vonden het mes in het kanaal, maar het pistool is spoorloos. Dat suggereert dat er nog minstens één andere persoon aanwezig was.'

'Daar kan ik niets over zeggen.'

'Daar wílt u niets over zeggen, bedoelt u. Dokter Klein, ik begrijp goed dat u wraak wilde nemen op Dean Reeve, na alles wat hij u en zoveel andere mensen heeft aangedaan.'

Dugdale zag dat hij eindelijk een reactie loskreeg. Frieda leek even te huiveren en keek hen allebei aan. 'Denken jullie dat ik op wraak zinde?' zei ze vol ongeloof. 'Denken jullie dat ik zijn zieke spelletje wilde meespelen? Ik wilde dat hij zou worden gearresteerd en berecht. Helaas is het anders gelopen.'

'Hoe komt dat?'

'Ik wou dat ik jullie daarmee kon helpen.'

'Hebt u hem zien sterven?'

'Ik was erbij, dat is wel duidelijk.'

'Dat niet alleen. Toen we u vonden, was u in het water geweest. Zijn bloed zat op uw kleren, op uw huid. In uw haar.'

Ze knipperde even met haar ogen, als een klikkende camera. Quarry, die haar nauwlettend in de gaten hield, zou hebben gezworen dat ze Reeves dood herbeleefde.

'Er was veel bloed,' zei ze.

'U geeft ons niets nuttigs,' zei Dugdale machteloos.

'Jullie hebben het lichaam van Dean Reeve. Wat willen jullie nog meer?'

Karlsson had op haar gewacht. Samen liepen ze het politiebureau uit. Buiten was het winderig en het regende zacht.

'Dugdale kijkt niet blij,' zei Karlsson. 'Ik heb die blik wel vaker gezien als de politie jou probeert te verhoren.'

'Wil je iets voor me doen?' vroeg Frieda.

'Ja.'

'Je weet nog niet wat het is.'

Hij haalde zijn schouders op.

'Wil je zorgen dat Lola niet wordt vervolgd?'

'Je weet toch wat ze heeft gedaan? Door haar was je bijna dood. En toen ze de kans kreeg om je te redden, stuurde ze me naar de verkeerde plek.'

'Lola had vreselijke pech. Ze is gewoon het zoveelste slachtoffer van Reeve.'

'Het is niet aan mij. Dugdale zal het dossier aan het Openbaar Ministerie overhandigen. Zij zullen erover beslissen.'

'Maar ik weet dat je toch je best zult doen.'

Karlsson lachte. 'In een volgend leven kom je vast terug als politiehond. Zo eentje die zich vastbijt en nooit meer loslaat.'

'Kom naar Frieda's huis, mam,' zei Chloë.

'Wat? Wát? Mijn god. Wat is er?'

'Kom gewoon naar Frieda's huis.'

‘Sorry,’ zei Jack tegen een vrouw met roze haar. ‘We gaan vandaag eerder dicht. De kassa is al gesloten.’

‘Maar ik heb kaas nodig voor mijn etentje!’

‘Hier.’

Hij pakte een stuk brie voor haar in, en nog een groot blok kruimelige blauwschimmelkaas, en reikte ze allebei aan.

‘Hoeveel krijgt u van me?’

‘Helemaal niets.’

‘Kom,’ zei Reuben tegen Alexei. ‘Maak je huiswerk maar een andere keer. Trek je schoenen aan.’

‘Waar gaan we naartoe?’

‘Naar Frieda’s huis.’

53

Yvette opende de deur van de kleine, vierkante verhoorkamer. De laatste flauwe zonnestralen van de dag schenen door het enige raam, hoog in de muur. Frieda stapte naar binnen.

Lola zat aan de tafel, met haar hoofd rustend op haar armen. Bij het horen van de deur keek ze op. Haar gezicht was streperig van het huilen en haar ogen waren rood. Toen ze Frieda zag, kreunde ze even en kromp ineen.

Frieda pakte een stoel en ging tegenover haar zitten. 'Nou, Lola,' zei ze. 'Het is voorbij.'

'Weet je het?' fluisterde Lola. 'Van mij?'

'Ja. Ik wist het al een tijdje.'

Er viel een stilte in de kleine ruimte. Lola staarde haar met grote ogen aan. 'Hoe bedoel je?'

'Ik wist dat Dean je in zijn greep had,' zei Frieda kalm.

'Maar... maar ik begrijp het niet. Hoe wist je dat? Sinds wanneer? En als je het wist...' Haar stem stierf weg.

'Je hoeft de details niet te weten,' zei Frieda. 'Die zijn niet belangrijk.'

'Die zijn wél belangrijk,' zei Lola hulpeloos. 'Ik zal de rest van mijn leven blijven malen over wat er is gebeurd in de tijd dat ik bij jou was. Wat ik deed, wat jij deed. Ik wil alles weten.'

Frieda dacht na. Wat waren de momenten dat Lola zichzelf had verraden?

'Het gewone leven is al moeilijk genoeg,' begon Frieda, 'maar liegen is nog veel moeilijker. Het is alsof je een hele nieuwe wereld probeert te construeren, maar de stukjes passen niet helemaal in elkaar. Er vallen gaten in. Voor iemand als Dean Reeve is dat geen probleem. Hij leeft in zijn eigen leugens en verzinsels. Maar voor iemand als jij, een goed mens, is liegen ontzettend moeilijk.'

'Hou maar op met je verhandeling,' zei Lola op sombere toon. 'Hoe wist je het?'

'Het waren meerdere dingen. Toen je terugkwam na Jess' dood, droeg je het horloge waarvan je eerder had gezegd dat je het thuis had laten liggen. Dat sloot niet aan bij je verhaal dat je Jess dood had aangetroffen toen je binnenkwam. Dus het moest anders zijn gegaan.'

'Wat een domme fout.'

'Anders was ik er wel op een andere manier achter gekomen. Bijvoorbeeld doordat Dean steeds achter ons aan kwam vlak nadat jij even alleen was geweest. Ik neem aan dat je dan een telefoon leende om hem te bellen. En je had een hekel aan dat huis in Regent's Park, maar na je ommetje door het park wilde je daar niet meer weg.'

'Dus je hield me in de gaten?'

'Natuurlijk hield ik je in de gaten. Ik hou iedereen in de gaten. Maar ik wist het pas echt zeker nadat ik een fout had gemaakt. Ik vertelde je waar het volgende lijk zou worden gevonden. Maar daarbij maakte ik een fout. Ik had een rivier overgeslagen. Beverley Brook was de verkeerde plek, maar toch legde Dean Reeve het lijk daar neer. Hij handelde op basis van de informatie die jij hem gaf.'

Lola staarde haar met open mond aan. Haar lippen bewogen, alsof ze iets probeerde te zeggen, maar ze wist niets uit te brengen.

'Maar ik wist het vooral door je gedrag. Je was niet zomaar doodsbang. Je leek vaak doodsbang voor *míj* – althans, om bij mij in de buurt te zijn. Het ene moment klampte je je aan me vast en het volgende moment ontweek je me. Soms praatte je honderduit, alsof je zo wilde verbergen dat je iets verzweeg. Je was bang voor stiltes en wat die misschien zouden onthullen. Maar op andere momenten zei je niets. Daardoor was het me wel duidelijk dat je iets voor me verborgen hield. Of dat probeerde je tenminste. Geheimen zijn een zware last. Daar kun je aan onderdoor gaan.'

'Je wist het al die tijd, maar je zei niets.'

'Nee.'

'Ik ging door een hel,' zei Lola. 'En al die tijd wist je het. Je hebt me gebruikt.'

'Ik heb je vaak genoeg gezegd dat je me alles kon vertellen, en ik zag je steeds weer besluiten om niets te zeggen. Maar je hebt gelijk. Uiteindelijk heb ik je gebruikt om Dean Reeve te laten weten waar ik zou zijn.'

'Ik kwam naar jou voor hulp en jij hebt me gebruikt. Ben je nu trots op jezelf?'

'Daar gaat het niet om. En je bent echt niet het grootste slachtoffer in deze zaak. Want velen gingen je voor, en de meesten van hen zijn nu dood.' Frieda keek Lola kalm aan. 'Zelfs op het laatst, toen Karlsson je vond, bleef je liegen.'

'Ik moest wel.'

'Geloof je dat echt?'

'Ze gaan me arresteren. Ik kom in alle kranten. Dean Reeve en Lola Hayes, schrijven ze dan. Ik zal voor de rechter moeten verschijnen en iedereen zal me haten om wat ik heb gedaan.' Lola begon steeds harder te snikken, hikkend van ellende. 'Maar wat zullen mijn ouders denken? Ik zal de gevangenis in draaien. Hoe kan ik ooit... ooit... ooit...' Haar lijf schokte van het huilen.

Frieda leunde naar voren en legde haar hand op die van Lola, zag de afgekloven nagels, de uitslag op haar pols. 'Lola, je hebt nog een zware weg te gaan, maar niet op die manier. Je wordt niet vervolgd.'

Lola wreef met haar hand langs haar snotterige, betraande gezicht. 'Hoe bedoel je?'

'Nou, gewoon, wat ik zeg.'

'Waarom?'

'Ze denken vast dat je toch niet wordt veroordeeld.'

'Heb jij daar iets mee te maken gehad?'

'Ik heb ze verteld hoe ik het zie.'

'Dus je begrijpt het?' Lola ging rechtop zitten en streek haar sliertige haar achter haar oren. 'Je begrijpt waarom ik het heb gedaan?'

'Ja.'

Lola reikte naar Frieda's handen en greep ze stevig vast. Ze had een verwilderde blik in haar ogen. 'Hij heeft Jess voor mijn ogen vermoord. Ik heb haar zien sterven.'

Frieda keek Lola afwachtend aan.

'En ik probeerde hem niet eens tegen te houden. Ik keek gewoon toe hoe ze stierf.'

'Je had het me kunnen vertellen, Lola.'

'Hij zei dat hij mijn ouders zou vermoorden. Dat hij me liet zien wat hij met ze zou doen. Snap je het dan niet? Ik had geen andere keus.'

'Is dat wat je jezelf vertelt, dat je geen andere keus had?'

'Ik weet niet wat ik mezelf moet vertellen,' zei Lola wanhopig. 'Ik weet het niet. Ik wil niet zijn wie ik ben. Wat moet ik doen? Hoe kan ik hier ooit mee omgaan?'

'Dat weet ik niet. Maar het begint met onder ogen zien wat je hebt meegemaakt en wat je hebt gedaan, zonder jezelf voor de gek te houden. Vertel jezelf de waarheid.'

'Ik haat de waarheid!'

'Je hoeft het ook niet leuk te vinden. De waarheid is onderdeel van het leven, zoals zuurstof en water.'

'Kun je me ooit vergeven?'

'Dat is de verkeerde vraag.'

'Wat is dan de juiste?'

'Kun je jezelf vergeven?'

Frieda stond op en legde een hand op Lola's gebogen hoofd. Lola keek haar aan met tranen in haar ogen. Ze zag eruit als een verlaten kind. Even dacht Frieda terug aan hun eerste ontmoeting, toen Lola haar armen om Frieda heen had geslagen en haar wilde troosten vanwege alles wat ze had meegemaakt. 'Je bent meegesleurd in een vreselijk verhaal,' zei Frieda. 'Je hebt dingen meegemaakt die niemand zou moeten meemaken. Maar ook al lijkt het nu misschien niet zo, dit is ook een soort geschenk, als je er dapper mee omgaat. Je hebt meer inzicht gekregen in jezelf dan de meeste mensen ooit zullen hebben. Je weet waartoe je in staat bent.'

Frieda deed de deur open, en Lola haastte zich overeind.

'Frieda!'

'Ja?'

'Zal ik je ooit nog zien?'

'Dat denk ik niet.'

'Ga alsjeblieft niet weg. Laat me niet alleen.'

'Ga bij je ouders langs. En zoek iemand op met wie je over dit alles kunt praten.'

'Kan ik niet met jou praten? Jij bent de enige die het begrijpt en die me kan helpen.'

'Nee, Lola. Ons verhaal houdt hier op.'

'Karlsson?'

'Ja?'

'Heb je ooit iemand vermoord?'

'Nee, natuurlijk niet.'

Frieda knikte. 'Ik ook niet.'

54

Sarah Kernan hing de telefoon op en keerde zich om naar haar zus.

'Dat was de politie,' zei ze met verstikte stem. 'Ze hebben 'm. De man die Geoff heeft vermoord. Ze hebben 'm.'

Ze bleef midden in de keuken staan, op haar pantoffels, met een theedoek over haar schouder, en begon te huilen. Ze bracht haar handen niet naar haar gezicht en ze kromp niet ineen. Haar schouders schokten en er rolden tranen over haar wangen. Haar zus liep naar haar toe en sloeg haar armen onhandig om haar heen; hun familie wàs niet zo van het omhelzen.

Na het telefoontje van de politie liep Maiko, de vriendin van Jonah Martin, zachtjes op blote voeten door het huis en kroop achter haar computer. Ze typte Dean Reeves naam in en staarde lange tijd naar de afbeeldingen die verschenen. Toen voerde ze de naam 'Frieda Klein' in. Ze keek naar het ernstige gezicht en kreeg bijna het gevoel dat het naar haar terugkeek.

Na een paar minuten draaide ze zich om en legde haar hand op haar bolle buik. Het kindje trapte geregeld. Soms had het de hik. Nu voelde ze het onder haar hand bewegen. Ze stelde zich voor dat het Jonahs gezicht had.

'Nou,' zei Walter Levin tegen Jock Keegan. 'Ze heeft het geflikt.'

Keegan keek op. 'Reeve?'

‘Gevonden in het kanaal met doorgesneden keel. En een kogel in zijn been.’

‘Een kogel? Waar komt die vandaan?’

‘Dat moet nog worden vastgesteld,’ zei Levin.

Glimlachend schudde Keegan zijn hoofd. ‘Ik had niet gedacht dat ze zich hieruit zou redden,’ zei hij. ‘Ik dacht dat haar geluk nu wel op was.’

Levin keek nadenkend. ‘Ik schatte haar kans op vijftig procent. Iets minder misschien, met dat meisje bij zich. We hadden beter moeten weten.’

‘Is ze in orde?’

‘Blijkbaar wel.’

Keegan dacht terug aan de laatste keer dat hij haar had gezien, bij die enorme huizen op Rivingdale Terrace. Ze leek toen redelijk kalm, maar ze had ook een zekere intensiteit uitgestraald die hem had verontrust.

‘Ik weet het niet,’ zei hij.

‘Dus je denkt dat we haar wel kunnen verleiden om ons te komen versterken?’

‘Natuurlijk niet.’

Levin keek Keegan vragend aan. ‘Je klinkt erg zeker van je zaak.’

‘Zo zeker als wat. Ze komt hier nooit meer terug, en ze doet nooit meer iets voor de politie. Ze is klaar met dat alles.’

‘Ik bedoelde natuurlijk niet meteen. We moeten haar wat tijd gunnen om bij te komen. Maar...’

‘Nee. Snap je het dan niet? Dean Reeve is dood. Het is klaar.’

Carrie Dekker, de vrouw van Alan, de tweelingbroer van Dean Reeve, bukte zich en omhelsde haar hond om troost te vinden. De man die haar echtgenoot had vermoord, die zich een hele dag en nacht als hem had voorgedaan, was er niet meer. Maar dat nieuws kwam te laat. Zij was kinderloos en alleen.

Matthew Faraday zat achter zijn computer toen hij de voordeur hoorde opengaan en weer dichtslaan.

'Matthew! Matthew!' Het was zijn moeder, die naar boven riep met een stem die hem van vrees vervulde. 'Kom eens kijken.'

Acht jaar geleden – als roodharig jochie met sproeten en een wisselgebit – was hij het bekendste kind van het land geworden toen Dean Reeve hem had ontvoerd. Hij herinnerde het zich in nachtmerrieachtige flarden: een afgesloten kamer, een schop in zijn gezicht, een heimwee die zo hevig was dat het tot in zijn botten leek door te dringen. Zelfs nu werd hij nog vaak huilend wakker. Maar hij herinnerde zich Frieda Klein als een helder baken dat losstond van de gebeurtenissen om haar heen. Ze had onder zijn raam gestaan met sneeuwvlokken in haar haar; ze had hem uit die graftombe getrokken, terug naar de levenden.

Charlotte Beck plofte uitgeput op de bank met haar dochtertje dat eindelijk in slaap was gevallen. Ze wist dat er een fles wijn in de deur van de koelkast stond. Maar ze had de puf niet om op te staan en die te gaan halen. Ze pakte de afstandsbediening en zapte langs de kanalen. Ineens ving ze een glimp op van een gezicht. Ze stopte met zappen en zette het geluid harder.

Hij was het, de man die naast haar op de stoep had gezeten, die had gezegd dat ze het goed had gedaan en haar naar huis had gebracht. De man over wie de politie haar later vragen had gesteld. Ze luisterde naar wat er werd gezegd en probeerde het te bevatten. Ze zag het gezicht van een vrouw die Frieda Klein heette en besefte dat ze haar ook had ontmoet.

Verdwaasd bleef ze zitten, terwijl haar dochters warme hoofdje op haar schouder rustte: heel even had zij deel uitgemaakt van het verhaal van Dean Reeve en Frieda Klein.

Ze drukte haar lippen op het zijdezachte hoofdje van haar baby. 'Jemig,' zei ze. 'Wie had dat ooit gedacht?'

55

Frieda was liever alleen terug naar huis gegaan. Ze had het zich de afgelopen weken vaak voorgesteld: dat ze de deur opendeed en de schone, stille ruimte binnenstapte. Ze had het die ochtend zelfs nog gerepeteerd, was tot aan de gang gekomen en had de kat geaaid terwijl ze de lege kamers op zich had voelen wachten, als een belofte.

Maar ze hadden een welkomstfeestje voor haar georganiseerd. De auto wurmde zich langs de pers het straatje in en Frieda zag licht branden achter de gesloten luiken. Toen ze met Karlsson naar het huis liep, zwaaide de blauwe voordeur open en zag ze Chloë in de deuropening staan. Haar gezicht was vertrokken van emoties.

'Frieda,' zei ze. 'O, godzijdank.'

'Hallo,' zei Frieda terwijl ze naar binnen stapte en de deur dichtdeed om de kleine menigte op straat buiten te sluiten.

'Frieda!' krijste een stem, en daar was Olivia, met een champagnefles in haar hand. Ze worstelde met de kurk die even later met een harde plop langs Frieda's oor suisde, waarna er wit schuim over de vloer spoot. Frieda zag hoe de kleine kat snel de trap op schoot.

'Frieda,' zei Reuben terwijl hij de keuken uit liep. Hij droeg zijn chicste vest. 'We waren allemaal doodongerust.'

Jack keek over Reubens schouder. Hij knikte haar glimlachend toe en haalde zijn hand door zijn wilde haar. Hij droeg een oranje overhemd en een gestreepte broek, en hij had een dun snorretje dat hem een ietwat komisch voorkomen gaf.

'Laat haar even binnenkomen,' zei Karlsson.

'Wil je soms in bad?' vroeg Chloë. 'We hebben badschuim voor je gekocht.'

Frieda had het gevoel dat het huis nog niet van haar was: ze was hier te gast. Ze keek naar alle stralende gezichten en glimlachte, of dat probeerde ze tenminste, en ze pakte het glas dat Olivia haar aanreikte, ook al hield ze niet echt van champagne.

'Bedankt,' zei ze. Haar stem klonk een beetje schor en ze keek snel van iedereen weg. 'Waar is Josef?'

'Josef is hier,' zei hij terwijl hij de trap af kwam, gevolgd door Alexei.

'Hallo,' zei ze.

Hij maakte een wankele buiging, en Frieda kon merken dat hij had gedronken. Zijn bruine ogen keken haar doordringend aan en hij legde zijn hand op zijn hart. Heel even dacht ze dat hij in zingen zou uitbarsten.

'Het ruikt hier anders,' zei ze achterdochtig.

'Eh, ja,' zei Chloë achter haar.

'Wat heb je gedaan?'

'Wij hebben samen gedaan, Chloë, ik en mijn vriend.'

'Het was zijn idee,' zei Chloë. 'Ik zei nog dat je het niet leuk vindt om verrast te worden.'

'Dat klopt.'

'Dit vind je wel leuk,' zei Josef triomfantelijk. 'Kom.' Met een weids gebaar wenkte hij de anderen. 'Kom allemaal. Jack, neem glazen mee. We proosten op Frieda.'

Ze liepen achter elkaar de trap op.

'Ogen dicht,' zei Josef toen ze op de eerste etage kwamen.

'Kom nou!'

'Ogen dicht tot ik zeg.'

Met een zucht deed Frieda haar ogen dicht en liep op de tast de volgende trap op, met haar champagne nog in de hand.

'Ho. Nu kijken!'

Ze deed haar ogen open. Er viel een stilte: iedereen hield haar nauwlettend in de gaten, en Chloë was erg gespannen. Karlsson leek zo uitgeput dat hij helemaal grauw zag.

'Is mooi?' Josef keek haar verwachtingsvol aan.

Ze drukte haar vinger tegen haar lippen. 'Wacht,' zei ze.

Ze opende de deur en stapte de duisternis in. De lucht voelde koud aan op haar gezicht, en de lichtjes van Londen schitterden overal om haar heen. Ze draaide zich om.

'Het is geweldig,' zei ze.

Josef straalde.

'Echt?' zei Chloë. 'Je vindt het mooi? Je vindt het niet erg?'

'Het is een geschenk,' zei Frieda.

Ze wurmden zich met z'n allen door de deur naar buiten.

'Het voelt aardig stevig,' zei Frieda. 'Maar kan het ons allemaal houden?'

Josef keek beledigd. 'Het houdt twintig man. Vijftig. Je kan hier auto op parkeren.'

'Het gaat me nu alleen om zeven volwassenen en een kind.'

Frieda liep naar de balustrade. Die zag er stevig uit. Ze keek om zich heen. De avondlucht was doortrokken van rood en oranje, en strepen van vliegtuigen. Dichtbij brandden lichtjes van de BT Tower en verder weg van Canary Wharf. Josef kwam naast haar staan.

'Vertrouw je Josef niet?' vroeg Reuben terwijl hij wijn in glazen schonk.

Frieda keek om en glimlachte flauwtjes. 'Weet je hoe Josef en ik elkaar hebben ontmoet?'

'Je bedoelt toen hij door het plafond viel?'

'Ik dacht dat hij dood was.'

'Engelse bouwvakkers,' zei Josef terwijl hij minachtend zijn neus ophaalde.

Frieda keek om zich heen, naar het hardhouten terras waarop ze stonden, naar de nieuwe tafel met stoelen. 'Josef, ik moet je hiervoor betalen.'

'Is cadeau van mij.'

'Ik kan je op z'n minst voor de materialen betalen. Voor de houten planken en deze tafel met stoelen. Ze zijn prachtig. Dat moet vast een fortuin hebben gekost.'

'Het kostte niets,' zei Josef schouderophalend.

Frieda keek van Josef naar Karlsson en weer terug. 'Normaal gesproken zou ik doorvragen,' zei ze. 'Maar er is iemand van de politie aanwezig.'

'Ik heb geen dienst,' zei Karlsson.

'Op Frieda,' zei Reuben.

Iedereen proostte met elkaar.

'Je ziet er afgepeigerd uit,' zei Jack.

'Het gaat wel. Al voelt het misschien nog wat onwerkelijk.'

'We hebben je erg gemist,' zei Chloë met trillende stem.

Frieda keek hen een voor een aan. Ze wilde zeggen dat ze hen ook allemaal had gemist, maar uiteindelijk hief ze maar gewoon haar glas.

'Je bent vast door een hel gegaan,' zei Olivia. 'Ik weet niet waar ik moet beginnen, wat ik moet vragen.'

'Vraag maar niets.'

'Wil je ons er niet over vertellen?'

'Nee.'

Uiteindelijk bleven alleen Karlsson en Josef bij Frieda op het dakterras achter, met boven hen een glimp van de maan. Karlsson haalde een fles whisky tevoorschijn en Josef liep naar binnen om drie whiskyglazen en een kan met water te halen. Karlsson haalde een zakdoek uit zijn zak en veegde de fles whisky schoon. 'Deze heb ik al jaren in de kast staan,' zei hij. 'Ik heb hem cadeau gekregen. Ik bewaarde hem voor een speciale gelegenheid. Dit lijkt me het juiste moment.'

Hij draaide de dop eraf en schonk drie glazen in. Ze namen allemaal een slok.

'Is goed,' zei Josef.

'Ja, het is goed spul,' zei Karlsson.

Er viel een lange stilte. Karlsson vulde de glazen bij. Frieda leek in gedachten verzonken. Ineens keek ze naar Karlsson. 'Toe dan,' zei ze.

'Pardon?'

'Vraag me wat je wilt vragen.'

Karlsson keek naar Josef. 'Vind je dat goed?'

'Is goed.'

'Want ik heb het idee dat jij erbij betrokken was.'

'Is goed.'

Langzaam zette Karlsson zijn glas op tafel. 'Oké, Frieda. Wat is er precies gebeurd?'

Toen Frieda begon te vertellen, leek het alsof ze tegen zichzelf praatte. 'Reeve wilde me duidelijk maken dat ik naar een bepaalde plek moest gaan zodat hij me kon vermoorden.'

'Waarom zou je daar gehoor aan geven?' vroeg Karlsson.

'Ik heb het overwogen. Ik dacht dat hij misschien wel zou ophouden als ik mezelf opofferde. Dat dacht ik toen ik naar Counter's Creek ging, maar daar werd hij door de politie gedwarsboomd. Ik had toen geen plan, behalve naar hem toe te gaan.'

Karlsson keek even naar Josef, die zijn glas nog eens volschonk. 'En wanneer heb je dat belachelijke plan opgegeven?'

'Belachelijk?' zei Frieda.

'Ik bedoel, belachelijk als je niet dood wilde.'

'Ik wist dat Lola contact met hem had.'

'Dat wist je?'

'Ja.'

'Hoe?'

Frieda vertelde hem op mattere toon wat ze ook tegen Lola had gezegd.

'Dus jij was degene die de controle had, niet hij?'

Frieda's gezicht stond volkomen onbewogen. Karlsson wist niet eens zeker of ze hem wel had gehoord.

'Je had met de politie kunnen samenwerken,' zei hij. 'Je had hem in de val kunnen lokken.'

Ze schudde haar hoofd. 'Dat had de politie al geprobeerd en dat liep uit op een fiasco. En ik zou maar één kans krijgen. Ik dacht dat Reeve het niet zou kunnen weerstaan om te komen als hij wist dat ik naar de plek ging waar hij zijn broer had vermoord.'

'En daar zou iemand hem opwachten.'

'Niet zomaar iemand. Josef. En Stefan, een vriend van hem.'

Karlsson keek naar Josef, die peinzend naar zijn whiskyglas staarde.

'Hoe wist je zo zeker dat Reeve niet eerder zou komen? Dat hij ze niet zou zien?'

'Omdat zij daar al waren toen ik het Lola vertelde. En ik wist dat hij ze niet zou zien omdat ik Josef vertrouw.' Ze keek even naar Josef. 'Ik vertrouw hem in elk opzicht, behalve met het verbouwen van mijn huis zonder toestemming.'

Karlsson dronk zijn whisky op en schonk de drie glazen nog eens bij. 'En wat gebeurde er toen?'

Frieda vervolgde haar verhaal en het voelde alsof ze buiten zichzelf trad. Ze was aan het praten, maar het voelde ook alsof ze naar zichzelf luisterde terwijl ze sprak. Tegelijkertijd voelde het alsof een deel van haar, haar echte zelf, weer terug was bij de rivier de Lea, leunend over de reling en starend naar het water.

Ze hoorde het zachte geluid van voetstappen, maar ze bleef wachten, liet het beeld van haar vader vervagen. Ze ademde langzaam in, en nog eens. Er kwam een diepe kalmte over haar. Berusting, wellicht. Toen draaide ze zich om en keek naar hem. Het was acht jaar geleden dat ze hem voor het laatst had gezien in een verhoorkamer van de politie. Hij zag er nog bijna hetzelfde uit, misschien wat magerder, en met grijze strepen in zijn korte haar. Hij droeg bruine versleten schoenen, een blauwe spijkerbroek, een zwart jack met rits en daaronder een bruin overhemd. Ze zag iets glimmen in zijn rechterhand, omlaag gehouden langs zijn lichaam: het lemmet van een mes. De uitdrukking in zijn bruine ogen was moeilijk te peilen. Het was geen haat of woede. Het leek eerder nieuwsgierigheid, fascinatie, misschien zelfs een soort verlangen. Hij ademde diep in. Het deed Frieda denken aan iemand die de geuren in een tuin opsnoof. Hij zag eruit als een man die precies was waar hij wilde zijn.

Frieda kon alleen maar denken: is dit het? Heeft dit tot zoveel doden geleid, zoveel leed berokkend, zoveel levens verwoest? En waarvoor? Allemaal vanwege kortsluiting in iemands hoofd, een verknipte geest?

‘Dit is het einde,’ zei Frieda. ‘Het is voorbij.’

‘Nee, dit is niet het einde, Frieda,’ zei Dean Reeve. ‘Nog niet. Bijna. Je tijd is gekomen.’

‘Nee,’ zei ze.

Er klonk een geluid achter hem en Reeve keek om. Twee mannen stapten het pad op vanuit een kuil waar een deel van het jaagpad was verzakt. Frieda zag nog net dat een van hen, Josef, een houten knuppel vasthield. De ander, Stefan, stond half achter Reeve verscholen, waardoor ze hem niet goed kon zien. Reeve draaide zich weer naar Frieda, en langzaam verscheen er een glimlach op zijn gezicht.

Vanaf dat moment kon Frieda zich de loop der dingen niet meer goed herinneren. Alles leek tegelijk te gebeuren. Reeve stoof op haar af. Ze stonden misschien tien meter van elkaar vandaan. Frieda vroeg zich af of ze nu aan haar einde zou komen en of het pijn zou doen, maar toen viel hij ineens op zijn knieën terwijl er zo’n hard geluid klonk dat ze het niet alleen hoorde maar ook voelde. Ze kon het bijna zien. Het had een paarszwarte kleur.

Reeve probeerde op te staan, maar hij kon niet meer overeind komen. Hij had het mes nog in zijn rechterhand, maar Frieda, Josef en Stefan stonden buiten zijn bereik. Er vormde zich een donkerrode vlek in zijn broek, vlak onder zijn knie.

Frieda pakte haar telefoon en keek naar Stefan, die nu achter Reeve stond, met een pistool tegen diens achterhoofd gedrukt.

‘Stop,’ zei ze. ‘Zo is het genoeg. Jullie moeten gaan. Ik bel de politie. Je wilt niet met dat ding gevonden worden.’

Stefans ogen schitterden. Frieda wist niet zeker of haar woorden wel tot hem doordrongen.

‘Wat hij Alexei heeft aangedaan,’ zei hij. ‘Wat hij al die mensen heeft aangedaan.’

‘Nee,’ zei Frieda feller, en Stefan keek van haar naar Josef, die naar hem knikte.

‘Je hebt hem verslagen,’ zei Frieda op zachtere toon. ‘Ga nu maar.’

Stefan stopte het pistool in zijn jaszak. Hij bracht zijn hand omhoog om Frieda een vreemd soort saluut te geven en liep snel weg.

'En nu?' vroeg Josef.

Ze keken naar Reeve, die gefixeerd naar Frieda staarde, nog altijd met die verlangende uitdrukking op zijn gezicht.

'Jij...' begon hij. 'Frieda. Frieda Klein...'

Frieda negeerde hem. Ze hoefde niet te horen wat hij te zeggen had. Ze wilde net het alarmnummer bellen toen ze iets zag bewegen: Dean Reeve tilde het mes met het lange, glimmende lemmet omhoog. Hij drukte het tegen de kleine holte onder zijn linkeroor en haalde het in een zilveren flits langs zijn hals. Even was er niets te zien, maar toen werd het bubbelend rood. Hij staarde haar een paar seconden aan, met die glimlach op zijn gezicht verstild en met daaronder de grote gapende wond. Toen kantelde hij opzij, als een omvallende boom, zo het kanaal in. Zonder plons gleed hij het donkere water in en verdween. Alleen het mes lag nog op het jaagpad.

Frieda gooide haar telefoon opzij en sprong van de kant. Er trok een schok door haar heen toen ze het ijskoude water voelde. Ze ademde diep in en dook, zwom een paar slagen omlaag. Ze had haar ogen open, maar ze kon niets zien. Ze tastte om zich heen. Niets, niets. Alleen maar modder en grind en slijmerige waterplanten. Toen kreeg ze iets te pakken. Ze trok eraan en het kwam langzaam omhoog. Ze kwam weer boven en zag dat ze Dean Reeve vasthad, drijvend op zijn buik in het water. Josef stond naast haar.

'Draai hem om,' zei ze.

'Waarom? Wil je hem redden? Deze man?'

'Draai hem om.'

Met veel moeite rolde Josef het lichaam om en daar verscheen het gezicht van Dean Reeve, bleek en starend. Zijn ogen stonden open, zijn mond stond open, de snee in zijn hals stond open. Frieda zag de pezen, de beschadigde luchtpijp, het borrelende water vermengd met bloed. Ineens voelde ze een hand. Reeve graaide naar haar jas, pakte die stevig vast, trok haar naar zich toe en probeerde haar met zich mee omlaag te sleuren. Ze keek naar zijn vingers en zag zijn greep langzaam verslappen tot zijn hand weggleed. Toen ze weer naar zijn gezicht keek, stonden Dean Reeves ogen glazig en leeg.

Frieda en Josef hesen zich op het jaagpad en krabbelden overeind. Josef pakte het mes en gooide het in het water. Ze stonden tegenover elkaar.

'Je moet gaan,' zei Frieda.

'Ik blijf bij jou.'

Frieda keek naar het lichaam, dat vanzelf weer op zijn buik was gedraaid, met de armen gespreid.

'Je mag hier niet gezien worden. Je hebt genoeg gedaan. Je hebt meer dan genoeg gedaan. Nu moet je gaan.'

Machteloos haalde Josef zijn schouders op. 'Oké. Ik ga.'

'Nu,' zei Frieda. 'En kijk niet achterom.'

Hij knikte, en ineens legde hij zijn handen op haar schouders en drukte zijn voorhoofd tegen dat van haar. Toen hij haar losliet, zag ze dat zijn ogen vol tranen stonden.

'Bedankt, goede vriend,' zei ze. Hij legde zijn hand op zijn hart en maakte een kleine buiging, net als toen ze elkaar voor het eerst hadden ontmoet. Daarna draaide hij zich om en vertrok.

Toen hij weg was, voelde Frieda zich ineens leeg, zonder enige opluchting of blijdschap. Ze ging met haar rug tegen de muur onder de brug zitten en zag haar telefoon op het jaagpad liggen, maar ze pakte hem niet. Ze had geen haast. Een paar seconden lang sloot ze haar ogen, maar ze opende ze weer toen ze een geluid hoorde aanzwellen, een zoevend geluid dat ze niet kon plaatsen.

Toen Frieda was uitgepraat, zwegen ze lange tijd.

'Bedankt,' zei Karlsson uiteindelijk.

'Bedankt?' zei Frieda. 'Voor wat?'

'Dat je het me gewoon hebt verteld,' zei hij.

'Hoe had ik het anders moeten doen?'

'Je had ook kunnen zeggen dat je het alleen zou vertellen als ik beloofde het geheim te houden.'

'Ik hou er niet van om mensen te commanderen.'

Met een klein lachje zei Karlsson: 'Dat klopt volgens mij niet helemaal.'

Hij hief zijn glas naar Josef. 'En jij ook bedankt,' zei hij. Josef knikte hem toe. 'En zeg tegen je vriend dat hij zich van dat pistool moet ontdoen.'

Josef schudde zijn hoofd. 'Hij is Russisch. Hij laat zich niet commanderen.'

Karlsson schonk nog wat whisky in hun glazen.

'Misschien kunnen jullie nu weer samenwerken,' zei Josef terwijl hij zijn glas hief.

Frieda keerde zich naar Karlsson. 'Je weet toch wel dat ik niet meer met je zal samenwerken?'

'Dat weet ik,' zei hij.

'Mooi. Vraag het me nooit meer.'

'Dat beloof ik.'

Josef stak een sigaret op. 'Maar we zijn nog steeds team.' Hij sprak een beetje met dubbele tong. 'Team Frieda.'

Frieda snoof. Met een klap zette ze haar glas op de kleine tafel. 'Misschien moet ik hierbuiten een plant neerzetten die in de avond bloeit.'

'Jasmijn?'

'Zoiets.'

Ze bleven nog even op het dakterras zitten en nipten zwijgend van de goede whisky.

'Tijd om te gaan,' zei Josef uiteindelijk, en ze liepen met z'n drieën naar beneden.

Josef vertrok als eerste, bleef nog even op de drempel staan en maakte zijn typische kleine buiging. Karlsson en Frieda keken hem na.

Toen hij uit het zicht was verdwenen, keerde Karlsson zich naar haar toe. 'Frieda,' zei hij. 'Ik moet je iets zeggen en...'

Maar ze hield hem tegen. 'Nee,' zei ze. 'Niet vanavond.'

'Maar...'

'Niet vanavond, Karlsson. We praten morgen wel verder.'

Hij keek haar aan maar kon niet zien wat er in haar omging, al wist hij dat dit andersom wel het geval was. Ze wist alles.

56

Toen Karlsson was vertrokken, waste Frieda de glazen af en deed water in het bakje van de kat. Het was laat, maar ze wist dat ze vannacht niet zou slapen. Dat wilde ze ook niet. Ze liep de trap weer op naar het dakterras en stapte de mistige, fluwelen nacht in. De kat trippelde achter haar aan en streek langs haar benen, als bevestiging dat ze thuis was.

Morgen zou ze over de toekomst nadenken. Deze nacht was voor het verleden, een moment voor schimmen en herinneringen. Ze deed haar ogen dicht, en in die nog donkerdere duisternis zag ze het gezicht van Dean Reeve voor zich, glimlachend naar haar, zelfs toen hij stierf. Met een haast fysieke inspanning wist ze zijn gezicht te veranderen in dat van zijn broer Alan, die de absolute tegenpool van Dean was geweest. De bruine ogen die haar aankeken vanuit de donkerte in haar binnenste stonden niet langer sinister, maar droevig.

Andere figuren verschenen voor haar geestesoog, meer dan slechts herinneringen, dood maar nog niet vergeten, schrijnend afwezig. Ze zag hun gezichten voor zich: mannen, vrouwen, meisjes; een gestoorde vrouw in een cel die steeds weer haar eigen naam mompelde. *Hier ben ik*. Ze zag Sandy onder hen, en hij was niet langer een opgezwollen lijk in het water: hij zag er sterk en hoopvol uit, met ogen die haar weer konden zien.

Iedereen is uniek. Niemand is vervangbaar. Elk overlijden betekent het einde van een wereld. Ze zijn weg, maar toch blijven ze bij ons. Ze wandelen met ons mee langs de ondergrondse rivieren.

Frieda volgde die rivieren, verborgen, vergeten, maar nog steeds aanwezig. Ze hoorde ze onder de roosters murmelen, voelde ze onder haar voeten stromen. Ze stripte het baksteen, beton en slijk van vele jaren weg en ging aan hun oevers zitten. Ze zag kiezelstenen op de bodem glinsteren, kleine bruine visjes in de stroming zwemmen, waterbloemen en op mensenhaar lijkend wier langsdrijven.

De rivieren stroomden langs haar heen, onophoudelijk, en ze dacht aan al die verhalen die tot een eind waren gekomen.

Ze wist niet hoelang ze daar op het dakterras had gezeten. Misschien wel uren. Het begon al licht te worden in het oosten en de kat was weg.

Frieda stond op en liep naar binnen. Ze trok de deur achter zich dicht.